UMA TOCHA NA ESCURIDÃO

SABAA TAHIR

UMA TOCHA NA ESCURIDÃO

Tradução
Jorge Ritter

4ª edição
Rio de Janeiro-RJ / São Paulo-SP, 2022

VERUS
EDITORA

Editora
Raïssa Castro

Coordenadora editorial
Ana Paula Gomes

Copidesque
Maria Lúcia A. Maier

Revisão
Cleide Salme

Capa
Adaptação da original (© Anthony Elder)

Projeto gráfico e diagramação
André S. Tavares da Silva

Título original
A Torch Against the Night

ISBN: 978-85-7686-840-8

Copyright © Sabaa Tahir, 2016
Todos os direitos reservados.

Tradução © Verus Editora, 2017
Direitos reservados em língua portuguesa, no Brasil, por Verus Editora. Nenhuma parte desta obra pode ser reproduzida ou transmitida por qualquer forma e/ou quaisquer meios (eletrônico ou mecânico, incluindo fotocópia e gravação) ou arquivada em qualquer sistema ou banco de dados sem permissão escrita da editora.

Verus Editora Ltda.
Rua Benedicto Aristides Ribeiro, 41, Jd. Santa Genebra II, Campinas/SP, 13084-753
Fone/Fax: (19) 3249-0001 | www.veruseditora.com.br

CIP-BRASIL. CATALOGAÇÃO NA FONTE
SINDICATO NACIONAL DOS EDITORES DE LIVROS, RJ

T136u

Tahir, Sabaa
 Uma tocha na escuridão / Sabaa Tahir ; tradução Jorge Ritter. - 4. ed. - Rio de Janeiro-RJ : Verus, 2022.
 23 cm.   (Uma chama entre as cinzas ; 2)

Tradução de: A Torch Against the Night
Sequência de: Uma chama entre as cinzas
ISBN 978-85-7686-840-8

 1. Ficção juvenil americana. I. Ritter, Jorge. II. Título. III. Série.

16-38769
CDD: 028.5
CDU: 087.5

Revisado conforme o novo acordo ortográfico

Para minha mãe, meu pai, Mer e Boon
Tudo que sou devo a vocês

PARTE I
A FUGA

I
LAIA

Como eles nos encontraram tão rápido?

Atrás de mim, as catacumbas ecoam com gritos coléricos e guinchos de metal. Meus olhos dardejam para os crânios com largos sorrisos, alinhados nas paredes. Acho que ouço a voz dos mortos.

Seja veloz, seja ligeira, eles parecem sibilar. *A não ser que queira se juntar à nossa tropa.*

— Mais rápido, Laia — diz o meu guia. Sua armadura brilha enquanto ele se apressa à minha frente, através das catacumbas. — Nós os despistaremos se formos rápidos. Conheço uma passagem que leva para fora da cidade. Uma vez lá, estaremos seguros.

Ouvimos um rangido atrás de nós, e os olhos claros do meu guia miram rapidamente um ponto sobre meu ombro. Sua mão é uma mancha castanho--dourada enquanto voa para o punho da cimitarra pendurada em suas costas.

Um movimento simples, repleto de ameaça. Um lembrete de que ele não é apenas meu guia. É Elias Veturius, herdeiro de uma das famílias mais tradicionais do Império. É um ex-Máscara — um soldado de elite do Império Marcial. E meu aliado — a única pessoa que pode me ajudar a salvar meu irmão, Darin, de uma famigerada prisão marcial.

Em um passo, Elias está ao meu lado. Em outro, está à minha frente, movendo-se com uma graça pouco natural para alguém tão grande. Juntos, espiamos o túnel pelo qual acabamos de passar. Meu coração lateja em meus ouvidos. Qualquer entusiasmo que eu senti ao destruir a Academia Blackcliff ou resgatar Elias da execução desaparece. O Império nos caça. Se ele nos pegar, morreremos.

O suor embebe minha camisa. Apesar do calor repulsivo dos túneis, um calafrio percorre minha pele, e os pelos de minha nuca se arrepiam. Acho que ouço um rosnado, como o de alguma criatura faminta, matreira.

Corra, meus instintos gritam comigo. *Saia daqui.*

— Elias — sussurro, mas ele roça um dedo em meus lábios — *shh* — e desembainha uma faca dentre as seis guardadas de encontro a seu peito.

Tiro um punhal do cinto e tento ouvir além do estalido das tarântulas do túnel e da minha própria respiração. A sensação incômoda de estar sendo observada desaparece, substituída por algo pior: o cheiro de piche e fogo, a elevação e a queda de vozes se aproximando.

Soldados do Império.

Elias toca meu ombro e aponta para seus pés, então para os meus. *Pise onde eu piso.* Tão cuidadosamente que temo respirar, eu o imito enquanto ele se vira e se dirige rapidamente para longe das vozes.

Chegamos a uma bifurcação no túnel e pegamos à direita. Elias anui para um buraco profundo na parede. Tem a altura dos meus ombros e, exceto por um caixão de pedra virado de lado, está vazio.

— Entre — ele sussurra —, até o fundo.

Deslizo para dentro da cripta, reprimindo um arrepio com o *crrk* alto de uma tarântula. Levo uma cimitarra forjada por Darin atravessada nas costas, e seu punho tilinta alto contra a pedra. *Pare de se remexer, Laia — não importa o que esteja rastejando por aqui.*

Elias se enfia na cripta atrás de mim, sua altura forçando-o a quase se agachar. No espaço apertado, nossos braços se roçam, e ele inspira bruscamente. Mas, quando ergo o olhar para ele, seu rosto está virado para o túnel.

Mesmo na luz obscura, o cinza de seus olhos e as linhas marcantes de seu queixo são impressionantes. Sinto um choque no fundo do estômago — não estou acostumada com seu rosto. Apenas uma hora atrás, enquanto escapávamos da destruição que provoquei em Blackcliff, seus traços estavam escondidos por uma máscara prateada.

Ele inclina a cabeça, ouvindo, enquanto os soldados se aproximam. Eles caminham rapidamente, suas vozes ecoando nas paredes das catacumbas como pios entrecortados de aves de rapina.

— ... provavelmente foram na direção sul. Se ele tiver meio cérebro, de qualquer forma.

— Se ele tivesse meio cérebro — diz um segundo soldado —, teria passado pela Quarta Eliminatória, e não estaríamos ferrados com um vagabundo Plebeu como imperador.

Os soldados entram em nosso túnel, e um enfia a lamparina na cripta à nossa frente.

— Malditos infernos.

Ele recua rapidamente diante da visão do que quer que esteja escondido lá dentro.

Nossa cripta é a próxima. Meu estômago revira e minha mão treme sobre o punhal.

Ao meu lado, Elias libera outra lâmina da bainha. Seus ombros estão relaxados e suas mãos, tranquilas sobre as facas. Mas, quando vejo seu rosto — cenho franzido, queixo tenso —, sinto um aperto no coração. Ele não quer levar a morte a esses homens.

No entanto, se nos virem, eles alertarão os outros guardas aqui embaixo, e estaremos atolados até o pescoço com soldados do Império. Aperto o antebraço de Elias. Ele escorrega o capuz sobre a cabeça e puxa um lenço preto para esconder o rosto.

O soldado se aproxima com passos pesados. Posso sentir seu cheiro — suor, ferro e terra. O aperto de Elias sobre as facas se retesa. Seu corpo está encolhido como um gato selvagem esperando para atacar. Fecho a mão sobre meu bracelete — um presente de minha mãe. Debaixo de meus dedos, o padrão familiar do bracelete é um bálsamo.

O soldado chega à beira da cripta. Ergue a lamparina...

Subitamente, mais adiante no túnel, ecoa um ruído surdo. Os soldados se viram, empunham suas espadas e correm para investigar. Em segundos, a luz de sua lamparina desaparece e o som de seus passos fica cada vez mais indistinto.

Elias expira o fôlego guardado.

— Vamos lá — ele diz. — Se aquela patrulha estava varrendo a área, haverá mais. Precisamos chegar à passagem de fuga.

Emergimos da cripta, e um tremor reverbera através dos túneis, soltando poeira e lançando ossos e crânios ruidosamente ao chão. Eu tropeço, e Elias segura meu ombro, empurrando-me contra a parede e encostando-se completamente ao meu lado. A cripta segue intacta, mas o teto do túnel racha terrivelmente.

— Mas que raios foi isso?

— Pareceu um terremoto. — Elias dá um passo, se afasta da parede e olha para o teto. — Só que em Serra não tem terremotos.

Atravessamos as catacumbas com renovado senso de urgência. A cada passo, espero ouvir outra patrulha e ver tochas ao longe.

Quando Elias para, ele o faz tão subitamente que dou de cara em suas costas largas. Entramos em uma câmara sepulcral circular e de abóbada baixa. Dois túneis se dividem à nossa frente. Tochas tremeluzem em um deles, quase distantes demais para distingui-las. Criptas marcam com buracos as paredes da câmara, cada uma guardada por uma estátua de pedra de um homem em armadura. Debaixo dos capacetes, crânios resplandecem em nossa direção. Estremeço e dou um passo para perto de Elias.

Mas ele não olha para as criptas, para os túneis ou para as tochas distantes.

Ele encara a garotinha no centro da câmara.

Ela usa roupas esfarrapadas e pressiona um ferimento que sangra na lateral do corpo. Seus traços delicados a marcam como uma Erudita, mas, quando tento ver seus olhos, ela baixa a cabeça, o cabelo escuro caindo sobre o rosto. *Pobrezinha.* Lágrimas marcam um caminho por suas faces sujas.

— Por dez infernos, está ficando tumultuado por aqui — resmunga Elias. Ele dá um passo na direção da garota, mostrando as mãos, como se lidasse com um animal assustado. — Você não deveria estar aqui, querida. — Sua voz é suave. — Está sozinha?

Ela solta um chorinho.

— Me ajudem — sussurra.

— Me deixe ver esse corte. Posso enfaixá-lo.

Elias se apoia em um joelho para ficar na altura dela, do mesmo jeito que meu avô fazia com seus pacientes mais novos. Ela se esquiva dele e olha em minha direção.

Dou um passo à frente, meus instintos implorando cuidado. A garota observa.

— Pode me dizer seu nome, pequena? — pergunto.

— Me ajudem — ela repete. Algo a respeito do modo como ela evita meus olhos me dá comichões. Mas ela foi maltratada, provavelmente pelo Império, e agora está diante de um Marcial armado até a raiz dos cabelos. Deve estar aterrorizada.

A garota se afasta ligeiramente, e olho de relance para o túnel iluminado pelas tochas. Tochas significam que estamos em território do Império. É só uma questão de tempo para os soldados aparecerem.

— Elias. — Anuo em direção às tochas. — Não temos tempo. Os soldados...

— Não podemos simplesmente deixá-la.

Sua culpa é clara como o dia. A morte de seus amigos dias atrás na Terceira Eliminatória pesa sobre ele; Elias não quer causar outra. E causará, se deixarmos a garota aqui sozinha para morrer em virtude de seus ferimentos.

— Você tem família na cidade? — Elias pergunta. — Você precisa...

— Prata. — Ela inclina a cabeça. — Eu preciso de prata.

As sobrancelhas de Elias dão um salto para cima. Não posso culpá-lo. Não é o que eu esperava também.

— Prata? — pergunto. — Nós não...

— Prata. — Ela se desloca de lado como um caranguejo. Acho que vejo o brilho rápido demais de um olho através de seu cabelo caído. *Estranho.* — Moedas. Uma arma. Joias.

Ela olha de relance para o meu pescoço, minhas orelhas, meus punhos. Com esse olhar, ela se entrega.

Encaro as órbitas escuras como piche onde seus olhos deveriam estar e me atrapalho em busca de minha adaga. Mas Elias já está à minha frente, as cimitarras reluzindo em suas mãos.

— Para trás — ele rosna para a garota, todo ele um Máscara.

— Me ajudem. — Ela deixa o cabelo cair sobre o rosto mais uma vez e coloca as mãos atrás das costas, uma caricatura distorcida de uma criança dissimulada. — Me ajudem.

Para meu absoluto asco, seus lábios se contorcem em uma careta que parece obscena em seu rosto de outro modo doce. Ela rosna — o ruído gutural que eu ouvira anteriormente. Era *isso* que eu sentia nos observando. *Essa* é a presença que senti nos túneis.

— Eu sei que você tem prata. — Uma fome raivosa subjaz à voz de garotinha da criatura. — Me dê. Eu *preciso* dela.

— Afaste-se de nós — diz Elias. — Antes que eu arranque sua cabeça.

A garota — ou o que quer que ela seja — ignora Elias e fixa os olhos em mim.

— Você não precisa dela, humaninha. Vou lhe dar algo em troca. Algo maravilhoso.

— O que você *é*? — sussurro.

Ela lança os braços à frente, suas mãos reluzindo com uma estranha iridescência. Elias se atira em sua direção, mas ela se esquiva dele e prende os dedos em meu pulso. Eu grito, e meu braço brilha por menos de um segundo antes de ela ser lançada para trás, berrando e segurando a própria mão como se estivesse pegando fogo. Elias me levanta do chão, para onde fui atirada, e lança uma adaga na direção da garota ao mesmo tempo. Ela desvia, ainda gritando.

— Garota traiçoeira! — Ela se afasta como um raio, os olhos fixos em mim, enquanto Elias avança sobre ela novamente. — Dissimulada! Você pergunta o que eu sou, mas o que *você* é?

Elias a ataca, deslizando uma das cimitarras ao longo do pescoço dela. Mas não é rápido o suficiente.

— Assassino! — ela atira em sua direção. — Matador! A morte em pessoa! A ceifadeira ambulante! Se os seus pecados fossem sangue, garoto, você se afogaria em um rio de sua própria criação.

Elias recua, o choque estampado em seus olhos. Uma luz brilha ligeiramente no túnel. Três tochas balançam rapidamente em nossa direção.

— Os soldados estão vindo. — A criatura gira para me encarar. — Vou matá-los para você, garota dos olhos de mel. Rasgar a garganta deles. Já despistei os outros seguindo vocês, lá no túnel. Vou fazer isso de novo. *Se você me der a sua prata. Ele a quer. Ele vai nos recompensar se a levarmos para ele.*

Quem nos céus é ele? Não pergunto, apenas levanto minha adaga em resposta.

— Humana estúpida! — A garota cerra os punhos. — Nós pegaremos de você. Ele encontrará uma maneira. — Ela vira na direção do túnel. — Elias Veturius! — Eu me encolho. Seu grito é tão alto que provavelmente a ouviram em Antium. — Elias Vetu...

Suas palavras morrem à medida que a cimitarra de Elias atravessa seu coração.

— *Efrit, efrit da caverna* — ele diz. O corpo dela desliza e tomba com um ruído surdo e sólido, como um rochedo caindo. — *Gosta do escuro, mas teme a lâmina.* Velha rima. — Ele guarda a cimitarra. — Nunca pensei quão conveniente era até há pouco.

Elias agarra minha mão e disparamos para dentro do túnel escuro. Talvez, por algum milagre, os soldados não tenham ouvido a garota. Talvez eles não tenham nos visto. *Talvez, talvez...*

Não temos essa sorte. Ouço um grito e o tropel de botas às nossas costas.

II
ELIAS

Três auxiliares e quatro legionários, quinze metros atrás de nós. Enquanto corro a toda a velocidade, viro a cabeça de um lado para o outro para avaliar o progresso que fazem. Na verdade, são seis auxiliares, cinco legionários e doze metros.

Mais soldados do Império jorrarão nas catacumbas a cada segundo que passa. A essa altura, um corredor levou a mensagem para patrulhas vizinhas, e os tambores disseminarão o alerta por toda Serra: *Elias Veturius visto nos túneis. Todos os esquadrões respondam.* Os soldados não precisam ter certeza de minha identidade; eles nos caçarão de qualquer forma.

Viro bruscamente à esquerda para um túnel secundário e puxo Laia comigo, minha mente adernando de um pensamento a outro. *Despiste-os rapidamente, enquanto pode. Caso contrário...*

Não, sibila o Máscara dentro de mim. *Pare e mate-os. Apenas onze deles. É fácil. Você poderia fazer isso de olhos fechados.*

Eu devia ter matado o efrit na câmara sepulcral imediatamente. Helene zombaria de mim se soubesse que eu tentara ajudar a criatura em vez de reconhecê-la pelo que era.

Helene. Eu apostaria minhas lâminas que ela está na sala de interrogatório a essa altura. Marcus — ou imperador Marcus, como é chamado agora — ordenou a ela que me executasse. Ela fracassou. Pior, foi minha confidente mais próxima por catorze anos. Nenhum desses pecados deixará de incorrer em um custo — não agora que Marcus possui poder absoluto.

Ela vai sofrer nas mãos dele. Por minha causa. Ouço o efrit novamente. *Ceifadeira ambulante!*

Memórias da Terceira Eliminatória se chocam em minha mente. Tristas morrendo pela espada de Dex. Demetrius tombando. Leander tombando.

Um grito à frente me faz recuperar os sentidos. *O campo de batalha é o meu templo.* O velho mantra de meu avô retorna a mim quando mais preciso dele. *A ponta da espada é o meu sacerdote. A dança da morte é a minha reza. O golpe fatal é a minha libertação.*

Ao meu lado, Laia respira ofegante, ficando para trás. Ela está me retardando. *Você poderia deixá-la*, sussurra uma voz insidiosa. *Você iria mais rápido sozinho.* Esmago a voz. Além do fato óbvio de que prometi ajudá-la em troca de minha liberdade, sei que ela fará qualquer coisa para chegar à Prisão Kauf — ao irmão dela —, inclusive tentar ir até lá sozinha.

Caso isso ocorra, ela morrerá.

— Mais rápido, Laia — digo. — Eles estão perto demais.

Ela se lança à frente. Paredes de crânios, ossos, criptas e teias de aranha desaparecem pouco a pouco ao nosso lado. Estamos muito mais ao sul do que deveríamos. Faz muito que passamos o túnel de fuga onde eu escondi provisões suficientes para semanas.

As catacumbas trovejam e tremem, derrubando nós dois no chão. O mau cheiro de fogo e morte passa pela grade de esgoto diretamente acima de nós. Momentos mais tarde, uma explosão rasga o ar. Não me preocupo em considerar o que pode ser. Tudo que importa é que os soldados atrás de nós reduziram seu avanço, tão desconfiados quanto nós dos túneis instáveis. Aproveito a oportunidade para colocar mais uns vinte ou trinta metros entre nós. Entro à direita em um túnel secundário e então recuo para as sombras profundas de uma alcova meio desmoronada.

— Você acha que eles vão nos encontrar? — sussurra Laia.

— Espero que não...

Uma luz brilha da direção para onde estávamos indo, e ouço a batida descompassada de botas. Dois soldados entram no túnel, e suas tochas nos iluminam. Surpresos, param por um segundo, talvez pela presença de Laia ou por minha falta de máscara. Então enxergam minha armadura e minhas cimitarras, e um deles solta um assobio penetrante para chamar cada soldado que possa ouvi-lo.

Meu corpo assume o comando. Antes que qualquer um dos soldados possa desembainhar as espadas, eu os atravesso, lançando facas que penetram a carne suave da garganta de ambos. Eles caem silenciosamente, suas tochas crepitando sobre o chão úmido da catacumba.

Laia emerge da alcova, com a mão sobre a boca.

— E-Elias...

Eu me atiro de volta para a alcova, puxando-a comigo e soltando as cimitarras da bainha. Tenho quatro facas para lançar ainda. *Não é o suficiente.*

— Vou derrubar o maior número deles que puder — digo. — Fique fora do caminho. Não importa quão ruim a situação possa parecer, não interfira nem tente ajudar.

A última palavra deixa meus lábios enquanto os soldados que estavam nos seguindo aparecem do túnel à nossa esquerda. A cinco metros de distância. Quatro. Em minha mente, as facas já voaram, já encontraram seus alvos. Saio de um salto da alcova e as lanço. Os primeiros quatro legionários são derrubados silenciosamente, um após o outro, tão fácil quanto ceifar trigo. O quinto cai a uma passada de minha cimitarra. O sangue quente borrifa, e sinto a bile subindo. *Não pense. Não se demore. Apenas limpe o caminho.*

Seis auxiliares aparecem atrás dos cinco primeiros. Um salta em minhas costas, e eu o despacho com uma cotovelada no rosto. Um momento mais tarde, outro soldado avança rapidamente em minha direção. Quando leva uma joelhada nos dentes, berra e leva a mão sobre o nariz quebrado e a boca que sangra. *Giro, chute, passo ao lado, golpe.*

Atrás de mim, Laia grita. Um auxiliar a arranca da alcova pelo pescoço e segura uma faca em sua garganta. O olhar malicioso do homem se transforma em um gemido. Laia enfiou uma adaga em suas costelas. Ela a arranca, e ele se afasta, trôpego.

Viro para os últimos três soldados. Eles fogem.

Em segundos, recolho minhas facas. O corpo inteiro de Laia estremece enquanto ela assimila a carnificina à nossa volta: sete mortos. Três feridos, gemendo e tentando se levantar.

Quando ela olha para mim, seus olhos se arregalam, chocados com minhas cimitarras e minha armadura ensanguentadas. A vergonha me inunda, tão forte que minha vontade é sumir no chão. Ela me vê agora, até a verdade desgraçada em meu âmago. *Assassino! A morte em pessoa!*

— Laia... — começo, mas um gemido baixo desce pelo túnel, e o chão treme. Através das grades do esgoto, ouço gritos, brados e a reverberação ensurdecedora de uma enorme explosão. — Mil infernos...

— É a Resistência erudita — Laia grita sobre o ruído. — Eles estão se revoltando!

Não chego a perguntar como ela ficou sabendo dessa notícia fascinante, pois, no mesmo instante, o prateado revelador brilha no túnel à nossa esquerda.

— Céus, Elias! — A voz de Laia está engasgada, seus olhos, arregalados. Um dos Máscaras que se aproximam é enorme, uns doze anos mais velho do que eu e desconhecido. O outro é uma figura pequena, quase diminuta. A calma em seu rosto mascarado não corresponde à ira fria que emana dela.

Minha mãe. A comandante.

Botas retumbam à nossa direita enquanto apitos chamam mais soldados ainda. *Sem saída.*

O túnel geme mais uma vez.

— Fique atrás de mim — disparo para Laia. Ela não ouve. — Laia, maldição, fique... *uuuf...*

Ela se joga de cabeça em meu estômago, um salto tão desajeitado e inesperado que tropeço para trás, dentro de uma das criptas na parede. Atravesso as teias de aranha espessas sobre a cripta e caio de costas em um caixão de pedra. Laia está com metade do corpo sobre o meu e metade enfiado entre o caixão e a parede da cripta.

A combinação de teias de aranha, cripta e garota quente me deixa atônito, e mal sou capaz de gaguejar:

— Você está malu...

BUUM. O teto do túnel onde estávamos havia pouco desaba de uma vez, um ruído surdo trovejante, intensificado pelo estrondo de explosões na cidade. Cubro o corpo de Laia com o meu, os braços em cada lado de sua cabeça para protegê-la da explosão. Mas é a cripta que nos salva. Tossimos com a onda de poeira liberada pelas explosões, e estou absolutamente consciente de que, se não fosse o raciocínio rápido de Laia, ambos estaríamos mortos.

Os estrondos cessam, e a luz do sol corta através da poeira. Gritos ecoam da cidade. Com cuidado, eu me afasto de Laia, levanto e viro na direção da entrada da cripta, parcialmente bloqueada por pedaços de pedras. Espio o que restou do túnel. Não é muita coisa. O desabamento da caverna é completo — não há um único Máscara à vista.

Saio com dificuldade, carregando Laia sobre os escombros. Poeira e sangue — não o dela, posso afirmar — marcam seu rosto, e ela tateia em busca do cantil. Eu o levo até seus lábios. Após alguns goles, ela se apruma.

— Eu posso... eu posso caminhar.

Rochas obstruem o túnel à nossa esquerda, mas uma mão coberta por uma cota de malha as afasta do caminho. Os olhos cinzentos e o cabelo loiro da comandante brilham através da poeira.

— Vamos lá.

Levanto o colarinho para esconder a tatuagem em formato de diamante de Blackcliff em minha nuca. Escalamos para fora das catacumbas e adentramos as ruas cacofônicas de Serra.

Por dez malditos infernos.

Ninguém parece ter notado o desmoronamento da rua para dentro das criptas — todos estão ocupados demais olhando fixamente para uma coluna de fogo que se ergue no céu azul e quente: a mansão do governador, acesa como uma pira funeral bárbara. Em torno de seus portões enegrecidos e na imensa praça à sua frente, dezenas de soldados marciais travam uma batalha campal com centenas de rebeldes trajando negro — combatentes da Resistência erudita.

— Por aqui! — Eu me afasto obliquamente da mansão do governador, derrubando dois combatentes rebeldes que se aproximam enquanto avanço, e busco chegar à rua seguinte mais adiante. Mas o fogo queima intensamente ali, espalhando-se rapidamente, e os corpos estão por toda parte. Pego a mão de Laia e corro na direção de outra rua lateral, apenas para descobrir que ela está tão brutalizada quanto a primeira.

Acima do retinir das armas, dos gritos e do trovejar das chamas, as torres de tambores de Serra batem freneticamente, demandando tropas de apoio ao Bairro Ilustre, ao Bairro Estrangeiro, ao Bairro das Armas. Outra torre divulga minha localização próxima à mansão do governador, ordenando que todas as tropas disponíveis se juntem à caçada.

Um pouco adiante da mansão, uma cabeça loiro-clara emerge dos escombros do túnel desmoronado. *Maldição*. Estamos parados próximos do meio da praça, ao lado de uma fonte coberta de cinzas, que exibe um cavalo empinado. Encosto Laia contra ela e me agacho, procurando desesperadamente uma rota de fuga antes que a comandante ou um dos Marciais nos veja. Mas parece que cada prédio e cada rua em torno da praça estão em chamas.

Procure melhor! A qualquer segundo agora, a comandante mergulhará na briga, usando sua habilidade aterrorizante para abrir caminho através da batalha e nos encontrar.

Olho para trás, para ela, enquanto sacode a poeira da armadura, indiferente ao caos. Sua serenidade arrepia os pelos de minha nuca. Sua academia está destruída, seu filho e inimigo escapou, a cidade está um desastre absoluto. E, no entanto, ela parece extraordinariamente calma com tudo isso.

— Ali! — Laia agarra meu braço e aponta para uma viela escondida atrás da carroça virada de um vendedor. Nós nos agachamos e corremos nessa direção, e eu agradeço aos céus pelo tumulto que impede tanto Eruditos quanto Marciais de nos perceberem.

Em minutos chegamos à viela, e, quando estamos prestes a mergulhar nela, arrisco um olhar para trás — uma única vez, apenas para ter certeza de que ela não nos viu.

Vasculho o caos — um nó de combatentes da Resistência caindo sobre uma dupla de legionários, um Máscara lutando contra dez rebeldes ao mesmo tempo, o entulho do túnel, onde minha mãe está parada. Um velho escravo erudito tentando escapar da confusão comete o erro de cruzar o seu caminho. Ela afunda a cimitarra no coração dele com uma brutalidade casual. Quando arranca a lâmina, não olha para o escravo. Em vez disso, me encara. Como se estivéssemos conectados, como se ela soubesse cada pensamento meu, seu olhar corta através da praça.

Ela sorri.

III
LAIA

O sorriso da comandante é um verme pálido e inchado. Embora eu a veja somente por um momento antes que Elias me apresse para longe do derramamento de sangue na praça, eu me sinto incapaz de falar.

Escorrego, minhas botas ainda cobertas de sangue da matança nos túneis. Ao pensar no rosto de Elias depois — o ódio em seus olhos —, estremeço. Eu queria lhe dizer que ele fez o que precisava para nos salvar. Mas não consegui colocar as palavras para fora. Precisei de todas as minhas forças para não vomitar.

Gemidos sofridos fendem o ar — Marciais e Eruditos, adultos e crianças, misturados em um grito cacofônico. Eu mal os ouço, concentrada que estou em evitar os vidros quebrados e os prédios em chamas que desmoronam nas ruas. Olho para trás várias vezes, esperando ver a comandante em nossos calcanhares. Subitamente me sinto como a garota que eu era um mês atrás. A garota que abandonou o irmão à prisão do Império, a garota que se lamuriava e chorava após ser açoitada. A garota que não tinha coragem.

Quando o medo tomar conta de você, use a única coisa mais poderosa e mais indestrutível para combatê-lo: o seu espírito. O seu coração. Ouço as palavras que o ferreiro Spiro Teluman, amigo e mentor de meu irmão, me disse ontem.

Tento transformar o medo em combustível. A comandante não é infalível. Ela pode nem ter me visto, de tão atenta que estava ao filho. Escapei dela uma vez. Escaparei de novo.

A adrenalina invade meu sangue, mas, quando dobramos uma rua para entrar na próxima, tropeço em uma pequena pirâmide de alvenaria e me estatelo sobre o calçamento de pedra escurecido pela fuligem.

Elias me coloca de pé tão facilmente como se eu fosse feita de penas. Ele olha atentamente à frente, para trás, para as janelas e o topo dos prédios próximos, como se também esperasse que sua mãe aparecesse a qualquer segundo.

— Precisamos seguir em frente. — Dou um puxão em sua mão. — Temos de sair da cidade.

— Eu sei. — Elias nos tira de vista, e entramos em um pomar abandonado, limitado por um muro. — Mas não podemos fazer isso se estivermos exaustos. Não vamos perder nada se descansarmos um minuto.

Ele se senta, e eu me ajoelho ao seu lado sem vontade. O ar de Serra parece estranho e contaminado, o toque de madeira chamuscada misturado com algo mais sinistro — sangue, corpos queimados e aço desembainhado.

— Como vamos chegar a Kauf, Elias? — Essa é a pergunta que me incomodava desde o momento em que entramos furtivamente nos túneis, a partir de sua caserna em Blackcliff. Meu irmão se deixou capturar por soldados marciais para que eu tivesse uma chance de escapar. Não o deixarei morrer em vão por seu sacrifício; ele é a única família que ainda tenho neste maldito Império. Se eu não salvá-lo, ninguém o fará. — Vamos nos esconder no campo? Qual é o plano?

Ele me encara firmemente, os olhos cinzentos opacos.

— O túnel de fuga teria nos colocado a oeste da cidade — ele diz. — Nós teríamos ido pelos desfiladeiros nas montanhas na direção norte, roubado uma caravana tribal e passado por comerciantes. Os Marciais não estariam procurando por nós... eles não estariam olhando para o norte. Mas agora... — Ele dá de ombros.

— O que isso quer dizer? Pelo menos temos um plano?

— Sim. Cair fora da cidade. Escapar da comandante. Esse é o único plano que importa.

— E depois?

— Uma coisa de cada vez, Laia. Nós estamos falando da minha mãe.

— Não tenho medo dela — digo, para que ele não pense que sou a mesma ratinha que ele conheceu em Blackcliff semanas atrás. — Não mais.

— Pois deveria — diz Elias secamente.

Os tambores reverberam, uma sucessão rápida de sons de sacudir o esqueleto. Minha cabeça estala com o eco. Elias inclina a cabeça.

— Eles estão repassando as nossas descrições — ele diz. — *Elias Veturius: olhos cinzentos, um metro e noventa e três, noventa e cinco quilos, cabelos pretos. Visto pela última vez nos túneis ao sul de Blackcliff. Armado e perigoso. Viaja com uma erudita: olhos dourados, um metro e setenta, cinquenta e sete quilos, cabelos pretos...* — Ele para. — Você entende agora. Eles estão nos caçando, Laia. *Ela* está nos caçando. Não temos como sair da cidade. O medo é o curso sábio a ser seguido agora. Ele nos manterá vivos.

— As muralhas...

— Pesadamente guardadas por causa da revolta erudita — diz Elias. — Pior agora, sem dúvida. Ela enviará mensagens por toda a cidade dizendo que ainda não ultrapassamos as muralhas. Os portões estarão duplamente fortificados.

— Será que poderíamos... você poderia... abrir caminho lutando? Talvez em um dos portões menores?

— Sim, poderíamos — diz Elias. — Mas isso ocasionaria muitas mortes.

Compreendo por que ele desvia o olhar, embora a parte dura e fria em mim nascida em Blackcliff se pergunte que diferença faz alguns Marciais mortos a mais. Especialmente diante de quantos ele já matou, e especialmente quando penso o que eles farão com os Eruditos assim que a revolução rebelde for inevitavelmente esmagada. Mas a melhor parte em mim se encolhe diante de tamanha insensibilidade.

— Os túneis, então? — digo. — Os soldados não esperam por isso.

— Não sabemos quais desmoronaram, e não faz sentido voltar lá para baixo se formos simplesmente chegar a um beco sem saída. As docas, talvez. Poderíamos atravessar o rio a nado...

— Não sei nadar.

— Me lembre de consertar isso quando tivermos alguns dias. — Ele balança a cabeça. Estamos ficando sem opções. — Poderíamos nos esconder até a revolução passar. Então nos enfiar nos túneis após as explosões pararem. Conheço uma casa segura.

— Não — digo rapidamente. — O Império mandou Darin para Kauf há três semanas. E aquelas fragatas de prisioneiros são rápidas, certo?

Elias anui.

— Eles chegariam a Antium em menos de quinze dias. Dali é uma jornada de dez dias por terra até Kauf, se não enfrentarem tempo ruim. Talvez ele já tenha chegado à prisão.

— Quanto tempo levaremos para chegar lá?

— Temos de ir por terra e evitar sermos reconhecidos — diz Elias. — Três meses, se formos rápidos. Mas apenas se chegarmos à cordilheira Nevennes antes das nevascas de inverno. Se não conseguirmos, só passaremos por ela na primavera.

— Então não podemos perder tempo — digo. — Nem mesmo um dia. — Olho para trás novamente, tentando suprimir um sentimento crescente de pavor. — Ela não nos seguiu.

— É claro que não — diz Elias. — Ela é esperta demais para fazer isso.

Ele contempla as árvores mortas à nossa volta, virando repetidamente uma lâmina na mão.

— Há um armazém abandonado próximo do rio, encostado nas muralhas da cidade — diz finalmente. — Meu avô é dono do prédio... Ele o mostrou para mim anos atrás. Uma porta no pátio dos fundos leva para fora da cidade. Mas não vou lá faz um bom tempo. Talvez nem esteja mais lá.

— A comandante sabe desse prédio?

— Meu avô jamais contaria para ela.

Penso em Izzi, minha colega escravizada em Blackcliff, me alertando a respeito da comandante quando cheguei à academia. "Ela sabe de coisas", Izzi dissera. "Coisas que não deveria."

Mas precisamos sair da cidade, e não tenho um plano melhor para oferecer.

Partimos passando rapidamente pelos bairros intocados pela revolução, atravessando furtiva e cuidadosamente as áreas consumidas pela luta e pelo fogo. As horas passam, e a tarde se funde gradualmente à noite. Elias é uma presença calma ao meu lado, aparentemente indiferente diante de tanta destruição.

Estranho pensar que, um mês atrás, meus avós estavam vivos, meu irmão estava livre e eu jamais tinha ouvido o nome Veturius.

Tudo que aconteceu desde então parece um pesadelo. Vovó e vovô assassinados. Darin levado à força pelos soldados, gritando para que eu fugisse.

E a Resistência erudita se oferecendo para me ajudar a salvar meu irmão, apenas para me trair.

Outro rosto surge em minha mente, os olhos escuros, belo e severo — sempre tão severo. Isso tornava seus sorrisos mais preciosos. Keenan, o rebelde de cabelos de fogo que desafiou a Resistência para secretamente me facilitar uma saída de Serra. Uma saída que eu concedi a Izzi.

Espero que ele não esteja bravo. Espero que tenha compreendido por que eu não podia aceitar sua ajuda.

— Laia — diz Elias quando chegamos ao limite leste da cidade. — Estamos próximos.

Emergimos do emaranhado das ruas de Serra perto de um depósito mercador. A torre solitária de uma fornalha para tijolos joga os armazéns e o depósito em uma sombra profunda. Durante o dia, esse lugar deve ser uma confusão de carruagens, comerciantes e estivadores. Mas, a essa hora da noite, está abandonado. O frio noturno aponta para a estação que está mudando, e um vento constante sopra do norte. Nada se mexe.

— Lá. — Elias aponta para uma estrutura construída contra as muralhas de Serra, similar àquelas que a ladeiam, com exceção de um pátio tomado pelas ervas daninhas. — Esse é o lugar.

E observa o depósito por longos minutos.

— A comandante seria incapaz de esconder um grupo de Máscaras ali — ele diz. — Mas duvido que ela aparecesse sem eles. Ela não arriscaria a chance de eu escapar.

— Você tem certeza que ela não viria sozinha? — O vento sopra mais forte. Cruzo os braços e sinto um arrepio. A comandante sozinha já é suficientemente aterrorizante. Não tenho certeza se ela precisa de soldados para apoiá-la.

— Não absoluta — ele admite. — Espere aqui. Vou me certificar de que o caminho está limpo.

— Acho que eu devia ir. — Fico imediatamente nervosa. — Se algo acontecer...

— Então você sobreviverá, mesmo que eu não sobreviva.

— O quê? Não!

— Se estiver seguro para você se juntar a mim, eu assobio uma nota. Se houver soldados, duas notas. Se a comandante estiver esperando, três notas repetidas duas vezes.

— E se *for* ela? E aí?

— Aí fique onde está. Se eu sobreviver, volto para buscá-la — diz Elias.

— Se não sobreviver, você precisará cair fora daqui.

— Elias, seu idiota, eu preciso de *você* se quiser chegar a Darin...

Ele coloca um dedo sobre meus lábios, atraindo meu olhar para o seu.

À nossa frente, o depósito está em silêncio. Atrás, a cidade queima. Lembro a última vez que olhei para ele desse jeito — um momento antes de nos beijarmos. Pela respiração curta que lhe escapa, acho que Elias também se lembra.

— Há esperança na vida — ele diz. — Uma garota corajosa uma vez me disse isso. Se algo acontecer comigo, não tema. Você encontrará uma saída.

Antes que as dúvidas tomem conta de mim novamente, ele baixa a mão e se desloca rapidamente pelo depósito, tão levemente quanto as nuvens de poeira que se elevam da fornalha para tijolos.

Sigo seus movimentos, dolorosamente consciente da fragilidade desse plano. Tudo que aconteceu até esse momento é o resultado da força de vontade ou de mera e simples sorte. Não faço ideia de como chegar seguramente ao norte, além de confiar em Elias para me guiar. Não faço ideia do que será necessário para invadir Kauf, exceto esperar que Elias saiba o que fazer. Tudo que tenho é uma voz dentro de mim que me diz para salvar meu irmão, e a promessa de Elias de que ele vai me ajudar a fazer isso. O restante são apenas desejos e esperança, o que há de mais frágil no mundo.

Não é o suficiente. Isso não é o suficiente. O vento joga meu cabelo de um lado para o outro, mais frio do que deveria estar para um final de verão. Elias desaparece no pátio do armazém. Meus nervos parecem crepitar, e embora eu inspire profundamente, sinto que não consigo puxar ar suficiente. *Vamos lá. Vamos lá.* A espera por seu sinal é excruciante.

Então eu o ouço. Tão rápido que penso por um segundo que estou enganada. *Espero* que esteja. Mas o som ressoa mais uma vez.

Três notas rápidas. Bruscas, súbitas e cheias de advertência.

A comandante nos encontrou.

IV
ELIAS

Minha mãe esconde sua ira com hábil dissimulação. Ela a enrola tranquilamente e a enterra fundo. Pisoteia o solo em cima, coloca uma lápide nela e finge que está morta.

Mas eu a vejo em seus olhos. Ardendo nas bordas, como os cantos de um papel que escurece antes de irromper em chamas.

Eu odeio compartilhar do sangue dela. Quem me dera poder arrancá-lo do meu corpo.

Ela está de pé contra a muralha alta e escura da cidade, outra sombra na noite, não fosse o brilho prateado de sua máscara. Ao lado dela está a nossa rota de fuga, uma porta de madeira tão coberta por videiras secas que é impossível enxergá-la. Embora ela não tenha arma alguma nas mãos, sua mensagem é clara: *Se quiser partir, terá de passar por mim.*

Por dez infernos. Espero que Laia tenha ouvido meu assobio de aviso e fique longe daqui.

— Você demorou — diz a comandante. — Esperei durante horas.

Ela se atira em minha direção, uma faca longa aparecendo tão rápido na palma da mão que é como se tivesse brotado da pele. Eu me esquivo por pouco e parto para cima dela com minhas cimitarras. Ela dança para longe de meu ataque sem se importar em cruzar lâminas, então lança uma estrela ninja, que me erra por um fio de cabelo. Antes que ela consiga pegar outra, avanço com tudo em sua direção, acertando um chute em seu peito, que a derruba, estatelada.

Enquanto ela se levanta com dificuldade, examino a área em busca de soldados. As muralhas da cidade estão vazias, os terraços dos prédios à nossa volta, desertos. Nem um ruído vem do armazém do meu avô. No entanto, não consigo acreditar que ela não tenha assassinos escondidos por perto.

Ouço um ruído arrastado à minha direita e ergo as cimitarras esperando uma flecha ou lança. Mas é o cavalo da comandante, amarrado a uma árvore. Reconheço a sela da Gens Veturia — um dos garanhões de meu avô.

— Que nervoso. — A comandante ergue uma sobrancelha prateada enquanto se põe de pé novamente. — Não fique. Eu vim sozinha.

— E por que você faria isso?

A comandante joga mais estrelas ninjas em minha direção. Enquanto me esquivo, ela dá a volta, voando em torno de uma árvore e fora do alcance das facas que lanço violentamente em resposta.

— Se você acha que eu preciso de um exército para destruí-lo, garoto — ela diz —, está enganado.

Ela abre a gola de seu uniforme com um estalo, e faço uma careta diante da visão da camisa de metal vivo por baixo, impenetrável a armas afiadas.

A camisa de Hel.

— Eu a peguei de Helene Aquilla. — A comandante saca as cimitarras e defende meu ataque com elegante leveza. — Antes de encaminhá-la para a Guarda Negra, para interrogatório.

— Ela não sabe de nada. — Eu me esquivo dos golpes de minha mãe enquanto ela dança à minha volta. *Coloque-a na defensiva. Então um golpe rápido na cabeça para nocauteá-la. Roube o cavalo. Fuja.*

Um ruído bizarro vem da comandante quando nossas cimitarras se chocam, sua música estranha preenchendo o silêncio do depósito. Após um momento, percebo que é uma risada.

Nunca tinha ouvido minha mãe rir. Jamais.

— Eu sabia que você viria para cá. — Ela se lança em minha direção com suas cimitarras, e eu me agacho por baixo dela, sentindo o vento das lâminas a centímetros do meu rosto. — Você teria considerado escapar pelo portão da cidade. Então os túneis, o rio, as docas. No fim, todas as opções eram problemáticas demais, especialmente com sua amiguinha junto. Você se lembrou desse lugar e presumiu que eu não soubesse a respeito dele. Idiota. Ela está aqui, sabia? — A comandante sibila de irritação quando bloqueio o ataque dela e provoco um corte superficial em seu braço. — A escrava erudita. Escondida no prédio. Observando. — Ela bufa e ergue a voz. — Agarrando-se tenazmente à vida como a barata que é. Os adivinhos a salvaram, não é? Eu devia tê-la esmagado completamente.

Esconda-se, Laia! Grito isso em minha cabeça, mas não em voz alta, temendo que ela encontre uma das estrelas de minha mãe enfiada no peito.

O armazém está atrás da comandante agora. Ela respira ligeiramente ofegante, e a morte reluz em seus olhos. Ela quer pôr fim nisso tudo.

A comandante golpeia com a faca, mas, quando a bloqueio, ela me dá uma rasteira e sua lâmina vem abaixo. Rolo para longe, evitando por muito pouco a morte, mas duas estrelas zunem em minha direção, e, embora eu desvie de uma, a outra corta meu bíceps.

Uma pele dourada brilha na escuridão atrás de minha mãe. *Não, Laia. Fique longe disso.*

Minha mãe larga as cimitarras e saca duas adagas, determinada a acabar comigo. Ela salta em minha direção com tudo, usando golpes rápidos para me ferir mortalmente.

Eu a evito, mas meus movimentos são lentos demais. Uma lâmina mordisca meu ombro; recuo, mas não sou ágil o suficiente para evitar que um chute terrível atinja meu rosto, me deixando de joelhos. Subitamente, há duas comandantes e quatro lâminas. *Você está morto, Elias.* Arfadas entrecortadas ecoam em minha cabeça — minha própria respiração, rasa e dolorida. Ouço a risadinha fria, como pedras quebrando uma vidraça. Ela avança para o golpe final. É apenas o treinamento de Blackcliff, o treinamento *dela*, que me permite instintivamente levantar minha cimitarra e bloqueá-la. Mas minha força me deixou. Ela arranca as cimitarras de minhas mãos, uma a uma.

De soslaio, vejo Laia se aproximando, a adaga na mão. *Pare, maldição. Ela vai matá-la em um segundo.*

Mas então eu pisco e Laia desapareceu. Acho que devo tê-la imaginado, que o chute abalou minha mente, mas ela aparece novamente, areia voando de suas mãos e entrando nos olhos de minha mãe. A comandante afasta a cabeça com um espasmo, e luto para recuperar minhas cimitarras no chão. Levanto uma no momento em que o olhar de minha mãe cruza com o meu.

Espero que seu punho enluvado se erga e bloqueie a espada. Espero morrer banhado em seu triunfo arrogante.

Em vez disso, seus olhos brilham com uma emoção que não consigo identificar.

Então a cimitarra atinge sua têmpora com um golpe que a deixará dormindo por pelo menos uma hora. Ela desaba no chão feito um saco de farinha.

Ira e confusão me paralisam enquanto Laia e eu a olhamos fixamente no chão. Que crime minha mãe *não* cometeu? Ela açoitou, matou, torturou, escravizou. Agora está caída à nossa frente, indefesa. Seria tão fácil matá-la. O Máscara dentro de mim insiste que eu o faça. *Não fraqueje agora, idiota. Você vai se arrepender.*

O pensamento me causa repulsa. Não a minha própria mãe, não assim, não importa que tipo de monstro ela seja.

Vejo um brilho de movimento. Uma figura se esconde nas sombras do depósito. Um soldado? Talvez — mas um soldado covarde demais para se apresentar e lutar. Talvez ele tenha nos visto, talvez não. Não vou esperar para descobrir.

— Laia. — Agarro minha mãe pelas pernas e a arrasto para dentro da casa. Ela é muito leve. — Pegue o cavalo.

— Ela... ela está... — Laia olha para baixo, para o corpo da comandante, e balanço a cabeça.

— O cavalo — digo. — Desamarre e vá com ele até a porta. — Enquanto ela faz isso, corto um pedaço de corda de um rolo em minha bolsa e amarro minha mãe, tornozelos e punhos. Quando ela despertar, isso não a segurará por muito tempo. Mas, com o golpe na cabeça, deve nos dar tempo para estar bem distantes de Serra antes que ela envie soldados atrás de nós.

— Temos de matá-la, Elias. — A voz de Laia treme. — Ela virá atrás de nós assim que acordar. Jamais chegaremos a Kauf.

— Eu não vou matá-la. Se voce quiser fazer isso, então faça de uma vez. Não podemos perder tempo.

Eu me viro de costas para examinar a escuridão atrás de nós novamente. Quem quer que estivesse nos observando, não está mais aqui. Temos de presumir o pior: que era um soldado e que ele vai soar o alarme.

Nenhuma tropa patrulha o topo dos baluartes de Serra. *Finalmente, alguma sorte.* A porta coberta de videiras se abre após alguns empurrões vigorosos, e suas dobradiças rangem alto. Em segundos, passamos através da muralha impenetrável da cidade. Por um momento, minha visão fica dupla. *Aquele maldito golpe na cabeça.*

Laia e eu rastejamos por um enorme arvoredo de damasqueiros, o cavalo estalando as ferraduras atrás de nós. Ela puxa o animal, e eu caminho à sua frente com as cimitarras em punho.

A comandante escolheu me enfrentar sozinha. Talvez tenha sido orgulho, o desejo de provar a si mesma e a mim que ela poderia me destruir com as próprias mãos. Qualquer que tenha sido a razão, ela teria deixado de prontidão pelo menos alguns esquadrões de soldados do lado de fora para nos pegar, caso escapássemos. Se há uma coisa que eu sei a respeito de minha mãe, é que ela sempre tem um plano reserva.

Sinto-me agradecido pela noite escura. Se houvesse luar, um arqueiro habilidoso poderia nos atingir facilmente das muralhas. Na escuridão, nos camuflamos entre as árvores. Ainda assim, não confio na escuridão. Espero pelo silêncio dos grilos e das criaturas noturnas, pelo resfriamento de minha pele, pelo raspar de uma bota ou o ranger de couro.

No entanto, à medida que avançamos pelo pomar, não há sinal do Império. Reduzo nosso avanço quando nos aproximamos da linha das árvores. Um afluente do rio Rei corre próximo. Os únicos pontos de luz no deserto são duas guarnições, a quilômetros de nós e uma da outra. Mensagens de tambor ecoam entre elas, referindo-se a movimentações de tropas dentro de Serra. Ao longe, ressoam cascos de cavalos. Fico tenso, mas o som se distancia de nós.

— Algo não está certo — digo para Laia. — Minha mãe deveria ter colocado patrulhas aqui.

— Talvez ela tenha pensado que não precisaria delas. — O sussurro de Laia é incerto. — Que ela mesma nos mataria.

— Não — digo. — A comandante sempre tem um plano reserva. — Desejo, subitamente, que Helene estivesse aqui. Praticamente posso ver seu cenho franzido, sua mente desemaranhando os fatos, cuidadosa e pacientemente.

Laia inclina a cabeça para mim.

— A comandante comete erros, Elias — ela diz. — Ela subestimou a nós dois.

É verdade, mas o sentimento de preocupação em meu peito não vai embora. Infernos, minha cabeça dói. Sinto vontade de vomitar. De dormir. *Pense, Elias.* O que era aquilo nos olhos de minha mãe um instante antes de eu nocauteá-la? Uma emoção. Algo que ela não expressaria normalmente.

Após um momento, a resposta me atinge. *Satisfação*. A comandante estava satisfeita.

Mas por que estaria satisfeita por eu tê-la deixado desacordada após ela ter tentado me matar?

— Ela não cometeu um erro, Laia. — Adentramos o terreno aberto além do pomar, e examino a tempestade que cresce sobre a cordilheira Serrana, a uns cento e cinquenta quilômetros de distância. — Ela nos *deixou* ir.

O que eu não compreendo é por quê.

V
HELENE

Leal até o fim.

O lema da Gens Aquilla, sussurrado em meu ouvido por meu pai momentos depois de eu ter nascido. Já falei essas palavras mil vezes. Jamais as questionei. Jamais duvidei delas.

Penso nessas palavras agora, enquanto afundo entre dois legionários nas masmorras abaixo de Blackcliff. *Leal até o fim.*

Leal a quem? À minha família? Ao Império? Ao meu coração?

Amaldiçoado seja meu coração nos infernos. Foi meu coração que me colocou aqui em primeiro lugar.

— Como Elias Veturius escapou?

Meu interrogador corta meus pensamentos. Sua voz soa tão desprovida de sentimento quanto horas atrás, quando a comandante me jogou nesse poço com ele. Ela me encurralou do lado de fora da caserna de Blackcliff, escoltada por um esquadrão de Máscaras. Eu me rendi calmamente, mas ela me derrubou inconsciente mesmo assim. E de alguma forma, entre aquele momento e agora, ela me tirou a camisa de prata que ganhei de presente dos homens sagrados do Império, os adivinhos. Uma camisa que me tornou quase invencível após ter se fundido em minha pele.

Talvez eu devesse ficar surpresa que ela tenha conseguido tirá-la de mim. Mas não estou. Diferentemente do restante do maldito Império, jamais cometi o erro de subestimar a comandante.

— Como ele escapou? — O interrogador retorna à questão. Suprimo um suspiro. Já respondi à pergunta uma centena de vezes.

— Não sei. Num momento eu deveria estar decepando a cabeça dele, e, no seguinte, tudo que eu conseguia escutar eram meus ouvidos retinindo. Quando olhei para a plataforma de execução, ele não estava mais ali.

O interrogador anui para os dois legionários que me seguram. Eu me preparo.

Não diga nada a eles. Não importa o que lhe fizerem. Quando Elias escapou, prometi que daria cobertura a ele uma vez mais. Se o Império ficar sabendo que ele fugiu através dos túneis, ou que ele está viajando com uma Erudita, ou que ele me deu a sua máscara, os soldados vão rastreá-lo com mais facilidade. Ele jamais conseguirá sair da cidade vivo.

Os legionários enfiam minha cabeça de volta no balde de água suja. Cerro os lábios, fecho os olhos e mantenho o corpo relaxado, embora cada parte de mim queira lutar contra meus captores. Eu me atenho a uma imagem, como a comandante nos ensinou durante o treinamento de interrogatório.

Elias escapando. Sorrindo em alguma terra distante, banhada de sol. Encontrando a liberdade que buscou por tanto tempo.

Meus pulmões são levados ao limite e queimam. *Elias escapando. Elias livre.* Eu me afogo, morro. *Elias escapando. Elias livre.*

Os legionários arrancam minha cabeça do balde, e inspiro um bocado profundo de ar.

O interrogador vira minha cabeça para cima com a mão firme, forçando-me a olhar para os olhos verdes que brilham, pálidos e indiferentes, contra o prateado de sua máscara. Espero ver um indício de ira — frustração, pelo menos, após horas me perguntando as mesmas coisas e ouvindo as mesmas respostas. Mas ele está calmo. Quase plácido.

Em minha cabeça, eu o chamo de Nórdico, por sua pele marrom, faces encovadas e olhos angulares. Ele saiu há poucos anos de Blackcliff, é jovem para estar na Guarda Negra, ainda mais como interrogador.

— Como ele escapou?

— Eu acabei de falar...

— Por que você estava na caserna dos caveiras após a explosão?

— Achei que o tinha visto. Mas o perdi. — Uma versão da verdade. Eu o perdi, no fim.

— Como ele colocou as cargas nos explosivos? — O Nórdico solta meu rosto e anda à minha volta lentamente, fundindo-se nas sombras, com exceção da insígnia vermelha em seu uniforme: um pássaro gritando. É o símbolo da Guarda Negra, a tropa que impõe a vontade do Império internamente. — Quando você o ajudou?

— Eu não o ajudei.

— Ele era seu aliado. Seu amigo. — O Nórdico tira algo do bolso. O objeto faz um ruído metálico, mas não consigo ver o que é. — No momento em que ele estava para ser executado, uma série de explosões quase colocou a academia abaixo. Você espera que alguém acredite que foi coincidência?

Diante do meu silêncio, o Nórdico gesticula para que os legionários me afundem novamente. Eu respiro fundo e isolo todo o resto de minha mente, exceto aquela imagem *dele* livre.

E então, bem quando coloco a cabeça para fora d'água, eu penso *nela*.

A garota erudita. Todo aquele cabelo escuro e aquelas curvas e aqueles malditos olhos dourados. Como ele segurou a mão dela enquanto eles fugiam pelo pátio. O modo como ela disse o nome dele e como, em seus lábios, ele soava como uma canção.

Engulo uma quantidade de água. Tem gosto de morte e urina. Chuto e luto contra os legionários, me segurando. *Acalme-se.* É assim que os interrogadores destroem seus prisioneiros. Uma fissura e ele enfiará uma cunha nela e baterá com um martelo até abri-la ao meio.

Elias escapando. Elias livre. Tento ver isso em minha mente, mas a imagem é substituída pelos dois juntos, enlaçados.

Talvez se afogar não seja tão horrível.

Os legionários me puxam para fora quando meu mundo escurece. Cuspo um bocado de água. *Recomponha-se, Aquilla. É aí que ele quebra você.*

— Quem é a garota?

A pergunta é tão inesperada que, por um maldito momento, sou incapaz de esconder o choque — ou o reconhecimento — em meu rosto.

Metade de mim xinga Elias por ser suficientemente estúpido para ser visto com a garota, e a outra metade tenta reprimir o horror que cresce em meu estômago. O interrogador observa as emoções desfilarem em meus olhos.

— Muito bem, Aquilla. — Suas palavras são mortalmente tranquilas. Imediatamente, penso na comandante. Quanto mais suavemente ela falava, disse Elias certa vez, mais perigosa ela é. Posso ver finalmente o que o Nórdico tirou de seu uniforme. Dois conjuntos de anéis de metal conjugados que ele escorrega até os dedos. Soqueiras de bronze. Uma arma brutal que transforma um simples espancamento em uma morte lenta e sangrenta.

— Por que não começamos por aí?

— Começamos? — Faz horas que estou neste buraco infernal. — O que você quer dizer com *começamos?*

— Isso — ele gesticula para o balde de água e meu rosto machucado — foi para te conhecer.

Por dez malditos infernos. Ele estava se segurando. Ele incrementou a dor pouco a pouco, enfraquecendo-me, esperando por uma brecha para entrar, para que eu soltasse algo. *Elias escapando. Elias livre. Elias escapando. Elias livre.*

— Mas agora, Águia de Sangue. — As palavras do Nórdico, embora ditas tranquilamente, irrompem através da ladainha em minha cabeça. — Agora veremos do que você é feita.

◆◆◆

O tempo se confunde. Horas se passam. Ou seriam dias? Semanas? Não sei dizer. Aqui embaixo não vejo o sol. Não consigo ouvir os tambores ou a torre do sino.

Um pouco mais, digo a mim mesma após um espancamento particularmente violento. *Mais uma hora. Aguente mais uma hora. Mais meia hora. Cinco minutos. Um minuto. Apenas um.*

Mas todo segundo é de dor. Estou perdendo esta batalha. Sinto nos blocos de tempo que desaparecem, na maneira como minhas palavras se confundem e tropeçam umas nas outras.

A porta do calabouço abre, fecha. Mensageiros chegam, conferem. As perguntas do Nórdico jamais terminam.

— Nós sabemos que ele escapou com a garota pelos túneis. — Um de meus olhos está fechado pelo inchamento, mas, quando ele fala, eu o encaro com o outro. — Assassinou meio pelotão lá embaixo.

Ah, Elias. Ele vai se atormentar por causa dessas mortes, não as vendo como uma necessidade, mas como uma escolha — a escolha errada. E manterá esse sangue em suas mãos por muito mais tempo do que eu teria levado para lavá-lo das minhas.

Mas alguma parte de mim está aliviada que o Nórdico saiba como Elias escapou. Pelo menos não preciso mais mentir. Quando ele me pergunta sobre o relacionamento de Laia e Elias, posso dizer honestamente que não *sei* de nada.

Só preciso sobreviver por tempo suficiente para que o Nórdico acredite em mim.

— Fale a respeito deles... Não é tão difícil, é? Nós sabemos que a garota era ligada à Resistência. Ela teria cooptado Elias à causa deles? Eles eram amantes?

Quero rir. *Seu palpite é tão bom quanto o meu.*

Tento responder, mas estou com muita dor para fazer qualquer coisa, exceto gemer. Os legionários me largam no chão. Fico deitada, encolhida em uma bola, uma tentativa patética de proteger minhas costelas quebradas. Minha respiração escapa em um chiado. Eu me pergunto se a morte está próxima.

Penso nos adivinhos. Eles sabem onde estou? Eles se importam?

Eles devem saber. E não fizeram nada para me ajudar.

Mas não estou morta ainda. E não dei ao Nórdico o que ele quer. Se ele ainda está fazendo perguntas, então Elias está livre e a garota está com ele.

— Aquilla. — O Nórdico soa... diferente. Cansado. — Seu tempo está acabando. Fale a respeito da garota.

— Eu não...

— Ou então, tenho ordens para espancá-la até a morte.

— Ordens do imperador? — chio. Estou surpresa. Achei que Marcus infligiria pessoalmente toda sorte de horrores em mim antes de me matar.

— Não importa de quem vieram as ordens — diz o Nórdico, agachando-se. Seus olhos verdes encontram os meus. Desta vez, aparentam menos do que calma. — Ele não vale isso, Aquilla. Conte-me o que preciso saber.

— Eu... eu não sei nada.

O Nórdico espera um momento. Observa. Quando sigo calada, ele se levanta e coloca as soqueiras de bronze.

Penso em Elias, neste mesmo calabouço não faz muito tempo. O que se passou em sua cabeça enquanto ele encarava a morte? Ele parecia tão sereno quando chegou ao pódio de execução. Como se tivesse feito as pazes enquanto encarava seu destino.

Gostaria de poder tomar emprestada parte dessa paz agora. *Adeus, Elias. Espero que encontre sua liberdade. Espero que encontre alegria. Os céus sabem que ninguém mais entre nós encontrará.*

Atrás do Nórdico, a porta do calabouço se abre com um retinido. Ouço uma passada odiada e familiar.

Imperador Marcus Farrar. Veio me matar pessoalmente.

— Meu lorde imperador — o Nórdico o saúda. Os legionários me arrastam para que eu me ajoelhe e inclinam minha cabeça para baixo para dar uma aparência de respeito.

Na luz obscura do calabouço, e com uma capacidade de visão limitada, não consigo discernir a expressão de Marcus. Mas consigo distinguir a identidade da figura alta e de cabelos loiros ao seu lado.

— Pai? — Mas que malditos infernos ele está fazendo aqui? Será que Marcus o está usando para me pressionar? Planejando torturá-lo até que eu ceda a informação?

— Majestade. — A voz de meu pai quando ele se dirige a Marcus é suave como o vidro, tão uniforme a ponto de ser indiferente. Mas seus olhos piscam em minha direção, cheios de horror. Com a pouca força que ainda me resta, eu o encaro fixamente. *Não o deixe ver, pai. Não o deixe saber o que você sente.*

— Um momento, pater Aquillus. — Marcus acena para meu pai pedindo silêncio e olha para o Nórdico. — Tenente Harper — ele diz. — Alguma coisa?

— Ela não sabe nada a respeito da garota, Majestade. Tampouco ajudou na destruição de Blackcliff.

Então ele acreditou em mim.

O Cobra acena para os legionários se afastarem. Ordeno a mim mesma que não desabe. Marcus me pega pelo cabelo e me põe de pé. O Nórdico observa, impassível. Cerro os dentes e endireito os ombros. Empurro-me para a dor, esperando — não, *desejando* — que os olhos de Marcus não contenham nada exceto ódio.

Mas ele me considera com aquela tranquilidade sinistra que às vezes aparenta. Como se soubesse de meus temores tanto quanto dos seus.

— É verdade, Aquilla? — diz Marcus, e desvio o olhar. — Elias Veturius, seu verdadeiro amor — as palavras soam imundas quando ele as pronuncia —, escapa debaixo do seu nariz com uma meretriz erudita, e você não sabe nada sobre ela? Nada sobre como ela sobreviveu à Quarta Eliminatória, por exemplo? Ou seu papel na Resistência? Será que as ameaças do tenente Harper são ineficientes? Talvez possamos pensar em algo melhor.

Atrás de Marcus, o rosto de meu pai fica mais pálido ainda.

— Majestade, por favor...

Marcus o ignora, empurra minhas costas contra a parede úmida do calabouço e pressiona o corpo contra o meu. Ele mergulha os lábios próximos de meu ouvido, e fecho os olhos, desejando apenas que meu pai não estivesse testemunhando isso.

— Será que devo encontrar alguém para atormentarmos? — murmura Marcus. — Alguém em cujo sangue possamos nos banhar? Ou será que devo ordenar que você faça outras coisas? Espero que tenha prestado atenção nos métodos de Harper. Você os usará frequentemente como Águia de Sangue.

Meus pesadelos — aqueles que ele de alguma maneira conhece — apresentam-se diante de mim com aterrorizante clareza: crianças alquebradas, mães esmaecidas, casas desabando até virar cinzas. Eu a seu lado, sua leal comandante, sua apoiadora, sua amante. Deleitando-me com isso. Desejando isso. Desejando-o.

Apenas pesadelos.

— Não sei de nada — grasno. — Sou leal ao Império. Sempre fui leal ao Império. — *Não torture meu pai*, quero acrescentar, mas me obrigo a não implorar.

— Majestade. — Meu pai é mais vigoroso dessa vez. — Nosso acordo? *Acordo?*

— Um momento, *pater* — interrompe Marcus, satisfeito. — Ainda estou brincando. — Ele pressiona o corpo mais ainda contra o meu, até uma expressão estranha cruzar seu rosto; surpresa, ou talvez irritação. Ele sacode a cabeça, como um cavalo se livrando de uma mosca, antes de dar um passo para trás. — Soltem-na — diz para os legionários.

— O que é isso? — Tento ficar de pé, mas minhas pernas fraquejam. Meu pai me pega antes que eu caia, enlaçando meu braço em torno de seus ombros largos.

— Você está livre para ir. — Marcus mantém o olhar fixo em mim. — Pater Aquillus, apresente-se a mim amanhã no décimo sino. Você sabe onde me encontrar. Águia de Sangue, você virá com ele. — Ele faz uma pausa antes de partir, e lentamente corre um dedo sobre o sangue que cobre meu rosto. Há fome em seus olhos enquanto leva o dedo à boca e o lambe. — Tenho uma missão para você.

Então ele parte, seguido pelo Nórdico e os legionários. Apenas quando seus passos desaparecem subindo a escada que leva para fora do calabouço, deixo minha cabeça cair. Exaustão, dor e incredulidade roubam minhas forças.

Eu não traí Elias. E sobrevivi ao interrogatório.

— Vamos, filha. — Meu pai me segura tão carinhosamente como se eu fosse uma recém-nascida. — Vamos para casa.

— O que você trocou por isso? — pergunto. — O que você trocou por mim?

— Nada que importe. — Meu pai tenta assumir um peso maior de meu corpo. Não o deixo. Em vez disso, mordo o lábio tão forte a ponto de sangrar. À medida que avançamos lentamente para fora da cela, eu me fortaleço naquela dor, esquecendo por um momento a fraqueza em minhas pernas e a sensação de queimação em meus ossos. Eu sou a Águia de Sangue do Império Marcial. Deixarei esse calabouço com meus próprios pés.

— O que você deu a ele, pai? Dinheiro? Terras? Estamos arruinados?

— Influência. Ele é Plebeu. Ele não tem gens, não tem família para apoiá-lo.

— As gens estão todas se voltando contra ele?

Meu pai anui.

— Elas pedem a renúncia dele... ou o assassinato. Ele tem muitos inimigos e não pode prender ou matar todos. Eles são muito poderosos. Ele precisa de influência. Eu dei isso a ele. Em troca da sua vida.

— Mas como? Você vai aconselhá-lo? Emprestar homens a ele? Não compreendo...

— Não importa agora. — Os olhos azuis de meu pai estão ardentes, e não posso olhar para eles sem um nó crescendo na garganta. — Você é minha filha. Eu teria dado a pele de minhas costas se ele tivesse pedido. Apoie-se em mim, querida. Poupe suas forças.

Influência não pode ser tudo o que Marcus arrancou de meu pai. Quero exigir que ele explique tudo, mas, à medida que subimos os degraus, a tontura toma conta de mim. Estou machucada demais para contestá-lo. Deixo que ele me ajude a sair do calabouço, incapaz de me livrar do sentimento inquietante de que, qualquer que tenha sido o preço que meu pai pagou por mim, foi alto demais.

VI
LAIA

Nós devíamos ter matado a comandante.

O deserto além dos pomares de Serra é silencioso. O único indício da revolução erudita é o brilho laranja de fogo contra o céu límpido da noite. Uma brisa fria carrega o cheiro da chuva do leste, onde uma tempestade relampeja sobre as montanhas.

Volte. Mate-a. Estou dividida. Se Keris Veturia nos deixou ir, tem alguma razão diabólica para isso. Além do mais, ela assassinou meus pais e minha irmã. Arrancou o olho de Izzi. Torturou a cozinheira. Me torturou. Liderou uma geração dos monstros mais letais e ignóbeis enquanto eles esmagavam meu povo, transformando-o em fantasmas servis de si mesmos. Ela merece morrer.

Mas estamos bem além das muralhas de Serra agora, e é tarde demais para voltar. Darin importa mais que a vingança contra aquela mulher maluca. E chegar a Darin significa me distanciar de Serra, o mais rápido possível.

Tão logo deixamos os pomares, Elias pula no lombo do cavalo. Seu olhar não descansa jamais, e a cautela impregna cada movimento seu. Percebo que ele está fazendo a mesma pergunta que eu. *Por que a comandante nos deixou ir?*

Agarro sua mão e me impulsiono para trás dele, meu rosto esquentando com a proximidade. A sela é enorme, mas Elias não é um homem pequeno. Céus, onde eu coloco as mãos? Em seus ombros? Em sua cintura? Ainda estou decidindo quando ele acerta o flanco do cavalo com os calcanhares e o animal dá um salto para a frente. Eu me agarro a uma alça da armadura de Elias, e ele estende a mão e me puxa para bem junto de si. Entrelaço os braços em torno de sua cintura e me seguro firme contra suas costas largas, minha cabeça girando enquanto o deserto vazio passa voando.

— Baixe a cabeça — ele diz sobre o ombro. — As guarnições estão próximas. — Ele meneia a cabeça, como se tentasse se livrar de algo nos olhos, e um calafrio percorre seu corpo. Anos observando meu avô com seus pacientes me faz colocar a mão no pescoço de Elias. Ele está quente, mas pode ser por causa da luta com a comandante.

O calafrio passa, e ele incita o cavalo a seguir adiante. Olho para trás, para Serra, esperando que os soldados saiam às centenas dos portões, ou que Elias fique tenso e diga que ouviu os tambores enviando a nossa localização. Mas passamos pelas guarnições tranquilamente, nada exceto o deserto aberto à nossa volta. Muito lentamente, o pânico que havia tomado conta de mim desde que eu vira a comandante vai passando.

Elias se orienta pelas estrelas. Após quinze minutos, reduz o passo do cavalo a um meio galope.

— As dunas ficam ao norte. Elas são um inferno no lombo de um cavalo. — Eu me levanto para ouvi-lo sobre o ruído dos cascos do animal. — Vamos para leste. — Ele indica as montanhas. — Devemos chegar àquela tempestade em algumas horas. Ela vai lavar nossos rastros. Buscaremos os contrafortes...

Nenhum de nós vê a sombra que se lança violentamente do escuro até que ela já esteja sobre nós. Em um segundo Elias está à minha frente, seu rosto a alguns centímetros do meu, enquanto me inclino para ouvir. No seguinte, ouço o barulho surdo de seu corpo batendo no solo do deserto. O cavalo empina e eu me seguro à sela, tentando continuar montada. Mas uma mão se fecha sobre meu braço e me arrasta para o chão também. Quero gritar com o frio desumano daquele aperto, mas só consigo soltar um gemido. Tenho a sensação de que fui pega pelo próprio inverno.

— *Passeee* — a coisa fala com um timbre rouco.

Tudo que vejo são raias de escuridão tremulando de uma forma vagamente humana. Tenho ânsia quando o fedor de morte sopra em minha direção. A alguns metros de mim, Elias xinga, lutando com mais sombras.

— *Praaata* — a que está me segurando diz. — *Passe*.

— Me largue! — Acerto um soco na pele viscosa que me congela do punho ao cotovelo. A sombra desaparece, e de repente estou lutando ridiculamente contra o ar. Um segundo mais tarde, no entanto, uma faixa de gelo se fecha em torno do meu pescoço e o aperta.

— *Passeee!*

Não consigo respirar. Desesperadamente, chuto minhas pernas. Minha bota acerta algo, a sombra me solta, e sou deixada respirando com dificuldade. Um guincho rasga a noite enquanto uma cabeça espectral passa voando, cortesia da cimitarra de Elias. Ele avança em minha direção, mas duas criaturas mais saltam do deserto, bloqueando o seu caminho.

— É um espectro! — ele berra para mim. — A cabeça! Você tem que arrancar a cabeça dele!

— Não sou um maldito espadachim!

O espectro aparece de novo, e tiro a cimitarra de Darin das costas, contendo sua aproximação. Assim que percebe que não tenho ideia do que estou fazendo, ele investe e crava os dedos em meu pescoço, tirando sangue. Grito com o frio e com a dor e deixo cair a lâmina de Darin, enquanto meu corpo fica dormente e imprestável.

Um brilho de aço, um guincho horripilante, e a sombra desaba sem cabeça. O deserto fica abruptamente silencioso, exceto pela respiração áspera minha e de Elias. Ele pega a lâmina de Darin do chão e se aproxima de mim, avaliando os arranhões em meu pescoço. Depois ergue meu queixo com os dedos quentes.

— Você está machucada.

— Não é nada. — Seu rosto também está machucado, mas ele não reclama, então eu me afasto e pego a cimitarra de Darin. Elias parece notá-la pela primeira vez. Fica boquiaberto. Ele a ergue para o alto, tentando vê-la na luz das estrelas.

— Por dez infernos, isso é uma espada telumana? Como... — Um tropear no deserto atrás dele faz com que nós dois saquemos nossas armas. Nada emerge do escuro, mas Elias sai a passos largos em direção ao cavalo. — Vamos cair fora daqui. Você pode me contar no caminho.

Seguimos a galope para leste. Enquanto cavalgamos, percebo que, exceto o que eu lhe contei na noite em que os adivinhos nos trancaram em seu quarto, Elias não sabe quase nada a meu respeito.

Isso pode ser uma coisa boa, diz minha porção cautelosa. *Quanto menos ele souber, melhor.*

Enquanto considero o que contar sobre a espada de Darin e Spiro Teluman, Elias vira ligeiramente na sela. Seus lábios se curvam em um sorriso torto, como se ele pudesse sentir minha hesitação.

— Nós estamos juntos nessa, Laia. Melhor me contar a história toda. Além disso — ele anui para meus ferimentos —, nós lutamos lado a lado. Traz má sorte mentir para um companheiro de batalha.

Nós estamos juntos nessa. Tudo o que ele fez desde o instante em que o obriguei a jurar me ajudar reforçou essa verdade. Elias merece saber pelo que ele está lutando. Ele merece saber as minhas verdades, por mais estranhas e inesperadas que sejam.

— Meu irmão não era um Erudito comum — começo. — E... bem, eu não era exatamente uma escrava comum.

◆ ◆ ◆

Vinte e cinco quilômetros e duas horas mais tarde, Elias cavalga silencioso à minha frente enquanto o cavalo avança penosamente. Ele segura as rédeas em uma das mãos, mantendo a outra sobre a adaga. Uma chuva de nuvens baixas enevoa a atmosfera, e fecho bem minha túnica para me proteger da umidade.

Tudo o que há para ser dito — o ataque, o legado de meus pais, a amizade de Spiro, a traição de Mazen, a ajuda dos adivinhos — foi compartilhado. As palavras me liberam. Talvez eu tenha ficado tão acostumada com o fardo dos segredos que não noto o seu peso até estar livre deles.

— Você está chateado? — pergunto finalmente.

— Minha mãe. — Sua voz é baixa. — Ela matou os seus pais. Sinto muito. Eu...

— Os crimes da sua mãe não são seus — digo após a rápida surpresa. O que quer que eu achasse que ele iria dizer, não era isso. — Não se desculpe por eles. Mas... — Olho para o deserto, vazio, silencioso. Ilusório. — Você compreende por que para mim é tão importante salvar Darin? Ele é tudo o que eu tenho. Depois do que ele fez por mim... e depois do que eu fiz com ele... o abandonando...

— Você precisa salvá-lo. Eu compreendo. Mas, Laia, ele é mais do que apenas o seu irmão. Você precisa saber disso. — Elias olha para trás, para mim, os olhos cinzentos ardentes. — O domínio do aço é a única razão para que ninguém tenha desafiado os Marciais. Todas as armas, de Marinn até as Terras do Sul, se quebram contra as nossas lâminas. O seu irmão poderia derrubar o Império com o que ele sabe. Não é de espantar que a Resistência o quisesse e que o Império o tenha enviado para Kauf em vez de matá-lo. Eles vão querer saber se ele compartilhou as habilidades dele com alguém.

— Eles não sabem que ele era aprendiz de Spiro — digo. — Acham que ele era um espião.

— Se pudermos libertá-lo e levá-lo a Marinn — Elias para o cavalo junto a um regato cheio pela chuva e gesticula para que eu desça —, ele poderia fazer armas para os Navegantes, os Eruditos, as Tribos. Ele poderia mudar tudo.

Elias balança a cabeça e escorrega para fora da sela. Quando suas botas tocam o chão, suas pernas se dobram. Ele agarra a parte mais alta da sela. Seu rosto fica branco como a lua, e ele leva a mão à têmpora.

— Elias? — Sob minha mão, seu braço treme. Ele tem um calafrio, exatamente como teve quando deixamos Serra. — Você está...

— A comandante acertou um chute terrível — diz Elias. — Nada sério. Só parece que não consigo fazer meus pés se moverem. — A cor retorna ao seu rosto, e ele enfia a mão na bolsa da sela, passando-me um punhado de damascos tão gordos que a casca está rachando. Ele deve tê-los pego no pomar.

Quando a fruta doce explode entre meus lábios, sinto uma pontada no coração. Não posso comer damascos sem pensar em minha avó de olhos radiantes e suas geleias.

Elias abre a boca como se para dizer algo. Mas muda de ideia e se vira para encher os cantis no regato. Ainda assim, sinto que ele está criando coragem para questionar algo. Eu me pergunto se serei capaz de responder. *O que era aquela criatura que você viu no gabinete da minha mãe? Por que você acha que os adivinhos te salvaram?*

— No abrigo, com Keenan — ele diz finalmente. — Você o beijou? Ou ele te beijou?

Cuspo o damasco, tossindo, e Elias se levanta para bater em minhas costas. Eu havia me perguntado se deveria lhe contar sobre o beijo. No fim, decidi que, com a minha vida dependendo dele, era melhor não deixar de dizer nada.

— Eu lhe conto a história da minha vida e *essa* é a sua primeira pergunta? Por que...

— Por que você acha? — Ele inclina a cabeça, ergue as sobrancelhas, e meu estômago revira. — De qualquer maneira — ele diz —, você... você...

Então fica pálido de novo, uma expressão estranha cruzando seu rosto. O suor forma gotas em sua testa.

— L-Laia, não me sinto...

Suas palavras se arrastam, e ele balança, trôpego. Seguro seu ombro, tentando mantê-lo ereto. Minha mão fica encharcada, e não é por causa da chuva.

— Céus, Elias, você está suando... muito.

Pego sua mão. Está fria, úmida.

— Olhe para mim, Elias. — Ele olha fixamente para baixo, em meus olhos, as pupilas dilatando-se descontroladamente antes de um tremor violento sacudir seu corpo. Ele cambaleia na direção do cavalo, mas, quando tenta agarrar a sela, erra e cai. Eu o seguro para evitar que bata a cabeça nas pedras à margem do córrego e o deito cuidadosamente no chão. Suas mãos têm espasmos.

Isso não pode ser do golpe que o atingiu na cabeça.

— Elias — digo. — Você se cortou em algum outro lugar? A comandante o acertou com uma espada?

Ele segura o bíceps.

— Apenas um arranhão. Nada séri...

A compreensão se descortina em seus olhos, e ele se vira para mim, tentando articular as palavras. Antes que consiga, ele se contrai uma vez. Então desaba como uma pedra, inconsciente. Não importa — já sei o que ele ia dizer.

A comandante o envenenou.

O corpo de Elias está assustadoramente imóvel; seguro seu punho, em pânico com o ritmo errático de seu pulso. Apesar do suor que jorra dele, seu corpo está frio, não febril. Céus, foi por isso que a comandante nos deixou ir? *É claro que sim, Laia, sua tola. Ela não teve de persegui-los ou preparar uma emboscada. Tudo o que ela precisava era cortá-lo, e o veneno cuidaria do resto.*

Mas ele não o fez, pelo menos não imediatamente. Meu avô tratou Eruditos feridos por lâminas envenenadas. A maioria morria dentro de uma hora após terem sido atingidos. Mas se passaram várias horas para que Elias começasse a reagir ao veneno.

Ela não usou o suficiente. Ou o corte não foi profundo o suficiente. Não importa. Tudo que importa é que ele ainda vive.

— Desculpe — ele geme. Em um primeiro momento, acho que ele está falando comigo, mas seus olhos seguem fechados. Ele ergue as mãos, como se estivesse afastando algo. — Eu não queria fazer isso. Minha ordem... deveria...

Rasgo um pedaço de minha túnica e o enfio na boca de Elias, temendo que ele arranque um pedaço da própria língua com uma mordida. O ferimento em seu braço é raso e quente. Assim que o toco, ele se remexe intensamente, assustando o cavalo.

Enfio a mão em minha mochila, com seus frascos de remédios e ervas, finalmente encontrando algo com o qual limpar o ferimento. Tão logo o corte é limpo, o corpo de Elias fica mais relaxado, e seu rosto, rígido de dor, torna-se mais sereno.

Sua respiração ainda é rasa, mas pelo menos ele não entrou em convulsão. Seus cílios são como meias-luas escuras contra a pele dourada de seu rosto. Ele parece mais jovem no sono. Como o garoto com quem dancei na noite do Festival da Lua.

Estendo a mão e a encosto em seu queixo, áspero com a barba por fazer e quente, com vida. Ela se derrama dele, essa vitalidade, quando ele luta, quando ele cavalga. Mesmo agora, com o corpo batalhando contra o veneno, ele pulsa, cheio de vida.

— Vamos lá, Elias. — Eu me inclino sobre ele e falo em seu ouvido. — Lute. Acorde. *Acorde.*

Seus olhos se arregalam, ele cospe a mordaça e tiro rapidamente a mão de seu rosto. O alívio me arrebata. Melhor desperto e ferido do que inconsciente e ferido. Imediatamente ele se levanta, cambaleante. Então se dobra ao meio, nauseado.

— Deite. — Eu o empurro de joelhos e esfrego suas costas largas, do jeito que vovô fazia com os doentes. *O toque pode curar mais do que ervas e cataplasmas.* — Temos de descobrir o veneno para encontrar um antídoto.

— Tarde demais. — Elias relaxa em minhas mãos por um momento antes de pegar o cantil e beber seu conteúdo. Quando ele termina, seus olhos estão mais límpidos, e ele tenta ficar de pé. — Antídotos, para a maioria dos venenos, precisam ser dados dentro de uma hora. Se o veneno fosse me matar, já o teria feito. Vamos andando.

— Para onde, exatamente? — pergunto. — Os contrafortes? Onde não há cidades ou boticários? Você foi *envenenado*, Elias. Se um antídoto não vai funcionar, então ao menos você precisa de um remédio para tratar as convulsões, ou perderá a consciência daqui até Kauf — digo. — Você vai morrer antes de chegarmos lá, porque ninguém consegue sobreviver a essas convulsões por muito tempo. Então sente e me deixe pensar.

Ele me encara, surpreso, e se senta.

Medito cuidadosamente sobre o ano que passei com vovô como curandeira aprendiz. A memória de uma garotinha surge em minha cabeça. Ela tinha convulsões e crises de desmaios.

— Extrato de Tellis — digo. Vovô deu à garota uma dracma disso. Em um dia, os sintomas arrefeceram. Em dois dias, cessaram. — Isso vai dar ao seu corpo uma chance de combater o veneno.

Elias faz uma careta.

— Nós podemos encontrar em Serra ou Navium.

Só que não podemos voltar para Serra, e Navium fica na direção oposta de Kauf.

— Que tal o Poleiro do Pirata? — Meu estômago revira de pavor diante da ideia. A rocha gigante é uma fossa sem lei dos detritos da sociedade: salteadores, caçadores de recompensas e contrabandistas do mercado clandestino que conhecem apenas a mais sinistra corrupção. O vovô ia lá algumas vezes para encontrar ervas raras. A vovó jamais dormia enquanto ele não voltasse.

Elias anui.

— Perigoso como dez infernos, mas cheio de gente que deseja passar despercebida como nós.

Ele se levanta de novo, e, embora esteja impressionada com sua força, também estou horrorizada com o modo insensível como ele trata seu corpo. Elias se atrapalha com as rédeas do cavalo.

— Vou ter outra convulsão, Laia. — Ele dá um tapa no cavalo, atrás da perna dianteira, e o animal se senta. — Me amarre com uma corda. Siga reto para sudeste. — Ele se coloca sobre a sela com esforço, adernando perigosamente para o lado. — Eu as sinto chegando — ele sussurra.

Giro sobre os calcanhares, esperando o ruído dos cascos de uma patrulha do Império, mas está tudo em silêncio. Quando olho de volta para Elias, seus olhos estão fixos em um ponto além de minha cabeça.

— Vozes. Me chamando de volta.

Alucinações. Outro efeito do veneno. Amarro Elias ao garanhão com uma corda de sua mochila, encho os cantis e monto. Ele desmorona contra minhas costas e apaga novamente. O cheiro dele, de chuva e especiarias, se derrama sobre mim, e respiro fundo para me firmar.

Meus dedos úmidos de suor deslizam ao longo das rédeas do cavalo. Como se o animal sentisse que não sei cavalgar, ele joga a cabeça para o lado e puxa o freio. Seco as mãos na camisa e as firmo nas rédeas.

— Nem pense nisso, seu pangaré — digo para seu resfolegar rebelde. — Seremos você e eu pelos próximos dias, então é melhor me obedecer. — Dou um chute leve no cavalo, e, para meu alívio, ele trota em frente. Viramos para sudeste, e enfio meus calcanhares mais fundo. Então partimos para valer, noite adentro.

VII
ELIAS

Vozes me cercam, murmúrios serenos que lembram o despertar de um acampamento tribal: os sussurros de homens acalmando cavalos, e crianças acendendo fogos para o café da manhã.

Abro os olhos, esperando a luz do sol de um deserto tribal, despudoradamente brilhante, mesmo ao amanhecer. Em vez disso, olho fixamente para um dossel de árvores. O sussurrar emudece, e sinto o ar pesado com a fragrância verde das agulhas de pinheiros e das cascas amolecidas pelos musgos. Está escuro, mas consigo distinguir o tronco corroído de grandes árvores, algumas tão grandes quanto casas. Além dos ramos acima, faixas do céu azul escurecem rapidamente para o cinza, como se uma tempestade estivesse se aproximando.

Algo passa voando em meio às árvores e desaparece quando me viro. As folhas farfalham, sussurrando como um campo de batalha de fantasmas. Os murmúrios que ouvi aumentam e desaparecem, aumentam e desaparecem.

Fico de pé. Embora eu espere que a dor surja aguda em cada membro, não sinto nada. A ausência de dor é estranha — e errada.

Onde quer que eu esteja, este não é o lugar onde eu deveria estar. Eu deveria estar com Laia, seguindo em direção ao Poleiro do Pirata. Eu deveria estar acordado, lutando contra o veneno da comandante. Instintivamente, levo as mãos às cimitarras. Elas não estão aqui.

— Não há cabeças para decepar no mundo fantasma, seu bastardo assassino.

Eu conheço essa voz, embora raramente a tenha ouvido tão carregada de virulência.

— Tristas?

Meu amigo aparece como costumava fazer em vida, o cabelo escuro feito piche, a tatuagem do nome de sua amada se destacando em evidente relevo contra a pele clara. *Aelia*. Ele não parece nem um pouco com um fantasma. Mas deve ser. Eu o vi morrer na Terceira Eliminatória, na ponta da cimitarra de Dex.

Ele não passa a sensação de um fantasma também — algo que percebo com abrupta violência quando, após me avaliar por um momento, ele mete o punho em meu queixo.

A descarga de dor que percorre meu crânio é entorpecida para metade do que deveria ser. Ainda assim, recuo. O ódio por trás do soco é mais poderoso do que o golpe em si.

— Isso foi por deixar o Dex me matar na Eliminatória.

— Sinto muito — digo. — Eu devia ter impedido.

— Não importa, tendo em vista que ainda estou morto.

— Onde estamos? O que é este lugar?

— O Lugar de Espera. É para os mortos que ainda não estão prontos para seguir em frente, aparentemente. Leander e Demetrius partiram. Mas eu não. Estou preso, ouvindo esse tagarelar.

Tagarelar? Presumo que ele esteja se referindo ao murmúrio dos fantasmas que passam evanescentes pelas árvores, o que para mim não é mais irritante que o ruído da maré na praia.

— Mas eu não estou morto.

— *Ela* não apareceu para fazer o discursinho para você? — pergunta Tristas. — *Bem-vindo ao Lugar de Espera, o reino dos fantasmas. Eu sou a Apanhadora de Almas e estou aqui para ajudá-lo a atravessar para o outro lado.*

Quando balanço a cabeça, aturdido, Tristas abre um sorriso maldoso para mim.

— Bem, ela estará aqui logo, logo, tentando pressioná-lo a seguir em frente. Tudo isso é dela. — Ele gesticula para a floresta, para os espíritos ainda murmurando além da linha das árvores. Então seu rosto muda, se retorce. — É ela! — E desaparece entre as árvores com uma velocidade anormal. Alarmado, eu me viro e vejo uma sombra se afastar de um tronco próximo.

Mantenho as mãos relaxadas ao longo do corpo, prontas para agarrar, esganar, socar. A figura se aproxima, movendo-se de maneira nem um pouco natural para uma pessoa. Ela é fluida demais, rápida demais.

Mas, quando está a apenas alguns metros de distância, ela desacelera o passo e se transforma em uma mulher esbelta, de cabelos escuros. O rosto não tem rugas, mas não consigo adivinhar sua idade. As íris negras e o olhar ancestral sugerem algo que não consigo decifrar.

— Olá, Elias Veturius. — Sua voz terrena é estranhamente carregada de sotaque, como se ela não estivesse acostumada a falar serrano. — Sou a Apanhadora de Almas, e é uma satisfação finalmente conhecê-lo. Já faz um tempo que o observo.

Certo.

— Preciso sair daqui.

— Você gosta disso? — Sua voz é suave. — Do dano que você causa? Da dor? Posso vê-lo. — Seus olhos percorrem o ar em torno de minha cabeça e meus ombros. — Você o carrega consigo. Por quê? Isso lhe traz felicidade?

— Não. — Eu me encolho diante do pensamento. — Não tenho a intenção... não quero machucar as pessoas.

— No entanto, você destrói todos aqueles que se aproximam de você. Seus amigos. Seu avô. Helene Aquilla. Você os machuca. — Ela faz uma pausa enquanto absorvo a verdade terrível de suas palavras. — Não observo aqueles do outro lado — ela diz. — Mas você é diferente.

— Eu não deveria estar aqui — digo. — Não estou morto.

Ela me considera por um longo tempo antes de inclinar a cabeça como um pássaro curioso.

— Mas você está morto — diz. — Só não sabe ainda.

◆◆◆

Meus olhos se abrem surpresos para um céu coberto de nuvens. A manhã está pela metade, e estou caído para a frente, minha cabeça balançando no espaço entre o pescoço e o ombro de Laia. Colinas baixas se estendem ao longe à nossa volta, pontilhadas de pinheiros, amarilhos e pouco mais. Laia leva o cavalo na direção sudeste em um trote, para o Poleiro do Pirata. Com meu movimento, ela se vira para trás.

— Elias! — Ela reduz o passo do cavalo. — Você apagou durante horas. Eu... eu achei que talvez você não fosse acordar mais.

— Não pare o cavalo. — Não possuo nada da força que senti em minha alucinação, mas me obrigo a sentar ereto. A tontura toma conta de mim, e sinto a língua pesada na boca. *Fique, Elias*, digo a mim mesmo. *Não deixe a Apanhadora de Almas puxá-lo de volta.* — Continue avançando... os soldados...

— Nós cavalgamos a noite toda. Eu vi soldados, mas eles estavam distantes e indo para o sul. — Os olhos de Laia estão marcados pelo cansaço e suas mãos tremem. Ela está exausta. Pego as rédeas de suas mãos, e ela solta o corpo contra o meu, fechando os olhos. — Aonde você foi, Elias? Você consegue se lembrar? Porque já vi convulsões antes. Elas podem derrubar uma pessoa por alguns minutos, até mesmo uma hora. Mas você esteve inconsciente por muito mais tempo.

— Era um lugar estranho. Uma fl-floresta...

— Nem pense em me deixar de novo, Elias Veturius. — Laia se vira e sacode meus ombros, e eu abro os olhos abruptamente. — Não posso fazer isso sem você. Olhe para o horizonte. O que você vê?

Eu me forço a olhar para a frente.

— N-nuvens. Tempestade vindo. Grande. Precisamos de abrigo.

Laia anui.

— Eu podia sentir o cheiro dela. A tempestade. — Ela olha de relance para trás. — Me fez lembrar de você.

Tento discernir se isso é um elogio ou não, mas então desisto. Por dez infernos, estou tão cansado.

— Elias. — Ela coloca a mão em meu rosto e me força a encarar seus olhos dourados, tão hipnotizantes quanto os olhos de uma leoa. — Fique comigo. Você tinha um irmão de criação... me fale dele.

Vozes me chamam — o Lugar de Espera me puxa de volta com garras famintas.

— Shan — balbucio. — O... O nome dele é Shan. Mandão, como a Mamie Rila. Ele tem dezenove anos... um ano mais novo. — Sigo tagarelando, tentando afastar para longe o aperto frio do Lugar de Espera. Enquanto falo, Laia empurra o cantil de água em minhas mãos, me encorajando a beber.

— Fique. — Ela segue dizendo, e me agarro ao mundo como se fosse um tronco flutuante no oceano aberto. — Não volte. Eu preciso de você.

Horas mais tarde a tempestade nos atinge, e, embora cavalgar nela seja miserável, a chuva me deixa forçosamente mais desperto. Guio o cavalo para uma ravina baixa, cheia de rochedos. A tempestade é pesada demais para que possamos ver mais do que alguns metros — o que significa que os homens do Império estarão igualmente cegos.

Desmonto e passo longos minutos tentando cuidar do garanhão, mas minhas mãos se recusam a funcionar adequadamente. Uma emoção estranha me agarra: medo. Eu a esmago. *Você vai lutar contra o veneno, Elias. Se ele fosse matá-lo, você já estaria morto.*

— Elias? — Laia está ao meu lado, a preocupação estampada no rosto. Ela prendeu uma lona entre dois rochedos, e, quando termino com o cavalo, me guia até ali e me faz sentar.

— Ela me disse que eu machuco as pessoas — falo sem pensar enquanto nos aconchegamos. — Eu as deixo se machucarem.

— Quem lhe disse isso?

— Eu vou machucar você. Eu machuco todo mundo.

— Pare, Elias. — Laia toma minhas mãos. — Eu te libertei porque você *não* me machucou. — Ela faz uma pausa, e a chuva é uma cortina gelada à nossa volta. — Tente ficar, Elias. Você ficou longe por tanto tempo da última vez, e eu preciso que você fique.

Nós estamos tão próximos que consigo ver o entalhe no centro de seu lábio inferior. Um anel de cabelo se soltou de seu coque e se derrama por seu longo pescoço dourado. Eu daria tanto para estar tão próximo dela e não estar envenenado ou sendo caçado, ferido ou assombrado.

— Me conte outra história — ela sussurra. — Ouvi dizer que os cincos veem as ilhas do sul. Elas são belas? — Diante da minha concordância, ela me cutuca. — Como elas são? A água é clara?

— A água é azul. — Tento lutar contra o arrastar de minha voz, pois ela está certa: preciso ficar. Preciso dar um jeito de chegarmos ao Poleiro. Preciso conseguir o Tellis. — Mas não... não azul-escuro. São mil azuis. E verdes. Como se... como se alguém pegasse os olhos da Hel e os transformasse no oceano.

Meu corpo treme. *Não, de novo não.* Laia toma meu rosto nas mãos, e seu toque envia um choque de desejo através de mim.

— Fique comigo — ela diz. Seus dedos são frios sobre minha pele febril. Um raio irrompe no céu, iluminando o rosto de Laia, deixando seus olhos dourados mais escuros e lhe dando uma aparência sobrenatural. — Me conte outra lembrança — ela pede. — Algo bom.

— Você — digo. — A... a primeira vez que te vi. Você é bonita, mas há um monte de garotas bonitas, e... — *Encontre as palavras. Faça com que você continue aqui.* — Não foi por isso que você se destacou. Você é como eu...

— Fique comigo, Elias. Fique aqui.

Minha boca não quer funcionar. A escuridão que se aproxima lentamente do canto de minha visão chega mais perto.

— Não consigo ficar...

— Tente, Elias. Tente!

A voz dela some. O mundo fica escuro.

◆ ◆ ◆

Desta vez, eu me vejo sentado no chão da floresta, o calor de um fogo espantando o frio de meus ossos. A Apanhadora de Almas está sentada à minha frente e alimenta pacientemente as chamas com toras.

— Os lamentos dos mortos não incomodam você — ela diz.

— Vou responder às suas perguntas se você responder às minhas — retruco. Quando ela anui, continuo. — Não soam como lamentos para mim. Mais como sussurros. — Espero uma resposta dela, mas não há nenhuma. — Minha vez. Essas convulsões... elas não deveriam me derrubar durante horas de cada vez. Você está fazendo isso? Você está me mantendo aqui?

— Eu já lhe disse: andei observando você. Queria uma chance de conversar.

— Me deixe voltar.

— Logo — ela diz. — Você tem mais perguntas a fazer?

Minha frustração aumenta, quero gritar com ela, mas preciso de respostas.

— O que você quis dizer quando falou que eu estava morto? Eu sei que não estou. Estou vivo.

— Não por muito mais tempo.

— Você consegue ver o futuro, como os adivinhos?

A cabeça dela se ergue, e o rosnado selvagem em seus lábios inquestionavelmente não é humano.

— Não invoque essas criaturas aqui — ela diz. — Este é um lugar sagrado, um lugar onde os mortos vêm para encontrar a paz. Os adivinhos são o anátema para a morte. — Ela se acalma de novo. — Eu sou a Apanhadora de Almas, Elias. Eu lido com os mortos. E a morte reivindicou você... aqui. — Ela toca meu braço, exatamente onde a estrela da comandante me cortou.

— O veneno não vai me matar — digo. — E, se Laia e eu conseguirmos o extrato de Tellis, tampouco as convulsões.

— Laia. A garota erudita. Outra chama esperando para queimar o mundo — ela diz. — Você vai machucá-la também?

— Nunca.

A Apanhadora de Almas balança a cabeça.

— Você se aproximou dela. Não vê o que está fazendo? A comandante te envenenou. Você, por sua vez, é um veneno. Você envenenará a alegria de Laia, sua esperança, sua vida, como envenenou todo o resto. Se você se importa com ela, não a deixe cuidar de você. Da mesma forma que o veneno que o consome por inteiro, você não tem antídoto.

— Não vou morrer.

— A força de vontade sozinha não pode mudar o destino de alguém. Reflita sobre isso, Elias, e você verá. — O sorriso dela é triste enquanto cutuca o fogo. — Talvez eu o chame aqui de novo. Tenho muitas perguntas...

Desabo de volta ao mundo real com uma brusquidão que faz meus dentes doerem. A noite está coberta de névoa. Devo ter apagado durante horas. Nosso cavalo trota firmemente, mas sinto suas pernas tremerem. Precisaremos parar logo.

Laia segue cavalgando, desatenta ao fato de que acordei. Minha mente não parece nem de perto tão lúcida quanto esteve no Lugar de Espera, mas lembro das palavras da Apanhadora de Almas. *Reflita sobre isso, Elias, e você verá.*

Repasso os venenos que conheço, amaldiçoando-me por não ter prestado mais atenção no centurião de Blackcliff que nos instruiu sobre toxinas.

Erva-da-noite. Mal foi mencionada porque é ilegal no Império, mesmo para Máscaras. Foi declarada ilegal um século atrás, após ter sido usada para assassinar o imperador. *Sempre letal, embora, em doses mais altas, ela mate rapidamente. Em doses baixas, os únicos sintomas são convulsões severas.*

De três a seis meses de convulsões, lembro. Então a morte. Não há cura. Não há antídoto.

Finalmente, compreendo por que a comandante nos deixou escapar de Serra, por que ela não se incomodou em cortar minha garganta. Ela não precisava.

Ela já havia me matado.

VIII
HELENE

— Seis costelas quebradas, vinte e oito lacerações, treze fraturas, quatro tendões estirados e rins machucados.

O sol da manhã se derrama através das janelas do meu quarto de infância, refletindo no cabelo loiro-prateado de minha mãe enquanto ela retransmite a avaliação do médico. Eu a observo no pomposo espelho prateado à nossa frente — um presente que ela me deu quando eu era pequena. Sua superfície imaculada é a especialidade de uma cidade bem ao sul, uma ilha de sopradores de vidro que meu pai visitou certa vez.

Eu não deveria estar aqui. Eu deveria estar na caserna da Guarda Negra me preparando para a audiência que vou ter com o imperador Marcus Farrar, daqui a menos de uma hora. Em vez disso, estou sentada em meio aos tapetes de seda e às cortinas em tom lavanda da Villa Aquilla, com minha mãe e irmãs cuidando de mim em vez de um médico militar. "Você esteve sob interrogatório durante cinco dias, elas estavam doentes de preocupação", insistiu meu pai. "Elas querem vê-la." Não tive forças para recusar seu pedido.

— Treze fraturas não é nada. — Minha voz é rouca. Tentei não gritar durante o interrogatório. Minha garganta está em carne viva das vezes que fracassei. Minha mãe dá pontos em um ferimento, e escondo uma careta quando ela o termina.

— Ela está certa, mãe. — Livia, que aos dezoito anos é a Aquilla mais jovem, abre um sorriso triste para mim. — Poderia ter sido pior. Eles poderiam ter cortado o cabelo dela.

Resfolego — dói demais rir, e até minha mãe sorri enquanto passa delicadamente unguento em meus ferimentos. Apenas Hannah segue inexpressiva.

Olho de relance para ela, que desvia o olhar, com o maxilar cerrado. Ela jamais aprendeu a reprimir seu ódio por mim, minha irmã do meio. Embora, depois da primeira vez que puxei uma cimitarra para ela, tenha aprendido ao menos a escondê-lo.

— A culpa é sua. — A voz de Hannah é baixa, venenosa e totalmente esperada. Estou surpresa que tenha levado tanto tempo. — É ultrajante. Eles não deveriam ter de torturá-la para obter informações sobre aquele... aquele monstro. — *Elias*. Sinto-me grata por ela não dizer o nome dele. — Você devia tê-lo entregado...

— Hannah! — dispara minha mãe. Com as costas rígidas, Livia olha fixamente para nossa irmã.

— Minha amiga Aelia ia se casar em uma semana — Hannah rosna. — O noivo dela está morto por causa do seu *amigo*. E você se recusa a ajudar a encontrá-lo.

— Eu não sei onde ele está...

— Mentirosa! — A voz de Hannah vibra com mais de uma década de raiva. Por catorze anos minha educação teve precedência sobre qualquer coisa que ela ou Livvy fizessem. Catorze anos em que meu pai esteve mais preocupado comigo do que com suas outras filhas. O ódio dela é tão familiar para mim quanto minha própria pele. Isso não o faz arder menos. Hannah me vê como uma rival. Olho para ela e vejo a irmã de olhos arregalados e cabelos claríssimos que costumava ser minha melhor amiga.

Até Blackcliff, de qualquer maneira.

Ignore-a, digo a mim mesma. Não posso deixar suas acusações ressoarem em meus ouvidos quando me encontrar com o Cobra.

— Você devia ter ficado presa — diz Hannah. — Você não vale o nosso pai indo até o imperador e implorando... *implorando*, prostrado no chão.

Malditos céus, pai. Não. Ele não devia ter se rebaixado — não por mim. Olho para baixo, para minhas mãos, irada, conforme sinto meus olhos queimarem com lágrimas. Malditos infernos, estou prestes a encarar Marcus. Não tenho tempo para culpa ou lágrimas.

— Hannah. — A voz de minha mãe tem um timbre de aço, tão diferente de seu jeito meigo usual. — Saia.

Minha irmã ergue o queixo antes de se virar e deixar o quarto, como se fosse sua a ideia de ir embora. *Você daria uma excelente Máscara, irmã.*

— Livvy — minha mãe diz após um minuto. — Certifique-se de que ela não desconte a raiva nos escravos.

— Provavelmente é tarde demais para isso — resmunga Livvy enquanto nos deixa. Quando tento me levantar, minha mãe coloca a mão em meu ombro e me empurra de volta para o assento com uma força surpreendente.

Passa cuidadosamente um unguento ardente em um corte profundo em meu couro cabeludo. Seus dedos frios viram meu rosto para um lado e para o outro. Seus olhos são espelhos tristes dos meus.

— Ah, minha menina — ela sussurra. Subitamente me sinto trêmula, como se quisesse desabar em seus braços e jamais deixar sua segurança.

Em vez disso, afasto suas mãos.

— Está bem assim. — Melhor ela me achar impaciente do que frágil demais. Não posso lhe mostrar minhas partes feridas. Não posso mostrá-las a ninguém. Não quando minha força é a única coisa que vai me servir agora. E não quando estou a minutos de me encontrar com o Cobra.

"Tenho uma missão para você", ele dissera. O que ele vai me obrigar a fazer? Pôr fim à revolução? Punir os Eruditos por sua insurreição? *Fácil demais.* Possibilidades piores me vêm à mente. Tento não pensar a respeito delas.

Ao meu lado, minha mãe suspira. Seus olhos se enchem, e fico tensa. Sou quase tão boa com lágrimas quanto com declarações de amor. Mas as lágrimas dela não se derramam. Ela se endurece — algo que foi forçada a aprender como mãe de uma Máscara — e vai buscar minha armadura. Silenciosamente, me ajuda a colocá-la.

— Águia de Sangue. — Meu pai aparece no vão da porta alguns minutos depois. — É chegada a hora.

◆◆◆

O imperador Marcus assumiu sua residência na Villa Veturia.

Na casa de Elias.

— Por insistência da comandante, sem dúvida — diz meu pai, enquanto guardas com as cores Veturia abrem os portões da vila para nós. — Ela vai querer mantê-lo próximo.

Gostaria que ele tivesse escolhido qualquer outro lugar. A memória me assalta enquanto passamos pelo pátio. Elias está por toda parte. Sua presença é tão forte que sei que basta virar a cabeça e ele estará a centímetros de distância, os ombros jogados para trás com descuidada elegância, um gracejo nos lábios.

Mas é claro que ele não está aqui, tampouco seu avô, Quin. No lugar deles, há dezenas de soldados da Gens Veturia cuidando das muralhas e dos telhados. O orgulho e o desdém, que eram a marca Veturia sob o comando de Quin, não existem mais. Em vez disso, uma corrente oculta de medo sombrio propaga-se em ondas através do pátio. Um poste de açoitamento encontra-se erguido casualmente em um canto. Sangue fresco salpica as pedras do calçamento em torno dele.

Eu me pergunto onde está Quin agora. Em algum lugar seguro, espero. Antes de eu ajudá-lo a escapar para o deserto ao norte de Serra, ele me deu um aviso: "Cuide-se, garota. Você é forte, e ela a matará por isso. Não imediatamente. A sua família é importante demais para isso. Mas ela encontrará um meio". Não precisei perguntar de quem ele estava falando.

Meu pai e eu entramos na vila. Eis o salão de entrada onde Elias me recebeu depois da formatura. A escada de mármore que descíamos correndo quando éramos crianças, a sala de visitas onde Quin recebia convidados. Nos fundos dela, a copa do mordomo, onde Elias e eu o espiávamos.

Quando meu pai e eu somos conduzidos até a biblioteca de Quin, luto para controlar meus pensamentos. Já é ruim o suficiente que Marcus, como imperador, possa me fazer cumprir suas ordens. Não posso deixá-lo me ver lamentando por Elias. Sei que ele usará essa fraqueza em sua vantagem.

Você é uma Máscara, Aquilla. Aja como tal.

— Águia de Sangue. — Marcus ergue o olhar para observar minha entrada, meu título de certa maneira insultante em seus lábios. — Pater Aquillus. Bem-vindo.

Não tenho certeza do que esperar quando entramos. Marcus espreguiçando-se em meio a um harém de mulheres espancadas e machucadas, talvez.

Em vez disso, está envergando sua armadura de batalha completa, a capa e as armas ensanguentadas, como se tivesse acabado de sair de uma luta. É claro. Marcus sempre adorou o sangue e a adrenalina da batalha.

Dois soldados Veturia estão posicionados junto à janela. A comandante está ao lado de Marcus, apontando para um mapa sobre a mesa diante deles. Quando se inclina para a frente, vejo um reflexo prateado por baixo de seu uniforme.

A cadela está usando a camisa que roubou de mim.

— Como eu estava dizendo, Alteza. — A comandante anui, cumprimentando-nos, antes de continuar o que estava dizendo. — Temos de cuidar do diretor Sisellius de Kauf. Ele era primo do antigo Águia e compartilhava com ele informações dos interrogatórios dos prisioneiros de Kauf. Foi por isso que o Águia conseguiu manter uma rédea tão curta sobre a dissidência interna.

— Não posso procurar o seu filho traidor, combater a revolução dos ratos, curvar as gens ilustres à minha vontade, lidar com os ataques na fronteira e ainda partir para cima de um dos homens mais poderosos do Império, comandante. — Marcus assumiu sua autoridade naturalmente. Como se estivesse esperando por ela. — Você faz ideia de quantos segredos o diretor conhece? Ele poderia reunir um exército num piscar de olhos. Até termos o restante do Império resolvido, deixaremos o diretor em paz. Você está dispensada. Pater Aquillus. — Marcus olha de relance para meu pai. — Vá com a comandante. Ela vai cuidar dos detalhes do nosso... acordo.

Acordo. Os termos de minha soltura. Meu pai ainda não me contou quais foram eles.

Mas não posso perguntar agora. Meu pai segue a comandante e os dois soldados Veturia. A porta do gabinete bate atrás deles. Marcus e eu estamos sozinhos.

Ele se vira para me observar. Não consigo cruzar o olhar com o seu. Toda vez que encaro seus olhos amarelos, vejo pesadelos. Espero que ele se divirta com minha fraqueza. Que sussurre em meu ouvido sobre as coisas sinistras que ambos vemos, como ele tem feito por semanas a fio. Espero por sua abordagem, por seu ataque. Eu sei o que ele é e com o que vem me ameaçando há meses.

Mas Marcus cerra o queixo e levanta a mão até a cintura, como se estivesse prestes a espantar um mosquito. Então ele se controla, uma veia aparecendo em sua têmpora.

— Tenho a impressão, Aquilla, que você e eu estamos condenados a andar juntos, como imperador e Águia. — Ele cospe as palavras em mim. — Até que um de nós morra, pelo menos.

Estou surpresa com a amargura em sua voz. Seus olhos de gato olham fixo ao longe. Sem Zak ao seu lado, ele não parece completamente presente — somente metade de uma pessoa. Ele parecia... mais jovem ao lado de Zak. Ainda cruel, ainda horrível, mas pelo menos mais relaxado. Agora ele parece mais velho e mais duro e, de maneira aterrorizante, talvez mais sábio.

— Então por que você simplesmente não me matou na prisão? — digo.

— Porque me diverti vendo seu pai implorar. — Marcus abre um largo sorriso, um vislumbre de sua velha personalidade. O sorriso desaparece. — E porque os adivinhos parecem ter uma queda por você. Cain me fez uma visita. Insistiu que matá-la levaria à minha própria ruína. — O Cobra dá de ombros. — Para ser sincero, eu me sinto tentado a cortar sua garganta apenas para ver o que acontece. Talvez ainda faça isso. Mas, por ora, tenho uma missão para você.

Controle-se, Aquilla.

— Estou a vosso dispor, Alteza.

— A Guarda Negra... seus homens agora... até o momento falhou em localizar e capturar o rebelde Elias Veturius.

Não.

— Você o conhece. Sabe como ele pensa. Você vai caçá-lo e trazê-lo acorrentado. Então vai torturá-lo e executá-lo. Publicamente.

Caçar. Torturar. Executar.

— Alteza. — *Não posso fazer isso. Não posso.* — Eu sou a Águia de Sangue. Eu deveria estar subjugando a revolução.

— A revolução está subjugada — diz Marcus. — Seu auxílio não é necessário.

Eu sabia que isso aconteceria. Eu sabia que ele me mandaria atrás de Elias. Eu sabia porque sonhei com isso. Mas não achava que seria tão cedo.

— Eu acabei de me tornar líder da Guarda Negra — digo. — Preciso conhecer meus homens. Meus deveres.

— Mas primeiro você precisa ser um exemplo para eles. Que melhor exemplo do que capturar o maior traidor do Império? Não se preocupe com o restante da Guarda Negra. Eles receberão minhas ordens enquanto você estiver nessa missão.

— Por que não enviar a comandante? — Tento suprimir o desespero em minha voz. Quanto mais ele aparecer, maior será o deleite de Marcus.

— Porque eu preciso de alguém implacável para esmagar a revolução — diz Marcus.

— Você quer dizer que precisa de uma aliada ao seu lado.

— Não seja burra, Aquilla. — Ele balança a cabeça, desgostoso, e começa a andar de um lado para o outro. — Eu não tenho aliados. Eu tenho pessoas que me devem coisas, pessoas que querem coisas, pessoas que me usam e pessoas que *eu* uso. No caso da comandante, a necessidade e o uso são mútuos, então ela vai ficar. Ela sugeriu que você caçasse Elias como um teste de lealdade. Concordei com a sugestão dela.

O Cobra se detém.

— Você jurou ser a minha Águia, a espada que executa a minha vontade. Agora é a chance de provar sua lealdade. Os urubus dão voltas, Aquilla. Não cometa o erro de pensar que sou burro demais para enxergar isso. A fuga de Veturius é meu primeiro fracasso como imperador, e os Ilustres já usam isso contra mim. Preciso dele morto. — Ele cruza o olhar com o meu e se inclina para a frente, os nós dos dedos brancos enquanto agarra a escrivaninha. — E quero que seja você quem o mate. Quero que você veja a luz morrer nos olhos dele. Quero que ele saiba que a pessoa com quem ele mais se importa no mundo é quem vai enfiar uma lâmina em seu coração. Quero que isso assombre você por todos os seus dias.

Há mais que apenas ódio nos olhos de Marcus. Por um momento indiscernível e fugaz, há culpa também.

Ele quer que eu seja como ele. E quer que Elias seja como Zak.

O nome do irmão gêmeo de Marcus paira entre nós, um fantasma que ganhará vida se apenas dissermos a palavra. Ambos sabemos o que aconteceu no campo de batalha da Terceira Eliminatória. Todo mundo sabe. Zacharias Farrar foi morto, esfaqueado no coração pelo homem parado à minha frente.

— Muito bem, Majestade. — Minha voz sai firme, suave. Meu treinamento entra em ação. A surpresa no rosto de Marcus a torna gratificante.

— Você começará imediatamente. Quero receber relatórios diários. A comandante escolheu um soldado da Guarda Negra para nos manter informados do seu progresso.

Naturalmente. Eu me viro para ir embora, meu estômago se revirando enquanto estendo a mão para a maçaneta.

— Só mais uma coisa — diz Marcus, forçando-me a me virar, meus dentes cerrados. — Nem pense em dizer que não é capaz de pegar Veturius. Ele é dissimulado o suficiente para escapar dos caçadores de recompensas com facilidade. Mas nós dois sabemos que jamais seria capaz de escapar de você. — Marcus inclina a cabeça, calmo, contido e cheio de ódio. — Boa caçada, Águia de Sangue.

◆◆◆

Meus pés me carregam para longe de Marcus e sua ordem terrível, e porta afora do gabinete de Quin Veturius. Por baixo de minha armadura cerimonial, o sangue de um ferimento empapa o curativo. Deslizo um dedo sobre ele, pressionando-o ligeiramente, então mais forte. A dor trespassa meu torso, estreitando a visão para o que está à minha frente.

Devo rastrear Elias. Capturá-lo. Torturá-lo. Matá-lo.

Minhas mãos se cerram em punhos. *Por que* Elias tinha de romper seu juramento para com os adivinhos, para com o Império? Ele já viu como é a vida além destas fronteiras: nas Terras do Sul, há mais monarquias do que pessoas, cada reizinho conspirando para conquistar o restante. Na região noroeste, os Selvagens da tundra negociam bebês e mulheres em troca de pólvora e bebidas. E, ao sul dos Grandes Desertos, os Bárbaros de Karkaus vivem para roubar e estuprar.

O Império não é perfeito. Porém nos mantivemos fortes contra as tradições atrasadas das terras fragmentadas além de nossas fronteiras por cinco séculos. Elias *sabe* disso. E ainda assim deu as costas para o seu povo.

Para mim.

Não faz diferença. Ele é uma ameaça para o Império. E uma ameaça precisa ser resolvida.

Mas eu o amo. Como posso matar o homem que eu amo?

A garota que eu era, a garota que tinha esperanças, a frágil passarinha — aquela garota bate as asas e meneia a cabeça contra a confusão disso tudo. *E o que dizer dos adivinhos e de suas promessas? Você o mataria, seu amigo, seu irmão de armas, seu tudo, o único homem que você já...*

Silencio aquela garota. *Foco.*

Veturius partiu há seis dias. Se estivesse sozinho e anônimo, capturá-lo seria como tentar capturar fumaça. Mas a notícia de sua fuga e a recompensa por sua captura o forçarão a ser mais cuidadoso. Será suficiente dar aos caçadores de recompensas uma chance de pegá-lo? Escarneço. Já vi Elias roubar meio acampamento desses mercenários sem que nenhum deles se desse conta. Ele os ludibriará, mesmo ferido, mesmo caçado.

Mas tem também a garota. Mais lenta. Menos experiente. Uma distração. Distrações. Ele, distraído. Por ela. Distraído porque ele e ela... porque eles... *Nada disso, Helene.*

Vozes mais altas chamam minha atenção para fora, para longe da fragilidade dentro de mim. Ouço a comandante falando na sala de visitas e fico tensa. Ela acabou de sair com meu pai. Será que teria coragem de erguer a voz com o pater da Gens Aquilla?

Avanço a passos largos para escancarar a porta entreaberta da sala de visitas. Um dos benefícios de ser a Águia de Sangue é ser hierarquicamente superior a todos, à exceção do imperador. Posso repreender a comandante e ela não pode fazer nada a respeito se Marcus não estiver presente.

Então paro. Porque a voz que responde *não* pertence ao meu pai.

— Eu lhe disse que o seu desejo de dominá-la seria problemático.

A voz me faz estremecer. E também me faz lembrar de algo: os efrits na Segunda Eliminatória, a maneira como eles soavam, feito o vento. Mas os efrits eram uma tempestade de verão. Essa voz é uma ventania de inverno.

— Se a cozinheira te ofende, você mesmo pode matá-la.

— Eu tenho limitações, Keris. Ela é sua criação. Cuide disso. Ela já nos custou. O líder da Resistência era essencial. E agora ele está morto.

— Ele pode ser substituído. — A comandante faz uma pausa, escolhendo as palavras cuidadosamente. — E perdoe-me, meu lorde, mas como pode falar comigo sobre obsessão? Você não me contou quem era a garota escrava. Por que está tão interessado nela? O que ela representa para você?

Uma longa e tensa pausa. Dou um passo para trás, cautelosa agora em relação ao que quer que esteja naquela sala com a comandante.

— Ah, Keris. Ocupada em seu tempo livre, não é? Aprendendo sobre ela? Quem ela é... Quem foram seus pais...

— Foi bem fácil descobrir, assim que eu soube o que procurar.

— A garota não diz respeito a você. Eu me canso das suas perguntas. Pequenas vitórias a deixaram ousada, comandante. Não permita que elas a deixem burra. Você tem as suas ordens. Cumpra-as.

Saio do campo de visão bem quando a comandante deixa a sala. Ela avança como uma fera corredor adentro, e espero até o ruído de seus passos desaparecer antes de sair do canto onde eu estava — e me ver cara a cara com o outro interlocutor.

— Você estava ouvindo.

Sinto minha pele fria e úmida e me vejo segurando o punho da cimitarra. A figura à minha frente parece ser um homem normal em trajes simples, as mãos enluvadas e o capuz puxado para baixo para sombrear o rosto. Desvio o olhar imediatamente. Algum instinto animal grita para que eu siga em frente. Mas percebo, para meu espanto, que não consigo me mexer.

— Eu sou a Águia de Sangue. — Minha patente em nada me fortalece, mas endireito os ombros de qualquer forma. — Posso ouvir o que eu quiser.

A figura inclina a cabeça e fareja, como se estivesse sentindo o cheiro do ar à minha volta.

— Você recebeu um dom. — O homem soa ligeiramente surpreso. Sinto um arrepio com a escuridão crua de sua voz. — Um poder de cura. Os efrits o despertaram. Sinto o cheiro dele. O azul e branco do inverno, o verde da primavera.

Malditos céus. Quero esquecer o poder estranho e extenuante que usei em Elias e Laia.

— Não faço ideia do que você está falando. — A Máscara dentro de mim assume a situação.

— Isso vai destruí-la se você não for cuidadosa.

— E como você sabe? — Quem é esse homem, se é que é realmente um homem?

A figura ergue a mão enluvada até o meu ombro e canta uma nota, aguda, como a canção de um pássaro. Isso é muito inesperado, considerando as profundezas sepulcrais de sua voz. O fogo trespassa meu corpo, e cerro os dentes para evitar gritar.

No entanto, quando a dor passa, meu corpo está menos dolorido, e o homem aponta para o espelho em uma parede distante. Os machucados em meu rosto não desapareceram, mas estão consideravelmente mais leves.

— Eu sei. — A criatura ignora minha perplexidade. — Você deveria encontrar um mestre.

— Você está se oferecendo? — Devo ser maluca de dizer isso, mas a coisa faz um ruído esquisito que poderia ser um riso.

— Não. — Ele fareja de novo, como se considerasse. — Talvez... um dia.

— O que... Quem é você?

— Sou o Ceifador, garota. E vou buscar o que é meu.

Com isso, tomo coragem de olhar no rosto do homem. Um erro, pois no lugar dos olhos ele tem estrelas resplandecentes como fogos do inferno. Quando seu olhar cruza com o meu, um choque de solidão perpassa meu corpo. E, no entanto, chamar de solidão não é suficiente. Sinto-me desolada. Destruída. Como se todos e tudo com que me importo fossem arrancados de meus braços e jogados no éter.

O olhar da criatura é um abismo contorcido, e, à medida que minha visão se avermelha e recuo trôpega contra a parede, percebo que não estou olhando para os seus olhos. Estou encarando o meu futuro.

Eu o vejo por um momento. Dor. Sofrimento. Horror. Tudo o que eu amo, tudo o que importa para mim, banhado em sangue.

IX
LAIA

O Poleiro do Pirata projeta-se no ar como um punho colossal. Ele oblitera o horizonte, sua sombra ampliando a melancolia do deserto enevoado. De onde estamos, ele parece quieto e abandonado. Mas o sol há muito se pôs, e não posso confiar no que meus olhos veem. No fundo das fissuras daquela rocha enorme, o Poleiro pulula com a escória do Império.

Olho de relance para Elias e vejo que seu capuz escorregou para trás. Quando o puxo para cima, ele não se mexe, e a preocupação revira em meu estômago. Ele está há três dias apagando e reganhando consciência, mas sua última convulsão foi especialmente violenta. O acesso de inconsciência que se seguiu durou mais de um dia — o período mais longo até agora. Não entendo de curas tanto quanto vovô, mas sei que isso é ruim.

Antes, Elias ao menos murmurava, como se estivesse combatendo o veneno. Mas ele não fala uma palavra há horas. Eu ficaria feliz se ele dissesse qualquer coisa. Mesmo se fosse sobre Helene Aquilla e seus olhos da cor do oceano — um comentário que achei inesperadamente irritante.

Ele está se deixando ir. E não posso permitir que isso aconteça.

— Laia. — Ao ouvir a voz de Elias, quase caio do cavalo, de tão surpresa.

— Graças aos céus. — Olho para trás e vejo que sua pele quente está cinzenta e retesada, seus olhos claros ardendo de febre.

Ele ergue o olhar para o Poleiro e então para mim.

— Eu sabia que você nos traria até aqui. — Por um momento, ele é o velho Elias: terno, cheio de vida. Ele espia sobre meu ombro, para meus dedos

— esfolados dos quatro dias segurando as rédeas —, e toma as tiras de couro de mim.

Durante alguns segundos constrangedores, ele mantém os braços afastados do meu corpo, como se eu fosse me ressentir de sua proximidade. Então eu me recosto em seu peito, mais segura do que me sinto há dias, como se subitamente tivesse adquirido uma camada de armadura. Ele relaxa, largando os antebraços sobre meus quadris, e o peso deles provoca um arrepio que sobe por minha coluna.

— Você deve estar exausta — ele sussurra.

— Estou bem. Por mais pesado que você seja, te arrastar para cima e te desmontar do cavalo foi dez vezes mais fácil do que lidar com a comandante.

A risada de Elias é fraca, mas, mesmo assim, algo dentro de mim relaxa ao seu ruído. Ele direciona o cavalo para o norte e com os calcanhares o coloca a meio galope até a trilha à nossa frente começar a subir.

— Estamos perto — ele diz. — Vamos para as rochas ao norte, perto do Poleiro... Tem muitos lugares para você se esconder enquanto eu vou em busca do Tellis.

Franzo o cenho para ele sobre meu ombro.

— Elias, você pode apagar a qualquer momento.

— Posso resistir às convulsões. Só preciso de alguns minutos no mercado — ele diz. — Fica bem no coração do Poleiro. Tem de tudo. Devo conseguir encontrar um boticário.

Ele faz uma carranca, e seus braços se enrijecem.

— Vá embora — murmura, mas o pedido não é dirigido a mim. Quando olho de soslaio para ele, Elias finge que está bem e começa a me perguntar sobre os acontecimentos dos últimos dias.

No entanto, quando o cavalo começa a subir o terreno pedregoso ao norte do Poleiro, o corpo de Elias faz um movimento brusco, como se puxado por um titereiro, e ele se inclina impetuosamente para a esquerda.

Agarro as rédeas, agradecendo aos céus que o amarrei de maneira que ele não possa cair. Eu me viro na sela e enlaço o braço desajeitadamente em torno dele, tentando mantê-lo firme para que não assuste o cavalo.

— Está tudo bem. — Minha voz treme. Mal consigo segurá-lo, mas canalizo a calma de curandeiro imperturbável de vovô quando as convulsões pioram. — Vamos conseguir o extrato e tudo vai ficar bem. — O pulso de Elias bate freneticamente, e coloco a mão em seu coração, temendo que vá arrebentar. Ele não pode aguentar muito mais tudo isso.

— Laia. — Ele mal consegue falar, e seus olhos estão desvairados e dispersos. — Preciso conseguir. Não vá lá sozinha. Perigoso demais. Eu mesmo vou. Você vai se machucar... Eu sempre... machuco...

Ele cai para a frente, a respiração rasa. Elias apagou novamente. Quem sabe por quanto tempo desta vez... O pânico cresce como bile em minha garganta, mas o forço para baixo.

Não importa que o Poleiro seja perigoso. Eu preciso entrar ali. Elias não vai sobreviver se eu não encontrar uma maneira de conseguir o Tellis. Não com seu pulso tão irregular, não após quatro dias de convulsões.

— Você não pode morrer. — Eu o sacudo. — Está me ouvindo? Você não pode morrer, ou Darin morre também.

Os cascos do cavalo escorregam nas pedras, e ele empina, quase arrancando as rédeas de minhas mãos e jogando Elias no chão. Desmonto e cantarolo para o animal, tentando conter minha impaciência, elogiando-o ao longo do caminho enquanto a névoa espessa dá lugar a uma garoa miserável de gelar os ossos.

Mal consigo ver minha mão na frente do rosto. Mas isso me anima. Se eu não consigo ver para onde estou indo, os salteadores não conseguem ver quem está chegando. Ainda assim, avanço cuidadosamente, sentindo a pressão do perigo de todos os lados. Da trilha de terra esparsa que segui, posso ver o Poleiro bem o suficiente para distinguir que ele não é uma rocha, mas duas, partidas ao meio como se por um grande machado. Um vale estreito corta o centro, e a luz de tochas tremeluz dentro dele. Ali deve ser o mercado.

A leste do Poleiro, abre-se uma terra de ninguém onde arestas finas de rochas saltam de fendas profundas, aguilhoando-se cada vez mais altas até que as rochas se fundem para formar as primeiras linhas de cumes baixos da cordilheira Serrana.

Procuro nas ravinas e desfiladeiros do terreno à minha volta até ver uma caverna grande o suficiente para esconder Elias e o cavalo.

Ao terminar de amarrar o animal a uma saliência rochosa e tirar Elias de seu lombo, estou ofegante. A chuva o encharcou completamente, mas não há tempo para trocar suas roupas agora. Eu o cubro cuidadosamente com uma capa, então vasculho sua mochila em busca de moedas, o que me faz sentir uma ladra.

Quando as encontro, dou um aperto em sua mão e tiro um de seus lenços para amarrar sobre o meu rosto, como ele fez em Serra, inalando a fragrância de chuva e condimentos.

Então puxo o capuz sobre a cabeça e deixo a caverna furtivamente, esperando que Elias ainda esteja vivo quando eu voltar.

Se eu voltar.

♦♦♦

O mercado no coração do Poleiro fervilha de Tribais, Marciais, Navegantes e Bárbaros selvagens que importunam as fronteiras do Império. Mercadores do sul entram e saem da multidão, suas roupas alegres e claras contrastando com as armas amarradas às suas costas, peito e pernas.

Não vejo um único Erudito. Nem mesmo escravos. Mas vejo um número suficiente de pessoas agindo tão evasivamente quanto eu, então me curvo e me misturo às massas, certificando-me de que o punho de minha faca esteja claramente visível.

Em poucos segundos após ter me juntado à multidão, alguém agarra meu braço. Sem olhar, golpeio com a faca, ouço um grunhido e liberto o braço. Puxo o capuz mais para baixo e me curvo, como fiz em Blackcliff. *Este lugar não passa disso. Outra Blackcliff. Apenas mais fedorenta e com ladrões e salteadores, além de assassinos.*

O lugar fede a bebida, esterco e, misturado a isso, ao cheiro corrosivo e pungente de ghas, um alucinógeno proibido no Império. Tendas caindo aos pedaços são improvisadas ao longo do desfiladeiro, a maioria enfiada nas fendas naturais da rocha, com lonas como telhado e paredes. Cabras e galinhas são quase tão abundantes quanto pessoas.

As tendas podem ser humildes, mas os bens dentro delas são tudo, menos isso. Um grupo de homens a alguns metros de mim negocia ao redor de uma bandeja de rubis e safiras reluzentes, do tamanho de ovos. Algumas bancas estão cheias de barras sobrepostas de ghas, esfareladas e grudentas, enquanto outras têm barris de pólvora amontoados, de um jeito perigosamente bagunçado.

Uma flecha passa zunindo por meu ouvido, e disparo dez passos antes de perceber que ela não foi lançada contra mim. Um grupo de Bárbaros trajando peles está parado ao lado de um negociante de armas, atirando casualmente flechas para todos os lados, para testar os arcos. Uma briga irrompe e tento abrir caminho à força, mas uma pequena multidão se junta e fica impossível para qualquer um se mexer. Nesse passo, jamais encontrarei um boticário.

— ... uma recompensa de sessenta mil marcos, dizem. Jamais ouvi falar de uma recompensa tão grande.

— O imperador não quer parecer um idiota. Veturius era sua primeira execução, e falhou. Quem é a garota que está com ele? Por que ele viajaria com uma Erudita?

— Talvez ele esteja se juntando à revolução. Ouvi dizer que os Eruditos conhecem o segredo do aço sérrico. O próprio Spiro Teluman ensinou um rapaz erudito. Talvez Veturius esteja tão farto do Império quanto Teluman.

Malditos céus. Eu me forço a seguir em frente, embora deseje desesperadamente continuar ouvindo. Como a informação sobre Teluman e Darin vazou? E o que isso significa para o meu irmão?

Que talvez ele tenha menos tempo do que você pensa. Mexa-se.

Os tambores claramente levaram as minhas descrições e de Elias para longe. Eu me mexo rapidamente agora, varrendo com o olhar a miríade de bancas em busca de um boticário. Quanto mais tempo eu me deixar ficar, mais perigo corremos. A recompensa pela nossa cabeça é alta o suficiente para que eu duvide de que exista uma alma neste lugar que não tenha ouvido falar a respeito.

Finalmente, em uma viela saindo da via principal, vejo uma tenda com um almofariz e um pilão gravados na porta. Quando me viro em sua direção, passo por um grupo de Tribais que compartilha xícaras de chá fumegantes debaixo de uma lona com uma dupla de Navegantes.

— ... como monstros saídos dos infernos. — Um dos Tribais, um homem de lábios finos e com uma cicatriz no rosto, fala em voz baixa. — Não importava quanto nós os combatíamos, eles sempre voltavam. Espectros. Malditos espectros.

Quase paro onde estou, mas continuo em frente, devagar, no último momento. Então outros também viram as criaturas sobrenaturais. Minha curiosidade me vence, e me inclino para mexer nos cadarços de minhas botas, esforçando-me para ouvir a conversa.

— Outra fragata ayanesa afundou há uma semana ao largo da Ilha do Sul — diz uma das Navegantes. Ela dá um golinho no chá e estremece. — Achei que eram corsários, mas o único sobrevivente tagarelava sobre efrits do mar. Eu não teria acreditado nele, mas agora...

— E ghuls aqui no Poleiro — diz o Tribal com a cicatriz no rosto. — Não sou o único que os viu...

Olho de relance para cima, incapaz de me conter, e, como se o tivesse atraído com meu olhar, o Tribal pisca em minha direção e para o outro lado. Então volta o olhar subitamente para mim.

Piso em uma poça e escorrego. Meu capuz cai da cabeça. *Maldição.* Eu me levanto com dificuldade, recoloco o capuz com um puxão e olho de relance por sobre o ombro. O Tribal ainda me observa, os olhos estreitados.

Cai fora daqui, Laia! Eu me apresso, viro em uma viela e então em outra, antes de arriscar olhar para trás. Nenhum Tribal. Suspiro de alívio.

A chuva engrossa e dou uma volta, retornando ao boticário. Espio além da viela para ver se o Tribal e seus amigos ainda estão na banca de chá. Parece que partiram. Antes que possam voltar — e antes que qualquer outra pessoa me veja —, eu me enfio na loja.

O cheiro de ervas se derrama sobre mim, trazendo vestígios de algo sombrio e amargo. O telhado é tão baixo que quase bato a cabeça. Lamparinas tribais pendem do teto, seu brilho floral complexo em marcante contraste com a escuridão terrena da loja.

— *Epkah kesiah meda karun?*

Uma criança tribal de uns dez anos se dirige a mim atrás do balcão. Ervas estão penduradas em maços sobre sua cabeça. Os frascos que se alinham nas paredes atrás dela reluzem. Eu os olho atentamente, procurando qualquer coisa familiar. A garota limpa a garganta.

— *Epkah Keeya Necheya?*

Até onde sei, ela poderia estar me dizendo que exalo o cheiro de um cavalo. Mas não tenho tempo para descobrir, então baixo a voz e espero que ela me compreenda.

— Tellis.

A garota anui e vasculha uma gaveta ou duas antes de balançar a cabeça, dar a volta no balcão e examinar as prateleiras. Depois coça o queixo, levanta um dedo para mim, como se para me dizer para esperar, e desaparece por uma porta nos fundos. Vejo de relance uma sala de estoque com janelas antes de a porta se fechar.

Um minuto se passa. Outro. *Vamos lá*. Deixei Elias há uma hora pelo menos e vou levar outra meia hora para voltar até ele. Isso se essa garota tiver o Tellis. E se ele sofrer outra convulsão? E se ele gritar e entregar sua localização para alguém que estiver passando por ali?

A porta se abre e a garota retorna, desta vez com um pote bojudo, cheio de um líquido âmbar: extrato de Tellis. Detrás do balcão, tira cuidadosamente um frasco menor e olha para mim com expectativa.

Ergo as mãos uma vez, duas vezes.

— Vinte dracmas.

Isso deve ser o suficiente para Elias tomar durante um tempo. A garota mede o líquido com lentidão excruciante, lançando olhares em minha direção a todo momento.

Quando finalmente sela o frasco com cera, estendo a mão para pegá-lo, mas ela o tira do meu alcance bruscamente, mostrando quatro dedos para mim. Largo quatro pratas em suas mãos. Ela balança a cabeça.

— *Zaver!* — Tira um marco de ouro de uma algibeira e o acena no ar.

— Quatro marcos? — retruco. — Não sei por que você não pede logo a maldita lua! — A garota apenas projeta o queixo. Não tenho tempo para pechinchar, então tiro o dinheiro e o jogo no balcão, estendendo a mão para o Tellis.

Ela hesita, seu olhar lançando-se para a porta da frente.

Saco minha adaga com uma das mãos e agarro o frasco com a outra, saindo da tenda com os dentes à mostra. Mas o único movimento na ruela escura é o de uma cabra mastigando algum lixo. O animal bale para mim antes de retornar ao seu banquete.

Ainda assim, não me sinto à vontade. A garota tribal estava agindo de maneira estranha. Sigo apressadamente, me mantendo longe da via principal e sem deixar as vielas barrentas e mal iluminadas do mercado. Corro para a orla a oeste do Poleiro, tão concentrada em olhar para trás que não vejo a figura escura e magra à minha frente até esbarrar direto nela.

— Desculpe — diz uma voz aveludada. O mau cheiro de ghas e folhas de chá se derrama sobre mim. — Não vi você se aproximando.

Minha pele gela diante da familiaridade da voz. O Tribal. O da cicatriz. Seus olhos travam nos meus e se estreitam.

— E o que uma Erudita de olhos dourados está fazendo no Poleiro do Pirata? *Fugindo* de algo, talvez? — Céus. Ele me reconheceu.

Eu me atiro para sua direita, mas ele me bloqueia.

— Saia do caminho. — Mostro minha faca. Ele ri e coloca uma das mãos em meu ombro, desarmando-me elegantemente com a outra.

— Você vai furar o seu próprio olho, tigresinha. — E gira minha adaga em uma mão. — Eu sou Shikaat, da tribo Gula. E você é...?

— Isso não lhe diz respeito. — Tento me livrar dele, mas sua mão é como um torno.

— Só quero bater papo. Ande comigo. — Ele aperta a mão sobre meu ombro.

— Tire as mãos de mim. — Chuto seu tornozelo; ele faz uma careta e me solta. Mas, quando saio correndo na direção da entrada de uma viela lateral, ele agarra meu braço e segura meu outro punho, erguendo minhas mangas.

— Punhos de escrava. — E corre um dedo ao longo da pele ainda esfolada de meus pulsos. — Recentemente removidos. Interessante. Quer ouvir minha teoria?

Ele se inclina para perto, os olhos negros brilhando, como se estivesse compartilhando uma piada.

— Acho que há muito poucas garotas eruditas com olhos dourados perambulando por essa vastidão, tigresinha. Seus ferimentos me dizem que você já viu batalhas. Você cheira a fuligem... talvez dos fogos de Serra? E o remédio... bem, isso é o mais interessante de tudo.

Nossa conversa atraiu olhares curiosos — mais que curiosos. Um Navegante e um Marcial, ambos trajando armadura de couro que os marca como caçadores de recompensas, observam com interesse. Um deles se aproxima, mas o Tribal me obriga a acompanhá-lo viela adentro, para longe deles. Ele berra uma palavra para as sombras. Um momento mais tarde, dois homens se materializam — seus comparsas, sem dúvida — e se viram para interceptar os caçadores de recompensas.

— Você é a Erudita que os Marciais estão caçando. — Shikaat olha de relance entre as bancas, para dentro dos lugares escuros onde as ameaças podem estar escondidas. — A garota que viaja com Elias Veturius. E há algo de errado com ele, do contrário você não estaria aqui sozinha, tão desesperada pelo extrato de Tellis a ponto de pagar vinte vezes o que ele vale.

— Por todos os céus, como você sabe disso?

— Não há muitos Eruditos por estas bandas — ele diz. — Quando um aparece, nós notamos.

Maldição. A garota do boticário deve ter dado a informação para ele.

— Agora. — Seu sorriso é todo dentes. — Você vai me levar ao seu amigo desventurado, ou vou enfiar uma faca na sua barriga e jogá-la em uma cova para morrer lentamente.

Atrás de nós, os caçadores de recompensas discutem acaloradamente com os homens de Shikaat.

— Ele sabe onde Elias Veturius está! — grito para os caçadores. Eles levam as mãos às armas, e outras pessoas no mercado se voltam para nós.

O Tribal suspira, lançando-me um olhar quase pesaroso. No segundo em que desvia a atenção de mim para os caçadores de recompensas, chuto seu tornozelo e me livro dele.

Disparo por baixo de lonas, esbarrando em uma cesta de produtos e quase derrubando de costas uma Navegante idosa. Por um momento, estou fora do campo de visão de Shikaat. Uma parede de pedras se eleva à minha frente, e à minha direita há uma fileira de tendas. À esquerda, uma pirâmide de caixotes inclina-se precariamente contra a lateral de um carrinho de peles.

Arranco uma pele do topo da pilha e mergulho debaixo do carrinho, cobrindo-me e puxando os pés para fora de vista um instante antes de Shikaat irromper viela adentro. Silêncio enquanto ele examina a área. Então ouço passos se aproximando... se aproximando...

Desapareça, Laia. Eu me encolho na escuridão, segurando meu bracelete em busca de força. *Você não consegue me ver. Você só vê sombras, somente escuridão.*

Shikaat chuta para o lado os caixotes, deixando uma fresta de luz entrar debaixo do carrinho. Eu o ouço se inclinar, ouço sua respiração enquanto ele espia por baixo dele.

Não sou nada, nada a não ser uma pilha de peles, nada importante. Você não me vê. Você não vê nada.

— Jitan! — ele grita para seus homens. — Imir!

Os passos rápidos dos dois homens se aproximam, e, um momento mais tarde, a luz de uma lamparina expulsa a escuridão debaixo do carrinho. Shikaat levanta a pele, e me vejo encarando seu rosto triunfante.

Só que seu triunfo se transforma em espanto quase imediatamente. Ele olha fixamente para a pele e então de volta para mim. Depois ergue a lamparina, iluminando-me claramente.

Mas ele não olha *para* mim. Parece que não consegue me ver. Como se eu fosse invisível.

No segundo em que penso isso, ele pisca e me agarra.

— Você desapareceu — ele sussurra. — E agora está aqui. É um truque? — Ele me sacode com força, fazendo meus dentes baterem. — Como você fez isso?

— Me largue! — Tento arranhá-lo, mas ele me agarra a uma distância segura.

— Você desapareceu! — ele sibila. — E então reapareceu diante de meus olhos.

— Você está maluco! — Mordo sua mão e ele me arrasta para perto, forçando meu rosto em sua direção, mirando intensamente meus olhos do alto. — Andou fumando ghas demais!

— Repita o que você falou — ele diz.

— Você está *maluco*. Eu estava ali o tempo inteiro.

Ele balança a cabeça, como se pudesse dizer que não estou mentindo, mas mesmo assim não acreditasse em mim. Quando solta meu rosto, tento me livrar dele, sem resultado.

— Chega — ele diz enquanto seus capangas amarram minhas mãos à frente. — Me leve ao Máscara, ou você morre.

— Quero fazer um acordo. — Uma ideia floresce em minha cabeça. — Dez mil marcos, e vamos sozinhos. Não quero seus homens me seguindo.

— Sem acordos — ele diz. — Meus homens ficam ao meu lado.

— Então o encontre sozinho! Enfie uma faca em mim como prometeu e vá.

Mantenho o olhar firme no dele, do jeito que a vovó costumava fazer quando os comerciantes tribais ofereciam um preço baixo demais por suas geleias e ela ameaçava ir embora. Meu coração ribomba como os cascos de um cavalo.

— Quinhentos marcos — diz o Tribal. Quando abro a boca para protestar, ele ergue a mão. — E uma passagem segura até as terras tribais. É um bom negócio, garota. Aceite.

— E os seus homens?

— Eles vão atrás — ele me avalia —, a uma certa distância.

"O problema de pessoas gananciosas", vovô me dissera uma vez, "é que elas acham que todo mundo é tão ganancioso quanto elas." Shikaat não é diferente.

— Me dê a sua palavra como Tribal de que você não vai me trair. — Até eu sei como é valioso um juramento desses. — Não vou confiar em você de outra forma.

— Você tem a minha palavra. — Ele me empurra para a frente e eu tropeço, evitando por pouco cair. *Porco!* Mordo o lábio para não dizê-lo.

Deixo-o pensar que me intimidou. Deixo-o pensar que venceu. Em breve ele perceberá seu erro: ele prometeu jogar limpo.

Mas eu não.

X
ELIAS

No segundo em que a consciência penetra em minha mente, sei que não devo abrir os olhos. Minhas mãos e pés estão amarrados com cordas, e estou deitado de lado. Minha boca tem um gosto estranho, como de ferro e ervas. Tudo o mais dói, porém minha mente parece mais lúcida do que esteve em dias. A chuva rufa sobre as pedras a apenas alguns metros de distância. Estou em uma caverna.

Mas a atmosfera parece errada. Ouço uma respiração, rápida e nervosa, e farejo túnicas de lã e couro curtido de comerciantes tribais.

— Você não pode matá-lo! — Laia está na minha frente, o joelho pressionando minha testa, a voz tão próxima que sinto seu hálito em meu rosto. — Os Marciais o querem vivo. Para... para enfrentar o imperador.

Uma pessoa se ajoelha junto ao topo de minha cabeça e pragueja em sadês. O aço frio espeta minha garganta.

— Jitan... a mensagem. Só darão a recompensa se ele for levado vivo?

— Maldição, não lembro! — A voz vem mais de perto dos meus pés.

— Se você for matá-lo, então ao menos espere alguns dias. — A voz de Laia traz um quê de fria praticidade, mas a tensão por trás dela é tão retesada quanto a corda de um alaúde. — Nesse clima, o corpo dele vai se decompor rápido. Serão necessários pelo menos cinco dias para levá-lo de volta a Serra. Se os Marciais não conseguirem identificá-lo, então nenhum de nós vai receber dinheiro algum.

— Mate-o, Shikaat — diz um terceiro Tribal de pé, próximo aos meus joelhos. — Se ele acordar, estamos mortos.

— Ele não vai acordar — diz o homem que eles chamam de Shikaat. — Olhe para ele... já está com um braço e uma perna no túmulo.

Laia inclina lentamente o corpo sobre a minha cabeça. Sinto um vidro entre meus lábios. Um líquido goteja para fora — um líquido com gosto de ferro e ervas. *Extrato de Tellis.* Um segundo mais tarde o vidro se foi, enfiado de volta onde Laia o escondera.

— Shikaat, ouça... — ela começa, mas o salteador a empurra para trás.

— Essa é a segunda vez que você se inclina para a frente desse jeito, garota. O que está tramando?

Acabou o tempo, Veturius.

— Nada! — diz Laia. — Eu quero a recompensa tanto quanto vocês!

Um: eu imagino o ataque primeiro — onde vou acertar, como vou me mexer.

— Por que você se inclinou para a frente? — ele ruge para Laia. — Não minta para mim.

Dois: flexiono os músculos do braço esquerdo para prepará-lo, já que o direito está preso embaixo de mim. Inspiro silenciosamente para levar oxigênio a todas as partes do corpo.

— Onde está o extrato de Tellis? — sibila Shikaat, subitamente lembrando. — Dê o frasco para mim!

Três: antes que Laia possa responder, enfio o pé direito no chão para fazer uma alavanca e giro para trás sobre o quadril, para longe da espada de Shikaat, derrubando o outro Tribal junto a meus pés com as pernas amarradas e rolando para me levantar quando ele cai no chão. Invisto contra o Tribal próximo aos meus joelhos, atingindo-o com a cabeça antes que ele consiga erguer sua lâmina. Ele a deixa cair, e me viro para pegá-la, agradecido que ao menos a manteve afiada. Com dois golpes, eu me livro das cordas em meus pulsos e, com mais dois, das que prendem meus tornozelos. O primeiro Tribal que derrubei se levanta, atônito, e dispara para fora da caverna — sem dúvida para conseguir reforços.

— Pare!

Giro na direção do último Tribal — Shikaat —, que segura Laia contra o peito. Ele tem os punhos dela apertados em uma mão, uma lâmina encostada em sua garganta e sede de sangue nos olhos.

— Largue a espada. Coloque as mãos para cima ou eu mato a garota.

— Vá em frente — digo em sadês. O queixo dele se retesa, mas ele não se mexe. Um homem que não se surpreende facilmente. Considero minhas palavras cuidadosamente. — Um segundo depois de você matá-la, eu te mato. Então você estará morto, e eu estarei livre.

— Quer me testar? — Ele enfia a lâmina no pescoço de Laia, tirando sangue. Os olhos dela dardejam à sua volta enquanto ela tenta encontrar qualquer coisa que possa usar contra ele. — Tenho cem homens do lado de fora dessa caverna...

— Se você tivesse cem homens do lado de fora — mantenho a atenção em Shikaat —, já os teria cham...

Eu me lanço à frente antes de terminar a frase, um dos truques favoritos de meu avô. "Tolos prestam atenção a palavras em uma luta", ele disse certa vez. "Guerreiros tiram vantagem delas." Torço a mão direita do Tribal para longe de Laia enquanto a afasto do caminho com meu corpo.

Que, nesse exato momento, me trai.

A torrente de adrenalina do ataque se esvai de mim como água por um esgoto, tropeço para trás e minha visão fica dupla. Laia pega algo do chão e gira na direção do Tribal, que arreganha os dentes maldosamente.

— Seu herói ainda tem veneno correndo no sangue, garota — ele sibila.

— Ele não pode ajudá-la agora.

Ele investe na direção de Laia, atacando-a com a faca, com a intenção de matá-la. Laia joga terra em seus olhos, e Shikaat berra, virando o rosto de lado e se debatendo. Laia ergue a espada, e, com um chapinhar doentio, o Tribal é atravessado pela lâmina.

Laia arfa e larga a arma, recuando. Shikaat estende o braço e a agarra pelos cabelos. Ela solta um grito sufocado, os olhos fixos na lâmina enfiada no peito do salteador. Então encontra meu rosto, o semblante estampado de terror, enquanto Shikaat tenta matá-la, com um último sopro de vida.

A força finalmente retorna ao meu corpo, e eu empurro Shikaat para longe dela. Ele a solta e olha com curiosidade para a própria mão, subitamente fraca, como se ela não lhe pertencesse. Então cai com um ruído surdo no chão, morto.

— Laia? — Eu a chamo, mas ela olha fixamente para o corpo agora inerte, como se estivesse em transe. *Sua primeira morte.* Meu estômago revira ao me lembrar de minha primeira morte: um garoto bárbaro. Lembro de seu rosto pintado de azul, o corte profundo em sua barriga. Sei muito bem o que Laia sente nesse momento. Nojo. Horror. Medo.

Minha energia retorna. Tudo em mim dói — peito, braços, pernas. Mas não estou tendo uma convulsão, não estou alucinando. Chamo Laia novamente, e dessa vez ela me olha.

— Eu não queria fazer isso — ela diz. — Ele... ele simplesmente veio para cima de mim. E a faca...

— Eu sei — digo ternamente. Ela não vai querer discutir isso. A mente dela está em modo de sobrevivência, por isso não vai deixá-la discutir. — Me conte o que aconteceu no Poleiro. — Eu posso distraí-la, pelo menos por um tempo. — Me conte como conseguiu o Tellis.

Ela relata rapidamente o que aconteceu, ajudando-me a amarrar o Tribal inconsciente enquanto fala. Sinto um misto de descrença e enorme orgulho de sua absoluta coragem enquanto a ouço.

Do lado de fora da caverna, uma coruja pia, o que é bem estranho para um pássaro que não tem o costume de ficar ao ar livre em um tempo assim. Vou até a beira da entrada.

Nada se move nas rochas adiante, mas uma rajada de vento sopra a catinga de suor e cavalos em minha direção. Pelo visto, Shikaat não estava mentindo sobre ter cem homens esperando do lado de fora da caverna.

Para o sul, às nossas costas, é pura rocha. Serra encontra-se a oeste. A caverna está voltada para o norte, abrindo-se em uma trilha estreita que desce sinuosa para o deserto e em direção aos desfiladeiros que nos levariam seguramente através da cordilheira Serrana. Para o leste, a trilha mergulha nos Jutts, um quilômetro de espinhaços rochosos que representam a morte no melhor dos climas, que dirá em meio a uma tempestade. A parte leste da cordilheira Serrana se ergue além dos Jutts. Não há trilhas, desfiladeiros, apenas montanhas selvagens que terminam no deserto tribal.

Por dez infernos.

— Elias. — Laia é uma presença nervosa ao meu lado. — Vamos cair fora daqui. Antes que o Tribal desperte.

— Só tem um problema. — Anuo para a escuridão. — Estamos cercados.

Cinco minutos mais tarde, prendi Laia a mim com uma corda e movi o lacaio de Shikaat, ainda amarrado, até a entrada da caverna. Prendo o corpo de Shikaat ao cavalo e tiro sua túnica para que seus homens não o reconheçam. Laia não olha para o corpo.

— Adeus, pangaré. — Laia acaricia o cavalo entre as orelhas. — Obrigada por me servir. Estou triste por te perder.

— Eu lhe roubo outro — digo secamente. — Pronta?

Ela anui e vou para o fundo da caverna, acendendo a pedra de fogo em um pavio. Cuido da chama, alimentando-a com os poucos pedaços de arbusto e madeira que consegui encontrar, a maior parte molhada. Uma fumaça branca e espessa se forma, enchendo a caverna rapidamente.

— Agora, Laia.

Ela dá um tapa na anca do cavalo com toda a força, instigando-o a galopar com Shikaat caverna afora, na direção dos Tribais que esperam ao norte. Escondidos atrás das rochas isoladas a oeste, os homens emergem, berrando, diante da visão da fumaça e de seu líder morto.

O que significa que não estão olhando para nós. Saímos furtivamente da caverna, com o capuz puxado para baixo, escondidos em meio à fumaça, à chuva e à escuridão. Coloco Laia sobre minhas costas, confiro a corda que amarrei a uma discreta saliência rochosa e desço silenciosamente Jutts adentro, até chegar a uma rocha escorregadia três metros abaixo. Laia salta das minhas costas e faz um pequeno ruído que espero que os Tribais não ouçam. Puxo a corda para soltá-la.

Acima, os Tribais tossem à medida que entram na caverna enfumaçada. Eu os ouço praguejarem enquanto liberam o amigo.

Venha, pronuncio silenciosamente para Laia. Nós avançamos lentamente, os ruídos de nossa passagem encobertos pelo pisar surdo das botas e pelos gritos dos Tribais. As rochas dos Jutts são afiadas e escorregadias, as pontas recortadas enfiando-se em nossos calçados, prendendo-se em nossas roupas.

Minha mente volta seis anos, para quando Helene e eu acampamos no Poleiro durante uma temporada.

Todos os cincos vêm para o Poleiro espionar os salteadores por uns dois meses. Os salteadores odeiam isso; ser pego por eles significa uma morte longa e lenta — uma das razões por que a comandante manda os estudantes para cá em primeiro lugar.

Helene e eu fomos colocados juntos — a garota e o bastardo, os dois párias. A comandante deve ter se vangloriado da escolha de um par que ela achou que levaria à morte de um dos dois. Mas a amizade entre mim e Helene nos tornou mais fortes, não mais fracos.

Nós pulávamos sobre os Jutts como se estivéssemos brincando, desafiando um ao outro a dar saltos cada vez mais ousados. Ela acompanhava meus saltos com tamanha facilidade que ninguém jamais poderia suspeitar que tivesse medo de altura. Por dez infernos, como éramos estúpidos. Tínhamos certeza de que não cairíamos. Tínhamos certeza de que a morte nunca nos encontraria.

Agora sei melhor.

Você está morto. Só não sabe ainda.

A chuva fica mais fina enquanto nos deslocamos através do campo rochoso. Laia segue em silêncio, os lábios premidos. Ela está angustiada. Sinto isso. Pensando em Shikaat, sem dúvida. Ainda assim, ela mantém o meu ritmo, hesitando apenas uma vez, quando salto sobre uma fenda de um metro e meio, com um abismo de cinquenta metros abaixo.

Dou o salto primeiro, vencendo a fenda com facilidade. Quando olho para trás, o rosto de Laia está empalidecido.

— Vou pegar você — digo.

Ela me encara com seus olhos dourados, o medo e a determinação guerreando entre si. De repente ela salta, e a força de seu corpo me joga para trás. Minhas mãos estão cheias dela — cintura, quadris, aquela nuvem de cabelos com fragrância de açúcar. Seus lábios cheios se abrem, como se ela fosse dizer algo. Não que eu vá responder inteligentemente. Não com o corpo de Laia quase todo colado no meu.

Eu a afasto. Ela cambaleia, a mágoa perpassando seu rosto. Não tenho ideia de por que faço isso, mas o fato de eu me aproximar dela parece errado de alguma forma. Injusto.

— Quase lá — digo para distraí-la. — Fique comigo agora.

À medida que nos aproximamos das montanhas e nos afastamos do Poleiro, a chuva passa, substituída por uma névoa espessa.

O campo rochoso se aplana e se nivela em terraços desiguais, entremeados de árvores e arbustos. Eu paro Laia e busco ouvir ruídos de uma perseguição. Nada. A cerração se assenta sobre os Jutts grossa como um cobertor, flutuando através das árvores à nossa volta, emprestando-lhes uma lugubridade que faz Laia se aproximar.

— Elias — ela sussurra. — Vamos pegar a direção norte a partir daqui? Ou dar a volta até os contrafortes?

— Não temos equipamentos para escalar as montanhas ao norte — digo. — E os homens de Shikaat provavelmente estão fervilhando por toda parte nos contrafortes. Com certeza estão nos procurando.

O rosto de Laia fica pálido.

— Então como vamos chegar a Kauf? Se tomarmos um barco do sul, o atraso...

— Vamos para leste — digo. — Para as terras tribais.

Antes que ela proteste, eu me ajoelho e desenho na terra um mapa grosseiro das montanhas e seus arredores.

— São cerca de duas semanas até as terras tribais. Um pouco mais se nos atrasarmos. Em três semanas, o Encontro de Outono começa em Nur. Todas as tribos estarão lá, comprando, vendendo, negociando, arranjando casamentos, celebrando nascimentos. Quando isso tiver terminado, mais de duzentas caravanas seguirão caminho para fora da cidade. E cada caravana é formada por centenas de pessoas.

A compreensão desponta nos olhos de Laia.

— Então partimos com elas.

Anuo.

— Milhares de cavalos, carruagens e Tribais partem ao mesmo tempo. No caso de alguém nos seguir até Nur, perderá o nosso rastro. Algumas dessas caravanas vão para o norte. Vamos encontrar uma que nos dê abrigo. Nos escondemos entre eles e seguimos até Kauf antes das neves de inverno. Um negociante tribal e sua irmã.

— Irmã? — Laia cruza os braços. — Não somos nem um pouco parecidos.

— Ou esposa, se você preferir. — Ergo uma sobrancelha para ela, incapaz de resistir. Uma vermelhidão surge nas faces de Laia e desce pescoço abaixo. Eu me pergunto se segue mais para baixo. *Pare, Elias.*

— Como vamos convencer a tribo a não nos entregar pela recompensa?

Toco com o dedo a moeda de madeira em meu bolso, o favor devido a mim por uma Tribal esperta chamada Afya Ara-Nur.

— Deixe isso comigo.

Laia considera o que eu disse e finalmente anui, concordando. Eu me ponho de pé e escuto, sentindo o terreno à nossa volta. Está escuro demais para continuar — precisamos de um lugar para acampar à noite. Abrimos caminho pelos terraços acima e para dentro da floresta escura adiante até que encontro um bom local: uma clareira debaixo de uma saliência rochosa, cercada por pinheiros antigos, com troncos esburacados tomados de musgo. Enquanto limpo a rocha e os galhos da terra seca debaixo da saliência, sinto a mão de Laia sobre meu ombro.

— Preciso lhe contar uma coisa — ela diz, e, quando olho seu rosto, perco a respiração por um segundo. — Quando entrei no Poleiro — ela continua —, temi que o veneno fosse... — Laia balança a cabeça, e suas palavras são despejadas. — Fico feliz que você esteja bem. Sei que você está se arriscando muito para fazer isso por mim. Obrigada.

— Laia... — *Você me manteve vivo. E se manteve viva. Você é tão corajosa quanto a sua mãe. Jamais deixe alguém lhe dizer o contrário.*

Talvez eu adicionasse a essas palavras um movimento, trazendo-a até mim, correndo um dedo ao longo da linha dourada de sua clavícula e por seu pescoço comprido. Juntando seu cabelo em um nó e puxando-a para perto lentamente, tão lentamente...

Uma dor percorre meu braço. Um lembrete. *Você destrói todos aqueles que se aproximam de você.*

Eu poderia esconder a verdade de Laia. Terminar a missão antes que meu tempo chegasse ao fim e simplesmente sumir. Mas a Resistência omitiu a verdade dela. Seu irmão não lhe contou que trabalhava com Spiro. Esconderam dela a identidade de quem matou seus pais.

Sua vida tem sido um amontoado de segredos. Ela merece saber a verdade.

— Sente-se. — Eu me afasto. — Preciso lhe contar algo também. — Laia permanece em silêncio enquanto falo, enquanto exponho o que a comandante fez, enquanto lhe conto sobre o Lugar de Espera e a Apanhadora de Almas.

Quando termino, as mãos de Laia tremem, e mal consigo ouvir sua voz.

— Você... você vai morrer? Não. *Não.* — Ela seca o rosto e respira fundo. — Tem de haver algo, alguma cura, alguma forma...

— Não há. — Mantenho o tom de voz inalterado. — Tenho certeza. Tenho alguns meses, no entanto. Até seis, espero.

— Nunca odiei ninguém como odeio a comandante. Nunca. — Ela morde o lábio. — Você disse que ela nos deixou ir. Essa é a razão? Ela queria que você morresse lentamente?

— Acho que ela queria garantir a minha morte — digo. — Mas, por ora, sou mais útil para ela vivo do que morto. Não sei por quê.

— Elias. — Laia se encolhe em sua capa. Após considerar por um momento, eu me aproximo dela, e nos recostamos no calor um do outro. — Não posso pedir que você passe os seus últimos meses de vida em uma corrida maluca até a Prisão Kauf. Você devia encontrar a sua família tribal...

"Você machuca as pessoas", disse a Apanhadora de Almas. Tantas pessoas: os homens que morreram na Terceira Eliminatória, por minhas mãos ou por causa de minhas ordens; Helene, entregue às predações de Marcus; meu avô, que teve de fugir para o exílio por minha causa; até mesmo Laia, forçada a encarar o patíbulo do carrasco na Quarta Eliminatória.

— Não posso ajudar as pessoas que prejudiquei — digo. — Não posso mudar o que fiz para elas. — Eu me inclino na direção de Laia. Preciso que ela compreenda que estou sendo sincero em cada palavra que digo. — O seu irmão é o único Erudito neste continente que sabe como fazer aço sérrico. Não sei se Spiro Teluman encontrará Darin nas Terras Livres. Não sei nem se Teluman está vivo. Mas sei que, se eu conseguir tirar Darin da prisão, se salvar a vida dele significa que ele pode dar aos inimigos do Império uma chance de lutar pela liberdade, então talvez eu compense parte da maldade que trouxe para o mundo. A vida dele... e todas as vidas que ele poderia salvar... expiariam aquelas que tirei.

— E se ele estiver morto, Elias?

— Você não disse que ouviu homens no Poleiro falando sobre ele? Sobre a ligação dele com Teluman? — Laia me conta novamente o que eles disseram, e considero. — Os Marciais vão precisar se certificar de que Darin não compartilhou seu conhecimento de metalurgia e que, se fez isso, que esse conhecimento não se espalhe. Eles vão querer mantê-lo vivo para interrogá-lo.

— Embora eu não saiba se ele vai sobreviver aos interrogatórios. Especialmente quando penso no diretor da Kauf e nas maneiras deturpadas como ele consegue respostas de seus prisioneiros.

Laia vira o rosto para o meu.

— Como você pode ter certeza disso?

— Se eu não tivesse certeza, mas você soubesse que tinha uma chance... por menor que fosse... de ele ainda estar vivo, você tentaria salvá-lo? — Vejo a resposta nos olhos dela. — Não importa se eu tenho certeza, Laia — digo.

— Enquanto você quiser salvá-lo, eu vou te ajudar. Eu fiz um juramento. Não vou descumprir.

Tomo as mãos de Laia nas minhas. Frias. Fortes. Eu as manteria aqui, beijaria cada calo de suas palmas, mordiscaria o lado interno de seu pulso até que ela arfasse. Eu a traria mais para perto e veria se ela também deseja ceder ao fogo que arde entre nós.

Mas para quê? Para que ela se acabe em lágrimas quando eu estiver morto? É errado. É egoísta.

Eu me afasto dela lentamente, sustentando seu olhar enquanto o faço, para que ela saiba que isso é a última coisa que eu quero. A mágoa perpassa seus olhos. Confusão.

Aceitação.

Fico satisfeito que ela compreenda. Não posso me aproximar dela — não desse jeito. Não posso deixá-la se aproximar de mim. Fazer isso só trará dor e sofrimento.

E Laia já teve sua cota disso.

XI
HELENE

— Deixe-a em paz, Portador da Noite. — Sinto uma mão forte por baixo de meu braço, forçando-me para longe da parede e me mantendo em pé. *Cain?*

Mechas claras de cabelo desenrolam-se do capuz do adivinho. Seus traços emaciados estão sombreados pela túnica negra, e seus olhos vermelho-sangue miram a criatura gravemente. Portador da Noite, ele o chamou, como nas velhas histórias que Mamie Rila costumava contar.

O Portador da Noite sibila suavemente, e os olhos de Cain se estreitam.

— Deixe-a, eu disse. — O adivinho se coloca à minha frente. — Ela não caminha na escuridão.

— Não? — O Portador da Noite dá uma risadinha antes de desaparecer em um remoinho de seu manto, deixando para trás uma fragrância de fogo. Cain se vira para mim.

— Folgo em vê-la, Águia de Sangue.

— Folgo em vê-la? *Folgo em vê-la?*

— Venha. Não queremos que a comandante ou um de seus lacaios ouçam a nossa conversa.

Meu corpo ainda treme do que vi nos olhos do Portador da Noite. Enquanto Cain e eu deixamos a Villa Veturia, eu me recomponho. No segundo em que atravessamos os portões, eu me viro repentinamente para o adivinho. Apenas uma vida inteira de veneração evita que eu me agarre desesperadamente à sua túnica.

— Você prometeu. — O adivinho conhece cada pensamento meu, então não escondo a mudança em minha voz nem contenho as lágrimas em meus olhos. É um alívio não precisar fazê-lo, de certa forma. — Você jurou que ele ficaria bem se eu mantivesse minha promessa.

— Não, Águia de Sangue. — Cain me leva para longe da Villa, por uma avenida larga de casas ilustres. Nós nos aproximamos de uma que deve ter sido bela um dia, mas agora parece uma casca queimada, destruída dias atrás durante a pior parte da revolução erudita. Cain caminha descuidadamente pelos destroços enfumaçados. — Nós prometemos que, se você mantivesse o juramento, Elias sobreviveria às Eliminatórias. E ele sobreviveu.

— Qual o sentido de ele sobreviver às Eliminatórias se vai simplesmente morrer daqui a algumas semanas pela minha própria mão? Não posso recusar a ordem de Marcus, Cain. Eu jurei lealdade. Você me *fez* jurar lealdade.

— Você sabe quem vivia nessa casa, Helene Aquilla?

Mudando de assunto, é claro. Não é de espantar que Elias ficasse sempre tão irritado com os adivinhos. Eu me forço a olhar em volta. A casa é estranha.

— O Máscara Laurent Marianus. Sua esposa, Inah. — Cain afasta uma viga carbonizada com o pé e pega um cavalo de madeira toscamente entalhado. — Seus filhos: Lucia, Amara e Darien. Seis escravos eruditos. Um deles era Siyyad. Ele amava Darien como a um filho.

Cain vira o cavalo e suavemente o devolve ao chão.

— Siyyad entalhou isso para o garoto há dois meses, quando Darien fez quatro anos. — Sinto um aperto no peito. *O que aconteceu com ele?* — Cinco dos escravos tentaram fugir quando os Eruditos atacaram com tochas e piche. Siyyad correu para salvar Darien. Ele o encontrou segurando seu cavalo, escondido debaixo da cama, aterrorizado, e o pegou. Mas o fogo foi rápido demais. Eles morreram em pouco tempo. Todos eles. Mesmo os escravos que tentaram fugir.

— Por que você está me contando isso?

— Porque o Império está cheio de casas como esta. Com vidas como essas. Você acha que a vida de Darien ou Siyyad vale menos, de alguma forma, que a de Elias? Não vale.

— Eu sei disso, Cain. — Eu me sinto envergonhada que ele precise me lembrar do valor do meu próprio povo. — Mas qual o sentido de tudo que eu fiz na Primeira Eliminatória se Elias vai morrer de qualquer jeito?

Cain joga toda a força de sua presença sobre mim, e eu me encolho.

— Você caçará Elias. Você o encontrará. Pois o que você aprender nessa jornada... sobre si mesma, sobre a sua terra, seus inimigos... esse conhecimento é essencial para a sobrevivência do Império. E para o seu destino.

Sinto vontade de vomitar em seus pés. *Eu confiei em você. Acreditei em você. Fiz o que você queria.* E agora, para meu infortúnio, meus temores se tornarão realidade. Caçar Elias — matá-lo — nem é a pior parte dos pesadelos. É o sentimento dentro de mim enquanto o faço. É isso que torna os sonhos tão potentes — as emoções que revolvem em meu íntimo: satisfação enquanto atormento meu amigo, prazer com a risada de Marcus, parado ao meu lado, observando de maneira aprovadora.

— Não deixe que o desespero tome conta de você. — A voz de Cain se suaviza. — Siga sendo sincera com seu coração, e o Império estará bem servido.

— O Império. — *Sempre o Império.* — E Elias? E eu?

— O destino de Elias está nas mãos dele. Agora vamos, Águia de Sangue. — Cain ergue a mão para minha cabeça, como se oferecesse uma bênção. — Isso é o que significa ter fé, acreditar em algo maior do que você mesma.

Um suspiro me escapa, e seco as lágrimas do rosto. *Isso é o que significa acreditar.* Gostaria que não fosse tão difícil.

Observo enquanto ele deriva para longe de mim, cada vez mais fundo nas ruínas da casa, finalmente desaparecendo atrás de uma coluna chamuscada. Não me dou o trabalho de segui-lo. Já sei que ele partiu.

◆ ◆ ◆

A caserna da Guarda Negra fica em uma parte da cidade dominada pelos Mercadores. É um prédio comprido de pedra, sem marcações, exceto por uma águia prateada de asas abertas gravada na porta.

Assim que entro, a meia dúzia de Máscaras para o que está fazendo e me saúda.

— Você. — Olho para o Guarda Negro mais próximo. — Vá encontrar o tenente Faris Candelan e o tenente Dex Atrius. Quando eles chegarem, providencie alojamento e armas para eles. — Antes que o guarda chegue a acusar o recebimento da ordem, sigo para o próximo. — Você — digo. — Consiga-me cada relatório da noite em que Veturius escapou. Cada ataque, cada explosão, cada soldado morto, cada loja saqueada, cada relato de testemunha... tudo. Onde é o alojamento do Águia?

— Por aqui, senhora. — O soldado aponta para uma porta negra no fim do aposento. — O tenente Avitas Harper está lá dentro. Ele chegou agora há pouco.

Avitas Harper. Tenente Harper. Um calafrio percorre minha pele. Meu torturador. É claro. Ele também é membro da Guarda Negra.

— Malditos infernos, o que ele quer?

O Guarda Negro parece surpreso por um momento.

— Ordens, acredito. O imperador o designou para a sua força-tarefa.

Você quer dizer a comandante o designou. Harper é o espião dela.

Harper espera na minha escrivaninha, no alojamento do Águia de Sangue. Ele me saúda com uma indiferença perturbadora, como se não tivesse acabado de passar cinco dias em um calabouço me torturando.

— Harper. — Eu me sento de frente para ele, a escrivaninha entre nós. — Relatório.

Ele não diz nada por um momento. Suspiro em aberta irritação.

— Você foi designado para este destacamento, certo? Conte-me o que sabemos a respeito do paradeiro do traidor Veturius, *tenente*. — Coloco o maior desdém possível na palavra. — Ou você é tão ineficiente como caçador quanto é como interrogador?

Harper não reage ao escárnio.

— Nós temos uma pista: um Máscara morto nos limites da cidade. — Ele faz uma pausa. — Águia de Sangue, já escolheu sua força para essa missão?

— Você e outros dois — digo. — Tenente Dex Atrius e tenente Faris Candelan. Eles serão alistados na Guarda Negra hoje. Pediremos reforços conforme a necessidade.

— Não reconheço os nomes. Geralmente, Águia, os alistados são escolhidos por...

— Harper. — Eu me inclino para a frente. Ele não terá controle sobre mim. Nunca mais. — Eu sei que você é o espião da comandante. O imperador me contou. Não consigo me livrar de você. Mas isso não quer dizer que eu tenha de ouvi-lo. Como sua superiora, ordeno que você cale a boca sobre Faris e Dex. Agora repasse o que sabemos sobre a fuga de Veturius.

Espero uma réplica. Em vez disso, recebo um dar de ombros, o que de certa forma me enfurece ainda mais. Harper detalha a fuga de Elias — os soldados que ele matou, os lugares em que foi visto na cidade.

Ouço uma batida na porta em meio ao relatório, e, para meu alívio, Dex e Faris entram. O cabelo loiro de Faris está uma bagunça, e a pele escura de Dex, coberta de cinzas. As capas chamuscadas e as armaduras ensanguentadas são testemunho de suas atividades nos últimos dias. Seus olhos se arregalam quando me veem: ferida, machucada, um horror. Mas então Dex dá um passo à frente.

— Águia de Sangue. — Ele me saúda, e, apesar de minha situação, sorrio. Confie em Dex para se lembrar do protocolo, mesmo diante dos restos estilhaçados de uma velha amiga.

— Por dez infernos, Aquilla. — Faris está horrorizado. — O que fizeram com você?

— Bem-vindos, tenentes — digo. — Presumo que o mensageiro tenha lhes contado sobre a missão?

— Você deve matar Elias — diz Faris. — Hel...

— Vocês estão preparados para servir?

— É claro — prossegue Faris. — Você precisa de homens em quem possa confiar, mas Hel...

— Este — eu o interrompo, temendo que ele fale algo que Harper possa relatar para o imperador e a comandante — é o tenente Avitas Harper. Meu torturador e espião da comandante. — Imediatamente, Faris se cala. — Harper também foi designado para esta missão, então tomem cuidado com o que disserem perto dele, pois isso será reportado à comandante e ao imperador.

Harper se mexe desconfortavelmente, e um ímpeto de triunfo percorre meu corpo.

— Dex — digo. — Um dos homens está trazendo os relatórios da noite em que Elias escapou. Você era o tenente dele. Procure alguma coisa que possa ser relevante. Faris, você vem comigo. Harper e eu temos uma pista fora da cidade.

Eu me sinto agradecida que meus amigos aceitem minhas ordens estoicamente, que o treinamento pelo qual passaram mantenha o rosto deles inexpressivo. Dex pede licença, e Faris o segue para providenciar nossos cavalos. Harper se levanta, a cabeça inclinada enquanto me olha. Não consigo ler sua expressão — curiosidade, talvez. Ele enfia a mão no bolso, e fico tensa, lembrando da soqueira de bronze que usou durante meu interrogatório.

Mas ele apenas tira um anel masculino. Pesado, prateado e gravado com um pássaro de asas abertas, o bico escancarado em um guincho. O anel de ofício do Águia de Sangue.

— É seu agora. — E mostra uma corrente. — Caso seja grande demais.

É grande demais, mas um joalheiro pode arrumar. Talvez ele espere que eu lhe agradeça. Em vez disso, pego o anel, ignoro a corrente e o deixo a passos largos.

◆◆◆

O Máscara morto nas planícies secas além de Serra parece um início promissor. Não há rastros, não houve emboscada. Mas, no momento em que vejo o corpo — pendurado em uma árvore e trazendo claros sinais de tortura —, sei que Elias não o matou.

— Veturius é um Máscara, Águia de Sangue. Treinado pela comandante — diz Harper enquanto nos dirigimos de volta à cidade. — Ele não é um carniceiro como todos nós?

— Veturius não deixaria um corpo a céu aberto — diz Faris. — Quem quer que tenha feito isso, queria que o corpo fosse encontrado. Por que fazer isso se ele não nos quer em seu rastro?

— Para nos despistar — diz Harper. — Para nos mandar para oeste em vez de para o sul.

Enquanto eles discutem, medito a respeito da questão. Eu conheço o Máscara. Ele era um dos quatro ordenados a guardar Elias em sua execução. Tenente Cassius Pritorius, um predador doente com um gosto por meninas novas. Ele cumpriu uma temporada em Blackcliff como centurião de combate. Eu tinha catorze anos à época, mas mantinha uma mão na adaga quando ele estava por perto.

Marcus mandou para Kauf por seis meses os outros três Máscaras que guardavam Elias, como punição por perdê-lo. Por que não Cassius? Como ele terminou desse jeito?

Minha mente salta para a comandante, mas isso não faz sentido. Se Cassius a tivesse incomodado, ela o torturaria e o mataria publicamente — ainda mais para incrementar sua reputação.

Sinto uma comichão no pescoço, como se estivesse sendo observada.

— *Ssssopraninhoooo...*

A voz é distante, levada pelo vento. Giro em minha sela. O deserto está vazio, exceto por um arbusto seco que passa rolando. Faris e Harper reduzem a marcha dos cavalos e olham para trás, como se me dissessem: *Vamos, Aquilla. Não foi nada.*

O dia seguinte da caçada é igualmente inútil, assim como o próximo. Dex não encontra nada nos relatórios. Corredores e mensagens de tambores trazem pistas falsas: dois homens mortos em Navium, e uma testemunha jura que Elias é o assassino. Um Marcial e uma Erudita supostamente registrados em uma estalagem — como se Elias fosse tolo a ponto de se registrar em uma maldita estalagem.

Ao final do terceiro dia, estou exausta e frustrada. Marcus já enviou duas mensagens, demandando saber se fiz algum avanço.

Devo dormir na caserna da Guarda Negra, como fiz nas últimas duas noites. Mas estou cansada da caserna e particularmente cansada de sentir que Harper está relatando cada movimentação minha para Marcus e a comandante.

É quase meia-noite quando chego à Villa Aquilla, mas as luzes da casa brilham, e dezenas de carruagens se alinham na estrada do lado de fora. Pego a entrada dos escravos para evitar a família e dou de cara com Livvy, supervisionando um jantar tardio. Ela suspira diante de minha expressão.

— Entre pela sua janela. Os tios pegaram o andar de baixo. Eles vão querer falar com você.

Os tios — irmãos e primos do meu pai — lideram as principais famílias da Gens Aquilla. Bons homens, mas muito falantes.

— Onde está a mãe?

— Com as tias, tentando controlar a histeria delas. — Livvy ergue uma sobrancelha. — Elas não estão contentes com a aliança Aquilla-Farrar. O pai me pediu para servir o jantar.

Então ela pode ouvir e aprender. Livia, diferentemente de Hannah, se interessa pela condução da gens. Meu pai não é tolo; ele sabe como essa habilidade pode ser valiosa.

Enquanto deixo a cozinha pela porta dos fundos, Livvy diz:

— Cuidado com Hannah. Ela está agindo de modo estranho. Presunçosa. Como se soubesse de algo que não sabemos.

Reviro os olhos. Como se fosse possível Hannah saber de algo que me interesse.

Salto para as árvores que se retorcem em direção à minha janela. Entrar e sair furtivamente — mesmo machucada — não é nada. Eu costumava fazer isso regularmente durante minhas folgas para me encontrar com Elias.

Embora jamais pela razão que eu queria.

Enquanto me balanço para dentro do meu quarto, eu me repreendo. *Ele não é Elias. É o traidor Veturius, e você tem de caçá-lo.* Talvez, se eu continuar repetindo essas palavras, elas deixem de doer.

— *Sopraninho.*

Meu corpo inteiro adormece com a voz — a mesma que ouvi no deserto. Esse momento de choque é minha ruína. Uma mão tapa minha boca, e um sussurro soa em meu ouvido.

— Eu tenho uma história para contar. Ouça com atenção. Talvez você aprenda algo que valha a pena.

Mulher. Mãos fortes. Bastante calosas. Nenhum sotaque. Eu me movo para afastá-la, mas o aço firme contra minha garganta me detém. Penso no corpo do Máscara lá no deserto. Quem quer que seja, ela é letal, e não tem medo de me matar.

— Era uma vez — diz a voz estranha —, uma garota e um garoto que tentaram escapar de uma cidade de chamas e terror. Nessa cidade, eles encontraram a salvação meio tocada pela sombra. E ali esperava uma diaba de pele prateada com um coração tão sombrio quanto a casa dela. Eles a combateram sob um pináculo insone de sofrimento. Eles a derrubaram e escaparam vitoriosos. Uma bela história, não é? — Minha captora aproxima o rosto de meu ouvido. — A história acontece na cidade, sopraninho — ela diz. — Encontre a história e você encontrará Elias Veturius.

A mão sobre minha boca se afasta, assim como a lâmina. Eu me volto para ver a figura, que atravessa correndo o quarto.

— Espere! — Viro e ergo as mãos no ar. A figura para. — O Máscara morto no deserto. Você fez aquilo?

— Uma mensagem para você, sopraninho — diz a mulher com uma voz rouca. — Para que você não seja burra o suficiente para lutar comigo. Não se sinta mal por isso. Ele era um assassino e um estuprador. Ele merecia morrer. Ah... — Ela inclina a cabeça. — A garota... Laia. Não toque nela. Se algo acontecer com ela, não há força nesta terra que me impeça de arrancar suas tripas. Lentamente.

Então, ela se move de novo. Dou um salto e desembainho minha lâmina. Tarde demais. A mulher já passou pela janela aberta e corre pelo topo dos telhados.

Mas não antes que eu consiga ver seu rosto de relance — endurecido pelo ódio, impossivelmente desfigurado e instantaneamente reconhecível.

A escrava da comandante. A que supostamente está morta. A que todos chamavam de cozinheira.

XII
LAIA

Quando Elias me acorda na manhã seguinte após deixarmos o Poleiro, minhas mãos estão úmidas. Mesmo na escuridão anterior ao amanhecer, vejo o sangue do Tribal escorrendo por meus braços.

— Elias. — Seco a palma das mãos freneticamente em minha túnica. — O sangue, ele não sai. — Está em Elias também. — Você está coberto...

— Laia. — Ele está ao meu lado em um instante. — É só a cerração.

— Não. Está... está por toda parte. — *Morte, por toda parte.*

Elias pega minhas mãos, segurando-as contra a luz indistinta das estrelas.

— Olhe. A cerração se acumula sobre a pele.

A realidade finalmente se firma enquanto ele me coloca de pé. *Foi só um pesadelo.*

— Precisamos nos mexer. — Ele anui para o campo rochoso, mal visível através das árvores cem metros à frente. — Tem alguém ali.

Não vejo nada nos Jutts, tampouco ouço qualquer coisa além do ranger de galhos no vento e o cantarolar dos pássaros mais madrugadores. Ainda assim, meu corpo dói de tensão.

— Soldados? — sussurro.

Ele balança a cabeça.

— Não tenho certeza. Vi um brilho de metal... armadura, ou talvez uma arma. Definitivamente alguém está nos seguindo. — Diante da minha inquietação, ele me oferece um sorriso rápido. — Não fique tão preocupada. A maioria das missões bem-sucedidas não passa de uma série de desastres por pouco evitados.

Se eu achava que o ritmo de Elias ao deixar o Poleiro era intenso, estava equivocada. O Tellis já quase recuperou sua antiga força. Em minutos, deixamos o campo rochoso para trás e abrimos caminho pelas montanhas, como se o próprio Portador da Noite estivesse em nossos calcanhares.

O terreno é traiçoeiro, marcado por ravinas e regatos transbordando de água. Logo percebo que preciso de toda a minha concentração apenas para acompanhar Elias. O que não é algo ruim. Depois do que aconteceu com Shikaat, depois de saber o que a comandante fez com Elias, não quero nada mais do que empurrar minhas memórias para um canto escuro da mente.

Uma vez mais, Elias observa a trilha às nossas costas.

— Ou nós os despistamos — ele diz —, ou eles estão sendo hábeis em se manter escondidos. Acho que é o segundo caso.

Elias fala pouco. Uma tentativa, presumo, de manter distância. Para me proteger. Parte de mim compreende seu raciocínio — o respeita, até. Mas, ao mesmo tempo, sinto profundamente a perda de sua companhia. Nós escapamos de Serra juntos. Combatemos os espectros juntos. Eu cuidei dele quando ele foi envenenado.

Vovô costumava dizer que ficar ao lado de alguém nos maus momentos cria um laço. Um sentimento de obrigação que é menos um peso e mais um presente. Eu me sinto unida a Elias agora. E não *quero* que ele me deixe de fora.

A meio caminho do segundo dia, o céu se abre e somos lavados por uma enxurrada. O ar da montanha fica frio, e nosso ritmo desacelera a ponto de eu querer gritar. Cada segundo parece uma eternidade que devo passar com pensamentos que desejo desesperadamente suprimir. A comandante envenenando Elias. Shikaat morrendo. Darin em Kauf, sofrendo nas mãos do infame diretor da prisão.

Morte, por toda parte.

Uma marcha forçada na chuva congelante, de deixar os ossos dormentes, simplifica a vida. Após três semanas, meu mundo se restringe a sugar a respiração seguinte, me forçar a dar o próximo passo e encontrar forças para repetir o processo. Quando a noite cai, Elias e eu desmoronamos, exaustos, encharcados e tremendo. De manhã, sacudimos o gelo de nossa túnica e começamos de novo. Apertamos o passo agora, tentando recuperar o tempo.

Quando finalmente descemos das elevações mais altas, a chuva nos deixa. Uma cerração fria cai sobre as árvores, pegajosa como uma teia de aranha. Minhas calças estão rasgadas nos joelhos, minha túnica, em farrapos.

— Estranho — murmura Elias. — Jamais vi um tempo assim tão perto das terras tribais.

Nosso ritmo cai para um passo arrastado, e, quando falta ainda uma hora para o pôr do sol, Elias caminha mais devagar ainda.

— Não faz sentido seguir nessa moleza — ele diz. — Devemos chegar a Nur amanhã. Vamos encontrar um lugar para acampar.

Não! Parar vai me dar tempo para pensar, para lembrar.

— Não está nem escuro ainda — digo. — E quanto às pessoas que estão nos seguindo? Certamente podemos...

Elias me olha com seriedade.

— Nós vamos parar — ele diz. — Não vi nenhum sinal dos nossos seguidores em dias. A chuva finalmente passou. Precisamos de descanso e uma refeição quente.

Minutos mais tarde, ele vê uma nascente. Só consigo discernir um amontoado de rochedos monolíticos sobre ela. A pedido de Elias, começo a acender uma fogueira enquanto ele desaparece por trás de um dos rochedos. Ele some por um longo tempo e, quando retorna, está de barba feita, se lavou e trocou de roupa.

— Tem certeza de que é uma boa ideia? — Cuidei do fogo até ele se transformar em uma chaminha respeitável, mas espio a mata nervosamente. Se nossos seguidores ainda estiverem por aí, se virem a fumaça...

— A névoa mascara a fumaça. — Ele anui para um dos rochedos e faz uma avaliação rápida de mim. — Tem uma fonte ali. Você devia ir se lavar. Vou arrumar algo para comermos.

Meu rosto enrubesce — sei como devo parecer. Roupas rasgadas, coberta de lama até os joelhos, arranhões no rosto, cabelos descuidados e despenteados. Cheirando a terra e folhas encharcadas.

Na fonte, tiro minha túnica rasgada e nojenta, usando o único canto limpo para me esfregar. Encontro uma mancha de sangue seco. De Shikaat. Rapidamente, jogo a túnica fora.

Não pense nisso, Laia.

Espio atrás de mim, mas Elias se foi. A parte de mim que não consegue esquecer a força de seus braços e o calor de seus olhos durante a dança no Festival da Lua gostaria que ele tivesse ficado. Olhado. Oferecido o conforto de seu toque. Seria uma distração bem-vinda sentir o calor de suas mãos sobre minha pele, meu cabelo. Seria um presente.

Uma hora mais tarde, estou esfregada e vestida com roupas limpas, embora úmidas. Minha boca se enche de água com o cheiro de coelho assado. Espero que Elias se levante no instante em que apareço. Se não estamos caminhando ou comendo, ele está patrulhando. Mas hoje ele anui para mim, então me ajeito ao seu lado — o mais próximo possível do fogo — e penteio os nós dos cabelos.

Elias aponta para o meu bracelete.

— É bonito.

— Minha mãe me deu. Pouco antes de morrer.

— Esse desenho. Sinto que já o vi antes. — Elias inclina a cabeça. — Posso?

Vou tirar o bracelete, mas paro, uma relutância singular surgindo em mim. *Não seja ridícula, Laia. Ele vai devolver imediatamente.*

— Só... só por um minuto, está bem?

Passo o bracelete para Elias, nervosa enquanto ele o revira nas mãos, examinando o padrão pouco visível sob as manchas.

— Prata — ele diz. — Você acha que a criatura sobrenatural podia senti-lo? Os efrits e os espectros ficavam pedindo por prata.

— Não faço ideia. — Eu o pego rapidamente quando Elias me devolve o bracelete, e meu corpo inteiro relaxa quando o coloco. — Mas eu preferiria morrer a abrir mão dele. Foi a última coisa que a minha mãe me deu. Você... você tem algo do seu pai?

— Nada. — Elias não soa amargo. — Nem mesmo nome. Mas não tem problema. Quem quer que ele tenha sido, não acho que foi uma boa pessoa.

— Por quê? Você é bom. E não herdou isso da comandante.

O sorriso de Elias é triste.

— É só um palpite. — Ele cutuca o fogo com um graveto. — Laia — diz ternamente —, nós precisamos falar sobre isso.

Ah, céus.

— Falar sobre o quê?

— O que quer que esteja te incomodando. Posso tentar adivinhar, mas talvez seja melhor você me contar.

— Você quer falar *agora*? Depois de semanas sem nem olhar para mim?

— Eu olho para você. — Sua resposta é rápida, sua voz, baixa. — Mesmo quando não deveria.

— Então por que você não diz nada? Você acha que eu sou... eu sou horrível? Pelo que aconteceu com Shikaat? Eu não queria... — Engasgo o restante das palavras. Elias larga o graveto e se aproxima. Sinto seus dedos no meu queixo e me obrigo a olhar para ele.

— Laia, eu sou a última pessoa que vai te julgar por matar em defesa própria. Olhe para o que eu sou. Olhe para a minha vida. Eu te deixei sozinha porque achei que você poderia encontrar consolo na solidão. Quanto a não... olhar para você, eu não quero te magoar. Vou estar morto em poucos meses. Em torno de cinco, se tiver sorte. É melhor eu me manter distante. Nós dois sabemos disso.

— Tanta morte — digo. — Está por toda parte. Qual o sentido então de viver? Será que eu vou escapar dela um dia? Em poucos meses você vai estar... — não consigo dizer as palavras. — E Shikaat. Ele ia me matar... e então... então ele estava morto. O sangue dele era tão quente, e ele *parecia* vivo, mas... — Suprimo um calafrio e endireito as costas. — Não importa. Estou deixando que isso leve o que há de melhor em mim. Eu...

— Suas emoções te tornam humana — diz Elias. — Mesmo as desagradáveis têm um sentido. Não as guarde em um canto. Se você ignorá-las, elas só vão ficar mais fortes e iradas.

Um caroço cresce em minha garganta, insistente e dilacerante, como um uivo preso dentro de mim.

Elias me puxa para um abraço, e, quando me inclino em seu ombro, o som sufocado emerge, algo entre um grito e um choro. Algo animal e estranho. Frustração e medo pelo que está por vir. Ódio por me sentir sempre como se estivesse a ponto de me frustrar. Terror por pensar que jamais verei meu irmão de novo.

Após um longo tempo, eu me afasto. O rosto de Elias é triste quando o encaro. Ele seca minhas lágrimas. O cheiro dele se derrama sobre mim. Eu o respiro.

A expressão aberta em seu rosto desaparece. Praticamente o vejo erguendo um muro. Ele deixa cair os braços e vai para trás.

— Por que você faz isso? — Tento conter minha exasperação, mas fracasso. — Você se fecha. Me deixa de fora porque não quer que eu me aproxime. E quanto ao que *eu* quero? Você não vai me machucar, Elias.

— Vou sim — ele diz. — Confie em mim.

— Não confio. Não em relação a isso.

Desafiadoramente, eu me aproximo dele. Ele cerra o queixo, mas não se mexe. Sem desviar o olhar, levo uma mão hesitante até sua boca. Aqueles lábios, curvos como se sempre estivessem sorrindo, mesmo quando seus olhos estão acesos de desejo, como agora.

— Essa é uma má ideia — ele sussurra. Estamos tão próximos que consigo ver um longo cílio pousado em seu rosto. Consigo ver as insinuações de azul em seu cabelo.

— Então por que você não está me impedindo?

— Porque eu sou um tolo. — Respiramos a respiração um do outro, e, à medida que o corpo dele relaxa e suas mãos finalmente deslizam em torno das minhas costas, fecho os olhos.

Então Elias congela. Meus olhos se abrem imediatamente. A atenção dele está fixa na linha de árvores. Um segundo mais tarde, ele está de pé, puxando suas cimitarras em um movimento fluido. Eu me levanto como posso.

— Laia. — Elias dá a volta em mim. — Nossos seguidores nos alcançaram. Se esconda nos rochedos. E — sua voz assume uma súbita nota de comando enquanto seu olhar cruza com o meu —, se alguém se aproximar, lute com tudo o que você tem.

Saco minha faca e corro atrás dele, tentando ver o que Elias vê, ouvir o que ele ouve. A floresta à nossa volta está em silêncio.

Zing.

Uma flecha voa através das árvores, direto no coração de Elias. Ele a bloqueia com o safanão de uma cimitarra.

Outro míssil é lançado, zunindo. *Zing* — e mais outro, e mais outro. Elias bloqueia todos eles, até que uma floresta de flechas quebradas se amontoa a seus pés.

— Eu posso passar a noite fazendo isso — ele diz, e sinto um sobressalto, pois sua voz é despida de emoção. A voz de um Máscara.

— Deixe a garota ir — alguém rosna das árvores — e siga o seu caminho.

Elias olha de relance para mim, com uma sobrancelha erguida.

— Amigo seu?

Balanço a cabeça.

— Não tenho muitos...

Uma figura deixa as árvores — vestida de preto, coberta por um capuz pesado, uma flecha armada no arco. Na névoa pesada, não consigo distinguir seu rosto. Mas algo a respeito dela é familiar.

— Se você está aqui pela recompensa... — Elias começa, mas o arqueiro o interrompe.

— Não estou — dispara. — Estou aqui por ela.

— Bem, você não pode tê-la — diz Elias. — Você pode seguir desperdiçando flechas, ou podemos lutar. — Rápido como um chicote, ele vira uma de suas cimitarras e a oferece para o homem com uma arrogância tão descarada e insultante que faço uma careta. Se nosso agressor estava bravo antes, estará furioso agora.

O homem deixa cair o arco, encarando-nos por um segundo antes de balançar a cabeça.

— Ela estava certa — ele diz, com uma voz vazia. — Ele não te capturou. Você o seguiu por vontade própria.

Ah, céus, eu sei quem ele é agora. É claro que sei. Ele empurra o capuz para trás, o cabelo se despejando como chamas.

Keenan.

XIII
ELIAS

Quando tento decifrar como — e por que — o ruivo do Festival da Lua nos rastreou durante todo o caminho através das montanhas, outra figura sai se arrastando da mata, o cabelo loiro preso em uma trança bagunçada, o rosto e o tapa-olho sujos de terra. Ela já era magra quando vivia com a comandante, mas agora parece beirar a inanição.

— Izzi?

— Elias. — Ela me cumprimenta com um sorriso abatido. — Você está... hum... bem esbelto. — Ela franze o cenho enquanto assimila minha aparência, alterada pelo veneno.

Laia passa por mim, e um grito irrompe de sua garganta. Ela lança um braço em torno do ruivo, outro em torno da ex-escrava da comandante e os derruba em uma pilha, rindo e chorando ao mesmo tempo.

— Céus, Keenan, Izzi! Vocês estão bem... vocês estão vivos!

— Vivos, sim. — Izzi lança um olhar para o ruivo. — Só não sei se bem. O seu amigo aqui nos fez caminhar em um ritmo cruel.

O ruivo não reage a ela e mantém o olhar fixo em mim.

— Elias. — Laia percebe o olhar intenso e se levanta, limpando a garganta. — Você conhece a Izzi. E este é o Keenan, um... um amigo. — Ela diz *amigo* como se não tivesse certeza se a descrição é precisa. — Keenan, este é...

— Eu sei quem ele é — o ruivo a interrompe, e contenho a vontade de socá-lo por ter feito isso. *Nocautear o amigo dela cinco minutos após conhecê-lo, Elias... Nada bom para manter a paz.* — O que eu quero entender, pelos céus — continua o ruivo —, é como você foi acabar com ele. Como você pôde...

— Por que não sentamos? — Izzi ergue a voz e desaba perto do fogo. Eu me sento ao lado dela, mantendo um olho em Keenan, que agora trouxe Laia para o seu lado e fala com ela urgentemente. Observo seus lábios; ele diz que vai acompanhá-la até Kauf.

É uma ideia terrível. E uma ideia que terei de vetar. Porque, se Laia e eu chegarmos seguramente a Kauf é algo quase impossível, esconder quatro pessoas é insanidade.

— Me diga que tem algo para comer, Elias — Izzi diz baixinho. — Talvez Keenan consiga viver de sua obsessão, mas eu não faço uma boa refeição há semanas.

Eu lhe ofereço os restos da minha lebre.

— Desculpe, não sobrou muito — digo. — Posso pegar outra para você. — Mantenho a atenção em Keenan, desembainhando pela metade minha cimitarra, à medida que ele fica mais e mais agitado.

— Ele não vai machucar a Laia — diz Izzi. — Pode relaxar.

— Como você sabe?

— Você devia ter visto quando ele descobriu que ela tinha ido embora com você. — Izzi dá uma mordida na lebre e estremece. — Achei que ele iria matar alguém... eu, na realidade. A Laia me cedeu o lugar dela em um barco e disse que Keenan me encontraria depois de duas semanas. Mas ele chegou a mim um dia depois de eu ter deixado Serra. Talvez ele tivesse um palpite. Não sei. No fim ele se acalmou, mas não acho que tenha dormido desde então. Uma vez ele me escondeu em uma casa segura em um vilarejo e ficou fora o dia inteiro procurando informações, qualquer coisa que pudesse nos levar até vocês. Ele só conseguia pensar em como chegar até ela.

Então ele está apaixonado. Maravilhoso. Quero fazer mais perguntas, como se Izzi acha que Laia sente o mesmo, mas seguro a língua. O que quer que exista entre os dois não me diz respeito.

Enquanto vasculho a mochila em busca de mais alimento para Izzi, Laia se senta perto do fogo. Keenan a segue. Ele parece terrivelmente irado, o que tomo como um bom sinal. Espero que Laia tenha dito a ele que está tudo bem e que ele pode voltar a ser um rebelde.

— O Keenan vai nos acompanhar — diz Laia. *Maldição.* — E a Izzi...

— ... também — diz a Erudita. — É o que uma amiga faria, Laia. Além disso, eu não tenho para onde ir.

— Não sei se é uma boa ideia. — Modero minhas palavras. Só porque Keenan está ficando de cabeça quente, não quer dizer que eu tenha de agir como um idiota. — Colocar quatro pessoas em Kauf...

Keenan bufa. De maneira pouco surpreendente, seu punho está cerrado sobre o arco, estampando no rosto o desejo de atravessar uma flecha em minha garganta.

— Laia e eu não precisamos de você. Você queria se ver livre do Império, certo? Então aproveite. Deixe o Império. Vá.

— Não posso. — Tiro minhas facas e começo a afiá-las. — Fiz uma promessa à Laia.

— Um Máscara que cumpre suas promessas. Essa eu gostaria de ver.

— Então olhe com atenção. — *Calma, Elias.* — Escute — digo. — Eu compreendo que você queira ajudar. Mas levar mais gente junto só complica...

— Não sou uma criança de quem você precisa cuidar, Marcial — rosna Keenan. — Eu te segui até aqui, não foi?

Pois bem.

— *Como* você nos seguiu? — Mantenho meu tom educado, mas ele age como se eu tivesse acabado de ameaçar seus filhos que ainda nem nasceram.

— Isso aqui não é uma sala de interrogatório marcial — ele diz. — Você não pode me forçar a dizer nada.

Laia suspira.

— Keenan...

— Não precisa ficar nervosinho. — Abro um largo sorriso para ele. *Não seja idiota, Elias.* — É só curiosidade profissional. Se você nos seguiu, outra pessoa pode fazer o mesmo.

— Ninguém nos seguiu — diz Keenan, entredentes. Céus, ele vai moê-los em pedaços se continuar com isso. — E não tive dificuldades em encontrar você — ele continua. — Rastreadores rebeldes são tão bons quanto qualquer Máscara. Melhores até.

Minha pele formiga. Bobagem. Um Máscara pode rastrear um lince pelos Jutts, e tal habilidade é desenvolvida em uma década de treinamento. Jamais ouvi falar de um rebelde que pudesse fazer o mesmo.

— Esqueçam tudo isso — Izzi interrompe a tensão. — O que vamos *fazer*?

— Encontrar um lugar seguro para você — diz Keenan. — Então a Laia e eu vamos até Kauf resgatar o Darin.

Mantenho os olhos fixos no fogo.

— Como vocês vão fazer isso?

— Não é preciso ser um Máscara assassino para saber como entrar clandestinamente em uma prisão.

— Considerando que vocês não conseguiram tirar o Darin da Prisão Central quando ele estava lá — digo —, ouso discordar. É umas cem vezes mais difícil fugir de Kauf. E vocês não conhecem o diretor como eu conheço. — Quase digo algo a respeito dos experimentos de arrepiar do velho, mas me contenho. Darin está nas mãos do monstro, e não quero assustar Laia.

Keenan se vira para ela.

— Quanto ele sabe? Sobre mim? Sobre a rebelião?

Laia se remexe desconfortavelmente.

— Ele sabe de tudo — diz por fim. — E não vamos sem ele. — O rosto dela assume uma expressão severa, e ela encontra o olhar de Keenan. — O Elias conhece a prisão. E pode nos ajudar a entrar. Ele trabalhou como guarda lá.

— Ele é um maldito *Marcial*, Laia — diz Keenan. — Céus, você tem ideia do que eles estão fazendo com a gente agora? Arrebanhando Eruditos aos milhares. *Aos milhares.* Alguns são escravizados, mas a maioria é assassinada. Por causa de uma rebelião, os Marciais estão assassinando cada Erudito em quem conseguem botar as mãos.

Eu me sinto doente. *É claro que eles estão.* Marcus está no comando, e a comandante odeia Eruditos. A revolução é a desculpa perfeita para ela exterminá-los, como sempre quis.

Laia empalidece e olha para a amiga.

— É verdade — sussurra Izzi. — Nós ouvimos falar que os rebeldes mandaram os Eruditos que não estavam planejando lutar deixarem Serra. Mas muitos não fizeram isso. Os Marciais foram atrás deles. E mataram todos. Nós mesmos quase fomos pegos.

Keenan se vira para Laia.

— Eles não tiveram compaixão alguma pelos Eruditos. E você quer trazer um deles com a gente? Se eu não soubesse como entrar em Kauf, tudo bem. Mas eu posso fazer isso, Laia. Eu juro. Não precisamos de um Máscara.

— Ele não é um Máscara — Izzi se manifesta, e escondo minha surpresa. Considerando a forma como minha mãe a tratou, ela é a última pessoa que espero que me defenda. Izzi dá de ombros diante da expressão incrédula de Keenan. — Não mais, de qualquer forma.

Ela se encolhe um pouco sob o olhar sombrio que Keenan lhe lança, e minha ira é inflamada.

— Só porque ele não está usando a máscara — diz Keenan —, não quer dizer que a deixou para trás.

— Muito justo. — Cruzo o olhar com o dele e enfrento sua fúria com frio distanciamento, um dos truques mais exasperantes de minha mãe. — Foi o Máscara em mim que matou os soldados e nos tirou da cidade. — Eu me inclino para a frente. — E é o Máscara em mim que vai levar a Laia até Kauf para tirarmos o Darin de lá. Ela sabe disso. Foi por isso que ela me libertou em vez de fugir com você.

Se os olhos do ruivo pudessem queimar, eu estaria a meio caminho do décimo poço dos infernos a essa altura. Parte de mim ficou satisfeita. Então vejo de relance o rosto de Laia e me sinto imediatamente envergonhado. Ela olha para mim e para o ruivo alternadamente, incerta e angustiada.

— Não faz sentido brigarmos — eu me forço a dizer. — Mais importante ainda, isso não cabe a nós. Essa missão não é nossa, ruivo. — Eu me viro para Laia. — Me diga o que você quer.

A expressão grata que surge em seu rosto quase compensa o fato de que provavelmente terei de suportar esse rebelde idiota até o veneno me matar.

— Será que ainda conseguimos seguir nosso caminho para o norte com a ajuda das tribos se formos em quatro pessoas? Será possível?

Eu a olho fixamente através do fogo, para seus olhos dourados, como tentei não fazer durante dias. Quando o faço, lembro por que não olhei: o fogo que há nela, sua determinação fervorosa, calam fundo em meu âmago, em uma parte de mim enclausurada e desesperada para se libertar. Um desejo visceral por ela toma conta de mim, e esqueço Izzi e Keenan.

Sinto uma ferroada no braço, súbita e pronunciada. Um lembrete da tarefa que tenho em mãos. Convencer Afya a esconder Laia e a mim já vai ser bem difícil. Mas um rebelde, duas escravas fugidas e o criminoso mais procurado do Império?

Eu diria que é impossível, porém a comandante expulsou essa palavra de mim em treinamento.

— Você tem *certeza* de que é isso que quer? — Procuro algum sinal de dúvida, medo ou incerteza em seus olhos. Mas tudo o que vejo é aquele fogo. *Por dez infernos.*

— Sim, tenho certeza.

— Então vou encontrar uma maneira.

◆◆◆

Naquela noite, visito a Apanhadora de Almas.

Eu me vejo andando ao lado dela em um caminho exíguo através da mata do Lugar de Espera. Ela está de vestido solto e sandálias, e parece imune ao gelado ar de outono. As árvores à nossa volta são retorcidas e antigas. Figuras translúcidas esvoaçam entre os troncos. Algumas não passam de fogos-fátuos esbranquiçados, enquanto outras são mais inteiramente formadas. Em determinado ponto, tenho certeza de que vejo Tristas, seus traços contorcidos de ira, mas ele desaparece um momento depois. Os sussurros das figuras são suaves, fundindo-se em uma corrente de murmúrios.

— Então é isso? — pergunto à Apanhadora de Almas. Achei que tivesse mais tempo. — Estou morto?

— Não. — Seus olhos ancestrais avaliam meu braço. Neste mundo, ele está intacto, imaculado. — O veneno avança, mas lentamente.

— Por que estou de volta aqui? — Não quero que as convulsões comecem de novo. Não a quero me controlando. — Não posso ficar.

— Sempre tantas perguntas com você, Elias. — Ela sorri. — No sono, os humanos passam ao largo do Lugar de Espera e não entram. Mas você tem um pé no mundo dos vivos e outro no mundo dos mortos. Usei isso para chamá-lo aqui. Não se preocupe, Elias. Não vou segurá-lo por muito tempo.

Uma das figuras nas árvores voeja para perto — uma mulher tão esmaecida que não consigo ver seu rosto. Ela espia através dos galhos, olha debaixo dos arbustos. Sua boca se move como se estivesse falando sozinha.

— Você consegue ouvi-la? — pergunta a Apanhadora de Almas.

Tento ouvir além dos sussurros dos outros fantasmas, mas há muitos deles. Balanço a cabeça, e o rosto da Apanhadora de Almas detém algo que não consigo decifrar.

— Tente de novo.

Fecho os olhos desta vez e me concentro na mulher — apenas na mulher. *Não consigo encontrar... onde... não se esconda, amor...*

— Ela está... — Abro os olhos, e os murmúrios dos outros abafam a voz dela. — Ela está procurando algo.

— Alguém — me corrige a Apanhadora de Almas. — Ela se recusa a seguir em frente. Já se passaram décadas. Ela machucou alguém, há muito tempo. Embora não tivesse intenção, eu acho.

Um lembrete não tão sutil do pedido da Apanhadora de Almas na última vez em que a vi.

— Estou fazendo como você pediu — digo. — Estou mantendo distância de Laia.

— Muito bem, Veturius. Eu odiaria ter de feri-lo.

Um calafrio sobe por minha espinha.

— Você pode fazer isso?

— Posso fazer um bom número de coisas. Talvez eu mostre a você, antes do seu fim. — Ela coloca a mão em meu braço, e ele queima como fogo.

Quando acordo, ainda está escuro, e meu braço dói. Enrolo a manga para cima, esperando ver a pele cicatrizada e nodosa onde estava meu ferimento.

Mas a ferida, que sarou dias atrás, está aberta e sangrando agora.

XIV
HELENE

DUAS SEMANAS ANTES

— Você está maluca — diz Faris enquanto ele, Dex e eu olhamos fixamente para os rastros na terra atrás do armazém. Acredito nele até certo ponto. Mas rastros não mentem, e esses contam uma história e tanto.

Uma batalha. Um oponente grande. Um pequeno. O pequeno quase levou a melhor em relação ao grande, até que foi derrubado — pelo menos é isso que presumo, tendo em vista que não há um corpo por perto. O oponente grande e uma companhia arrastaram o oponente pequeno para dentro do armazém e escaparam a cavalo pelo portão na parede dos fundos. O cavalo tinha o lema da Gens Veturia gravado na ferradura: *Sempre vitorioso*. Relembro a história esquisita da cozinheira: *Eles a derrubaram e escaparam vitoriosos*.

Mesmo tendo se passado dias, os rastros são claros. Ninguém mexeu nesse lugar.

— É uma armadilha. — Faris ergue sua tocha para iluminar os cantos sombreados do terreno vazio. — Aquela doida da cozinheira estava tentando fazer com que você viesse aqui para nos pegar em uma emboscada.

— É um enigma — digo. — E sempre fui boa em desvendar enigmas.

— Este me tomou mais tempo do que a maioria. Passaram-se dias desde a visita da cozinheira. — Além disso, uma velha alquebrada contra três Máscaras não é realmente uma emboscada.

— Ela deu um susto em você, não deu? — A franja ondulada de Faris desponta em um tufo, como sempre acontece quando ele está agitado. — Por que ela ajudaria mesmo? Você é uma Máscara. Ela é uma escrava fugida.

— Ela não tem carinho algum pela comandante. E — aponto para o chão — não há dúvida de que a comandante está escondendo alguma coisa.

— Além disso, não há nenhuma emboscada à vista. — Dex se vira para uma porta na parede atrás de nós. — Mas há a *salvação meio tocada pela sombra*. A porta fica voltada para o leste. Só fica na sombra metade do dia.

Anuo na direção da fornalha.

— E há o *pináculo insone de sofrimento*. A maioria dos Eruditos que trabalham lá nasce e morre em sua sombra.

— Mas esses rastros... — começa Faris.

— Existem apenas duas *diabas de pele prateada* no Império — digo. — E uma delas estava sendo torturada por Avitas Harper aquela noite. — Harper, desnecessário dizer, não foi convidado para este breve passeio.

Examino os rastros de novo. Por que a comandante não trouxe reforços? Por que ela não disse para ninguém que viu Elias aquela noite?

— Preciso falar com Keris — digo. — Descobrir se...

— Essa é uma péssima ideia — manifesta-se uma voz conciliatória da escuridão atrás de mim.

— Tenente Harper. — Cumprimento o espião, encarando Dex enquanto o faço. Ele faz uma careta, o belo rosto constrangido. Ele deveria se certificar de que Harper não nos seguisse. — Escondendo-se nas sombras, como sempre. Suponho que contará a ela tudo sobre isso, não é?

— Não preciso. Você vai se entregar quando perguntar a respeito. Se a comandante tentou esconder o que aconteceu aqui, há uma razão. Nós devíamos descobrir o que é antes de revelar que a estamos investigando.

Faris bufa, e Dex revira os olhos.

É óbvio, idiota. É isso que vou fazer. Mas Harper não precisa saber disso. Na realidade, quanto mais estúpida ele pensar que eu sou, melhor. Ele pode dizer à comandante que não represento uma ameaça a ela.

— Não existe *nós*, Harper. — Dou as costas para ele. — Dex, confira os relatórios daquela noite. Veja se há alguém por aqui que tenha visto algo. Faris, você e Harper rastreiem o cavalo. Ele provavelmente é preto ou castanho, e com pelo menos dezessete palmos. Quin não gostava de variedade em seus estábulos.

— Nós vamos rastrear o cavalo — diz Harper. — Deixe a comandante, Águia.

Eu o ignoro, pulo em minha sela e parto para a Villa Veturia.

♦♦♦

Ainda não é meia-noite quando chego à mansão Veturia. Há muito menos soldados aqui do que quando a visitei alguns dias atrás. Ou o imperador encontrou outra residência, ou ele está fora. *Provavelmente em um bordel. Ou por aí, matando crianças para se divertir.*

Enquanto me acompanham pelos corredores familiares, eu me pergunto a respeito dos pais de Marcus. Nem ele nem Zak falavam deles. O pai deles é ferrador em um vilarejo ao norte de Silas, e a mãe, padeira. O que eles devem sentir, tendo um filho assassinado pelo outro e o vivo coroado imperador?

A comandante me recebe no gabinete de Quin e me oferece uma cadeira. Não aceito.

Tento não olhar fixamente enquanto ela se senta à mesa de Quin. Ela usa um roupão negro, e as voltas azuis de sua tatuagem — frequentemente discutida em Blackcliff — são visíveis no pescoço. Jamais a tinha visto sem seu uniforme. Sem ele, ela parece diminuída.

Como se sentisse meus pensamentos, os olhos dela se estreitam.

— Eu lhe devo um agradecimento, Águia — ela diz. — Você salvou a vida do meu pai. Eu não queria matá-lo, mas ele não abriria mão do comando da Gens Veturia facilmente. Tirá-lo da cidade manteve a dignidade dele... e uma transição de poder mais suave.

Ela não está me agradecendo. Ficou irada quando soube que seu pai havia escapado de Serra. Ela está me informando que *sabe* que fui eu quem o ajudou. Como descobriu? Persuadir Quin a não invadir os calabouços de Blackcliff para salvar Elias foi praticamente impossível, e tirá-lo furtivamente da cidade debaixo do nariz dos seus guardas foi uma das coisas mais difíceis que já fiz na vida. Nós fomos cuidadosos — mais que cuidadosos.

— Você viu Elias Veturius desde a manhã em que ele escapou de Blackcliff? — pergunto. Ela não trai um lampejo de emoção.

— Não.

— Você viu a Erudita Laia, anteriormente sua escrava, desde que ela escapou de Blackcliff no mesmo dia?

— Não.

— Você é a comandante de Blackcliff e a conselheira do imperador, Keris — digo. — Mas, como Águia de Sangue, sou sua superiora. Você tem ciência de que eu poderia levá-la para interrogatório e exilá-la?

— Não venha com hierarquia para cima de mim, garotinha — diz a comandante suavemente. — A única razão para você ainda não estar morta é que eu... não o Marcus, *eu*... ainda tenho uso para você. Mas — ela dá de ombros —, se você insiste em me interrogar, vou me submeter, é claro.

Ainda tenho uso para você.

— Na noite da fuga de Veturius, você o viu em um armazém na muralha oriental da cidade, lutou com ele lá, perdeu e foi deixada inconsciente enquanto ele e a escrava fugiam em um cavalo?

— Acabei de responder a essa pergunta — ela diz. — Algo mais, Águia de Sangue? A revolução erudita se espalhou para Silas. Ao amanhecer, devo liderar a força que vai esmagá-la. — A voz dela soa mais suave do que nunca. Mas, por um momento, algo brilha em seu olhar. Um lampejo profundo de ira que se vai tão rapidamente quanto apareceu. Não vou tirar nada dela agora.

— Boa sorte em Silas, comandante.

Quando me viro para partir, ela fala:

— Antes que você vá, Águia de Sangue, devo lhe dar os parabéns. — Ela se permite um sorriso de escárnio. — Marcus está finalizando a papelada agora. O noivado de sua irmã com o imperador representa uma grande honra para ele. O herdeiro deles será legitimamente um Ilustre...

Saio porta afora e atravesso o pátio, a cabeça repleta de uma torrente de pensamentos que me adoecem. Ouço meu pai quando lhe perguntei o que ele havia trocado por minha liberdade. "Nada que importe, filha." E Livia, algumas noites atrás, dizendo-me que Hannah estava agindo de modo estranho. "Como se soubesse de algo que não sabemos."

Passo rapidamente pelos guardas e pulo em meu cavalo. Tudo que consigo pensar é: *Que não seja Livvy. Que não seja Livvy. Que não seja Livvy.*

Hannah é forte. É amarga. É brava. Mas Livvy... Livvy é doce, divertida e curiosa. Marcus perceberá isso e vai esmagá-la. Vai sentir prazer em fazê-lo.

Chego em casa e, antes que meu cavalo tenha chance de parar, deslizo de cima dele e empurro os portões da frente, direto para o pátio cheio de Máscaras.

— Águia de Sangue. — Um deles dá um passo à frente. — Você deve esperar aqui...

— Deixe-a passar.

Marcus surge caminhando pela porta da frente da minha casa, minha mãe e meu pai flanqueando-o. *Malditos céus, não.* A visão é tão equivocada que quero esfregá-la dos olhos com lixívia. Hannah os segue de cabeça erguida. O brilho em seus olhos me confunde. É ela, então? Mas por que parece tão feliz? Jamais escondi dela meu desprezo por Marcus.

Quando eles entram no pátio, Marcus se curva e beija a mão de Hannah, o epítome de um pretendente bem-comportado e de boa família.

Fique longe dela, seu porco. Quero gritar isso, mas me contenho. *Ele é o imperador. Eu sou sua Águia.*

Quando Marcus se endireita, inclina a cabeça para minha mãe.

— Marque a data, mater Aquilla. Não espere demais.

— Sua família desejará comparecer à festa, Vossa Majestade Imperial? — pergunta minha mãe.

— Por quê? — Marcus curva os lábios. — Plebeus demais para um casamento?

— É claro que não, Majestade — responde minha mãe. — Apenas ouvi dizer que sua mãe é uma mulher de grande devoção. Imagino que ela observaria o período de quatros meses de luto sugerido pelos adivinhos de maneira bastante estrita.

Uma sombra perpassa o rosto de Marcus.

— É claro — ele diz. — Levará esse mesmo tempo para que vocês provem o valor da Gens Aquilla.

Marcus se aproxima de mim e, diante do horror em meus olhos, abre um largo sorriso, uma expressão mais selvagem ainda pela dor que acabou de sentir ao se lembrar de Zak.

— Cuidado agora, Águia — ele diz. — Sua irmã ficará sob os meus cuidados. Você não gostaria que acontecesse alguma coisa com ela, não é?

— Ela... Você... — Enquanto balbucio, Marcus sai a passos largos, acompanhado de seus guardas. Quando nossos escravos fecham os portões do pátio atrás dele, ouço o riso discreto de Hannah.

— Você não vai me parabenizar, Águia de Sangue? — diz ela. — Eu vou ser a imperatriz.

Ela é uma tola, mas ainda assim é minha irmã caçula, e eu a amo. Não posso deixar isso ficar assim.

— Pai — digo entredentes. — Gostaria de falar com você.

— Você não deveria estar aqui, Águia — diz meu pai. — Você tem uma missão a cumprir.

— Você não vê, pai? — Hannah dá a volta em mim. — Arruinar meu casamento é mais importante para ela do que encontrar o traidor.

Meu pai parece uma década mais velho do que ontem.

— Os papéis do casamento foram assinados pela gens — ele diz. — Eu tinha de salvá-la, Helene. Esse era o único jeito.

— Pai, ele é um assassino, um estuprador...

— Todo Máscara não é assim, Águia? — As palavras de Hannah são como um tapa na cara. — Eu ouvi você e o seu amigo *bastardo* falando mal do Marcus. Eu sei onde estou me metendo.

Ela investe em minha direção, e percebo que é tão alta quanto eu, embora eu não lembre quando isso aconteceu.

— Não me importo. Eu vou ser a imperatriz. Nosso filho vai ser herdeiro do trono. E o destino da Gens Aquilla estará para sempre assegurado. Por *minha* causa. — Seus olhos reluzem com triunfo. — Pense nisso enquanto caça o traidor que você chama de amigo.

Não a soque, Helene. Meu pai pega meu braço.

— Vamos, Águia.

— Onde está Livvy? — pergunto.

— Isolada no quarto dela, com *febre* — diz meu pai enquanto nos escondemos em seu gabinete cheio de livros. — Sua mãe e eu não queríamos arriscar que Marcus a escolhesse.

— Ele fez isso para me atingir. — Tento me sentar, mas termino andando de um lado para o outro. — A comandante provavelmente fez a cabeça dele.

— Não subestime o nosso imperador, Helene — diz meu pai. — Keris queria você morta. Ela tentou persuadir Marcus a executá-la. Você a conhece. Ela se recusa a negociar. O imperador veio até mim sem o conhecimento dela. Os Ilustres se voltaram contra ele. Eles usam a fuga de Veturius e da escrava para questionar a legitimidade de Marcus como imperador. Ele sabe que precisa de aliados, então ofereceu a sua vida pela mão de Hannah em casamento... e o total apoio da Gens Aquilla.

— Por que não jogar nosso peso em apoio a outra gens? — digo. — Deve haver algumas que cobicem o trono.

— Todas cobiçam o trono. A briga interna já começou. Quem você escolheria? A Gens Sisellia é brutal e manipuladora. A Gens Rufia esvaziaria os cofres do Império em duas semanas. Todas fariam objeções ao domínio de qualquer outra gens. Elas vão destruir umas às outras competindo pelo trono. Melhor um imperador ruim do que uma guerra civil.

— Mas, pai, ele é um...

— Filha — meu pai ergue a voz, uma ocorrência tão rara que fico em silêncio. — A sua lealdade é para com o Império. Marcus foi escolhido pelos adivinhos. Ele *é* o Império. E precisa muito de uma vitória. — Meu pai se inclina sobre sua escrivaninha. — Ele precisa de Elias. Precisa de uma execução pública. E precisa que as gens vejam que ele é forte e capaz. Você é a Águia de Sangue agora, filha. O Império *precisa* vir em primeiro lugar... acima dos seus desejos, das suas amizades, das suas carências. Acima até da sua irmã e da sua gens. Nós somos Aquilla, filha. *Leal até o fim.* Diga.

— Leal — sussurro. *Mesmo que isso signifique a destruição de minha irmã. Mesmo que isso signifique um louco governando o Império. Mesmo que isso signifique ter de torturar e matar meu melhor amigo.* — Até o fim.

◆◆◆

Quando chego à caserna vazia no dia seguinte, nem Dex nem Harper mencionam o noivado de Hannah. Eles também são sábios o suficiente para não comentar meu mau humor.

— Faris está na torre dos tambores — diz Dex. — Ele teve um retorno sobre o cavalo. Quanto àqueles relatórios que você pediu que eu analisasse... — Meu amigo se inquieta, os olhos claros em Harper.

Harper quase sorri.

— Apareceu algo esquisito nos relatórios — ele diz. — Os tambores deram ordens conflitantes aquela noite. As tropas marciais estavam desordenadas porque os rebeldes descobriram nossos códigos e misturaram todas as comunicações.

Dex fica boquiaberto.

— Como você sabia?

— Observei isso uma semana atrás — diz Harper. — Não foi algo relevante até hoje. Duas ordens dadas naquela noite passaram despercebidas em meio ao caos, Águia. Ambas transferiram homens da parte oriental da cidade para outros lugares, deixando aquele setor inteiro sem patrulhamento.

Praguejo baixinho.

— Keris deu aquelas ordens — digo. — Ela o deixou partir. Ela me *quer* presa à caça de Veturius. Comigo longe, ela pode influenciar Marcus sem interferências. E — olho de relance para Harper — você vai contar a ela que deduzi isso, não vai?

— Ela soube no momento em que você entrou na Villa Veturia com perguntas. — Harper fixa seu olhar frio em mim. — Ela não a subestima, Águia. E não deveria mesmo.

A porta é escancarada, e Faris passa pesadamente por ela, baixando a cabeça para evitar o batente. Em seguida me passa um pedaço de papel.

— De um posto de guarda logo ao sul do Poleiro do Pirata.

Garanhão negro, dezoito palmos, marcações da Gens Veturia, encontrado em uma batida de rotina a um acampamento quatro dias atrás. Sangue na sela. Animal em más condições e demonstrando sinais de cavalgada dura. O Tribal de posse dele foi questionado, mas insiste que o cavalo chegou ao acaso no acampamento.

— Que raios Veturius estava fazendo no Poleiro do Pirata? — pergunto. — Por que ir para leste? A direção mais rápida para escapar do Império é o sul.

— Pode ter sido um estratagema — diz Dex. — Ele pode ter negociado o cavalo nos arredores da cidade e rumado para o sul a partir dali.

Faris balança a cabeça.

— Então como explicar a condição do animal e onde ele foi encontrado?

Eu os deixo discutir. Um vento frio sopra pela porta aberta da caserna, embaralhando os relatórios sobre a mesa, trazendo o cheiro de folhas esmagadas, canela e areias distantes. Um comerciante tribal passa empurrando seu carrinho. É o primeiro Tribal que vejo em Serra em dias. O restante deixou a cidade, em parte por causa da revolta erudita, em parte por causa do Encontro de Outono, em Nur. Nenhum Tribal o perderia.

A ideia me atinge como um raio. *O Encontro de Outono.* Todas as tribos compareceм, incluindo a tribo Saif. No meio de todas aquelas pessoas, animais, carruagens e famílias, seria muito fácil para Elias passar despercebido por espiões marciais e se esconder em meio à sua família adotiva.

— Dex. — Silencio a discussão. — Envie uma mensagem para a guarnição na Fenda de Atella. Preciso de uma legião inteira reunida e pronta para partir em três dias. E sele nossos cavalos.

Dex ergue as sobrancelhas prateadas.

— Para onde vamos?

— Para Nur — digo enquanto passo pela porta em direção aos estábulos. — Ele está indo para Nur.

XV
LAIA

Elias sugere descansarmos, mas o sono não vai me encontrar esta noite. Keenan está igualmente agitado; mais ou menos uma hora após termos todos nos deitado, ele se levanta e desaparece na mata. Suspiro, sabendo que lhe devo uma explicação. Deixar isso para depois tornará o caminho para Kauf mais difícil do que já promete ser. Eu me levanto, tremendo de frio e fechando bem minha túnica. Elias, em vigília, fala baixinho quando passo.

— O veneno — ele diz. — Não conte a ele nem à Izzi. Por favor.

— Não vou contar.

Reduzo o passo, pensando em nosso quase beijo, perguntando-me se deveria dizer alguma coisa. Mas, quando me viro para olhar para ele, Elias está mirando atentamente a floresta, seus largos ombros tensos.

Sigo Keenan mata adentro e corro para pegar seu braço bem quando ele está saindo de vista.

— Você ainda está chateado — digo. — Sinto muito...

Ele se livra de meu aperto e fica de frente para mim, seus olhos brilhando um fogo sombrio.

— Você sente muito? Céus, Laia, você faz ideia do que eu pensei quando vi que você não estava naquele barco? Você sabe o que eu perdi, e fez isso do mesmo jeito...

— Eu tinha que fazer, Keenan. — Não havia me dado conta de que isso o magoaria. Achei que ele fosse compreender. — Eu não podia deixar a Izzi enfrentar a ira da comandante. Eu não podia deixar o Elias morrer.

— Então ele não forçou você a fazer nada disso? Izzi disse que foi ideia sua, mas eu não acreditei. Presumi... não sei... que ele tivesse te obrigado, que tivesse sido uma armadilha. Agora encontro vocês dois juntos. Achei que você e eu...

Ele cruza os braços, o cabelo radiante caindo sobre o rosto. Então desvia o olhar de mim. *Céus*. Ele deve ter me visto com Elias junto ao fogo. Como explicar? *Achei que nunca mais veria você. Estou um caco. Meu coração está um caco.*

— O Elias é meu amigo — digo em vez disso. Será que é verdade mesmo? Elias *era* meu amigo quando deixamos Serra. Agora não faço ideia do que ele seja.

— Você está confiando em um Marcial, Laia. Você se dá conta disso? Por dez malditos infernos, ele é o filho da comandante. O filho da mulher que matou a sua família...

— Ele não é assim.

— É claro que ele é assim. Eles são todos assim. Você e eu, Laia... podemos fazer isso sem ele. Escute, eu não queria dizer isso na frente dele porque não confio nele, mas a Resistência tem conhecimento de Kauf. Homens lá dentro. Eu posso tirar Darin de lá, vivo.

— Kauf não é a Prisão Central, Keenan. Não é nem Blackcliff. É Kauf. Ninguém nunca fugiu de lá. Então, por favor, pare. Essa escolha é minha. Eu escolho confiar nele. Você pode vir comigo, se quiser. Seria sorte minha ter uma pessoa como você junto. Mas não vou abandonar Elias. Ele é minha melhor chance de salvar Darin.

Por um momento parece que Keenan quer dizer algo mais, mas simplesmente anui.

— Como quiser, então.

— Tem algo mais que preciso lhe contar. — Jamais compartilhei com Keenan *por que* meu irmão foi levado. Mas, se os rumores sobre Darin e Teluman já alcançaram o Poleiro, então certamente ele ouvirá sobre as habilidades de meu irmão em algum momento. Melhor que ouça de mim.

— Izzi e eu ouvimos rumores enquanto estávamos viajando — ele diz, assim que termino de explicar. — Mas fico contente por você ter me contado. Fico... contente de saber que você confia em mim.

Quando nosso olhar se cruza, uma faísca salta entre nós, estonteante e poderosa. Na névoa, seus olhos parecem escuros, muito escuros. *Eu poderia desaparecer ali.* O pensamento surge espontâneo em minha mente. *E não me importaria se jamais encontrasse a saída.*

— Você deve estar exausta. — Hesitante, ele ergue a palma da mão em direção a meu rosto. Seu toque é quente, e, quando seus dedos se afastam, eu me sinto vazia. Penso em como ele me beijou em Serra. — Em breve estarei lá.

Na clareira, Izzi dorme. Elias me ignora, a mão largada casualmente sobre a cimitarra no colo. Se ele ouviu que Keenan e eu conversávamos, não dá nenhuma indicação disso.

Meu saco de dormir está frio, e me encolho nele, tremendo. Por um longo tempo, sigo desperta, esperando que Keenan retorne. Mas os minutos passam e ele se mantém distante.

◆ ◆ ◆

Chegamos ao limite da cordilheira Serrana no meio da manhã, com o sol alto a leste. Elias lidera enquanto ziguezagueamos para fora das montanhas, descendo uma trilha espiralada até os contrafortes. As dunas do deserto tribal se estendem além desses contrafortes, um mar de ouro liquefeito com uma ilha de verde a uns vinte quilômetros de distância: Nur.

Longas caravanas de carruagens serpenteiam na direção da cidade para o Encontro de Outono. Quilômetros de deserto continuam além do oásis, salpicados de platôs estriados que se elevam para o céu como enormes sentinelas de pedra. Um vento corre ao longo do chão do deserto e sobe através dos contrafortes, trazendo consigo fragrâncias de óleo, cavalos e carne assada.

O ar nos mordisca — o outono chegou cedo às montanhas. Mas poderíamos muito bem estar em pleno verão serrano, do jeito que Elias transpira. Essa manhã, ele me contou discretamente que o extrato de Tellis acabara ontem. Sua pele dourada, tão vigorosa antes, está preocupantemente pálida.

Keenan, que estivera franzindo o cenho para Elias desde que partimos, o enfrenta agora.

— Você vai nos contar como vamos encontrar uma caravana que nos leve até Kauf?

Elias olha de soslaio para o rebelde, mas não responde.

— Tribais não são exatamente conhecidos por serem receptivos a pessoas de fora — pressiona Keenan. — Embora a sua família adotiva seja Tribal, certo? Espero que você não esteja planejando buscar a ajuda deles. Os Marciais os estarão observando.

A expressão de Elias se transforma de *o que você quer* para *me deixe em paz*.

— Não, eu não planejo ver a minha família enquanto estiver em Nur. Quanto a ir para o norte, eu tenho uma... amiga que me deve um favor.

— Uma amiga — diz Keenan. — Quem...

— Não me leve a mal, ruivo — diz Elias —, mas eu não te conheço. Então me perdoe se não confio em você.

— Eu sei como é. — Keenan cerra o queixo. — Só queria sugerir que, em vez de usar Nur, nós usássemos casas seguras da Resistência. Podemos passar ao largo de Nur e dos soldados marciais que sem dúvida estão patrulhando a cidade.

— Com a revolta erudita, os rebeldes provavelmente estão sendo presos e interrogados. A não ser que você seja o único combatente que sabia a respeito das casas seguras, elas estão comprometidas.

Elias acelera o passo e Keenan fica para trás, assumindo uma posição suficientemente distante de mim para que eu ache melhor deixá-lo sozinho. Alcanço Izzi, e ela se inclina em minha direção.

— Eles evitaram arrancar a cabeça um do outro — ela diz. — É um começo, não?

Seguro uma risada.

— Quanto tempo até eles se matarem, você acha? E quem vai atacar primeiro?

— Dois dias até uma guerra total — diz Izzi. — Aposto meu dinheiro que Keenan vai atacar primeiro. Ele é cabeça-quente, aquele ali. Mas Elias vai vencer, sendo um Máscara e tudo o mais. Embora — ela pende a cabeça — ele não pareça tão bem, Laia.

Izzi sempre enxerga mais do que esperam dela. Tenho certeza de que ela perceberá se eu tentar evitar a questão, então procuro simplificar minha resposta.

— Devemos chegar a Nur hoje à noite — digo. — Assim que ele descansar, vai ficar bem.

Mas, ao fim da tarde, um vento poderoso sopra do leste, e nosso progresso fica mais lento à medida que entramos nos contrafortes. Quando chegamos à extensão de dunas que leva a Nur, a lua está alta, a galáxia, um esplendor prateado acima. Mas estamos todos exaustos de lutar contra o vento. O passo de Izzi deteriorou-se para um tropeço, e tanto Keenan quanto eu arfamos de cansaço. Até Elias luta, parando um número suficiente de vezes para que eu comece a me preocupar com ele.

— Não gosto desse vento — ele diz. — As tempestades do deserto só começam no fim do outono. Mas o tempo desde Serra tem sido esquisito... chuva em vez de sol, nevoeiro em vez de céu claro. — Trocamos um olhar. Eu me pergunto se ele está pensando o mesmo que eu: como se algo não *quisesse* que chegássemos a Nur... ou a Kauf, ou a Darin.

As lamparinas a óleo de Nur brilham como um farol apenas alguns quilômetros a leste, e nos dirigimos até elas. Mas um zunido profundo ribomba através das areias um quilômetro ou pouco mais dunas adentro, ecoando em nossos ossos.

— Céus, o que foi isso? — pergunto.

— A areia está se deslocando — diz Elias. — Um monte. Uma tempestade de areia está vindo. E rápido!

A areia redemoinha nervosamente, elevando-se em nuvens altas antes de sumir como uma rajada. Após mais meio quilômetro, o vento fica tão intenso que mal conseguimos distinguir as luzes de Nur.

— Isso é loucura! — grita Keenan. — Devíamos voltar aos contrafortes. Encontrar abrigo para a noite.

— Elias. — Ergo a voz sobre o vento. — Quanto isso nos atrasaria?

— Se esperarmos, vamos perder o encontro. Precisamos daquela multidão se quisermos passar despercebidos. — *E ele precisa do Tellis*. Não podemos prever a Apanhadora de Almas. Se Elias começar a ter convulsões novamente e perder a consciência, quem sabe por quanto tempo aquela criatura vai mantê-lo no Lugar de Espera... Horas, se ele tiver sorte. Dias, se não for o caso.

Um tremor súbito e violento percorre o corpo de Elias, e ele é tomado por um espasmo — claro demais para qualquer pessoa com olhos deixar de perceber. Estou ao seu lado no mesmo instante.

— Fique comigo, Elias — sussurro em seu ouvido. — A Apanhadora de Almas está tentando te chamar de volta. Não deixe.

Ele cerra os dentes, e a convulsão passa. Estou absolutamente consciente do olhar espantado de Izzi, da suspeita de Keenan.

O rebelde dá um passo à frente.

— Laia, o que...

— Vamos seguir em frente. — Ergo a voz para que ele e Izzi possam ouvir. — Um atraso agora pode significar uma diferença de semanas se as neves chegarem mais cedo, ou se os desfiladeiros do norte estiverem fechados.

— Aqui. — Elias tira uma pilha de lenços da mochila e passa para mim. Enquanto os distribuo, ele corta um rolo de corda em porções de três metros. Outro tremor passa como uma onda por seus ombros, e Elias trava os dentes, lutando contra ele. *Não desista.* Lanço um olhar severo em sua direção enquanto Izzi se aproxima, encolhida. *Agora não é o momento.* Ele amarra Izzi a si mesmo e está prestes a me amarrar a Izzi quando ela balança a cabeça.

— A Laia do seu outro lado. — O olhar dela passa por Keenan tão rapidamente que não tenho nem certeza se cheguei a vê-lo. Eu me pergunto se ela ouviu Keenan me implorando para partir com ele na noite passada.

Meu corpo treme com o esforço de ficar parada em um só lugar. Os ventos gritam à nossa volta, tão violentos quanto um coro de guinchos fúnebres. O som me faz lembrar dos espectros no deserto perto de Serra, e eu me pergunto se criaturas sobrenaturais assombram este deserto também.

— Mantenham a corda esticada — as mãos de Elias raspam nas minhas, e sua pele está febril —, ou não saberei se formos separados. — O medo me trespassa, mas ele baixa o rosto próximo do meu. — Não tenha medo. Eu cresci nesse deserto. Vamos conseguir chegar a Nur.

Nós nos deslocamos para leste, cabisbaixos contra a investida violenta da tempestade. A poeira bloqueia as estrelas, e as dunas se movem tão rápido debaixo de nós que cambaleamos, lutando a cada passo. Há areia em meus dentes, olhos e nariz, e não consigo respirar.

A corda entre mim e Elias se retesa à medida que ele me puxa para a frente. Do seu outro lado, Izzi curva o corpo como um junco contra o vento, apertando o lenço no rosto. Um grito ecoa, e tropeço — Izzi? *Só o vento.*

Então Keenan, que achei que estava atrás de mim, dá um puxão na corda do meu lado esquerdo. A força dele me derruba, e meu corpo afunda na areia suave e profunda. Luto para ficar de pé de novo, mas o vento é como um grande punho a me pressionar.

Puxo com força a corda que sei que me liga a Elias. Ele precisa perceber que eu caí. A qualquer segundo sentirei suas mãos me trazendo para perto, me levantando. Grito seu nome na tempestade, minha voz inútil contra a ira dos ventos. A corda dá um solavanco entre nós.

Então fica terrivelmente solta, e, quando a puxo, não há nada na outra extremidade.

XVI
ELIAS

Num segundo estou usando cada partícula de força que tenho para lutar contra os ventos e puxar Laia e Izzi para a frente.

No segundo seguinte, a corda entre mim e Laia cai, solta. Eu a puxo, confuso, e ela termina após apenas um metro. Nada de Laia.

Eu me lanço de volta para onde espero que ela esteja. Nada. *Por dez infernos.* Amarrei os nós rápido demais — um deles deve ter se desfeito. *Não importa,* minha mente berra. *Encontre-a!*

O vento grita, e lembro dos efrits da areia que combati durante as Eliminatórias. A forma de um homem se eleva à minha frente, seus olhos reluzindo com malícia desmedida. Cambaleio para trás, surpreso — *de que inferno saiu isso* —, então busco em minha memória. *Efrit, efrit da areia, uma canção é mais do que ele pode suportar.* A velha rima retorna a mim, e eu a canto. *Funcione, funcione, por favor, funcione.* Os olhos se estreitam, e por um segundo acho que a rima é inútil. Então os olhos desaparecem.

Mas Laia — e Keenan — ainda estão por aí, indefesos. Devíamos ter esperado a tempestade de areia passar. O maldito rebelde estava certo. Se Laia estiver enterrada na areia, se ela morrer aqui porque eu precisava daquele maldito Tellis...

Ela caiu um instante antes de termos nos separado. Eu me ajoelho e varro o terreno com os braços. Pego um pedaço de tecido, então um pouco de pele quente. O alívio toma conta de mim, e eu puxo. É ela — posso dizer pela forma e pelo peso de seu corpo. Eu a trago para perto e vejo de relance seu rosto aterrorizado por baixo do lenço enquanto me abraça.

— Peguei você — digo, embora não ache que ela consiga me ouvir. De um lado, sinto Izzi esbarrando em mim, e então um brilho de cabelo ruivo: Keenan, ainda amarrado a Laia, dobrado enquanto tosse a areia dos pulmões.

Amarro novamente a corda, com as mãos trêmulas. Em minha cabeça, ouço Izzi me dizendo para amarrar Laia a mim. Os nós estavam firmes. A corda estava inteira e perfeita. Ela *não deveria* ter se soltado.

Esqueça isso agora. Mexa-se.

Logo o solo endurece, da areia traiçoeira para os pedregulhos secos do oásis. Raspo o ombro em uma árvore, e uma luz bruxuleia vagamente através da areia. Ao meu lado, Izzi cai, tapando o olho bom. Eu a levanto em meus braços e a empurro para a frente. O corpo dela treme enquanto ela tosse descontroladamente.

Uma luz se transforma em duas, então uma dúzia — uma rua. Meus braços tremem, e quase deixo Izzi cair. *Ainda não!*

A sombra volumosa de uma carruagem tribal se assoma da escuridão, e luto para chegar até ela. Peço aos céus que esteja vazia, mais porque não acredito que tenha força para nocautear ninguém a essa altura.

Arrombo a porta, desfaço o nó que me amarra a Izzi e a empurro para dentro. Keenan pula atrás dela, e empurro Laia por fim. Rapidamente solto a corda entre nós, mas, enquanto desfaço o nó, observo que a corda não tem pontas desgastadas. O lugar onde ela se rompeu está uniforme.

Como se tivesse sido cortado.

Izzi? Não, ela estava ao meu lado. E Laia não faria isso. Keenan? Será que ele estava tão desesperado assim para afastar Laia de mim? Minha visão some, e sacudo a cabeça. Quando olho de volta para a corda, ela está tão desgastada quanto o cabo de âncora de uma velha traineira.

Alucinações. Vá a um boticário, Elias. Agora.

— Cuide da Izzi — grito para Laia. — Lave o olho dela... ela está com cegueira da areia. Vou trazer algo do boticário para ajudar.

Bato a porta da carruagem e volto para a tempestade. Um tremor me atinge. Quase posso ouvir a Apanhadora de Almas. *Volte, Elias.*

Os prédios de paredes grossas de Nur bloqueiam o suficiente da areia para que eu consiga distinguir as placas das ruas. Caminho com cuidado, atento à presença de soldados. Tribais não são malucos o suficiente para estar nas ruas em uma tempestade dessas, mas Marciais as patrulharão, não importa o clima.

Quando viro uma esquina, noto um cartaz em um muro. Ao me aproximar, praguejo.

POR ORDEM DE VOSSA MAJESTADE IMPERIAL
IMPERADOR MARCUS FARRAR
PROCURA-SE VIVO:
ELIAS VETURIUS
ASSASSINO, COLABORADOR DA RESISTÊNCIA,
TRAIDOR DO IMPÉRIO
RECOMPENSA: **60.000** MARCOS
VISTO PELA ÚLTIMA VEZ:
VIAJANDO PARA LESTE PELO IMPÉRIO
NA COMPANHIA DE LAIA DE SERRA,
REBELDE DA RESISTÊNCIA E ESPIÃ

Rasgo o cartaz, amasso e solto ao vento — apenas para ver outro a alguns metros, e mais um. Dou um passo para trás. Todo o maldito muro está coberto deles, assim como aquele às minhas costas. Eles estão por toda parte.

Consiga o Tellis.

Sigo trôpego como um cinco após sua primeira morte. Levo vinte minutos para encontrar um boticário e cinco minutos agonizantemente desajeitados para abrir a tranca da porta. Acendo uma lamparina com mãos trêmulas e agradeço aos céus quando vejo que esse boticário colocou seus remédios em ordem alfabética. Estou arfando como um animal sedento quando encontro o extrato de Tellis, mas, tão logo o bebo sofregamente, a sensação de alívio permeia meu corpo.

Assim como a lucidez. Tudo é digerido em um atropelo — a tempestade, a cegueira de areia de Izzi, a carruagem onde deixei os outros. E os cartazes. Malditos infernos, os cartazes de "procura-se". Meu rosto, o rosto de Laia, por toda parte. Se havia uma dúzia em um muro, vá saber quantos existem por toda a cidade.

A existência de cartazes significa uma coisa: o Império suspeita de que estamos aqui. Então a presença marcial em Nur será muito maior do que eu esperava. *Que tudo vá para o inferno.*

A essa altura Laia deve estar fora de si, mas ela e os outros terão de esperar. Surrupio todo o estoque de Tellis do boticário, assim como um unguento que mitigará a dor no olho de Izzi. Em minutos estou de volta às ruas castigadas pela areia de Nur, relembrando a época que passei aqui como um cinco, espionando os Tribais e relatando meus achados na guarnição marcial.

Subo para os telhados para chegar à guarnição e me encolho contra a investida violenta da tempestade. Ela ainda é poderosa para manter pessoas sãs do lado de dentro, mas não tão ruim quanto estava em nossa chegada à cidade.

A fortaleza marcial, construída de pedras negras, parece terrivelmente deslocada em meio às estruturas cor de areia de Nur. Ao me aproximar da guarnição, eu me desloco furtivamente ao longo da beira de um telhado do outro lado da rua.

É evidente, pelas luzes e pelos soldados que entram e saem, que o prédio está lotado. E não apenas de auxiliares e legionários. No tempo que passei observando, contei pelo menos uma dúzia de Máscaras, incluindo um vestindo uma armadura totalmente negra.

A Guarda Negra. São os homens de Helene, agora que ela é a Águia de Sangue. O que estão fazendo aqui?

Outro Máscara de armadura negra emerge da guarnição. É enorme, de cabelo claro e bagunçado. Faris. Eu reconheceria aquela franja ondulada em qualquer lugar.

Ele chama um legionário selando um cavalo.

— ... corredores para cada tribo — eu o ouço falar. — Qualquer um que der abrigo a ele está morto. Deixe isso muito claro, soldado.

Outro Guarda Negro emerge. A pele das mãos e do queixo é mais escura, mas não consigo distinguir nada mais de onde estou.

— Precisamos de um cordão de isolamento em torno da tribo Saif — ele diz para Faris. — Caso ele os procure.

Faris balança a cabeça.

— Esse é o último lugar a que El... Veturius iria. Ele não os colocaria em risco.

Por dez malditos infernos. Eles sabem que estou aqui. E acho que sei como. Alguns minutos mais tarde, minhas suspeitas se confirmam.

— Harper. — A voz de Helene é como aço, e me sobressalto ao ouvi-la. Ela sai a passos largos da caserna, parecendo indiferente à tempestade. Sua armadura reluz sombriamente, seu cabelo claro um farol na noite. *É óbvio.* Se alguém poderia decifrar o que eu faria, para onde eu iria, seria ela.

Eu me agacho um pouco mais, certo de que ela vai me sentir, de que vai saber, em seus ossos, que estou próximo.

— Fale você mesmo com os corredores. Quero homens diplomáticos — ela diz para o Guarda Negro chamado Harper. — Eles devem procurar os chefes tribais, os zaldars ou as kehannis, os contadores de histórias. Diga a eles para não falarem com crianças; as Tribos são cuidadosas com elas. E, em nome dos céus, certifique-se de que nenhum deles nem pense em olhar para as mulheres. Não quero uma maldita guerra em minhas mãos porque algum auxiliar idiota não conseguiu se conter. Faris, organize aquele cordão de isolamento em torno da tribo Saif. E coloque alguém para seguir Mamie Rila.

Tanto Faris quanto Harper partem para executar as ordens de Hel. Espero que ela volte para a guarnição, para sair do vento. Mas, em vez disso, ela dá dois passos tempestade afora, a mão na cimitarra. Os olhos estão cobertos pelo capuz, a boca, um talho irado.

Meu peito dói quando olho para Helene. Será que um dia deixarei de sentir saudades dela? O que ela está pensando? Será que se lembra de quando nós dois estivemos aqui juntos? E por quais malditos infernos ela está me caçando mesmo? Ela deve saber que a comandante me envenenou. Se estou morto de qualquer jeito, qual o sentido de me capturar?

Quero descer até onde ela está, agarrá-la em um abraço de urso e esquecer que somos inimigos. Quero contar a ela sobre a Apanhadora de Almas e o Lugar de Espera, e como, agora que experimentei a liberdade, só quero encontrar uma maneira de mantê-la. Quero dizer que sinto falta de Quin, e que Demetrius, Leander e Tristas assombram meus pesadelos.

Quero. Quero. Quero.

Eu me obrigo a ir até o meio do telhado, então salto para o próximo, partindo antes que possa fazer algo idiota. Eu tenho uma missão. Assim como Helene. E tenho de querer mais a minha do que Helene quer a sua, ou Darin morrerá.

XVII
LAIA

Izzi vira de um lado para o outro em seu sono, a respiração áspera e trabalhosa. Joga um braço, e a mão bate no painel de madeira floreado da carruagem. Acaricio seu pulso, sussurrando palavras tranquilizadoras. Na opaca luz da lamparina, ela parece pálida como a morte.

Keenan e eu estamos sentados de pernas cruzadas ao lado dela. Ajeitei sua cabeça para cima, para que ela possa respirar com mais facilidade, e lavei seu olho. Izzi ainda não consegue abri-lo.

Expiro, lembrando da violência da tempestade, de quão pequena me senti contra suas garras atormentadoras. Achei que perderia contato com a terra e seria lançada na escuridão. Contra a violência da tempestade, eu me senti menor que um grão de areia.

Você deveria ter esperado, Laia. Você deveria ter ouvido Keenan. E se a cegueira da areia for permanente? Izzi perderá a visão para sempre por minha causa.

Controle-se. Elias precisava do Tellis. E você precisa de Elias se quiser chegar a Darin. Isso é uma missão. Você é a líder dela. Esse é o custo.

Onde *está* Elias? Faz eras que ele partiu. Não falta mais do que uma hora ou duas para o amanhecer. Embora ainda esteja ventando, não está ruim o suficiente para manter as pessoas longe das ruas. Uma hora os proprietários da carruagem vão retornar. E não podemos estar aqui quando isso acontecer.

— Elias está envenenado. — Keenan fala suavemente. — Não está?

Tento manter o semblante indiferente, mas ele suspira. O vento aumenta, sacudindo as janelas altas da carruagem.

— Ele precisava de um remédio. Por isso que vocês foram ao Poleiro do Pirata em vez de ir direto para o norte — ele diz. — Céus. Qual a situação dele?

— Ruim. — A voz de Izzi é um sussurro rouco. — Muito ruim. Erva-da-noite.

Olho incrédula para Izzi.

— Você acordou! Graças aos céus. Mas como você sabe...

— A cozinheira se divertia me contando todos os venenos que ela usaria na comandante, se pudesse — diz Izzi. — Ela era bastante detalhista na descrição dos efeitos.

— Ele vai morrer, Laia — diz Keenan. — A erva-da-noite não poupa ninguém.

— Eu sei. — *E gostaria de não saber.* — Ele também sabe. Por isso tínhamos de entrar em Nur.

— E você ainda quer fazer isso com ele? — Se as sobrancelhas de Keenan subissem mais um pouco, desapareceriam na linha do couro cabeludo. — Esqueça o fato de que só estar na presença dele já é um risco, ou que a mãe dele matou os seus pais, ou que ele é um Máscara, ou que o povo dele está atualmente varrendo o nosso do mapa. Ele está *morto*, Laia. Quem sabe se ele vai viver para chegar a Kauf... E, céus, por que ele iria *querer* ir?

— Ele sabe que Darin pode mudar tudo para os Eruditos — digo. — Ele não acredita no mal do Império mais do que nós acreditamos.

— Duvido... — zomba Keenan.

— Pare. — A palavra é um sussurro. Limpo a garganta e busco o bracelete de minha mãe. *Força.* — Por favor.

Keenan hesita, então toma minhas mãos enquanto as cerro em punhos.

— Desculpe. — Excepcionalmente, seu olhar parece indefeso. — Você passou pelos infernos, e eu estou aqui sentado fazendo você se sentir pior. Não vou falar disso de novo. Se é isso que você quer, então é isso que vamos fazer. Estou aqui por você. Para o que você precisar.

Um suspiro de alívio me escapa, e eu anuo. Ele percorre com o dedo o K em meu peito — a marca que a comandante entalhou em mim quando eu era sua escrava. É uma cicatriz descorada agora. Os dedos de Keenan derivam até minha clavícula, meu rosto.

— Senti sua falta — ele diz. — Não é estranho? Três meses atrás, eu nem te conhecia.

Estudo seu queixo forte, a maneira como seu cabelo reluzente se derrama sobre a testa, os músculos em seus braços. Suspiro com seu cheiro, de limão e madeira queimada, tão familiar para mim agora. Como ele passou a significar tanto para mim? Nós mal nos conhecemos e, no entanto, com sua proximidade, meu corpo se imobiliza. Eu me inclino em direção ao seu toque, o calor de sua mão me atraindo para perto.

A porta se abre, e dou um salto para trás, buscando minha adaga. Mas é Elias. Ele olha de relance entre mim e Keenan. Sua pele, tão doentia quando ele nos deixou na carruagem, está de volta ao matiz dourado de sempre.

— Temos um problema. — Ele sobe no veículo e desdobra uma folha de papel: um cartaz de "procura-se" com descrições assustadoramente precisas de mim e Elias.

— Céus, como eles sabiam? — pergunta Izzi. — Eles nos seguiram?

Elias olha para o chão da carruagem, girando a poeira ali com sua bota.

— Helene Aquilla está aqui. — Sua voz soa esquisitamente neutra. — Eu a vi na guarnição marcial. Ela deve ter deduzido para onde estávamos indo. Ela colocou um cordão de isolamento em torno da tribo Saif, e há centenas de soldados por aqui para ajudar a nos procurar.

Cruzo o olhar com o de Keenan. *Só estar na presença dele já é um risco. Talvez a vinda para Nur tenha sido* uma má ideia.

— Precisamos chegar até sua amiga — digo —, para podermos partir com o restante das tribos. Como vamos fazer isso?

— Eu sugeriria esperar anoitecer novamente e usar disfarces. Mas isso é o que Aquilla esperaria. Então vamos fazer o contrário. Vamos nos esconder à vista de todos.

— Como vamos esconder um rebelde erudito, duas ex-escravas e um fugitivo à vista de todos? — pergunta Keenan.

Elias enfia a mão na mochila e tira um conjunto de grilhões.

— Tenho uma ideia — ele diz. — Mas vocês não vão gostar.

◆ ◆ ◆

— As suas ideias — sibilo para Elias enquanto o sigo pelas ruas sufocadamente lotadas de Nur — são quase tão mortais quanto as minhas.

— Silêncio, *escrava*. — Ele anui para um pelotão de Marciais que marcha em fileira cerrada por uma rua adjacente.

Aperto os lábios, e os grilhões que pesam em meus tornozelos e punhos retinem. Elias estava errado. Não acho seu plano apenas ruim. Eu o *odeio*.

Ele usa uma camisa vermelha de traficante de escravos e segura uma correia que se conecta a um colar de ferro em torno de meu pescoço. Meus cabelos caem no rosto, sujos e emaranhados. Izzi, com o olho ainda coberto por uma bandagem, vem atrás de mim. Um metro de corrente se estende entre nós, e ela conta com minhas orientações sussurradas para não tropeçar. Keenan a segue, o suor se acumulando no rosto. Sei como ele se sente: como se estivesse realmente sendo levado a leilão.

Seguimos Elias em uma fileira obediente, de cabeça baixa e corpo derrotado, como se espera de escravos eruditos. Lembranças da comandante inundam minha mente: os olhos claros quando ela gravou sua inicial em meu peito com enorme sadismo; os golpes com os quais ela me agrediu, tão casualmente como se estivesse jogando moedas para os mendigos.

— Aguente firme. — Elias olha de relance para mim, como se sentisse meu pânico crescente. — Ainda temos de atravessar a cidade.

Como dezenas de outros traficantes de escravos que vimos aqui em Nur, Elias nos lidera com um desprezo confiante, latindo alguma ordem ocasionalmente. Murmura para a poeira no ar e olha com desdém para os Tribais, como se fossem baratas.

Com um lenço cobrindo a parte inferior de seu rosto, só consigo ver seus olhos, quase descoloridos na luz da manhã. Sua camisa de traficante de escravos cai mais frouxa em seu corpo do que cairia algumas semanas atrás. A batalha contra o veneno da comandante tirou-lhe a massa, e Elias é todo cantos e ângulos agora. Isso aumenta sua beleza, mas parece que vejo sua sombra em vez do Elias real.

As ruas empoeiradas de Nur estão cheias de pessoas indo de acampamento em acampamento. Por mais caótica que ela seja, há uma estranha ordem na cidade. Cada acampamento exibe suas próprias cores tribais, com tendas à esquerda, bancas de produtos à direita e carruagens tribais tradicionais formando um círculo.

— *Ugh*, Laia — sussurra Izzi atrás de mim. — Consigo sentir o cheiro dos Marciais. Aço, couro e cavalos. Parece que eles estão por toda parte.

— E estão mesmo — sussurro pelo canto da boca.

Legionários vasculham lojas e carruagens. Máscaras latem ordens e entram nas casas sem aviso. Nosso progresso é lento, à medida que Elias toma uma rota tortuosa, em uma tentativa de evitar as patrulhas. Meu coração está na garganta o tempo inteiro.

Busco em vão por Eruditos livres, esperando que alguns tenham escapado da matança do Império. Mas os únicos Eruditos que vejo estão em correntes. Notícias sobre o que está acontecendo no Império são escassas, mas finalmente, em meio a trechos incompreensíveis em sadês, ouço dois Mercadores falando em serrano.

— ... não estão poupando nem as crianças. — O comerciante mercador olha sobre o ombro enquanto fala. — Ouvi dizer que as ruas de Silas e de Serra correm vermelhas com o sangue erudito.

— Os Tribais são os próximos — sua companhia, uma mulher trajando couro, diz. — Então eles se voltarão contra Marinn.

— Eles tentarão — diz o homem. — Gostaria de ver aqueles canalhas de olhos claros passarem pela floresta...

Então passamos por eles, e sua conversa desaparece, mas sinto vontade de vomitar. *As ruas de Silas e de Serra correm vermelhas com o sangue erudito.* Céus, quantos dos meus antigos vizinhos e conhecidos morreram? Quantos pacientes de vovô?

— É por esse motivo que estamos fazendo isso. — Elias olha de relance para trás, e percebo que ele ouviu os Mercadores também. — Essa é a razão por que precisamos do seu irmão. Então, continue focada.

Enquanto abrimos caminho através de uma via particularmente cheia, uma patrulha liderada por um Máscara de armadura negra entra na rua, poucos metros adiante.

— Patrulha — sibilo para Izzi. — Baixe a cabeça! — Imediatamente, ela e Keenan miram os pés. Os ombros de Elias ficam tensos, mas ele caminha em frente quase como se estivesse passeando. Um músculo em seu queixo dá um salto.

O Máscara é jovem, sua pele tem o mesmo tom dourado que o meu. É tão magro quanto Elias, mas mais baixo, com olhos verdes que formam ângulos como os de um gato e ossos faciais que se projetam como as extremidades duras de sua armadura.

Eu jamais o tinha visto antes, mas não importa. Ele é um Máscara, e, quando seus olhos passam por mim, não consigo respirar. O medo martela dentro de mim, e tudo o que consigo ver é a comandante. Tudo o que consigo sentir é o golpe de sua chibata em minhas costas e o aperto frio de sua mão em minha garganta. Não consigo me mexer.

Izzi se choca contra minhas costas, e Keenan contra as costas dela.

— Siga em frente! — ela diz ansiosamente. Pessoas próximas se viram para observar.

Por que agora, Laia? Céus, controle-se. Mas meu corpo não quer saber de escutar. Os grilhões, o colar em torno de meu pescoço, o ruído das correntes — eles me esmagam, e, embora minha mente grite comigo para continuar andando, meu corpo só se lembra da comandante.

A corrente presa ao meu colar dá um puxão, e Elias pragueja comigo com a brutalidade despreocupada tipicamente marcial. Eu *sei* que ele está fingindo. Mas me encolho do mesmo jeito, reagindo com um terror que achei que havia enterrado.

Elias se vira como se fosse me bater e puxa meu rosto em direção ao seu. Para uma pessoa de fora, pareceria simplesmente que ele é um traficante de escravos disciplinando sua propriedade. Sua voz é suave, audível somente para mim.

— Olhe para mim. — Encontro seu olhar. *Os olhos da comandante.* Não. De Elias. — Eu não sou ela. — Ele pega meu queixo, e, embora deva parecer ameaçador para aqueles que observam, sua mão é leve como a brisa. — Não vou te machucar. Mas você não pode deixar o medo tomar conta de você.

Baixo a cabeça e respiro fundo. O Máscara nos observa agora, todo o seu corpo imóvel. Estamos a poucos metros dele. Poucos centímetros. Dou uma espiada através da cortina de cabelos. Sua atenção passa rapidamente sobre mim, Keenan e Izzi. Então pousa em Elias.

Ele olha fixamente. *Céus*. Meu corpo ameaça congelar de novo, mas me obrigo a me mexer.

Elias anui para o Máscara, despreocupado, e segue em frente. O Máscara está atrás de nós, mas ainda o sinto nos observar, pronto para o ataque.

Então ouço botas marchando para longe, e, quando olho para trás, ele seguiu seu caminho. Solto a respiração que não havia me dado conta de que estava prendendo. *Segura. Você está segura.*

Por ora.

Só quando nos aproximamos de um acampamento do lado sudeste de Nur, Elias parece finalmente relaxar.

— Baixe a cabeça, Laia — ele sussurra. — Estamos aqui.

O acampamento é enorme. Casas cor de areia com sacadas delimitam suas bordas, e no espaço entre elas repousa uma cidade de tendas douradas e verdes. O mercado é do tamanho de qualquer mercado em Serra — talvez até maior. Todas as bancas têm a mesma cortina esmeralda com estampa de folhas de outono cintilantes. Vá saber quanto custa um brocado desses. Qualquer que seja essa tribo, ela é poderosa.

Homens tribais de túnica verde cercam o acampamento, afunilando aqueles que entram através de um portão improvisado, feito de duas carruagens. Ninguém se aproxima até estarmos perto das tendas, enxameadas de homens cuidando de fogos para cozinhar, mulheres preparando mercadorias, crianças perseguindo galinhas e umas às outras. Elias se aproxima da tenda maior, se irritando quando dois guardas nos param.

— Traficantes de escravos à noite — diz um deles em um serrano carregado de sotaque. — Volte mais tarde.

— Afya Ara-Nur está me esperando — rosna Elias, e, ao som do nome, me sobressalto, relembrando semanas atrás a mulher pequena de olhos escuros na oficina de Spiro, a mesma que dançou tão graciosamente com Elias na noite do Festival da Lua. É *nela* que ele confia para nos levar para o norte? Lembro o que Spiro disse. *Uma das mulheres mais perigosas do Império.*

— Ela não recebe traficantes de escravos de dia. — O outro Tribal é enfático. — *Somente* à noite.

— Se não me deixarem entrar para vê-la — diz Elias —, ficarei feliz em informar aos Máscaras que a tribo Nur está se retirando dos acordos de comércio.

Os Tribais trocam um olhar inquieto e um deles desaparece dentro da tenda. Quero avisar Elias sobre Afya, sobre o que Spiro disse. Mas o outro guarda nos observa com tamanho cuidado que não posso fazê-lo sem que ele veja.

Após apenas um minuto, o Tribal gesticula para que entremos na tenda. Elias se vira para mim, como se estivesse ajustando meus grilhões, mas, em vez disso, me estende a chave que exibe na palma da mão. Então atravessa a passos largos as abas da tenda, como se fosse dono do acampamento. Izzi, Keenan e eu corremos para segui-lo.

O lado de dentro da tenda é forrado de tapetes feitos à mão. Uma dúzia de lamparinas coloridas projeta padrões geométricos sobre travesseiros enfronhados de seda. Afya Ara-Nur, delicada e de pele escura, com tranças negras e ruivas derramando-se sobre os ombros, está sentada atrás de uma escrivaninha talhada grosseiramente. Ela é pesada e fora de lugar em meio à riqueza deslumbrante à sua volta. Seus dedos clicam as contas de um ábaco, e ela preenche seus achados em um livro à sua frente. Um garoto com expressão entediada aparentando ter a mesma idade de Izzi, e com a mesma beleza penetrante de Afya, está sentado ao lado dela.

— Só deixei que você entrasse, traficante de escravos — diz Afya, sem olhar para nós —, para lhe dizer pessoalmente que, se você voltar a colocar os pés em meu acampamento, vou estripá-lo eu mesma.

— Estou magoado, Afya — diz Elias, enquanto algo pequeno gira de sua mão e cai no colo dela. — Você não está sendo nem de perto tão amigável quanto foi da primeira vez que nos encontramos. — A voz de Elias é suave, sugestiva, e meu rosto enrubesce.

Afya pega a moeda, surpresa, quando Elias remove o lenço do rosto.

— Gibran... — ela diz para o garoto, e, rápido como uma chama, Elias saca as cimitarras das costas e dá um passo à frente, encostando a lâmina na garganta dos dois, com olhos calmos e terrivelmente parados.

— Você me deve um favor, Afya Ara-Nur — ele diz. — Estou aqui para cobrar.

O garoto olha hesitante para Afya.

— Deixe Gibran sair. — O tom dela é razoável, dócil até. Mas suas mãos se cerram em punhos sobre a mesa. — Ele não tem nada a ver com isso.

— Nós precisamos de uma testemunha da sua tribo quando você me conceder o meu favor — diz Elias. — Gibran é mais que adequado. — Afya abre a boca, mas não diz nada, aparentemente pasma, e Elias segue em frente. — Você está obrigada por honra a ouvir o meu pedido, Afya Ara-Nur. E obrigada por honra a concedê-lo.

— Ao inferno com a honra...

— Fascinante — diz Elias. — Como o seu conselho de anciões se sentiria a respeito disso? A única zaldara nas terras tribais, a mais jovem já escolhida, jogando fora sua honra como um grão estragado. — Ele anui com a cabeça para a tatuagem geométrica que espia para fora da manga de Afya, um indicativo de sua hierarquia, sem dúvida. — Meia hora em uma taverna esta manhã me disse tudo o que eu precisava saber sobre a tribo Nur, Afya. Sua posição não está segura. — Os lábios de Afya se afinam em uma linha dura. Elias acertou um nervo.

— Os anciões compreenderiam que foi pelo bem da tribo.

— Não — diz Elias. — Eles diriam que você não é adequada para liderar, se comete erros de julgamento que ameaçam a tribo. Erros como dar uma moeda de favor a um Marcial.

— Esse favor era para o futuro imperador! — A ira de Afya a coloca de pé. Elias enfia a lâmina mais fundo em seu pescoço, mas a Tribal parece não notar. — Não para um traidor fugitivo que aparentemente se tornou um traficante de escravos.

— Eles não são escravos.

Pego a chave e solto meus grilhões, e então os de Izzi e Keenan, para deixar claro o ponto de Elias.

— Eles estão me acompanhando — ele diz. — Eles fazem parte do meu favor.

— Ela não vai concordar — Keenan sussurra baixinho para mim. — Ela vai nos vender para os malditos Marciais.

Jamais me senti tão exposta. Afya poderia gritar uma palavra, e em minutos haveria soldados por toda parte.

Ao meu lado, Izzi fica tensa. Seguro sua mão e a aperto.

— Temos de confiar em Elias — sussurro, tentando tranquilizá-la tanto quanto a mim. — Ele sabe o que está fazendo. — Mesmo assim, tateio em busca de minha adaga, escondida por baixo de meu manto. Se Afya nos trair, não vou me entregar sem lutar.

— Afya. — Gibran engole nervosamente, mirando a lâmina em sua garganta. — Talvez devêssemos ouvi-lo, não?

— Talvez — diz ela, entredentes — você devesse manter a boca fechada sobre coisas que não compreende e se limitar a seduzir as filhas de zaldars. — Ela se vira para Elias. — Largue suas lâminas e me diga o que quer e por quê. Nenhuma explicação vinda de você significa um favor vindo de mim. Não me importo com suas ameaças.

Elias ignora a primeira ordem.

— Quero que você acompanhe pessoalmente a mim e a meus companheiros, de maneira segura, até a Prisão Kauf antes das neves do inverno e que nos ajude a tirar o irmão de Laia, Darin, de lá.

Mas que raios? Apenas alguns dias atrás, ele disse a Keenan que não precisávamos de mais ninguém. Agora está tentando trazer Afya? Mesmo se conseguíssemos chegar à prisão sãos e salvos, ela nos entregaria no instante em que puséssemos os pés lá dentro, e desapareceríamos em Kauf para sempre.

— Isso representa uns trezentos favores em um, bastardo.

— Uma moeda de favor representa o que quer que possa ser pedido de um fôlego só.

— Eu sei o que uma maldita moeda de favor representa. — Afya tamborila os dedos sobre a escrivaninha e se vira para mim, como se me notasse pela primeira vez. — A amiguinha de Spiro Teluman — diz. — Eu sei quem é o seu irmão, garota. Spiro me contou... e alguns outros também, da maneira que os rumores se espalharam. Todo mundo comenta sobre o Erudito que conhece os segredos do aço sérrico.

— *Spiro* começou os rumores?

Afya suspira e fala lentamente, como se lidasse com uma criancinha irritante:

— Spiro queria que o Império acreditasse que o seu irmão passou o conhecimento dele para outros Eruditos. Até os Marciais tirarem o nome dessas pessoas de Darin, eles o manterão vivo. Além disso, Spiro sempre foi chegado a histórias bobas de heroísmo. Ele provavelmente está esperando que isso anime os Eruditos, que dê a eles um pouco da coragem que lhes falta.

— Até o seu aliado está nos ajudando — diz Elias. — Mais uma razão para você fazer o mesmo.

— Meu *aliado* desapareceu — diz Afya. — Ninguém o vê há semanas. Estou certa de que os Marciais estão com ele, e não quero compartilhar do mesmo destino. — Ela ergue o queixo para Elias. — E se eu recusar a sua oferta?

— Você não chegou onde está descumprindo promessas. — Elias baixa as cimitarras. — Conceda-me o favor, Afya. Lutar contra isso é perda de tempo.

— Não posso decidir isso sozinha — diz Afya. — Preciso falar com parte de minha tribo. Precisaríamos ao menos de alguns outros conosco, para manter as aparências.

— Nesse caso, seu irmão fica aqui — diz Elias. — Assim como a moeda.

Gibran abre a boca para protestar, mas Afya apenas balança a cabeça.

— Consiga alimento e bebida para eles, irmão. — Ela fareja o ar. — E banho. Não tire os olhos deles.

Ela passa deslizando por nós e pelas abas da tenda, dizendo algo em sadês para os guardas na rua, e ficamos à espera.

XVIII
ELIAS

Horas depois, com a tarde se aprofundando em noite, Afya finalmente retorna pelas abas da tenda. Gibran, os pés pousados sobre a escrivaninha da irmã enquanto flerta desavergonhadamente com Izzi e Laia, se levanta de um salto quando ela entra, como um soldado assustado diante da censura de um oficial superior.

Afya avalia Izzi e Laia, limpas e trajando graciosos vestidos tribais verdes. Elas estão sentadas próximas em um canto, a cabeça de Izzi sobre o ombro de Laia enquanto sussurram uma com a outra. A bandagem da loira foi tirada, mas ela pisca cautelosamente, o olho ainda vermelho do castigo que a acometera na tempestade. Keenan e eu vestimos calça escura e túnica sem mangas com capuz, trajes comuns nas terras tribais, e Afya anui de maneira aprovadora.

— Pelo menos vocês não parecem mais... bárbaros. Receberam comida? Bebida?

— Recebemos tudo de que precisávamos, obrigado — digo. Fora a questão que mais nos importa, é claro, que é a promessa de que ela não vai nos entregar para os Marciais. *Você é hóspede dela, Elias. Não a irrite.* — Bem — retifico —, quase tudo.

O sorriso de Afya é um brilho de luz, ofuscante como o sol refletindo em uma carruagem tribal dourada.

— Eu lhe concedo seu favor, Elias Veturius — ela diz. — Vou acompanhá-lo em segurança até a Prisão Kauf antes das neves de inverno e ajudá-lo em sua tentativa de libertar Darin, o irmão de Laia.

Eu a olho desconfiado.

— Mas...

— Mas — a boca de Afya se retesa — não vou jogar o fardo somente sobre a minha tribo. Entre — ela chama em sadês, e outra figura passa pelas abas da tenda. Tem a pele escura e é gorducha, com as faces cheias e olhos negros com longos cílios.

Quando fala, sua voz parece uma canção.

— *Nós dissemos adeus, mas não era verdade, pois quando penso em seu nome...*

Conheço bem o poema. Ela o cantava às vezes quando eu era garoto e não conseguia dormir.

— *... você está comigo na lembrança* — digo — *até eu vê-lo novamente.*

A mulher abre os braços, receptiva.

— Ilyaas — ela sussurra. — Meu filho. Faz tanto tempo.

Durante os primeiros anos de minha vida, após Keris Veturia ter me abandonado na tenda de Mamie Rila, a kehanni me criou como filho. Minha mãe adotiva está exatamente como da última vez que a vi, seis anos e meio atrás, quando eu era um cinco. Embora ela seja mais baixa que eu, seu abraço é como um cobertor quente, e me jogo dentro dele, um garoto novamente, seguro nos braços da kehanni.

Então me dou conta do que sua presença aqui significa. E o que Afya fez. Solto Mamie e avanço sobre a Tribal, e minha ira cresce diante da expressão presunçosa em seu rosto.

— Como ousa colocar a tribo Saif no meio disso?

— Como ousa colocar a tribo Nur em perigo, impingindo o seu favor sobre mim?

— Você é uma contrabandista. Fazer com que cheguemos ao norte não coloca a sua tribo em perigo. Não se você for cuidadosa.

— Você é um fugitivo do Império. Se a minha tribo for pega ajudando-o, os Marciais vão nos destruir. — O sorriso de Afya sumiu agora, e ela é a mulher astuta que me reconheceu no Festival da Lua, a líder implacável que levou uma tribo outrora esquecida à glória, com extraordinária rapidez. — Você me colocou em uma situação impossível, Elias Veturius. Estou devolvendo o favor. Além disso, embora eu *talvez* seja capaz de levá-los com segurança para o norte, não tenho como tirá-los de uma cidade completamente cercada por um cordão de isolamento marcial. A kehanni Rila ofereceu ajuda.

É claro que ela ofereceu. Mamie faria qualquer coisa por mim se achasse que eu precisava de ajuda. Mas não quero ver mais ninguém com quem me importo se machucar por minha causa.

Meu rosto está a centímetros do rosto de Afya. Olho fixamente para seus olhos escuros, duros como aço, minha pele quente de ódio. Mamie toca meu braço, e dou um passo para trás.

— A tribo Saif não vai nos ajudar. — Eu me viro para Mamie. — Porque isso seria uma idiotice e extremamente *perigoso*.

— Afya *Jan*. — Mamie usa o termo carinhoso sadês. — Gostaria de falar a sós com meu filho impertinente. Por que você não prepara seus outros hóspedes?

Afya faz uma meia mesura respeitosa para Mamie — consciente, pelo menos, do prestígio de minha mãe adotiva em meio a seu povo — e gesticula para Gibran, Izzi, Laia e Keenan, para que deixem a tenda. Laia olha para mim, o cenho franzido, antes de desaparecer com Afya.

Quando me viro para Mamie Rila, ela está olhando para Laia com um sorriso aberto.

— Boas ancas — diz Mamie. — Vocês terão muitos filhos. Mas ela consegue fazê-lo rir? — Ela meneia as sobrancelhas. — Conheço *montes* de garotas na tribo que...

— Mamie. — Reconheço uma tentativa de distração quando vejo uma. — Você não devia estar aqui. Precisa voltar para as carruagens o quanto antes. Você foi seguida? Se...

— *Shh*. — Ela acena para que eu me cale e se ajeita em um dos divãs de Afya, batendo com a palma da mão no assento a seu lado. Quando não me junto a ela, suas narinas se distendem. — Você pode ter crescido, Ilyaas, mas ainda é meu filho e, quando lhe digo para sentar, você se senta. Céus, garoto. — Ela belisca meu braço quando obedeço. — O que andou comendo? Grama? — Balança a cabeça, e seu tom agora é sério. — O que aconteceu com você em Serra nessas últimas semanas, meu amor? As coisas que ouvi...

Guardei as Eliminatórias lá no fundo. Não falo delas desde a noite que passei com Laia em meus aposentos em Blackcliff.

— Não importa... — começo.

— Isso mudou você, Ilyaas. Importa sim.

Seu rosto redondo está cheio de amor. E ficará cheio de horror se ela souber o que eu fiz. Isso a magoaria mais do que os Marciais jamais conseguiriam.

— Sempre com tanto medo da escuridão dentro de si. — Mamie toma minhas mãos. — Você não vê? Enquanto combater a escuridão, você ficará na luz.

Não é tão simples, quero gritar. *Não sou o garoto que eu era. Sou algo mais. Algo que vai enojá-la.*

— Você acha que eu não sei o que eles ensinam naquela escola? — pergunta Mamie. — Você deve acreditar que sou uma tola. Me conte. Livre-se dessa carga.

— Não quero magoá-la. Não quero que ninguém mais se machuque por minha causa.

— Os filhos nascem para partir o coração das mães, meu garoto. Me conte.

Minha mente me manda permanecer em silêncio, mas meu coração grita para ser ouvido. Ela está pedindo, afinal de contas. Ela quer saber. E eu quero lhe contar. Quero que ela saiba o que sou.

Então eu falo.

◆ ◆ ◆

Quando termino, Mamie está calada. A única coisa que não lhe contei é a verdadeira natureza do veneno da comandante.

— Que tola eu fui — sussurra Mamie — em pensar que, quando a sua mãe o deixou para morrer, você se veria livre do mal marcial.

Mas minha mãe não me deixou para morrer, não é? Tomei conhecimento da verdade pela comandante na noite anterior à minha execução: ela não me entregou aos abutres. Keris Veturia me pegou, me alimentou e me levou até a tenda de Mamie depois de eu ter nascido. Foi o último gesto de bondade de minha mãe — o único — para comigo.

Quase digo isso a Mamie, mas a tristeza em seu rosto me impede. De qualquer forma, não faz nenhuma diferença agora.

— Ah, meu garoto. — Ela suspira, e estou certo de que coloquei mais linhas em seu rosto. — Meu Elias...

— Ilyaas — digo. — Para você, sou Ilyaas.

Ela balança a cabeça.

— Ilyaas é o garoto que você era — diz. — Elias é o homem que você se tornou. Me conte: por que você precisa ajudar essa garota? Por que não a deixa ir com o rebelde, enquanto você continua aqui, com a sua família? Você acha que não podemos protegê-lo dos Marciais? Ninguém em nossa tribo ousaria traí-lo. Você é meu filho, e seu tio é o zaldar.

— Você ouviu rumores de um Erudito que sabe forjar aço sérrico?

Mamie anui cautelosamente.

— Essas histórias são verdadeiras — digo. — O Erudito é o irmão de Laia. Se eu conseguir tirá-lo de Kauf, pense o que isso poderia significar para os Eruditos, para Marinn, para as tribos. Por dez infernos, vocês poderiam finalmente *combater* o Império...

A aba da tenda se abre abruptamente, e Afya entra. Laia a segue, com a cabeça completamente coberta por um capuz.

— Me perdoe, kehanni — ela diz. — Mas chegou o momento de partirmos. Alguém disse aos Marciais que você entrou no acampamento, e eles querem falar com você. Provavelmente a interceptarão ao sair. Não sei se...

— Eles vão me fazer perguntas, depois vão me liberar. — Mamie Rila se levanta, sacudindo suas mantas, o queixo erguido. — Não vou admitir atrasos.

Ela se aproxima de Afya, até quase se tocarem. Afya se balança muito ligeiramente sobre os calcanhares.

— Afya Ara-Nur — diz Mamie suavemente. — Você manterá a sua promessa. A tribo Saif prometeu cumprir a sua parte para ajudá-la. Mas, se você trair o meu filho pela recompensa, ou se qualquer um de seu povo o fizer, consideraremos isso um ato de guerra, e amaldiçoaremos o sangue de sete gerações antes que a nossa vingança termine.

Os olhos de Afya se arregalam com a seriedade da ameaça, mas ela apenas anui. Mamie se vira para mim, fica na ponta dos pés e beija minha testa. Será que a verei de novo? Sentirei o calor de suas mãos, encontrarei o consolo que não mereço no perdão de seus olhos? *Sim*.

Apesar de que não haverá muito para ver se, ao tentar me salvar, ela incorrer na ira dos Marciais.

— Não faça isso, Mamie — imploro. — O que quer que esteja planejando, não faça. Pense em Shan e na tribo Saif. Você é a kehanni deles. Eles não podem perdê-la. Não quero...

— Nós o tivemos por seis anos, Elias — diz Mamie. — Brincamos com você, embalamos você, vimos seus primeiros passos e ouvimos suas primeiras palavras. Nós o amamos. E então eles o tiraram de nós. Eles o machucaram. Fizeram você sofrer. Fizeram você matar. Não me importa qual seja o seu sangue. Você era um garoto das tribos e foi *tomado* de nós. E nós não fizemos *nada*. A tribo Saif precisa fazer isso. Eu *preciso* fazer isso. Esperei catorze anos para fazer isso. Nem você nem ninguém vai tirar isso de mim.

Mamie sai majestosamente, e, tão logo se retira, Afya olha para os fundos da tenda.

— Mexam-se — diz. — E mantenham o rosto escondido, mesmo de minha tribo. Apenas Mamie, Gibran e eu sabemos quem vocês são, e é assim que deverá permanecer até estarmos fora da cidade. Você e Laia ficarão comigo. Gibran já está com Keenan e Izzi.

— Para onde vamos? — pergunto.

— Para o palco dos contadores de histórias, Veturius. — Afya ergue uma sobrancelha para mim. — A kehanni vai salvá-lo com uma história.

XIX
HELENE

A cidade de Nur parece um maldito barril de pólvora. É como se cada soldado marcial que soltei nas ruas fosse uma carga esperando para ser acesa.

Apesar das ameaças sofridas por meus homens, eles já se meteram em uma dezena de discussões com os Tribais. Não há dúvida de que outras estão por vir.

A objeção dos Tribais à nossa presença é ridícula. Eles não veem problema algum em ter o apoio do Império no combate às fragatas piratas dos Bárbaros ao longo da costa. Mas apareça em uma cidade tribal procurando por um criminoso, e é como se tivéssemos soltado uma horda djinn sobre eles.

Ando de um lado para o outro no terraço da guarnição marcial no lado oeste da cidade e observo o mercado apinhado abaixo. Elias pode estar em qualquer maldito lugar.

Se ele estiver realmente aqui.

A possibilidade de que eu esteja errada — de que Elias tenha escapado para o sul enquanto estive desperdiçando tempo em Nur — oferece um tipo estranho de alívio. Se ele não está aqui, não posso pegá-lo ou matá-lo.

Ele está aqui. E você tem de encontrá-lo.

Mas, desde que cheguei à guarnição na Fenda de Atella, tudo deu errado. O posto avançado estava com poucos homens. Tive de arregimentar soldados extras de postos de guarda vizinhos para reunir um pelotão grande o suficiente para fazer a busca em Nur. Quando cheguei ao oásis, encontrei uma tropa igualmente deficiente, sem saber para onde fora enviado o restante dos homens.

Ao todo, tenho mil homens, a maioria auxiliares, e uma dúzia de Máscaras. Não é nem de perto número suficiente para fazer uma busca em uma cidade com cem mil habitantes. Tudo que posso fazer é manter um cordão de isolamento em torno do oásis para que nenhuma carruagem parta sem revista.

— Águia de Sangue. — A cabeça loira de Faris surge do poço da escada que leva à guarnição. — Nós a pegamos. Está em uma cela.

Suprimo meu pavor enquanto Faris e eu descemos um lance estreito de escadas até o calabouço. Quando vi Mamie Rila pela última vez, eu era uma garota de catorze anos desengonçada e sem máscara. Elias e eu ficamos com a tribo Saif por duas semanas em nosso caminho de volta a Blackcliff, após terminarmos nossos anos como cincos. E, embora como cinco eu fosse essencialmente uma espiã marcial, Mamie só me tratou com carinho.

E estou prestes a retribuir com um interrogatório.

— Ela entrou no acampamento Nur há três horas — diz Faris. — Dex a pegou na saída. O cinco designado a segui-la falou que ela visitou uma dúzia de tribos hoje.

— Consiga-me informação sobre essas tribos — digo a Faris. — Tamanho, alianças, rotas de comércio, tudo.

— Harper está falando com nossos espiões cincos agora.

Harper. Eu me pergunto o que Elias diria do Nórdico. *Sinistro como os dez infernos,* imagino-o dizendo. *Pouco conversador também.* Consigo ouvir meu amigo em minha mente — o barítono familiar que me excitava e acalmava ao mesmo tempo. Gostaria que Elias e eu estivéssemos aqui juntos, caçando algum espião navegante ou assassino bárbaro.

Seu nome é Veturius, lembro a mim mesma pela milésima vez. *E ele é um traidor.*

No calabouço, Dex está de pé, encostado na cela, o queixo cerrado. Tendo em vista que ele também passou um tempo com a tribo Saif como um cinco, estou surpresa com a tensão em seu corpo.

— Cuidado com ela — ele diz baixinho. — Ela vai aprontar alguma.

Dentro da cela, Mamie está sentada no único beliche duro como se fosse um trono, as costas rígidas, o queixo empinado, a mão de dedos longos segurando as mantas para que não toquem o chão. Ela se levanta quando entro, mas gesticulo para que volte a se sentar.

— Helene, meu amor...

— Você vai se dirigir à comandante como Águia de Sangue, kehanni — diz Dex calmamente enquanto me lança um olhar incisivo.

— Kehanni — digo. — A senhora sabe o paradeiro de Elias Veturius?

Ela me olha de cima a baixo, e sua decepção é evidente. Essa é a mulher que me deu ervas para abrandar meu ciclo lunar, para que ele não fosse um inferno de lidar em Blackcliff. A mulher que me disse, sem um pingo de ironia, que, no dia em que eu me casasse, ela sacrificaria cem cabras em minha homenagem e faria uma fábula de kehanni sobre a minha vida.

— Ouvi dizer que você o estava caçando — ela disse. — Já vi suas crianças espiãs. Mas não acreditei.

— Responda à pergunta.

— Como você pode estar caçando um garoto que era a sua companhia mais próxima há apenas algumas semanas? Ele é seu amigo, Hel... Águia de Sangue. Seu irmão de armas.

— Ele é um fugitivo e um criminoso. — Coloco as mãos atrás das costas e entrelaço os dedos, girando o anel de Águia de Sangue repetidamente. — E enfrentará a justiça, como outros criminosos. A senhora o está abrigando?

— Não. — Quando não interrompo o contato visual, ela inspira ruidosamente, enfurecendo-se. — Você partilhou do meu pão, em minha mesa, Águia de Sangue. — Os músculos de suas mãos ficam rijos enquanto ela aperta a beira do beliche. — Eu não a insultaria com uma mentira.

— Mas esconderia a verdade. Há uma diferença.

— Mesmo se eu o estivesse abrigando, o que você poderia fazer a respeito? Combater toda a tribo Saif? Você teria que matar até o último de nós.

— Um homem não vale uma tribo.

— Mas valeu um Império? — Mamie se inclina para a frente, os olhos escuros furiosos, as tranças caindo no rosto. — Ele valeu a sua liberdade?

Como nos malditos céus ela soube que troquei minha liberdade pela vida de Elias?

A réplica paira em meus lábios, mas recua à medida que meu treinamento entra em ação. *Fracos tentam preencher o silêncio. Um Máscara o utiliza para sua vantagem.* Cruzo os braços, esperando que ela diga mais.

— Você abriu mão de tanta coisa por Elias. — As narinas de Mamie se distendem e ela se levanta, mais baixa que eu vários centímetros, mas imponente em sua ira. — Por que eu não abriria mão da minha vida pela dele? Ele é meu *filho*. Que direito você tem sobre ele?

Apenas catorze anos de amizade e um coração pisoteado.

Mas isso não importa. Porque, em sua ira, Mamie me deu o que eu precisava.

Como ela poderia saber do que eu abri mão por Elias? Mesmo que tenha ouvido histórias a respeito das Eliminatórias, ela não poderia saber o que eu sacrifiquei por ele.

A não ser que ele tenha lhe contado.

O que quer dizer que ela o viu.

— Dex, acompanhe-a até a rua. — Sinalizo para ele por trás das costas de Mamie. *Siga-a.* Ele anui e a acompanha para fora da cela.

Eu o sigo e encontro Harper e Faris me esperando na caserna da Guarda Negra.

— Aquilo não foi um interrogatório — rosna Faris. — Foi um maldito chazinho. Que infernos você poderia tirar daquilo?

— Você deveria estar cuidando de cincos, Faris, e não ouvindo a conversa alheia.

— O Harper é uma má influência. — Faris anui com a cabeça para o homem de cabelos escuros, que dá de ombros diante de meu olhar penetrante.

— Elias está aqui — digo. — Mamie deixou escapar algo.

— O comentário sobre a sua liberdade — murmura Harper. A afirmação dele me irrita. Odeio como ele sempre parece acertar em cheio.

— O encontro está quase no fim. As tribos vão começar a deixar a cidade após o amanhecer. Se a tribo Saif for tirá-lo da cidade, vai ser nesse momento. E ele *precisa* deixar a cidade. Ele não vai arriscar ficar e ser visto. Não com uma recompensa tão alta.

Uma batida soa à porta. Faris a abre para um cinco em trajes tribais, com a pele machada de areia.

— Cinco Melius apresentando-se, senhor — ele saúda diligentemente. — O tenente Dex Atrius me enviou, Águia de Sangue. A kehanni interrogada está se dirigindo para o palco dos contadores de histórias, na orla leste da cidade. O restante da tribo Saif está a caminho de lá também. O tenente Atrius me disse para vir rapidamente e trazer reforços.

— A história de despedida. — Faris pega minhas cimitarras da parede e as passa para mim. — É o último evento antes das tribos partirem.

— E milhares aparecem para assistir — diz Harper. — Um bom lugar para esconder um fugitivo.

— Faris, reforce o cordão de isolamento. — Mergulhamos nas ruas lotadas do lado de fora da guarnição. — Chame todos os pelotões em patrulha. Ninguém sai de Nur sem passar por um posto de controle marcial. Harper, comigo.

Seguimos para leste, acompanhando a multidão que flui na direção do palco dos contadores de histórias. Nossa presença em meio aos Tribais é notada — e não com a tolerância relutante à qual estou acostumada. Enquanto passamos, ouço mais de um insulto sendo sussurrado. Harper e eu trocamos um rápido olhar, e ele sinaliza para os pelotões que encontramos no caminho, até termos duas dúzias de tropas auxiliares às nossas costas.

— Diga-me, Águia de Sangue — diz Harper enquanto nos aproximamos do palco. — Você realmente acredita que pode capturá-lo?

— Já derrotei Veturius em combate uma centena de vezes...

— Não quero dizer se você consegue derrotá-lo. Quero dizer: quando o momento chegar, você será capaz de acorrentá-lo e levá-lo ao imperador, sabendo o que vai acontecer?

Não. Malditos, impensáveis céus, não. Já me perguntei isso uma centena de vezes. *Será que farei a coisa certa para o Império? Será que farei a coisa certa para o meu povo?* Não posso objetar a Harper fazer essa pergunta. Mas minha resposta sai como um rosnado, de qualquer forma.

— Acho que logo vamos descobrir, não é?

O palco dos contadores de histórias fica no fundo de um anfiteatro íngreme e em terraços, e está iluminado com centenas de lamparinas a óleo. Uma via pública corre atrás do palco, e, além dela, um vasto armazém repleto de carruagens que partirão logo após a história de despedida.

O ar crepita de expectativa, um sentimento de espera que faz com que eu segure minha cimitarra com um aperto de fazer os nós dos dedos ficarem brancos. O que está acontecendo?

Quando Harper e eu chegamos, milhares de pessoas enchem o teatro. Percebo imediatamente por que Dex precisava de reforços. O anfiteatro tem mais de duas dúzias de entradas, com Tribais entrando e saindo livremente. Distribuo os auxiliares que reuni para cada portão. Momentos mais tarde, Dex me encontra. O suor pinga de seu rosto e o sangue raia a pele negra de seus antebraços.

— Mamie vai aprontar alguma surpresa — ele diz. — Todas as tribos com as quais ela se reuniu estão aqui. Os auxiliares que eu trouxe comigo já se meteram em muitas brigas.

— Águia de Sangue. — Harper aponta para o palco, que está cercado por cinquenta homens completamente armados da tribo Saif. — Olhe.

Os guerreiros saif se deslocam para deixar uma figura orgulhosa passar. Mamie Rila. Ela assume o palco, e a multidão pede silêncio. Quando ela ergue as mãos, quaisquer sussurros que restavam se calam — nem as crianças fazem ruído. Posso ouvir o vento soprando do deserto.

A presença da comandante inspira um silêncio similar. Mamie, no entanto, parece consegui-lo por respeito, em vez de medo.

— Bem-vindos, irmãos e irmãs. — A voz de Mamie ecoa por todo o anfiteatro. Silenciosamente agradeço ao centurião de línguas em Blackcliff, que passou seis anos nos ensinando sadês.

A kehanni se vira para o deserto escurecido atrás de si.

— O sol logo nascerá para um novo dia, e devemos dar adeus uns aos outros. Mas ofereço a vocês uma história para levar consigo nas areias de sua próxima jornada. Uma história mantida a sete chaves. Uma história da qual *vocês* todos farão parte. Uma história que ainda não acabou. Deixem-me lhes contar sobre Ilyaas An-Saif, meu filho, que foi *roubado* da tribo Saif pelos temidos Marciais.

Harper, Dex e eu não passamos despercebidos. Tampouco os Marciais que guardam as saídas. Vaias e brados são lançados da multidão, todos eles direcionados a nós. Alguns auxiliares se movimentam como se fossem sacar suas armas, mas Dex sinaliza para que parem. Três Máscaras e dois pelotões de auxiliares contra vinte mil Tribais não é uma luta. É uma sentença de morte.

— O que ela está fazendo? — Dex pergunta baixinho. — Por que ela contaria a história de Elias?

— Ele era um garoto calado e de olhos cinzentos — diz Mamie em sadês —, deixado para morrer no calor sufocante do deserto tribal. Que paródia grotesca, ver uma criança tão bela e forte, abandonada e exposta às intempéries por sua mãe depravada. Eu o assumi como meu próprio filho, irmãos e irmãs, e me orgulhei muito disso, pois ele veio a mim em um momento de grande necessidade, quando minha alma buscava por significado e não encontrava nenhum. Nos olhos dessa criança, encontrei consolo, e em seu riso encontrei alegria. Mas isso não perdurou.

Já vejo a mágica kehanni de Mamie funcionando na multidão. Ela conta de uma criança amada pela tribo, uma criança *da* tribo, como se o sangue marcial de Elias fosse um mero acidente. Ela relata a juventude de Elias e a noite em que ele foi tomado.

Por um momento, também fico absorta. Minha curiosidade se transforma em cautela quando Mamie passa às Eliminatórias. Ela conta sobre os adivinhos e suas previsões. Fala da violência que o Império perpetrou sobre a mente e o corpo de Elias. A multidão ouve, suas emoções ascendendo e despencando com as emoções de Mamie — choque, pena, asco, terror.

Raiva.

E é então que finalmente compreendo o que Mamie Rila está fazendo.

Está começando um motim.

XX
LAIA

A voz poderosa de Mamie ecoa através do anfiteatro, hipnotizando todos que a ouvem. Embora eu não consiga entender sadês, os movimentos de seu corpo e de suas mãos — e o modo como o rosto de Elias empalidece — me dizem que essa história é sobre ele.

Encontramos assentos subindo os terraços, no meio do anfiteatro dos contadores de histórias. Eu me sento entre Elias e Afya, em meio a uma multidão de homens e mulheres da tribo Nur. Keenan e Izzi esperam com Gibran a uns doze metros dali. Pego Keenan esticando o pescoço, tentando se certificar de que estou bem, e aceno para ele. Seus olhos negros derivam para Elias e de volta para mim antes que Izzi sussurre algo para ele, e ele desvia o olhar.

Nas roupas verdes e douradas que Afya deu a todos, somos, a distância, indistinguíveis dos outros membros da tribo. Eu me escondo ainda mais em meu capuz, agradecida pelos ventos mais fortes. Quase todo mundo está com a cabeça ou o rosto coberto para se proteger da poeira sufocante.

"Não podemos levá-los direto para as carruagens", disse Afya, enquanto nos juntávamos à sua tribo na caminhada até o teatro. "Há soldados patrulhando o armazém, e eles estão parando todo mundo. Então Mamie vai criar uma pequena distração."

À medida que a história de Mamie dá uma virada surpreendente, a multidão fica boquiaberta, e Elias parece magoado. Ter a história de sua vida contada para tantas pessoas já seria suficientemente estranho, mas uma história com tanto sofrimento, tanta morte? Pego sua mão, e Elias fica tenso, como se fosse afastá-la, mas então relaxa.

— Não ouça — digo. — Olhe para mim em vez disso.

Relutantemente, ele ergue os olhos. A intensidade de seu olhar claro faz meu coração pular, mas me obrigo a continuar encarando-o. Há uma solidão dentro dele que me causa dor. Ele está morrendo. E sabe disso. Acho que é impossível a vida ser mais solitária que isso.

Nesse instante, tudo o que desejo é que essa solidão desapareça — mesmo que por um momento. Então repito o que Darin costumava fazer quando queria me alegrar, e faço a maior careta.

Elias me encara, surpreso, antes de abrir um largo sorriso que o ilumina — e então faz sua própria careta ridícula. Dou um risinho abafado e estou prestes a desafiá-lo quando vejo Keenan nos observando, com os olhos imóveis de fúria reprimida.

Elias segue meu olhar.

— Acho que ele não gosta de mim.

— Ele não gosta de ninguém no começo — digo. — Quando ele me conheceu, ameaçou me matar e me enfiar em uma cripta.

— Encantador.

— Ele mudou. Bastante, na realidade. Eu teria achado impossível, mas... — Eu me encolho quando Afya me cutuca com o cotovelo.

— Está começando.

O sorriso de Elias desaparece à medida que, à nossa volta, os Tribais começam a sussurrar. Ele olha para os Marciais posicionados nas saídas do anfiteatro mais próximas de nós. A maioria tem as mãos pousadas nas armas e observa hesitante a multidão, como se ela fosse se sublevar e os devorar.

Os gestos de Mamie são expansivos e violentos agora. A multidão se excita e parece expandir-se, pressionando as paredes do anfiteatro. A tensão domina o ambiente e se dissemina, uma chama invisível que transforma todos que entram em contato com ela. Em segundos, sussurros se transformam em murmúrios irados.

Afya sorri.

Mamie aponta para a multidão, e a convicção em sua voz me causa um frio na barriga.

— *Kisaneh kithiya ke jeehani deka?*

Elias se inclina em minha direção e fala baixo em meu ouvido:
— Quem sofreu a tirania do Império? — ele traduz.
— *Hama!*
— Nós sofremos.
— *Kisaneh bichaya ke gima baza?*
— Quem viu seus filhos serem arrancados dos braços dos pais?
— *Hama!*

Algumas fileiras abaixo de nós, um homem se levanta e gesticula para um grupo fechado de Marciais que eu não havia notado. Um deles tem a pele clara e uma coroa de tranças loiras: Helene Aquilla. O homem berra algo para eles.

— *Charra! Herrisada!*

Do outro lado do anfiteatro, uma Tribal se levanta e grita as mesmas palavras. Outra mulher se levanta, na base do anfiteatro, e logo ganha a companhia de uma voz grave a alguns metros de onde estamos.

Subitamente, as duas palavras ecoam de um lado a outro, e a multidão vai do feitiço à violência tão rapidamente quanto uma tocha banhada em piche pegando fogo.

— *Charra! Herrisada!*

— Ladrões — traduz Elias, com uma voz sem emoção. — Monstros.

A tribo Nur se levanta em torno de mim e de Elias, gritando abusos para os Marciais e elevando a voz para se juntar a milhares de Tribais que fazem o mesmo.

Relembro os Marciais abrindo caminho à força no mercado tribal ontem. E compreendo, finalmente, que essa ira explosiva não é somente por Elias. Ela sempre esteve presente em Nur. Mamie apenas a aproveitou.

Sempre achei que os Tribais eram aliados dos Marciais, ainda que de maneira relutante. Talvez eu estivesse errada.

— Fiquem comigo agora. — Afya se levanta, os olhos dardejando de uma entrada a outra. Nós a seguimos, nos esforçando para ouvir sua voz acima da multidão acuada. — Quando o primeiro sangue for derramado, iremos para a saída mais próxima. As carruagens de Nur esperam no armazém. Uma dúzia de outras tribos partirá ao mesmo tempo, e isso deve fazer com que o restante delas parta também.

— Como vamos saber quando...

Um uivo horripilante corta o ar. Fico na ponta dos pés para ver que, em uma das saídas bem abaixo de nós, um soldado marcial matou um Tribal que se aproximou demais. O sangue do Tribal penetra nas areias do anfiteatro, e o grito agudo soa novamente, agora de uma mulher mais velha que se ajoelha sobre ele, trêmula.

Afya não perde tempo. Como uma onda, a tribo Nur corre para a saída mais próxima. De uma hora para outra, não consigo respirar. A multidão pressiona ainda mais — crescendo, se empurrando, indo em muitas direções. Perco Afya de vista e me viro para Elias. Ele pega minha mão e me puxa para perto, mas há pessoas demais, e somos arrancados um do outro. Vejo uma fresta na multidão e tento abrir caminho em sua direção, mas não consigo penetrar a massa de corpos à minha volta.

Fique pequena. Minúscula. Desapareça. Se você desaparecer, vai conseguir respirar. Minha pele formiga e abro caminho à minha frente mais uma vez. Os Tribais que empurro olham ao redor, estranhamente espantados. Sou capaz de passar por eles facilmente.

— Elias, vamos lá!

— Laia?

Ele gira em torno de si e encara a multidão, empurrando na direção errada.

— Aqui, Elias!

Ele se vira em minha direção, mas não parece me ver. Segura a cabeça. Céus — o veneno de novo? Elias remexe o bolso e toma um gole do Tellis.

Abro caminho de volta em meio aos Tribais, até ficar bem ao lado dele.

— Elias, estou aqui — pego seu braço, e ele praticamente morre de susto.

Elias meneia a cabeça, como fez quando foi envenenado pela primeira vez, e me examina.

— É claro que você está — ele diz. — Afya... Onde está Afya?

Ele corta através da multidão, tentando alcançar a Tribal, que não consigo ver em parte alguma.

— Mas que infernos vocês dois estão fazendo? — Afya aparece ao nosso lado e pega meu braço. — Estive procurando vocês por toda parte. Fiquem comigo! Temos de sair daqui!

Eu a sigo, mas a atenção de Elias se volta subitamente para algo mais abaixo no anfiteatro e ele para, encarando a multidão que se avoluma.

— Afya! — ele diz. — Onde está a caravana Nur?

— Seção norte do armazém — ela diz. — Umas duas caravanas depois da tribo Saif.

— Laia, você pode ficar com Afya?

— É claro, mas...

— Ela me viu.

Elias me solta, e, enquanto abre caminho em meio à multidão, a familiar coroa de tranças prateadas de Aquilla brilha ao sol, a uns vinte metros de distância.

— Vou distraí-la — diz ele. — Vão até a caravana. Encontro vocês lá.

— Elias, maldição...

Mas ele já partiu

XXI
ELIAS

Quando meus olhos encontram os de Helene através da multidão — quando vejo o choque se descortinar em seu rosto prateado ao me reconhecer —, não penso, tampouco questiono. Apenas me mexo, entregando Laia aos braços de Afya e cortando através da multidão, para longe delas e na direção de Hel. Preciso desviar sua atenção de Afya e da tribo Nur. Se ela as identificar como a tribo que deu abrigo a mim e a Laia, mil motins não a impedirão de nos capturar.

Vou distraí-la. Então desaparecerei na multidão. Penso em seu rosto em meus aposentos em Blackcliff, tentando esconder a mágoa quando olhou em meus olhos. *Depois disso, eu pertenço a ele. Lembre-se, Elias. Depois disso, nós somos inimigos.*

O caos do motim é ensurdecedor, mas, nessa cacofonia, testemunho uma estranha ordem oculta. Apesar de todo o berreiro, a gritaria e os urros, não vejo crianças abandonadas, nenhum corpo pisoteado, nenhum pertence largado às pressas — nenhum sinal de um verdadeiro caos.

Mamie e Afya planejaram este motim até o último detalhe.

Ao longe, tambores da guarnição marcial ressoam, pedindo apoio. Hel deve ter enviado a mensagem para a torre dos tambores. Mas, se ela quiser soldados aqui para acabar com o motim, não conseguirá manter o cordão de isolamento em torno da cidade.

O que era, compreendo agora, o plano de Afya e Mamie desde o início.

Uma vez quebrado o cordão de isolamento em torno das carruagens, Afya poderá nos esconder e nos tirar da cidade em segurança. Nossa caravana será uma das centenas deixando Nur.

Helene entrou no anfiteatro próximo do palco e abriu meio caminho à força em minha direção. Está sozinha, uma ilha prateada em um mar encapelado de ira humana. Dex desapareceu, e o outro Máscara que entrou no anfiteatro com ela — Harper — correu para uma das saídas.

O fato de estar sozinha não detém Helene. Ela parte em minha busca com determinação obstinada, tão familiar para mim quanto minha própria pele. Ela abre caminho aos empurrões, seu corpo reunindo uma força inexorável que a impele através dos Tribais como um tubarão rumo a uma presa ensanguentada. Mas a multidão se fecha. Dedos agarram sua capa, seu pescoço. Alguém coloca a mão em seu ombro, e Helene gira, a agarra e a quebra em um único fôlego. Quase consigo ouvir sua lógica: *É mais rápido seguir em frente do que combater todos eles.*

O movimento de Helene é estorvado, retardado, parado. É só então que ouço o sibilar de suas cimitarras sendo sacadas das bainhas. Ela é a Águia de Sangue agora, uma cavaleira do Império de expressão implacável, suas lâminas abrindo caminho à frente, em meio aos borrifos de sangue.

Olho de relance sobre meu ombro e vejo Laia e Afya passando por um dos portões, deixando o anfiteatro. Quando olho de volta para Helene, suas cimitarras voam, mas não são rápidas o suficiente. Vários Tribais atacam, dúzias — Tribais demais para que ela os contra-ataque ao mesmo tempo. A multidão passou a agir instintivamente e não teme mais suas lâminas. Vejo o momento em que ela percebe isso — o momento em que ela sabe que, não importa quão rápida seja, há Tribais demais para combater.

Helene cruza o olhar com o meu, sua fúria em chamas. Então cai, puxada para o chão por aqueles à sua volta.

Mais uma vez, meu corpo se movimenta antes que minha mente saiba o que estou fazendo. Tiro a capa de uma mulher na multidão — ela nem percebe sua falta — e abro caminho à força, com o único pensamento de chegar até Helene e tirá-la dali, para evitar que ela seja espancada ou pisoteada até a morte. *Por quê, Elias? Ela é sua inimiga agora.*

O pensamento me enjoa. Ela era minha melhor amiga. Não posso simplesmente jogar isso fora.

Eu me agacho e me lanço adiante através de túnicas, pernas e armamentos, e jogo a capa em torno de Helene. Um braço agarra sua cintura, e o outro corta as correias de suas cimitarras e sua fivela de facas. Suas armas caem, e, quando Helene tosse, o sangue respinga em sua armadura. Suporto seu peso enquanto suas pernas lutam para encontrar força. Passamos por um círculo de Tribais, então outro, até estarmos longe dos amotinados, que ainda uivam por seu sangue.

Deixe-a, Elias. Tire-a daqui e deixe-a. Distração completa. Está feito.

Mas, se eu deixá-la agora e outros Tribais a atacarem enquanto Helene mal consegue caminhar, era melhor nem tê-la tirado dali.

Sigo caminhando, segurando Helene até ela conseguir se sustentar. Ela tosse e estremece, e sei que todos os seus instintos lhe ordenam que respire, que acalme seus batimentos cardíacos — que sobreviva. Razão pela qual, talvez, ela não resiste até passarmos por um dos portões do anfiteatro e entrarmos em uma viela vazia e empoeirada mais adiante.

Helene finalmente me empurra para longe e arranca a capa. Uma centena de emoções trespassa seu rosto enquanto ela joga a capa no chão, coisas que ninguém mais jamais veria ou saberia, exceto eu. Isso, por si só, extingue os dias, as semanas e os quilômetros que nos separam. As mãos de Helene tremem, e noto o anel em seu dedo.

— Águia de Sangue.

— Não. — Ela balança a cabeça. — Não me chame assim. Todo mundo me chama assim. Mas não você. — Ela me olha de cima a baixo. — Você... você está com uma aparência terrível.

— Semanas difíceis ultimamente. — Vejo cicatrizes em suas mãos e braços, os machucados esmaecidos em seu rosto. "Eu a entreguei a um Guarda Negro para interrogatório", disse a comandante.

E ela sobreviveu, penso comigo mesmo. *Agora caia fora daqui, antes que ela o mate.*

Dou um passo para trás, mas os braços de Helene se lançam à frente, a mão fria sobre meu pulso, o aperto duro como ferro. Encaro seu olhar claro e intenso, sobressaltado diante da confusão de emoções nuas ali. *Caia fora, Elias!*

Livro meu braço, e, enquanto o faço, as portas nos olhos de Helene, abertas um instante atrás, cerram-se completamente. Sua expressão se torna indiferente. Ela busca suas armas — inexistentes, já que a livrei delas. Helene solta os joelhos, preparando-se para se lançar contra mim.

— Você está preso — ela salta, mas me desvio — por ordem do...

— Você não vai me prender. — Enlaço um braço em sua cintura e tento jogá-la alguns metros adiante.

— Os infernos que eu não vou. — Ela enfia o cotovelo fundo em meu estômago. Eu me dobro ao meio, e Helene gira para longe. Seu joelho voa em direção à minha testa.

Eu o pego, o empurro de volta e a surpreendo com um cotovelo contra o rosto.

— Eu acabei de salvar a sua vida, Hel.

— Eu teria saído de lá sem a sua ajuda... *uuf*.

Projeto seu corpo contra o meu, e Helene perde a respiração quando suas costas batem na parede. Prendo suas pernas entre minhas coxas para evitar que ela me incapacite, e levo uma lâmina à sua garganta antes que ela consiga me nocautear com uma cabeçada.

— Maldito seja! — Ela tenta se livrar, e pressiono a lâmina ainda mais. Os olhos de Helene baixam até minha boca, e sua respiração sai curta e rápida. Ela desvia o olhar, com um estremecimento.

— Eles estavam te esmagando — digo. — Você ia ser pisoteada.

— Isso não muda nada. Tenho ordens de Marcus para te levar a Antium para uma execução pública.

Agora é minha vez de rir com desdém.

— Por que, em dez infernos, você ainda não o assassinou? Seria um favor ao mundo.

— Ah, nem vem com essa — ela responde com veemência. — Eu não esperaria que você compreendesse.

Um ruído surdo ressoa pelas ruas além da viela — passos ritmados de soldados marciais se aproximando. Reforços para acabar com o motim.

Helene usa meu momento de distração para tentar se livrar de meu aperto. Não consigo segurá-la por muito mais tempo. Não se quiser cair fora daqui sem metade de uma legião marcial em meus calcanhares. *Maldição*.

— Preciso partir — digo em seu ouvido. — Mas não quero te machucar. Estou tão cansado de machucar pessoas. — Sinto o bater suave de seus cílios em meu rosto, o subir e descer uniforme de sua respiração em meu peito.

— Elias — ela sussurra meu nome, uma palavra cheia de desejo.

Eu me afasto. Os olhos de Helene, azuis como fumaça um segundo atrás, escurecem para um violeta tempestuoso. *Amar você é a pior coisa que já me aconteceu.* Ela me disse essas palavras semanas atrás. Testemunhar a devastação nela agora e saber que, mais uma vez, eu sou a causa faz com que eu sinta ódio de mim.

— Vou te soltar — digo. — Se você tentar me derrubar, que assim seja. Mas, antes de fazer isso, quero dizer algo, porque nós dois sabemos que eu não vou durar muito mais neste mundo, e eu me odiaria se jamais lhe dissesse. — A confusão reluz em seu rosto, e sigo em frente antes que ela comece a fazer perguntas. — Sinto sua falta. — Espero que Helene ouça o que estou dizendo, do fundo do meu coração. *Eu amo você. Sinto muito. Gostaria de poder consertar isso.* — Sempre sentirei sua falta. Mesmo quando eu for um fantasma.

Eu a solto e me afasto com um passo. Então outro. Viro as costas para Helene, meu coração se apertando com o ruído sufocado que ela emite, e deixo a viela.

Os únicos passos que ouço enquanto parto são os meus.

◆◆◆

O armazém é puro pandemônio, com Tribais jogando crianças e pertences para dentro das carruagens, animais empinando, mulheres gritando. Uma nuvem de poeira espessa se eleva no ar, resultado de centenas de caravanas avançando simultaneamente deserto afora.

— Graças aos céus! — Laia me vê no momento em que apareço ao lado da carruagem de lateral alta de Afya. — Elias, *por que...*

— Seu *idiota*. — Afya me pega pelo colarinho e me puxa para cima do veículo ao lado de Laia com uma força extraordinária, considerando que ela é mais de trinta centímetros mais baixa que eu. — O que você estava *pensando?*

— Não podíamos arriscar que Aquilla me visse cercado por membros da tribo Nur. Ela é uma Máscara, Afya. Teria descoberto quem vocês são. Sua tribo estaria em perigo.

— O que não o torna menos idiota. — Afya me encara. — Mantenha a cabeça baixa. E *fique aqui.*

Ela salta para o banco do condutor e pega as rédeas. Segundos mais tarde, os quatro cavalos que puxam a carruagem dão um solavanco para a frente, e me viro para Laia.

— Onde estão Izzi e Keenan?

— Com Gibran. — Ela anui para um veículo verde reluzente a uns dez metros de nós. Reconheço o perfil claro do irmão caçula de Afya nas rédeas.

— Você está bem? — pergunto. As faces de Laia estão ruborizadas, e sua mão tem os nós dos dedos brancos sobre o punho da adaga.

— Só aliviada por você estar de volta — ela diz. — Você... você falou com ela? Com Aquilla?

Estou prestes a responder quando algo me ocorre.

— A tribo Saif. — Corro os olhos pelo armazém tomado pela poeira. — Você sabe se eles saíram? Mamie Rila escapou dos soldados?

— Não vi. — Ela se vira para Afya. — Você...

A Tribal se remexe, e percebo seu olhar de relance. Do outro lado do armazém, vejo carruagens drapejadas em prata e verde, tão familiares quanto meu rosto. As cores da tribo Saif. As carruagens da tribo Saif.

Cercadas de Marciais.

Eles arrastam os membros da tribo para fora dos veículos e os forçam a se ajoelhar. Reconheço minha família. Tio Akbi, tia Hira. Malditos infernos, Shan, meu irmão adotivo.

— Afya — digo. — Preciso fazer alguma coisa. Essa é a minha tribo. — Busco minhas armas e vou para a porta aberta entre a carruagem e o assento do condutor. *Salte. Corra. Pegue-os por trás. Derrube o mais forte primeiro...*

— Pare. — Afya agarra meu braço com o aperto de um torno. — Você não pode salvá-los. Não sem se entregar.

— Céus, Elias. — Laia exibe uma expressão perturbada. — Tochas.

Uma das carruagens — a bela carruagem da kehanni, decorada com uma pintura e na qual eu cresci — é envolta pelas chamas. Mamie levou meses para pintar os pavões, peixes e dragões de gelo que a enfeitam. Às vezes eu segurava os potes para ela e lavava os pincéis. Destruída, tão rapidamente. Uma a uma, as outras carruagens são incendiadas, até que o acampamento inteiro é uma mancha negra no céu.

— A maioria conseguiu sair — diz Afya em voz baixa. — A caravana saif tem quase mil pessoas. Cento e cinquenta carruagens. Dessas, apenas uma dúzia foi pega. Mesmo se você conseguisse chegar até elas, Elias, há pelo menos uma centena de soldados lá fora.

— Auxiliares — digo entredentes. — Fáceis de serem abatidos. Se eu conseguisse passar espadas para meus tios e Shan...

— A tribo Saif planejou tudo isso, Elias. — Afya recusa-se a ceder. Nesse momento, eu a odeio. — Se os soldados virem que você veio das carruagens Nur, toda a minha tribo vai morrer. Tudo o que Mamie e eu planejamos nos últimos dois dias, todos os favores que *ela* cobrou para tirar você daqui, tudo terá sido em vão. Você negociou o seu favor, Elias. Esse foi o preço.

Olho para trás. Minha família tribal se amontoa, de cabeça baixa. Derrotada.

Exceto por uma pessoa. Ela luta e empurra os auxiliares que seguram seus braços, destemida em sua rebeldia: Mamie Rila.

Inutilmente, observo sua luta quando um legionário lhe acerta a têmpora com o punho da cimitarra. A última coisa que vejo antes de Mamie desaparecer de vista são suas mãos se agitando em busca de um ponto de apoio enquanto ela cai na areia.

XXII
LAIA

O alívio de fugir de Nur não ajuda em nada a mitigar minha culpa pelo que aconteceu com a tribo de Elias. Não perco tempo tentando conversar com ele. O que eu poderia dizer? *Sinto muito* é uma impropriedade insensível. Elias está calado nos fundos da carruagem de Afya, olhando fixamente para o deserto, na direção de Nur, como se pudesse usar sua força de vontade para mudar o que aconteceu com sua família.

Dou a ele sua solidão. Poucas pessoas querem testemunhas para sua dor, e o luto é a pior dor de todas.

Além disso, a dor que sinto é quase incapacitante. Repetidamente, vejo a forma orgulhosa de Mamie desabando como um saco de grãos esvaziado de sua carga. Sei que eu deveria reconhecer junto a Elias o que aconteceu com ela. Mas parece algo muito cruel de se fazer agora.

Ao cair da noite, Nur é um aglomerado distante de luzes na vasta escuridão do deserto atrás de nós. Suas lamparinas parecem mais fracas hoje à noite.

Embora tenhamos fugido em uma caravana de mais de duzentos veículos, Afya dividiu sua tribo uma dezena de vezes desde então. Quando a lua nasce, estamos em apenas cinco carruagens e quatro outros membros de sua tribo, incluindo Gibran.

— Ele não queria vir. — Afya examina o irmão empoleirado no topo de sua carruagem, a uns doze metros de distância. Esta é coberta com milhares de espelhos minúsculos que refletem a luz do luar, uma galáxia que roda na noite. — Mas não posso confiar que ele não vá meter a tribo Nur ou a si mesmo em confusões. Garoto tolo.

— Percebi — murmuro. Gibran atraiu Izzi para o assento ao lado dele, e vi brilhos de seu sorriso tímido a tarde toda.

Olho para trás através da janela e vejo o interior da carruagem de Afya. As paredes polidas reluzem com a luz discreta da lamparina. Elias está sentado em um dos bancos forrados de veludo e olha fixamente pela janela dos fundos.

— Falando em tolos — diz Afya. — O que está rolando entre você e o ruivo?

Céus. A Tribal não deixa passar nada. Preciso me lembrar disso. Keenan está seguindo com Riz — um membro silencioso e de cabelos grisalhos da tribo de Afya — desde nossa última parada para dar água aos cavalos. O rebelde e eu mal tivemos chance de conversar, antes que Afya o ordenasse a ajudar Riz com a carruagem de suprimentos.

— Não sei o que há entre nós. — Sou cuidadosa em contar a verdade a Afya, pois suspeito de que ela possa perceber uma mentira a um quilômetro de distância. — Ele me beijou uma vez. Em um abrigo. Um instante antes de partir para ajudar a começar a revolução erudita.

— Deve ter sido um beijo e tanto — murmura Afya. — E Elias? Você está sempre o encarando.

— Não estou...

— Não que eu a culpe — ela continua, como se eu não tivesse falado nada, ao mesmo tempo em que lança um olhar avaliador para Elias. — Aquele rosto... Céus.

Minha pele esquenta e cruzo os braços, franzindo o cenho.

— Ah. — Afya exibe seu sorriso voraz. — Possessiva, não?

— Não tenho motivo para ser possessiva. — Um vento gelado sopra do norte, e me encolho no vestido tribal fino. — Ele deixou claro para mim que é meu guia e nada mais.

— Os olhos dele dizem outra coisa — diz Afya. — Mas quem sou eu para ficar entre um Marcial e sua nobreza fora de lugar?

A Tribal ergue a mão e assobia, ordenando que a caravana pare ao lado de um platô alto. Um agrupamento de árvores encontra-se em sua base, e percebo o brilho de uma nascente e o raspar das garras de um animal que se afasta a passos miúdos.

— Gibran, Izzi — chama Afya. — Acendam uma fogueira. Keenan — o ruivo desce da carruagem de Riz —, ajude Riz e Vana com os animais.

Riz pede algo em sadês para sua filha, Vana. Ela é magra como uma vara, de pele marrom-escura como seu pai, e com tatuagens trançadas que a marcam como uma jovem viúva. O último membro da tribo de Afya é Zehr, um moço que parece ter a idade de Darin. Afya late uma ordem para ele em sadês, e ele se apressa para obedecer, sem hesitação.

— Garota. — Eu me dou conta de que Afya está falando comigo. — Peça a Riz uma cabra e diga a Elias para abatê-la. Vou negociar a carne amanhã. E converse com ele. Tire o rapaz dessa depressão em que se meteu.

— Nós devíamos deixá-lo em paz.

— Se você vai arrastar a tribo Nur para essa tentativa insensata de salvar seu irmão, então Elias precisa apresentar um plano infalível para fazê-lo. Temos dois meses antes de chegar a Kauf. Deve ser tempo suficiente. Mas ele não vai conseguir fazer nada se ficar por aí se lastimando. Então conserte isso.

Como se fosse fácil.

Alguns minutos mais tarde, Riz aponta para mim uma cabra com a perna machucada, e eu a levo para Elias. Ele guia o animal mancando até as árvores, fora da vista do restante da caravana.

Ele não precisa de ajuda, mas eu o sigo de qualquer forma com uma lanterna. A cabra bale para mim pesarosamente.

— Sempre odiei abater animais. — Elias afia uma faca em uma pedra de amolar. — É como se soubessem o que está por vir.

— Minha avó costumava fazer o abate em casa — digo. — Alguns pacientes do meu avô pagavam com galinhas. Ela dizia: "Obrigada por dar sua vida para que eu continue a minha".

— Belo sentimento — Elias se ajoelha. — Não torna nem um pouco mais fácil vê-la morrer.

— Mas ela está manca, está vendo? — Com a luz da lanterna, ilumino a perna traseira machucada da cabra. — Riz disse que teríamos de deixá-la para trás e que ela morreria de sede. — Dou de ombros. — Se ela vai morrer de qualquer maneira, melhor que seja útil.

Elias passa a lâmina ao longo do pescoço do animal, que chuta. O sangue se derrama na areia. Desvio o olhar, pensando no Tribal Shikaat, no calor grudento de seu sangue. Em como ele cheirava forte, como as forjas de Serra.

— Pode ir. — Elias usa uma voz de Máscara comigo, mais fria que o vento às nossas costas.

Recuo rapidamente, ruminando o que ele disse. *Não torna nem um pouco mais fácil vê-la morrer.* A culpa toma conta de mim novamente. Acho que ele não estava falando sobre a cabra.

Tento me distrair encontrando Keenan, que se ofereceu para preparar o jantar.

— Tudo bem? — ele pergunta quando apareço ao seu lado. Então olha brevemente na direção de Elias.

Anuo, e Keenan abre a boca como se para dizer algo. Mas, talvez sentindo que eu prefiro não falar, apenas me passa uma tigela de massa de pão.

— Pode sovar a massa, por favor? — ele diz. — Sou péssimo para fazer pão.

Grata por ter uma tarefa, eu me lanço a ela, aliviada por sua simplicidade, pela facilidade de só ter de abrir a massa em discos e cozinhá-los em uma panela de ferro fundido. Keenan cantarola enquanto acrescenta pimentões vermelhos e lentilhas a uma panela, um som tão inesperado que sorrio quando o ouço pela primeira vez. É tão calmante quanto um dos tônicos de vovô. Depois de um tempo, ele começa a contar sobre a Grande Biblioteca de Adisa, que eu sempre quis visitar, e sobre os mercados de pipas em Ayo, que se estendem por infindáveis quadras. O tempo passa rapidamente, e sinto meu coração mais leve.

Quando Elias termina de cortar a cabra, viro os últimos pedaços do pão achatado fofo e tostado em uma cesta. Keenan serve com uma concha tigelas de ensopado de lentilha apimentado. A primeira colherada me faz suspirar. Vovó sempre fazia ensopado e pão nas noites frias de outono. Só o cheiro dele faz minha tristeza parecer mais distante.

— Isso está incrível, Keenan. — Izzi estende sua tigela para uma segunda porção antes de se virar para mim. — A cozinheira sempre fazia esse ensopado. Eu me pergunto... — Ela balança a cabeça e, por um momento, fica em silêncio. — Gostaria que ela tivesse vindo — diz minha amiga, finalmente. — Sinto falta dela. Sei que isso deve soar estranho para você, considerando como ela agia.

— Não mesmo — digo. — Vocês se amavam. Você esteve com ela durante anos. Ela cuidou de você.

— Cuidou sim — ela responde suavemente. — A voz dela era o único som na carruagem fantasma que nos levou de Antium para Serra depois que a comandante nos comprou. A cozinheira me dava sua comida, me confortava nas noites congelantes. — Izzi suspira. — Espero vê-la de novo. Fui embora tão apressada, Laia. Nunca disse a ela...

— Nós a veremos de novo — digo. É o que ela precisa ouvir. Quem sabe, talvez a vejamos mesmo. — E, Izzi — aperto sua mão —, a cozinheira sabe o que quer que você não tenha dito a ela. No fundo, tenho certeza de que ela sabe.

Keenan nos traz xícaras de chá, e dou um pequeno gole, fechando os olhos com a doçura, inalando o aroma de cardamomo. Do outro lado da fogueira, Afya leva a xícara aos lábios e prontamente cospe o chá.

— Malditos céus, que inferno, Erudito. Você gastou meu pote de mel inteiro nisso? — Ela joga o líquido no chão, desgostosa, mas eu fecho os dedos em torno da xícara e dou um gole profundo.

— Um bom chá é doce o suficiente para engasgar um urso — diz Keenan.
— Todo mundo sabe disso.

Dou uma risadinha e sorrio para ele.

— Meu irmão costumava dizer isso quando fazia chá para mim. — Ao pensar em Darin, o antigo Darin, meu sorriso desaparece. Quem é meu irmão agora? Quando ele se transformou do garoto que me fazia chá doce em um homem com segredos sérios demais para compartilhar com sua irmã?

Keenan se ajeita ao meu lado. Um vento sopra do norte, movendo as chamas de nosso fogo. Eu me inclino para perto do combatente, aproveitando seu calor.

— Você está bem? — Keenan abaixa a cabeça em minha direção. Pega uma mecha de cabelo que voa em meu rosto e a ajeita atrás de minha orelha. Seus dedos se deixam ficar em minha nuca, e minha respiração fica presa na garganta. — Depois...

Desvio o olhar, frio de novo, e busco meu bracelete.

— Valeu a pena, Keenan? Céus, a mãe de Elias, o irmão dele, dezenas de membros da sua tribo. — Suspiro. — Será que terá alguma importância? E se não conseguirmos salvar Darin? E se... — *Ele estiver morto.*

— Vale a pena morrer pela nossa família, matar por ela. Lutar pela família é o que nos mantém em frente quando todo o resto acabou. — Ele anui para meu bracelete. Há uma saudade triste em seu olhar. — Você o toca quando precisa de força — ele diz. — Porque é isso que a família nos proporciona.

Tiro a mão do bracelete.

— Às vezes nem percebo que estou fazendo isso. É uma bobagem.

— É como você se mantém em contato com eles. Não há nada de bobagem nisso. — Ele inclina o pescoço para trás e olha para cima, para a lua. — Não tenho nada da minha família. Gostaria de ter.

— Às vezes não lembro o rosto da Lis — digo. — Só lembro que ela tinha o cabelo claro como o da minha mãe.

— Ela tinha o temperamento da sua mãe também. — Keenan sorri. — A Lis era quatro anos mais velha que eu. Céus, ela era mandona. Ela me enganava para fazer seus afazeres domésticos toda hora...

A noite fica subitamente menos solitária com as lembranças de minha irmã há muito morta dançando à minha volta. Do meu outro lado, Izzi e Gibran estão apoiados um no outro, minha amiga dando risadinhas prazerosas de algo que o garoto tribal diz. Riz e Vana buscam seus ouds. O dedilhar de suas cordas é logo acompanhado pelo canto de Zehr. A canção é em sadês, mas acho que eles devem estar se lembrando daqueles que eles amaram e perderam, pois, depois de apenas algumas notas, a canção me deixa com um nó na garganta.

Sem pensar, procuro no escuro por Elias. Ele está sentado ligeiramente longe do fogo, a capa puxada bem junto ao corpo. Sua atenção está fixa em mim.

Afya limpa a garganta incisivamente e então anui com a cabeça em direção a Elias. *Fale com ele.*

Olho de relance de volta para ele, e aquela sensação intoxicante que sempre experimento quando miro seus olhos percorre meu corpo.

— Já volto — digo para Keenan. Coloco minha xícara no chão e me cubro bem com minha capa. Quando o faço, Elias se levanta com um movimento suave e se afasta do fogo. Ele desaparece tão rapidamente que nem vejo para qual direção foi na escuridão além do círculo de carruagens. Sua mensagem é clara: *Me deixe sozinho.*

Faço uma pausa, sentindo-me uma tola. Um momento mais tarde, Izzi aparece do meu lado.

— Converse com ele — ela diz. — Ele precisa disso. Só não sabe. E você também precisa.

— Ele está bravo — sussurro.

Minha amiga toma minha mão e a aperta.

— Ele está magoado — ela diz. — E isso é algo que você compreende.

Sigo para além das carruagens, examinando o deserto, até que vejo o brilho de um de seus braçais próximo à base do platô. Quando ainda estou a alguns metros de distância, ouço-o suspirar e se virar para mim. Seu rosto, vazio com uma espécie de cortesia indiferente, está iluminado pela lua.

Apenas termine com isso, Laia.

— Sinto muito — digo. — Pelo que aconteceu. Eu... eu não sei se é certo trocar o sofrimento da tribo Saif pela vida de Darin. Especialmente quando isso não garante que meu irmão vá viver. — Eu estava planejando dizer palavras simples e cuidadosamente escolhidas de solidariedade, mas, agora que comecei a falar, não consigo parar. — Obrigada pelo que a sua família sacrificou. Tudo o que eu quero é que nada daquilo volte a acontecer. Mas... mas não posso garantir, e isso me deixa doente, pois eu *sei* como é perder a nossa família. De qualquer maneira, sinto muito...

Céus. Agora só estou balbuciando.

Respiro fundo. As palavras parecem subitamente banais e inúteis, então dou um passo à frente e seguro as mãos de Elias, lembrando-me de vovô. *O toque cura, Laia.* Eu me seguro firme a ele, tentando colocar tudo o que sinto naquele toque. *Espero que sua tribo esteja bem. Espero que eles sobrevivam aos Marciais. Sinto muito, muito mesmo. Não é o suficiente. Mas é tudo o que tenho.*

Após um momento, Elias solta o ar e encosta a testa na minha.

— Me fale o que você disse aquela noite no meu quarto em Blackcliff — ele murmura. — O que a sua avó costumava dizer.

— Enquanto há vida, há esperança — posso ouvir a voz afetuosa de vovó dizendo.

Elias ergue a cabeça e me encara, a frieza de seu olhar substituída por aquele fogo bruto e inextinguível. Esqueço de respirar.

— Não se esqueça disso — ele diz. — Jamais.

Anuo. Os minutos se passam, e nenhum de nós se afasta do outro. Em vez disso, encontramos conforto no frio da noite e na companhia silenciosa das estrelas.

XXIII
ELIAS

Entro no Lugar de Espera no momento em que caio no sono. Minha respiração se condensa na frente do rosto, e me vejo deitado de costas sobre um tapete espesso de folhas caídas. Olho fixamente para a teia de galhos de árvores acima, com sua folhagem vermelha vibrante de outono, mesmo à meia-luz.

— Como sangue. — Reconheço a voz de Tristas imediatamente e me levanto atrapalhado para vê-lo encostado em uma das árvores, me encarando. Não o vejo desde a primeira vez que entrei no Lugar de Espera, semanas atrás. Achei que ele tivesse seguido em frente. — Como o *meu* sangue. — Ele olha fixamente para a copa das árvores, com um sorriso amargo no rosto. — Você sabe. O sangue que derramou de mim quando Dex me esfaqueou.

— Sinto muito, Tristas. — Eu poderia muito bem ser uma ovelha simplória, balindo as palavras. Mas a ira em seus olhos é tão pouco natural que eu diria qualquer coisa para mitigá-la.

— Aelia está melhorando — diz Tristas. — Traidora. Achei que ela ficaria de luto por pelo menos alguns meses. Em vez disso, a visito e a vejo comendo de novo. *Comendo.* — Ele anda de um lado para o outro, e seu rosto sombreia para uma versão mais feia e mais violenta do Tristas que conheci. Ele sibila baixinho.

Por dez infernos. Isso está tão longe de quem era Tristas em vida que me pergunto se ele está possuído. Será que um fantasma pode estar possuído? Não são os fantasmas que normalmente possuem os outros?

Por um momento, fico bravo com ele. *Você está morto. Aelia não.* Mas o sentimento passa rapidamente. Tristas jamais verá sua noiva novamente. Jamais segurará seus filhos ou rirá com seus amigos. Tudo que ele tem no momento são lembranças e amargura.

— Aelia ama você. — Quando Tristas vira em minha direção, com o rosto transtornado de raiva, ergo as mãos para o alto. — E você a ama. Você realmente queria que ela morresse de fome? Realmente desejaria vê-la aqui, sabendo que foi sua morte que causou isso?

A expressão selvagem em seus olhos obscurece. Penso no velho Tristas, no Tristas vivo. É a *esse* Tristas que preciso apelar. Mas não tenho a chance. Como se soubesse o que desejo, ele vira e desaparece entre as árvores.

— Você consegue acalmar os mortos — a Apanhadora de Almas fala de cima de mim, e olho para o alto, encontrando-a sentada sobre uma das árvores, envolta como uma criança em seus enormes galhos nodosos. Uma grinalda de folhas vermelhas circunda sua cabeça como uma coroa, e seus olhos negros brilham sombriamente.

— Ele fugiu — digo. — Não chamaria isso de *acalmar*.

— Ele falou com você. — A Apanhadora de Almas desce, o tapete de folhas abafando o som de seu pouso. — A maioria dos espíritos odeia os vivos.

— Por que você continua me trazendo de volta para cá? — Eu a olho com desprezo. — Só para se divertir?

Ela franze o cenho.

— Desta vez eu não o trouxe, Elias — ela diz. — Você veio por si só. A sua morte se aproxima depressa. Talvez sua mente busque compreender melhor o que está por vir.

— Eu ainda tenho tempo — digo. — Quatro, talvez cinco meses, se tiver sorte.

A Apanhadora de Almas olha para mim com pena.

— Não posso ver o futuro como alguns podem. — Ela curva os lábios, e sinto que está falando dos adivinhos. — Mas meu poder não é desprezível. Busquei o seu destino nas estrelas na noite em que o trouxe aqui pela primeira vez, Elias. Você não viverá além da *Rathana*.

A *Rathana* — A Noite — começou como um feriado tribal, mas se disseminou através do Império. Para os Marciais, é um dia de farra. Para as tribos, é um dia para honrar seus ancestrais.

— Faltam dois meses para o feriado. — Minha boca está seca, e mesmo aqui no mundo espiritual, onde tudo é entorpecido, o medo toma conta de mim. — Nós mal teremos chegado a Kauf... se tivermos sorte.

A Apanhadora de Almas dá de ombros.

— Não tenho conhecimento das pequenas tempestades do seu mundo humano. Se está tão atormentado com o seu destino, faça o melhor uso possível do tempo que você tem. Vá. — Ela agita a mão, e sinto aquele tranco no umbigo, como se estivesse sendo puxado através de um túnel por um enorme gancho.

Acordo ao lado das chamas fracas da fogueira, onde preparei minha cama para passar a noite. Riz patrulha do lado de fora do círculo de carruagens. Todos dormem — Gibran e Keenan junto ao fogo, como eu, e Laia e Izzi, no veículo de Gibran.

Dois meses. Como vou fazer para chegar a Kauf e libertar Darin em tão pouco tempo? Eu poderia pressionar Afya a ir mais rápido, mas isso nos faria chegar lá, quando muito, alguns dias antes do planejado.

A vigília muda. Keenan assume o lugar de Riz. Meus olhos pousam na caixa-fria pendurada no fundo da carruagem de Afya, onde ela havia me pedido para acondicionar a cabra que abati anteriormente.

Se ela vai morrer de qualquer maneira, melhor que seja útil. Palavras de Laia.

O mesmo se aplica a mim, me dou conta.

Kauf está a mais de mil e seiscentos quilômetros de distância. De carruagem, levaremos dois meses para chegar até lá. Os mensageiros do Império, por outro lado, fazem essa jornada em duas semanas.

Eu não terei acesso a cavalos descansados a cada vinte quilômetros, como os mensageiros têm. Não poderei usar as rotas principais. Precisarei me esconder ou lutar a qualquer momento. Precisarei caçar ou roubar para comer.

Mesmo sabendo de tudo isso, se eu partir para Kauf sozinho, posso chegar lá na metade do tempo que levaria com as carruagens. Não gostaria de deixar Laia — sentirei falta de sua voz, de seu rosto, todos os dias. Já sei disso. Mas, se eu conseguir chegar à prisão em um mês, terei tempo suficiente antes da *Rathana* para tirar Darin de lá. O extrato de Tellis manterá as convulsões sob controle até que as carruagens se aproximem da prisão. E *verei* Laia novamente.

Eu me levanto, enrolo meu saco de dormir e parto em direção ao veículo de Afya. Quando bato na porta dos fundos, ela leva apenas um momento para responder, embora seja noite fechada.

Surpresa, Afya ergue uma lamparina.

— Normalmente prefiro conhecer minhas visitas noturnas um pouco melhor antes de convidá-las para entrar em minha carruagem, Elias — ela diz. — Mas com você...

— Não é por isso que estou aqui — digo. — Preciso de um cavalo, algum papiro e a sua discrição.

— Escapando enquanto ainda pode? — Ela gesticula para que eu entre. — Fico satisfeita que você tenha retomado a razão.

— Vou tirar Darin da prisão sozinho. — Entro no veículo e baixo a voz. — É mais rápido e mais seguro para todos desse jeito.

— Idiota. Como você vai passar despercebido até o norte sem minhas carruagens? Você esqueceu que é o criminoso mais procurado do Império?

— Eu sou um Máscara, Afya. Dou um jeito. — Estreito os olhos para a Tribal. — O seu juramento continua valendo. Leve-os até Kauf.

— Mas você vai tirar Darin de lá sozinho? Não vai precisar da ajuda da tribo Nur?

— Não — digo. — Há uma caverna nas colinas, ao sul da prisão. Dá uma escalada de mais ou menos um dia, partindo do portão principal. Vou desenhar um mapa para você. Leve-os até lá em segurança. Se tudo der certo, Darin estará esperando lá quando vocês chegarem, daqui a dois meses. Se não...

— Não vou simplesmente abandoná-los nas montanhas, Elias. — Afya se enfurece, ofendida. — Céus, eles partilharam do meu pão, em minha mesa. — Ela me lança um olhar avaliador, e não aprecio a agudeza em seus olhos, como se ela fosse arrancar de mim a verdadeira razão de eu estar fazendo isso. — Por que a mudança de planos?

— Laia queria que fizéssemos isso juntos. Então nunca me ocorreu fazer sozinho. — Essa parte, ao menos, é verdadeira, e deixo que Afya veja isso em meu rosto. — Preciso que você entregue uma carta para Laia. Ela vai brigar comigo se eu lhe contar.

— Vai mesmo. — Afya me passa um papiro e uma pena. — E não só porque ela queria fazer isso pessoalmente, embora vocês dois digam a mesma coisa para si mesmos.

Escolho não me aprofundar nesse comentário em particular. Alguns minutos mais tarde, terminei a carta e desenhei um mapa detalhado da prisão e da caverna onde planejo esconder Darin.

— Tem certeza de que quer fazer as coisas desse jeito? — Afya cruza os braços enquanto se levanta. — Você não devia simplesmente sumir, Elias. Acho que devia perguntar à Laia o que ela quer. Trata-se do irmão dela, afinal de contas. — Seus olhos se estreitam. — Você não está planejando abandonar a garota, não é? Eu odiaria se o homem a quem fiz meu juramento não fosse honrado.

— Eu nunca faria isso.

— Então leve Trera, o cavalo de Riz. Ele é cabeça-dura, mas rápido e esperto como um vento do norte. E tente não fracassar, Elias. Eu não desejo entrar naquela prisão.

Silenciosamente, parto de sua carruagem para a de Riz, sussurrando para Trera a fim de acalmá-lo. Pego pão, frutas, nozes e queijo do veículo de Vana e levo o cavalo para bem longe do acampamento.

— Você vai tentar libertá-lo sozinho, então?

Keenan se materializa na escuridão como um maldito espectro, e dou um salto. Não o ouvi, nem mesmo o senti.

— Não preciso saber suas razões. — Noto que ele mantém alguma distância. — Eu sei o que significa fazer coisas que você não deseja fazer por um bem maior.

Na superfície, as palavras são quase solidárias. Mas seus olhos parecem tão indiferentes quanto pedras, e os pelos em minha nuca se eriçam desagradavelmente, como se, no segundo em que eu me virar, ele fosse me enfiar uma faca nas costas.

— Boa sorte. — Ele me estende a mão. Cautelosamente eu o cumprimento, minha outra mão se dirigindo para minhas facas quase inconscientemente.

Keenan percebe meu movimento, e seu meio sorriso não chega aos olhos. Ele solta minha mão rapidamente e desaparece de volta escuridão adentro.

Procuro me livrar do desconforto que se insinuou sobre mim. *Você simplesmente não gosta dele, Elias.*

Olho de relance para o céu. As estrelas ainda cintilam acima, mas o amanhecer se aproxima, e preciso estar bem distante quando isso acontecer. Mas e Laia? Realmente partirei com apenas uma carta de despedida?

Caminho sorrateiramente, vou até a carruagem de Gibran e abro a porta dos fundos. Izzi ressoa em um banco, as mãos juntas debaixo do rosto. Laia está encolhida em uma bola no outro, uma mão sobre o bracelete, completamente adormecida.

— Você é meu templo — sussurro enquanto me ajoelho a seu lado. — Você é minha sacerdotisa. Você é minha reza. Você é minha libertação. — Meu avô me olharia feio por macular desse jeito seu amado mantra. Mas prefiro-o assim.

Vou embora e sigo em direção a Trera, que espera à margem do acampamento. Quando subo na sela, ele resfolega.

— Pronto para voar, garoto? — Ele agita as orelhas, e tomo isso como um sim. Sem olhar para trás, viro em direção ao norte.

XXIV
HELENE

Ele escapou. Ele escapou. Ele escapou.

Ando de um lado a outro, abrindo uma trilha no chão de pedra do aposento principal da guarnição, tentando bloquear o ruído irritante de Faris afiando as cimitarras, o murmúrio baixo de Dex dando ordens para um grupo de legionários e o tamborilar dos dedos de Harper sobre a armadura enquanto me observa.

Tem de haver alguma maneira de rastrear Elias. *Pense. Ele é um homem. Tenho o poder do Império inteiro atrás de mim. Envie mais soldados. Convoque mais Máscaras. Membros da Guarda Negra — você é a comandante deles. Envie-os atrás das tribos que Mamie visitou.*

Não será suficiente. Milhares de carruagens saíram aos borbotões da cidade enquanto eu abafava um motim encenado depois de *deixar* Elias fugir de mim. Ele pode estar em qualquer uma daquelas carruagens.

Fecho os olhos, desejando desesperadamente quebrar algo. *Como você é idiota, Helene Aquilla.* Mamie Rila tocou uma melodia, e eu joguei os braços para o alto e dancei para ela como uma marionete estúpida. Ela *queria* que eu estivesse no anfiteatro dos contadores de histórias. Ela *queria* que eu soubesse que Elias estava lá, para ver o motim, para chamar reforços, para enfraquecer o cordão de isolamento. Fui burra demais para perceber, até ser tarde demais.

Harper, ao menos, manteve a razão. Ele ordenou aos dois esquadrões de soldados que haviam sido designados para subjugar o motim que, em vez disso, cercassem as carruagens da tribo Saif. Os prisioneiros que ele fez — incluindo Mamie Rila — são a única esperança de encontrar Elias.

Eu o tinha. Maldição. Eu o tinha. E então o deixei partir. Porque não quero que ele morra. Porque ele é meu amigo e eu o amo.

Porque eu sou uma maldita idiota.

Todas as vezes em que fiquei acordada à noite, dizendo a mim mesma que, quando o momento chegasse, eu *precisaria* ser forte. Eu *precisaria* capturá-lo. Tudo isso não valeu de nada quando o vi de novo. Quando ouvi sua voz e senti suas mãos em minha pele.

Elias parecia tão diferente, todo músculos e vigor, como uma de suas cimitarras telumanas trazidas para a vida. Mas a maior mudança foram seus olhos — as sombras e a tristeza dentro deles, como se ele soubesse de algo que não suportasse me contar. Aquela expressão em seus olhos me corrói por dentro. Mais que meu fracasso em capturá-lo e matá-lo, quando tive oportunidade. Ela me assusta.

Nós dois sabemos que eu não vou durar muito mais neste mundo. O que ele quis dizer com isso? Desde que o curei na Segunda Eliminatória, senti um laço me prendendo a Elias — um sentimento de proteção sobre o qual tentei não pensar. Ele nasceu da mágica da cura, tenho certeza. Quando Elias me tocou, aquele laço me disse que meu amigo não estava bem.

"Não se esqueça de nós", ele me disse em Serra. Fecho os olhos e me permito um momento para imaginar um mundo diferente. Nesse mundo, Elias é um garoto tribal, e eu, a filha de um jurista. Nós nos encontramos em um mercado, e nosso amor não é maculado por Blackcliff ou por todas as coisas que ele odeia a respeito de si mesmo. Eu me atenho àquele mundo, apenas por um segundo.

Então o deixo ir. Elias e eu chegamos ao fim. Agora só há morte.

— Harper — chamo. Dex dispensa os legionários e volta sua atenção para mim. Faris embainha suas cimitarras. — Quantos membros da tribo Saif nós capturamos?

— Vinte e seis homens, quinze mulheres e doze crianças, Águia de Sangue.

— Execute-os — diz Dex. — Imediatamente. Precisamos mostrar o que acontece quando alguém abriga um fugitivo do Império.

— Você não pode matá-los. — Faris encara Dex. — Eles são a única família que Elias já...

— Essas pessoas ajudaram e foram cúmplices de um inimigo do Império — dispara Dex. — Nós temos ordens...

— Não precisamos executá-los — diz Harper. — Eles têm outra utilidade para nós.

Percebo a intenção de Harper.

— Devemos interrogá-los. Temos Mamie Rila, não é?

— Inconsciente — diz Harper. — O auxiliar que a derrubou se entusiasmou demais com o punho da espada. Ela deve voltar em um dia ou dois.

— Ela saberá quem tirou Veturius daqui — digo. — E para onde ele está indo.

Olho para os três. Harper tem ordens para permanecer comigo, então não pode ficar em Nur para interrogar Mamie e sua família. Mas Dex pode matar os prisioneiros. E mais Tribais mortos é a última coisa de que o Império precisa enquanto a revolução erudita ainda se alastra.

— Faris — digo. — Você cuidará dos interrogatórios. Quero saber como Elias saiu da cidade e para onde ele está indo.

— E as crianças? — diz Faris. — Devíamos soltá-las. Com certeza elas não sabem de nada.

Sei o que a comandante diria para Faris. "Misericórdia é fraqueza. Ofereça-a a seus inimigos e não faria diferença se você caísse sobre a própria espada."

As crianças serão um poderoso incentivo para os Tribais nos contarem a verdade. Eu sei disso. No entanto, a ideia de usá-las — machucá-las — me deixa desconfortável. Penso na casa destruída em Serra, que Cain me mostrou. Os rebeldes eruditos que queimaram aquela casa não demonstraram misericórdia alguma pelas crianças marciais que moravam ali.

Será que essas crianças tribais são tão diferentes? Afinal, ainda são crianças. E não pediram para fazer parte disso.

Encontro o olhar de Faris.

— Os Tribais já estão agitados, e não temos homens para subjugar mais um motim. Deixaremos as crianças irem...

— Você está maluca? — Dex lança um olhar feroz primeiro para Faris e então para mim. — Não as deixe ir. Ameace jogá-las nas carruagens fantasmas e vendê-las como escravas, a não ser que você consiga algumas malditas respostas.

— Tenente Atrius. — Endureço a voz enquanto me dirijo a Dex. — Sua presença não é mais necessária aqui. Vá e divida os homens restantes em três grupos. Um vai com você buscar a leste, caso Veturius tenha partido para as Terras Livres. Um vai comigo buscar ao sul. Um fica aqui para guarnecer a cidade.

A mandíbula de Dex se retesa, sua ira por ser dispensado brigando com uma vida inteira de obediência às ordens de um oficial superior. Faris suspira, e Harper observa o diálogo com interesse. Finalmente, Dex parte em silêncio, batendo a porta atrás de si.

— Tribais valorizam suas crianças acima de todo o resto — digo a Faris. — Use-as para influenciá-los. Mas não as machuque. Mantenha Mamie e Shan vivos. Se não conseguirmos capturar Elias, talvez possamos usá-los para atraí-lo. Se você ficar sabendo de *qualquer coisa*, mande uma mensagem através dos tambores.

Quando deixo a caserna para selar meu cavalo, encontro Dex recostado contra a parede do estábulo. Antes que ele possa partir para cima de mim, tomo a palavra:

— Que raios você estava fazendo lá? — digo. — Não basta ter um dos espiões da comandante questionando cada movimento meu? Preciso de você me enchendo também?

— Ele reporta tudo o que você faz — diz Dex. — Mas não te questiona. Mesmo quando deveria. Você não está concentrada. Você deveria ter previsto aquele motim.

— Você não previu. — Mesmo a meus ouvidos, soo como uma criança petulante.

— Eu não sou o Águia de Sangue. Você é. — Sua voz se eleva, e ele respira fundo. — Você sente falta dele. — A agressividade em sua voz desaparece. — Eu sinto falta dele também. Sinto falta de todos eles. Tristas. Demetrius. Leander. Mas eles partiram. E Elias está fugindo. Tudo o que temos agora, Águia, é o Império. E é nosso dever para com o Império pegar o traidor e executá-lo.

— Eu *sei*...

— Sabe mesmo? Então por que desapareceu durante quinze minutos no meio do motim? Onde você estava?

Eu o encaro por tempo suficiente para me certificar de que minha voz não trema. Tempo suficiente para ele começar a pensar que talvez tenha passado dos limites.

— Comece a sua caçada — digo em voz baixa. — Não deixe uma única carruagem sem ser revistada. Se você o encontrar, traga-o até aqui.

Somos interrompidos por um passo atrás de nós: é Harper, que segura dois rolos de pergaminho com os selos rompidos.

— Do seu pai e da sua irmã — ele diz simplesmente, não se desculpando pelo fato de ter lido as missivas.

Águia de Sangue,

Estamos bem em Antium, embora sua mãe e irmãs não se adaptem ao frio que faz aqui no outono. Trabalho para solidificar as alianças do imperador, mas me sinto frustrado. A Gens Sisellia e a Gens Rufia apresentaram seus próprios candidatos ao trono. Elas tentam atrair outras gens para seus pavilhões. A briga interna matou cinquenta na capital, e ela apenas começou. Selvagens e Bárbaros têm intensificado seus ataques fronteiriços, e os generais estão precisando desesperadamente de mais homens.

Pelo menos a comandante apagou o fogo da revolução erudita. Quando ela terminou, me disseram que o rio Rei corria vermelho com o sangue erudito. Ela continua a limpeza nas terras ao norte de Silas. Suas vitórias refletem bem em nosso imperador, mas melhor ainda sobre sua própria gens.

Espero notícias de seu sucesso em capturar o traidor Veturius o mais breve possível.

Leal até o fim,
Pater Aquillus

P.S. Sua mãe pede que eu a lembre de se alimentar.

A carta de Livvy é mais curta.

Querida Hel,

Antium é solitária com você tão longe. Hannah sente isso também — embora jamais o admitiria. Vossa Majestade a visita quase todos os dias. Ele também pergunta sobre minha saúde, pois ainda estou em isolamento com uma febre. Uma vez, ele chegou a tentar passar pelos guardas para me visitar. Temos sorte que nossa irmã está se casando com um homem tão dedicado à nossa família.

Papai e nossos tios tentam desesperadamente manter fortes as velhas alianças. Mas os Ilustres não temem Vossa Majestade como deveriam. Gostaria que o papai buscasse ajuda com os Plebeus. Creio que os maiores apoiadores de Vossa Majestade estão lá.

Gostaria de escrever mais, mas o papai diz para eu me apressar. Cuide-se, irmã.

*Com amor,
Livia Aquilla*

Minhas mãos tremem enquanto enrolo o papiro. Lamento não ter recebido essas mensagens alguns dias atrás. Talvez eu tivesse percebido o custo do fracasso e prendido Elias.

Agora, o que meu pai temia começou. As gens voltando-se umas contra as outras. Hannah está bem mais próxima de se casar com o Cobra. E Marcus está tentando chegar até Livia — ela jamais teria mencionado isso se não achasse que era algo importante.

Amasso as cartas. A mensagem de meu pai é clara: *Encontre Elias. Dê a Marcus uma vitória.*

Ajude-nos.

— Tenente Harper — digo. — Avise aos homens que partimos em cinco minutos. Dex...

Posso ver, pelo jeito tenso como ele vira para mim, que ainda está bravo. Ele tem o direito de estar.

— Você fará os interrogatórios — digo. — Faris fará a busca no deserto, a leste. Comunique isso a ele. Consiga-me respostas, Dex. Mantenha Mamie e Shan vivos, caso precisemos deles como isca. De resto, faça o que for necessário. Mesmo... mesmo em relação às crianças.

Dex anui, e reprimo o enjoo na boca do estômago ao dizer essas palavras. Eu sou a Águia de Sangue. Chegou o momento de mostrar minha força.

◆ ◆ ◆

— Nada? — Os três líderes dos pelotões se remexem nervosamente diante de meu escrutínio. Um enfia o pé nas areias, irrequieto como um garanhão. Atrás dele, outros soldados em nosso acampamento, alguns quilômetros ao norte de Nur, observam furtivamente. — Vasculhamos esse maldito deserto durante seis dias, e *ainda* não temos nada?

Harper, o único de nós cinco que consegue manter os olhos abertos com o vento fustigante do deserto, limpa a garganta.

— O deserto é vasto, Águia de Sangue — ele diz. — Precisamos de mais homens.

Ele está certo. Precisamos revistar milhares de carruagens, e tenho apenas trezentos homens para fazê-lo. Enviei mensagens para a Fenda de Atella e para as guarnições de Taib e Sadh pedindo apoio, mas nenhuma tem soldados para oferecer.

Fios de cabelo batem em meu rosto enquanto ando de um lado para o outro, à frente dos soldados. Quero mandar os homens uma vez mais antes do cair da noite para revistar quaisquer carruagens que venham a encontrar. Mas eles estão exaustos demais.

— Há uma guarnição a meio dia de cavalgada ao norte, em Gentrium — digo. — Se cavalgarmos duro, chegaremos à noite. Podemos obter reforços lá.

A noite está perto quando nos aproximamos da guarnição, que se destaca no topo de uma colina, uns quinhentos metros ao norte. O posto avançado é um dos maiores na área e fica no limite entre as terras de florestas no interior do Império e o deserto tribal.

— Águia de Sangue. — Avitas leva a mão ao seu arco e desacelera o cavalo quando a guarnição surge em nosso campo de visão. — Está sentindo o cheiro?

Um vento do oeste traz um sopro de algo familiar e agridoce ao meu nariz. Morte. Minha mão busca a cimitarra. Um ataque à guarnição? Rebeldes eruditos? Ou Bárbaros entrando pelo Império furtivamente, despercebidos, por causa do caos em outras partes?

Ordeno que meus homens sigam em frente, meu corpo encolhido, o sangue esquentando, ansiando pela batalha. Talvez eu devesse ter enviado um batedor à frente, mas, se a guarnição precisa de nossa ajuda, não há tempo para o reconhecimento.

Passamos pela colina, e reduzo o avanço dos homens. A estrada que leva à guarnição está tomada de mortos e moribundos. Eruditos, não Marciais.

Bem adiante, ao lado do portão da guarnição, vejo uma fileira de seis Eruditos ajoelhados. Diante deles, uma figura pequena anda de um lado para o outro, instantaneamente reconhecível, mesmo a certa distância.

Keris Veturia.

Instigo meu cavalo à frente. Que malditos infernos a comandante está fazendo neste fim de mundo? A revolução se espalhou tanto assim?

Meus homens e eu escolhemos nosso caminho cuidadosamente, em meio às pilhas de corpos largadas a esmo. Alguns usam o preto dos combatentes da Resistência. Mas a maioria não.

Tanta morte, tudo por uma revolução que estava destinada ao fracasso, antes mesmo de ter começado. A ira se acende dentro de mim enquanto olho fixamente para os corpos. Será que os rebeldes eruditos não compreenderam o que desencadeariam quando se revoltassem? Não perceberam a morte e o terror que o Império lançaria sobre eles?

Salto do cavalo no portão da guarnição, a alguns metros de onde a comandante observa os prisioneiros. Keris Veturia, sua armadura manchada de sangue, me ignora. Assim como seus homens, que flanqueiam os prisioneiros eruditos.

Quando me preparo para censurá-los, Keris enfia a cimitarra na primeira prisioneira erudita, e a mulher desaba encolhida no chão, sem um único lamento.

Eu me obrigo a não desviar o olhar.

— Águia de Sangue. — A comandante vira e me saúda. Imediatamente, seus homens a acompanham. Sua voz é suave, mas, como sempre, ela ironiza meu título, mantendo o rosto e a expressão indiferentes. Em seguida olha de relance para Harper, que oferece um simples aceno de cabeça em reconhecimento. Então ela se dirige a mim: — Você não deveria estar dando buscas nas terras do sul atrás de Veturius?

— Você não deveria estar caçando rebeldes eruditos ao longo do rio Rei?

— A revolução ao longo do Rei foi esmagada — diz a comandante. — Meus homens e eu expurgamos o campo da ameaça erudita.

Olho os prisioneiros, que tremem de terror diante dela. Três têm o dobro da idade de meu pai. Dois são crianças.

— Esses civis não parecem combatentes rebeldes.

— É esse tipo de pensamento, Águia, que encoraja as revoltas. Esses *civis* deram abrigo a rebeldes da Resistência. Quando trazidos para a guarnição para ser interrogados, tentaram fugir com os rebeldes. Não há dúvida de que foram encorajados em sua revolta por rumores de uma derrota marcial fragorosa em Nur.

Coro com sua observação mordaz, buscando uma réplica e não encontrando nenhuma. *O seu fracasso enfraqueceu o Império.* As palavras não são ditas. E não estão erradas. A comandante curva os lábios e olha sobre o meu ombro, para os meus homens.

— Um bando de farrapos — ela observa. — Homens cansados resultam em missões fracassadas, Águia de Sangue. Você não aprendeu essa lição em Blackcliff?

— Precisei dividir minha tropa para cobrir mais terreno. — Embora tenha tentado manter a voz tão indiferente quanto a dela, sei que soei como um cadete emburrado, defendendo uma estratégia de batalha infundada para um centurião.

— Tantos homens para caçar um traidor — ela diz. — E, no entanto, você não teve sorte. Alguém poderia até pensar que você não quer realmente encontrar Veturius.

— Esse alguém estaria errado — retruco, entredentes.

— Esse alguém teria esperança disso — ela diz com um suave desdém que provoca um enrubescer irado em minhas faces.

Ela se volta novamente para os prisioneiros. Uma das crianças é a próxima, um garoto de cabelos escuros e sardas no nariz. O cheiro penetrante de urina permeia o ar, e a comandante olha para o garoto e inclina a cabeça.

— Com medo, pequenino? — Sua voz é quase dócil. *Quero vomitar diante de sua falsidade.* O garoto treme, olhando fixamente para o chão de terra, banhado em sangue.

— Pare. — Dou um passo à frente. *Malditos céus, o que você está fazendo, Helene?* A comandante olha para mim com ligeira curiosidade. — Como Águia de Sangue, eu ordeno...

A primeira cimitarra da comandante zune pelo ar, privando a criança de sua cabeça. Ao mesmo tempo, ela saca a outra cimitarra e a enfia no coração da segunda criança. Facas aparecem em suas mãos, e ela as lança — *zing-zing-zing* —, uma a uma, na garganta dos últimos três prisioneiros.

No espaço de duas respirações, ela executou todos eles.

— Sim, Águia de Sangue? — Ela se vira novamente para mim. Na superfície, parece paciente e atenta. Não há nenhum indício da loucura que sei agitar-se dentro dela. Observo os homens: bem mais de cem assistem à discussão com um interesse distante. Se eu a desafiar agora, não sei o que ela será capaz de fazer. Atacar-me, possivelmente. Ou tentar matar meus homens. Certamente, ela não se submeterá à censura.

— Enterre os corpos. — Reprimo minhas emoções e endureço a voz. — Não quero que a água da guarnição seja contaminada por cadáveres.

A comandante anui, com o rosto impassível. A Máscara perfeita.

— É claro, Águia.

Ordeno que meus homens entrem na guarnição e me retiro para a caserna vazia da Guarda Negra, desabando em um dos doze beliches duros posicionados ao longo das paredes. Estou imunda de uma semana na estrada. Eu deveria tomar um banho, comer, descansar.

Em vez disso, fico encarando o teto por umas boas duas horas. Sigo pensando na comandante. O insulto dela para mim foi claro — e minha incapacidade de reagir mostrou minha fraqueza. No entanto, embora eu esteja chateada por isso, estou mais perturbada pelo que ela fez com os prisioneiros. Pelo que fez com as crianças.

É isso que o Império se tornou? *Ou é isso que ele sempre foi?*, uma voz serena me pergunta.

— Trouxe comida para você.

Dou um salto, bato a cabeça no beliche e praguejo. Harper larga a mochila no chão e anui para um prato fumegante de arroz dourado e carne apimentada sobre uma mesa junto à porta. Parece delicioso, mas, neste instante, qualquer coisa que eu coma terá gosto de cinzas.

— A comandante partiu há uma hora — diz Harper. — Seguiu para o norte.

Ele tira a armadura, largando-a cuidadosamente ao lado da porta antes de sair à procura de uniformes limpos no armário. Ele se vira de costas para mim e troca de roupa. Quando tira a camisa, vai para a sombra para que eu não possa ver. Sorrio de seu recato.

— A comida não vai entrar sozinha na sua garganta, Águia.

Olho com suspeita para o prato e Harper suspira, vai até a mesa com o ruído surdo de seus pés no chão e prova a comida antes de me passar o prato.

— Coma — ele diz. — Sua mãe lhe pediu. Como seria se a Águia de Sangue do Império desmaiasse de fome no meio de uma luta?

Relutantemente, pego o prato e me forço a dar algumas colheradas.

— O velho Águia de Sangue tinha provadores. — Harper senta em um beliche à minha frente e joga os ombros para trás. — Normalmente um soldado auxiliar de alguma família plebeia sem nome.

— Pessoas tentavam assassinar o Águia?

Harper olha para mim como se eu fosse um novilho especialmente burro.

— É claro. Ele tinha o ouvido do imperador e era primo em primeiro grau do diretor da Kauf. Provavelmente havia somente uma meia dúzia de segredos no Império que ele não conhecia.

Pressiono os lábios para espantar um calafrio. Lembro do diretor da minha época de cinco. Lembro de como ele conseguia seus segredos: através de experimentos sádicos e jogos psicológicos.

Os olhos de Harper se concentram em mim e brilham como o jade claro das Terras do Sul.

— Você me contaria uma coisa?

Engulo a colherada que mastiguei pela metade. A placidez em seu tom — eu aprendi o que significa. Ele está prestes a atacar.

— Por que você o deixou fugir?

Malditos céus.

— Deixei quem fugir?

— Eu sei quando você está tentando me enganar, Águia — diz Harper. — Cinco dias em uma sala de interrogatório com você, lembra? — Ele se move para a frente em seu beliche, inclinando ligeiramente a cabeça, como um pássaro curioso. Não estou enganada; seus olhos queimam de intensidade. — Você tinha Veturius em Nur. E o deixou fugir. Porque você o ama? Ele não é um Máscara, como outro qualquer?

— Como ousa?! — Jogo o prato na mesa e me levanto. Harper agarra firme meu braço e não solta quando tento me livrar dele.

— Por favor — ele diz. — Eu não quis ofendê-la. Juro. Eu também já amei, Águia. — Uma dor antiga tremeluz e desaparece de seus olhos. Não vejo mentira ali. Apenas curiosidade.

Empurro seu braço para longe e, ainda o avaliando, me sento. Olho para fora da janela da caserna, para uma ampla faixa de colinas cobertas de arbustos mais adiante. A luz mal ilumina o quarto, e a escuridão é um conforto.

— Veturius é um Máscara como o restante de nós, sim — digo. — Corajoso, bravo, forte, rápido. Mas essas eram questões secundárias para ele. — O anel de ofício do Águia de Sangue parece pesado em meu dedo, e eu o giro. Jamais falei de Elias com ninguém. Com quem falaria? Meus colegas em Blackcliff teriam zombado de mim. Minhas irmãs não teriam compreendido.

Percebo que *quero* falar dele. Anseio por isso.

— Elias vê as pessoas como elas deveriam ser — digo. — Não como são. Ele ri de si mesmo. Ele se entrega em tudo o que faz. Como na Primeira Eliminatória. — Tenho um calafrio com a lembrança. — Os adivinhos brincaram com a nossa mente. Mas Elias não vacilou. Ele encarou a morte e jamais considerou me deixar para trás. Não desistiu de mim. Ele é tudo que eu não posso ser. Ele é bom. Jamais deixaria a comandante matar aqueles prisioneiros. Especialmente aquelas crianças.

— A comandante serve ao Império.

Balanço a cabeça.

— O que ela fez não serve ao Império — digo. — Pelo menos não ao Império pelo qual eu luto.

Harper me observa com um olhar fixo e perturbador. Eu me pergunto brevemente se falei demais. Mas então percebo que não me importo com o que ele pensa. Ele não é meu amigo, e, se reportar o que eu disse para Marcus ou para a comandante, isso não mudará nada.

— Águia de Sangue! — O grito faz com que Harper e eu saltemos, e, um momento mais tarde, a porta é escancarada para revelar um mensageiro auxiliar esbaforido, coberto de poeira da estrada. — O imperador ordena que você parta para Antium. Agora.

Malditos céus. Eu jamais pegarei Elias se me desviar para Antium.

— Estou no meio de uma missão, soldado — digo. — E não estou inclinada a deixá-la pela metade. Inferno, o que tem tanta importância?

— Guerra, Águia de Sangue. As gens ilustres declararam guerra umas contra as outras.

PARTE II
NORTE

XXV
ELIAS

Por duas semanas, as horas passam em um borrão de cavalgadas noturnas, furtos e esconderijos. Soldados marciais enxameiam o campo feito gafanhotos, avançando por cada vilarejo e propriedade rural, cada ponte e choça, em sua busca por mim.

Mas estou sozinho, e sou um Máscara. Cavalgo para valer, e Trera, nascido e criado no deserto, devora os quilômetros.

Após quinze dias, chegamos ao braço leste do rio Taius, que reluz como o entalhe de uma cimitarra de prata sob a lua cheia. A noite está calma e clara, sem um sopro de vento, e levo Trera para a margem do rio até encontrar um lugar para atravessar.

Ele reduz o passo ao chapinhar a água nos baixios, e, quando seus cascos pisam na margem norte, ele joga a cabeça freneticamente, os olhos virando para trás.

— Opa, opa, garoto. — Desço na água e puxo a rédea para a frente, para fazê-lo subir na margem. Ele se lamuria e dá um puxão com a cabeça. — Você foi mordido? Me deixe ver.

Tiro um cobertor de um dos alforjes e esfrego suas pernas ternamente, esperando que ele se encolha quando o cobertor passar sobre a mordida. Mas ele apenas me deixa esfregá-lo antes de virar na direção sul.

— Por aqui. — Tento instá-lo a ir para norte, mas ele não aceita meu comando. Estranho. Até agora, havíamos nos dado bem. Trera é muito mais inteligente que qualquer cavalo do meu avô, e tem mais energia também. — Não se preocupe, garoto. Não há nada a temer.

— Está certo disso, Elias Veturius?

— Por dez malditos infernos! — Não acredito que é a Apanhadora de Almas até vê-la sentada sobre uma pedra a alguns metros. — Não estou morto — digo rapidamente, como uma criança negando uma travessura.

— Obviamente. — Ela levanta e joga o cabelo escuro para trás, os olhos negros fixos em mim. Parte de mim quer cutucá-la para ver quão real ela é. — Mas você está em meu território agora. — A Apanhadora de Almas anui para leste, para uma linha escura e espessa no horizonte. A Floresta do Anoitecer.

— *Este* é o Lugar de Espera? — Jamais havia associado as árvores opressivas do covil da Apanhadora de Almas com qualquer coisa em meu mundo.

— Você nunca se perguntou onde ele ficava?

— Eu passei a maior parte do tempo tentando descobrir uma maneira de cair fora dele. — Tento puxar Trera do rio mais uma vez, mas ele não cede. — O que você quer, Apanhadora de Almas?

Ela acaricia Trera entre as orelhas, e ele relaxa. Em seguida toma as rédeas de minhas mãos e o leva para norte com tanta facilidade que parece ter sido *ela* quem passou as últimas duas semanas com o cavalo. Lanço um olhar severo para o animal. *Traidor.*

— Quem disse que eu quero alguma coisa, Elias? — a Apanhadora de Almas pergunta. — Só estou lhe dando as boas-vindas às minhas terras.

— Certo. — Que mentira. — Não precisa se preocupar com a minha demora. Tenho um lugar para ir.

— Ah. — Ouço o sorriso em sua voz. — Isso pode ser um problema. Veja bem, quando se desgarra tão perto do meu reino, você perturba os espíritos, Elias. Por isso você tem de pagar um preço.

Realmente me dando as boas-vindas.

— Que preço?

— Vou lhe mostrar. Se você trabalhar rápido o suficiente, vou ajudá-lo a passar por essas terras mais depressa do que você o faria no lombo de um cavalo.

Monto Trera relutantemente e ofereço uma mão à Apanhadora, embora a ideia de seu corpo sobrenatural tão próximo do meu faça meu sangue se transformar em gelo. Mas ela me ignora e começa a correr, seus pés velozes enquanto acompanha o meio galope de Trera com facilidade. Um vento sopra do oeste, e ela o pega como uma pipa, seu corpo flutuando como se ela fosse feita de felpa. Cedo demais para que isso seja natural, as árvores da Floresta do Anoitecer se elevam como uma muralha à nossa frente.

Como cinco, jamais participei de missões tão perto da floresta. Os centuriões nos avisavam para manter uma boa distância de suas divisas. Tendo em vista que qualquer um que não ouvisse tendia a desaparecer, essa era uma das poucas regras que nenhum cinco era estúpido o suficiente para desobedecer.

— Deixe o cavalo — diz a Apanhadora de Almas. — Vou me certificar de que ele seja bem cuidado.

Quando piso na floresta, os sussurros começam. E, agora que meus sentidos não estão entorpecidos pela inconsciência, posso distinguir as palavras mais claramente. O vermelho das folhas é mais vívido, a fragrância doce da seiva, mais pronunciada.

— Elias. — A voz da Apanhadora de Almas abafa o murmúrio dos fantasmas, e ela anui para um espaço nas árvores onde um espírito anda de um lado para o outro. Tristas.

— Por que ele ainda está aqui?

— Ele não me ouve — diz ela. — Talvez ouça você.

— Eu sou a razão de ele estar morto.

— Exatamente. O ódio o ancora aqui. Não me importo com fantasmas que desejam ficar, Elias... mas não quando eles incomodam outros espíritos. Você precisa falar com ele. Precisa ajudá-lo a seguir em frente.

— E se eu não conseguir?

A Apanhadora de Almas dá de ombros.

— Você vai ficar por aqui até conseguir.

— Preciso chegar a Kauf.

Ela vira de costas para mim.

— Então é melhor começar.

◆◆◆

Tristas se recusa a falar comigo. Primeiro tenta me atacar, mas, ao contrário de quando eu estava inconsciente, seus punhos voam através de minha forma corpórea. Quando se dá conta de que não pode me atacar, ele foge correndo, praguejando. Tento segui-lo, chamando seu nome. Ao anoitecer, minha voz está rouca.

A Apanhadora de Almas aparece ao meu lado quando a floresta cai completamente no escuro. Eu me pergunto se ela andou observando minha inépcia.

— Vamos — ela diz sobriamente. — Se você não comer, só vai se enfraquecer e fracassar novamente.

Caminhamos ao longo de um regato até uma cabana mobiliada com móveis de madeira clara e tapetes feitos à mão. Lamparinas tribais multifacetadas de uma dúzia de cores iluminam o espaço. Uma tigela de ensopado solta vapor sobre a mesa.

— Aconchegante — digo. — Você mora aqui?

A Apanhadora de Almas se vira para ir embora, mas me coloco a sua frente e ela colide comigo. Espero que o frio passe por mim como um choque, como quando toquei os espectros. Mas ela é quente. Quase febril.

A Apanhadora de Almas se afasta bruscamente, e ergo as sobrancelhas.

— Você é uma criatura viva?

— Não sou humana.

— Percebi — digo secamente. — Mas também não é um espectro. E tem suas necessidades, obviamente. — Olho para a casa, a cama no canto, o pote de ensopado fervendo no fogo. — Alimento. Abrigo.

Ela me olha feio e dá a volta em mim com uma rapidez extraordinária. Lembro da criatura nas catacumbas de Serra.

— Você é uma efrit?

Quando ela alcança a porta, suspiro de exasperação.

— Qual o problema de conversar comigo? — digo. — Você deve se sentir sozinha aqui, só com espíritos para lhe fazer companhia.

Espero que ela dê as costas para mim e fuja. Mas sua mão congela na maçaneta da porta. Abro caminho e aponto para a mesa.

— Sente-se. Por favor.

A Apanhadora de Almas volta calmamente para dentro do aposento, os olhos negros cautelosos. Vejo um brilho de curiosidade no fundo daquele olhar opaco. Eu me pergunto quando foi a última vez que ela falou com alguém que não estava morto ainda.

— Não sou uma efrit — ela diz após se ajeitar à minha frente. — Eles são criaturas mais fracas, nascidas dos elementos inferiores. Areia ou sombra. Argila, vento ou água.

— Então o que você é? Ou melhor — assimilo sua forma enganosamente humana, exceto por aqueles olhos imortais —, o que você *era*?

— Eu fui uma garota, um dia. — A Apanhadora de Almas olha para baixo, para o padrão pontilhado lançado sobre suas mãos por uma das lamparinas tribais. Soa quase pensativa. — Uma garota tola que fez algo tolo. Mas isso levou a outra tolice. A tolice se tornou desastrosa, o desastroso se tornou assassino, e o assassino se tornou amaldiçoado. — Ela suspira. — Agora cá estou, acorrentada a este lugar, pagando por meus crimes ao acompanhar fantasmas de um reino ao próximo.

— Uma punição e tanto.

— Foi um crime e tanto. Mas você sabe sobre crimes. E arrependimento. — Ela fica de pé, severa novamente. — Durma onde quiser. Não vou incomodá-lo. Mas lembre-se: se quiser a sua chance de se arrepender, você precisa encontrar uma maneira de ajudar Tristas.

Os dias se fundem seguidamente — o tempo parece diferente aqui. Sinto Tristas, mas não o vejo. À medida que os dias passam, mergulho mais fundo na mata, em minhas tentativas agitadas de encontrá-lo. Finalmente, descubro uma parte da floresta que parece não ver a luz do sol há anos. Um rio corre próximo, e vejo um brilho vermelho intenso à frente. *Fogo?*

O brilho aumenta, e penso em chamar a Apanhadora de Almas. Mas não sinto o cheiro de fumaça e, quando me aproximo, percebo que não foi fogo que eu vi, mas um bosque de árvores — enormes, interconectadas e *erradas*. Seus troncos nodosos brilham como se consumidos por dentro pelas chamas dos infernos.

Ajude-nos, Shaeva, vozes dentro das árvores clamam, o som rangido e áspero. *Não nos deixe sozinhas.*

Uma figura se ajoelha na base da árvore maior, a mão aberta contra o tronco que queima. A Apanhadora de Almas.

O fogo das árvores escorre até suas mãos e se espalha em seu pescoço e ventre. No espaço de uma respiração, seu corpo está pegando fogo, e chamas em vermelho e negro a consomem. Grito, correndo em sua direção, mas, tão logo ela é consumida, as chamas morrem e ela está inteira novamente. As árvores ainda brilham, mas agora seu fogo é silencioso e controlado.

A Apanhadora de Almas cai prostrada, e eu a levanto. Ela é leve como uma criança.

— Você não deveria ter visto isso — ela sussurra enquanto a carrego para fora do bosque. — Eu não sabia que você viria até aqui.

— Aquilo era a saída para o inferno? É para lá que vão os espíritos maus?

A Apanhadora de Almas balança a cabeça.

— Bons ou maus, Elias, os espíritos simplesmente seguem em frente. Mas é um tipo de inferno, sim. Pelo menos para aqueles que estão presos nele.

Ela desaba em uma cadeira dentro de sua cabana, seu rosto cinzento. Ajeito um cobertor em torno de seus ombros, aliviado quando ela não protesta.

— Você me disse que os efrits são feitos de elementos inferiores. — Eu me sento de frente para ela. — Existem elementos superiores?

— Apenas um — sussurra a Apanhadora de Almas. Sua hostilidade agora é tão imperceptível que ela parece outra criatura. — Fogo.

— Você é uma djinn. — Percebo isso subitamente, embora mal consiga interpretar o sentido. — Não é? Eu achava que algum rei erudito havia enganado as outras criaturas sobrenaturais e as levado a trair e destruir a sua espécie há muito tempo.

— Os djinns não foram destruídos — diz a Apanhadora de Almas. — Apenas caíram em uma armadilha. E não foram as criaturas sobrenaturais que nos traíram. Foi uma garota djinn jovem e orgulhosa.

— Você?

Ela afasta o cobertor.

— Eu estava errada em trazê-lo aqui — diz. — Errada em tirar vantagem das suas convulsões para falar com você. Me perdoe.

— Me leve até Kauf então. — Aproveito seu pedido de desculpas. Preciso cair fora daqui. — Por favor. Eu deveria estar lá a essa altura.

A Apanhadora de Almas me considera friamente. *Maldição, ela vai me manter aqui. Céus, vá saber por quanto tempo.* Mas então, para meu alívio, ela anui uma vez.

— De manhã. — E manca até a porta, afastando-me com um aceno quando tento ajudá-la.

— Espere — digo. — Apanhadora de Almas. Shaeva.

O corpo dela endurece ao som do seu nome.

— Por que você me *trouxe* aqui? Não me diga que foi apenas por Tristas, porque isso não faz nenhum sentido. É o seu trabalho confortar as almas, não o meu.

— Eu precisava que você ajudasse o seu amigo. — Posso ouvir a mentira em sua voz. — Só isso.

Com essas palavras, ela desaparece porta afora, e eu praguejo, tão longe de compreendê-la como da primeira vez em que a encontrei. Mas Kauf — e Darin — me espera. E tudo o que posso fazer é aproveitar minha liberdade e ir embora daqui.

Como prometido, Shaeva me leva até Kauf de manhã — apesar da impossibilidade de algo assim. Partimos a pé de sua cabana, e, minutos mais tarde, as árvores acima são escassas. Quinze minutos depois, estamos metidos nas sombras da cordilheira Nevennes, rangendo sobre a camada fresca de neve com nossos passos.

— Este é o meu reino, Elias — Shaeva diz para minha pergunta não dita. Ela parece bem menos desconfiada agora, como se o fato de eu a chamar pelo nome tivesse destravado uma civilidade há muito enterrada. — Posso viajar para onde e como eu quiser quando estou dentro de suas fronteiras. — Ela anui para uma clareira nas árvores à frente. — Kauf é por ali. Se quiser ter sucesso, Elias, você precisa ser rápido. Faltam só duas semanas para a *Rathana*.

Caminhamos rumo a um cume com vista para a longa faixa escura do rio Dusk. Mas eu mal reparo. Assim que me vejo livre das árvores, só o que quero é voltar e me perder no meio delas.

O cheiro me atinge primeiro; é como imagino que os infernos devem cheirar. Então o desespero, trazido pelo vento nos gritos de arrepiar de homens e mulheres que não experimentam outra coisa exceto culpa e sofrimento. Os gritos são tão distintos dos sussurros pacíficos dos mortos que me pergunto como podem existir no mesmo mundo.

Ergo os olhos para a monstruosidade de ferros frios e rochas tenebrosas que irrompem da montanha na extremidade norte do vale. A Prisão Kauf.

— Não vá, Elias — sussurra Shaeva. — Se acontecer de você ficar preso atrás daqueles muros, seu destino será realmente sombrio.

— Meu destino já é sombrio de qualquer forma. — Levo as mãos às costas e solto as cimitarras das bainhas, sentindo-me bem com seu peso. — Pelo menos assim não terá sido em vão.

XXVI
HELENE

Nas três semanas que Harper e eu levamos para alcançar Antium, o outono chegou para valer na capital, um cobertor vermelho-dourado ornado pelo gelo branco. O cheiro de abóbora e canela enche o ar, e a fumaça espessa de madeira sobe em espirais até o céu.

Mas, sob a folhagem reluzente e atrás das pesadas portas de carvalho, fermenta uma rebelião ilustre.

— Águia de Sangue. — Harper emerge da guarnição marcial empoleirada bem na saída da cidade. — A escolta da Guarda Negra está a caminho da caserna — ele diz. — O sargento da guarnição diz que as ruas estão perigosas... particularmente para você.

— Mais uma razão para entrarmos rapidamente. — Aperto a mão sobre as dúzias de mensagens em meu bolso. Todas de meu pai, uma mais urgente que a outra. — Não temos o direito de esperar.

— Também não temos o direito de perder a mais alta autoridade legal do Império às vésperas de uma possível guerra civil — diz Harper com sua franqueza típica. — O Império primeiro, Águia de Sangue.

— Você quer dizer a comandante primeiro.

Uma fenda da espessura de um fio de cabelo aparece na fachada imperturbável de Avitas. Mas ele contém qualquer emoção escondida lá dentro.

— O *Império* primeiro, Águia de Sangue. Sempre. Vamos esperar.

Não discuto. Semanas na estrada com ele, cavalgando em direção a Antium como se os espectros estivessem em nossos calcanhares, me proporcionaram um novo respeito pelas habilidades de Harper como Máscara. Em Blackcliff, nossos caminhos jamais se cruzaram. Ele estava quatro anos à minha frente — um cinco quando eu era novilha, um cadete quando eu era cinco, um caveira quando eu era cadete. Durante todo esse tempo, ele jamais deve ter conseguido uma posição de destaque, pois nunca ouvi nada a seu respeito.

Mas agora vejo por que a comandante fez dele um aliado. Como ela, Harper tem um controle de ferro sobre suas emoções.

Um ribombar de cascos além da guarnição me faz saltar da sela em um instante. Momentos depois, uma tropa de soldados aparece, as águias gritando em suas armaduras, marcando-os como meus homens.

Ao me verem, muitos deles me saúdam diligentemente. Outros parecem mais relutantes.

Endireito as costas e faço uma carranca. Estes são meus homens, e sua obediência deve ser imediata.

— Tenente Harper. — O capitão e oficial em comando de sua companhia instiga o cavalo para a frente com um chute. — Águia de Sangue.

O fato de ele se dirigir a Harper antes de a mim já é suficientemente ofensivo. O olhar enojado em seu rosto enquanto ele me avalia faz com que meu punho formigue para se conectar com seu queixo.

— Seu nome, soldado — digo.

— Capitão Gallus Sergius.

"Capitão Gallus Sergius, *senhora*", tenho vontade de dizer.

Eu o conheço. Ele tem um filho em Blackcliff, dois anos mais novo que eu. O garoto era um bom lutador. Boca grande, no entanto.

— Capitão — digo —, por que está me olhando como se eu tivesse acabado de seduzir a sua esposa?

Ele encolhe o queixo e me olha feio.

— Como se atr...

Dou-lhe um tapa com as costas da mão. O sangue voa de sua boca, seus olhos lançam faíscas, mas ele segura a língua. Os homens de sua companhia ficam inquietos, um sussurro amotinado se espalhando como uma onda através deles.

— Da próxima vez que você falar inoportunamente — digo —, farei com que seja açoitado. Em forma. Estamos atrasados.

Enquanto o restante da Guarda Negra entra em formação, criando um escudo contra um ataque, Harper traz o cavalo para o lado do meu. Examino os rostos à minha volta furtivamente. Eles são Máscaras — e Guardas Negros, além disso. Os melhores entre os melhores. Suas expressões são indiferentes e insensíveis. Mas posso sentir a ira fervilhando abaixo da superfície. Eu não ganhei o respeito deles.

Mantenho a mão sobre a cimitarra em minha cintura enquanto nos aproximamos do palácio do imperador, uma monstruosidade de calcário branco que limita a divisa norte da cidade, tendo os contrafortes da cordilheira Nevennes ao sul. Fendas para arcos e torres de guarda se alinham nas muralhas providas de ameias. As bandeiras rubro-douradas da Gens Taia foram substituídas pelo estandarte de Marcus: uma marreta sobre um campo negro.

Muitos Marciais, que naquele momento atravessam as ruas, param para nos ver passar. Espiam por detrás de grossos chapéus cobertos de pele e mantas tricotadas, o temor e a curiosidade misturados em seu rosto enquanto me olham, a nova Águia de Sangue.

— Ssssopraninhooo...

Eu me sobressalto, e meu cavalo joga a cabeça, irritado. Cavalgando a meu lado, Avitas me olha de lado, mas eu o ignoro e vasculho a multidão. Um brilho de branco chama minha atenção. Em meio a um bando de crianças de rua e vadios reunidos em torno de um fogo de latão, vejo a curva de um queixo terrivelmente marcado com uma franja de cabelo branco caída de lado para escondê-lo. Olhos escuros encontram os meus. Então a figura desaparece, perdida nas ruas.

Por que malditos céus a cozinheira está em Antium?

Jamais vi os Eruditos como inimigos, exatamente. Um inimigo é alguém que você teme. Alguém que pode destruí-lo. Mas os Eruditos jamais destruirão os Marciais. Eles não sabem ler. Eles não sabem lutar. Eles não têm o conhecimento da metalurgia do aço. Eles são uma classe de escravos — uma classe inferior.

Mas a cozinheira é diferente. Ela é algo mais.

Sou forçada a expulsar a velha maluca da mente quando chegamos ao portão do palácio e vejo quem nos espera. A comandante. De alguma maneira ela chegou primeiro. Por seu comportamento calmo e sua aparência limpa, eu diria que faz pelo menos um dia.

Todos os homens da Guarda Negra a saúdam ao vê-la, instantaneamente lhe concedendo mais respeito que a mim.

— Águia de Sangue. — As palavras saem ao acaso de sua boca. — A estrada cobrou seu preço de você. Eu lhe ofereceria uma chance de descansar, mas o imperador insistiu que eu a trouxesse imediatamente.

— Não preciso de descanso, Keris — digo. — Achei que você estivesse perseguindo Eruditos no interior.

— O imperador solicitou o meu conselho — diz a comandante. — Eu não poderia, é claro, recusar. Mas tenha certeza de que não andei ociosa enquanto estive por aqui. As prisões de Antium estão sendo limpas da doença erudita neste exato momento, e meus homens estão levando adiante os expurgos mais ao sul. Vamos, Águia. O imperador a espera. — Ela olha de relance para os meus homens. — A sua escolta é desnecessária.

O insulto dela é óbvio: *Por que você precisa de uma escolta, Águia de Sangue? Está com medo?* Abro a boca para retrucar, mas então me detenho. Ela provavelmente *quer* que eu entre nessa para me constranger ainda mais.

Espero que Keris me leve à sala do trono, tomada de cortesãos. Na realidade, eu tinha a esperança de ver meu pai lá. Mas, em vez disso, o imperador Marcus nos espera em uma ampla sala de visitas, mobiliada com assentos luxuosos e luminárias baixas. Vejo por que ele escolheu esse espaço assim que entro. Não há janelas.

— Já não era sem tempo. — A boca de Marcus se retorce de nojo quando entro. — Por dez infernos, você não poderia ter tomado um banho antes de se apresentar?

Não se isso faz com que você queira se aproximar um centímetro de mim.

— Questões de uma guerra civil importam mais do que minha higiene, Vossa Majestade Imperial. Como posso servi-lo?

— Você quer dizer, fora capturar o principal fugitivo do Império? — O sarcasmo de Marcus é solapado pelo ódio em seus olhos amarelo-urina.

— Eu estava perto de capturá-lo — digo. — Mas você me chamou de volta. Sugiro que me diga o que precisa para que eu possa retornar à caçada.

Vejo seu golpe se aproximando, mas mesmo assim perco o fôlego quando ele acerta meu queixo. Um jorro quente de sangue enche minha boca. Eu me obrigo a engoli-lo.

— Não ouse me desafiar. — O cuspe de Marcus pousa em meu rosto. — Você é a *minha* Águia de Sangue. A espada que executa a *minha* vontade. — Ele pega uma folha de papiro e a bate sobre a mesa ao nosso lado. — Dez gens — diz. — Todas ilustres. Quatro se juntaram à Gens Rufia. Elas propõem um candidato ilustre para me substituir como imperador. As outras cinco oferecem seu próprio pater para o trono. Todas enviaram assassinos atrás de mim. Quero uma execução pública e suas cabeças sobre lanças na frente do palácio até amanhã de manhã. Compreendido?

— Você tem provas...

— Ele não precisa de provas. — A comandante, silenciosamente oculta perto da porta, ao lado de Harper, me interrompe. — Essas gens atacaram a casa imperial, assim como a Gens Veturia. Elas pedem abertamente que o imperador seja derrubado. São traidoras.

— Você quebra juramentos, também? — Marcus me pergunta. — Devo jogá-la do rochedo Cardium e amaldiçoar seu nome por cinco gerações, Águia? Ouvi dizer que o rochedo tem sede de traidores. Quanto mais ele bebe, mais forte fica o Império.

O rochedo Cardium é um penhasco próximo do palácio, com um poço de ossos na base. É usado para executar apenas um tipo de criminoso: traidores do trono.

Eu me concentro em examinar a lista de nomes. Algumas dessas gens são poderosas, como a Gens Aquilla. Outras, mais poderosas ainda.

— Majestade, talvez possamos negociar...

Marcus fecha o espaço entre nós. Embora minha boca ainda sangre por causa de seu último ataque, não cedo terreno. Não vou deixar que ele me intimide. Eu me forço a olhar em seus olhos, apenas para suprimir um calafrio com o que vejo dentro deles: um tipo controlado de loucura, uma fúria que só precisa de uma faísca para iniciar uma guerra.

— O seu pai tentou negociar. — Marcus avança sobre mim até eu dar de costas contra a parede. A comandante observa, entediada. Harper desvia o olhar. — A tagarelice sem fim dele só deu às gens traidoras tempo para encontrar mais aliados, para tentar mais assassinatos. Não me fale de negociação. Não sobrevivi ao inferno de Blackcliff para negociar. Não passei por aquelas malditas Eliminatórias para negociar. Eu não matei...

Ele para. Um pesar poderoso e inesperado inunda seu corpo, como se outra pessoa bem no fundo dele tentasse sair. Uma bola de medo se desenrola em meu estômago. Isso talvez seja o que de mais aterrorizante já vi em Marcus. Porque isso o torna humano.

— Eu manterei o trono, Águia de Sangue — ele diz em voz baixa. — Já abri mão de coisas demais para não fazê-lo. Mantenha seu juramento para comigo e trarei ordem para esse Império. Traia-me e o veja ser destruído.

O Império precisa vir em primeiro lugar... acima dos seus desejos, das suas amizades, das suas carências. Meu pai falou de maneira muito dura da última vez que o vi. E sei o que ele diria agora: "Nós somos Aquilla, filha. Leais até o fim".

Tenho de cumprir a ordem de Marcus. Tenho de acabar com essa guerra civil. Ou o Império desabará sob o peso da ganância ilustre.

Inclino a cabeça para Marcus.

— Considere feito, Majestade.

XXVII
LAIA

Laia,

A Apanhadora de Almas me disse que não terei tempo para tirar Darin de Kauf se continuar com a caravana de Afya. Irei duas vezes mais rápido se seguir em frente sozinho, e então, quando vocês chegarem a Kauf, já terei encontrado uma maneira de libertar Darin. Nós — ou ele, pelo menos — vamos esperar vocês na caverna sobre a qual falei com Afya.

Caso as coisas não corram como o planejado, use o mapa de Kauf que eu desenhei e faça o seu próprio plano, conforme o tempo que tiver. Se eu fracassar, você tem de conseguir — pelo seu irmão e pelo seu povo.

O que quer que venha a acontecer, lembre-se do que você me disse: há esperança na vida.

Espero vê-la de novo.
— EV

Sete frases.

Sete *malditas* frases, após semanas viajando juntos, salvando um ao outro, lutando e sobrevivendo. Sete frases, e então ele desaparece feito fumaça no vento norte.

Mesmo agora, quatro semanas após sua ida, minha ira vem à tona e a fúria escurece meu olhar. Esqueça que Elias não disse adeus — ele não me deu sequer uma chance de objetar à sua decisão.

Em vez disso, só me deixou uma carta. Uma carta pateticamente curta.

Sinto o maxilar tenso, os nós dos dedos brancos sobre o arco que seguro. Keenan suspira ao meu lado, os braços cruzados enquanto se encosta contra uma árvore na clareira onde paramos. Ele me conhece a essa altura. Sabe o que estou pensando e o que está me deixando tão brava.

— Foco, Laia.

Tento expulsar Elias da mente e fazer o que Keenan pede. Miro no alvo — um velho balde de bordo com folhas escarlates — e disparo a flecha.

Erro.

Além da clareira, as carruagens tribais rangem enquanto o vento uiva em volta delas, um ruído sinistro que congela meu sangue. *Já estamos no fim do outono. E o inverno logo vem aí.* Inverno significa neve. Neve significa desfiladeiros bloqueados. E desfiladeiros bloqueados significam não chegar a Kauf, Darin ou Elias até a primavera.

— Pare de se preocupar. — Keenan puxa meu braço direito enquanto reteso o arco novamente. Um calor emana dele, expulsando o ar gelado.

O toque de Keenan no braço que segura o arco manda uma comichão que sobe até meu pescoço, e tenho certeza de que ele deve ter percebido. Ele limpa a garganta, sua mão firme segurando a minha.

— Mantenha os ombros para trás.

— Nós não devíamos ter parado tão cedo.

Meus músculos ardem, mas pelo menos não deixei cair o arco após dez minutos, como fiz das primeiras vezes. Estamos bem próximos do círculo de carruagens, aproveitando os últimos raios de luz antes de o sol sumir nas florestas a oeste.

— Nem está escuro ainda — acrescento. — Podíamos ter atravessado o rio. — Olho para oeste, além da floresta, para uma torre quadrada: uma guarnição marcial. — Eu gostaria de colocar o rio entre nós e eles, de qualquer maneira. — Largo o arco. — Vou falar com Afya...

— Eu não faria isso. — Izzi põe a língua para fora, no canto da boca, enquanto retesa o próprio arco, a alguns metros de mim. — Ela está de mau humor. — O alvo dela é uma bota velha sobre um galho baixo. Ela já foi promovida a usar flechas de verdade. Ainda estou usando pedaços de pau sem ponta para não matar acidentalmente ninguém que tenha azar suficiente para atravessar o meu caminho.

— Ela não gosta de estar tão dentro do Império. Ou à vista da floresta. — Gibran descansa sobre um toco de árvore perto de Izzi e anui em direção ao horizonte nordeste, onde colinas verdes baixas se estendem, repletas de árvores antigas.

A Floresta do Anoitecer é a sentinela da fronteira oeste de Marinn, uma sentinela tão eficiente que em quinhentos anos de expansão marcial nem o Império foi capaz de penetrá-la.

— Você vai ver — prossegue Gibran. — Quando atravessarmos o braço leste ao norte daqui, ela vai ficar ainda mais rabugenta que o normal. Muito supersticiosa, minha irmã.

— Você tem medo da floresta, Gibran? — Izzi examina as árvores distantes com curiosidade. — Já chegou perto dela?

— Uma vez — ele responde, e seu humor sempre presente desaparece. — Tudo que lembro é de querer ir embora.

— Gibran! Izzi! — chama Afya do outro lado do acampamento. — Lenha!

Gibran resmunga e joga a cabeça para trás. Como ele e Izzi são os mais jovens na caravana, Afya passa para eles — e normalmente para mim — as tarefas mais servis: juntar lenha, lavar a louça, esfregar a roupa.

— Não sei por que ela não coloca malditos punhos de escravos na gente — Gibran reclama. Então uma expressão matreira cruza seu rosto. — Acerte essa flechada — ele exibe seu sorriso reluzente para Izzi, e um rubor surge nas faces dela — e eu junto lenha por uma semana. Erre e a tarefa é sua.

Izzi retesa o arco, mira e derruba a bota do galho com facilidade. Gibran pragueja.

— Não seja bobo — diz ela. — Ainda vou lhe fazer companhia enquanto você faz o trabalho.

Izzi joga o arco nas costas e estende a mão para Gibran se levantar. Em meio a muitos resmungos, ele a segura por mais tempo que o necessário, seus olhos demorando-se nela enquanto ela caminha à sua frente. Escondo um sorriso, pensando no que Izzi me disse algumas noites atrás enquanto caíamos no sono. "É legal ser admirada, Laia, por alguém que quer o seu bem. É legal que te achem bonita."

Eles passam por Afya, que os estimula com assobios. Cerro o maxilar e olho para longe da Tribal. Um sentimento de impotência toma conta de mim. *Quero* dizer a ela que devemos seguir em frente, mas sei que ela não vai escutar. *Quero* dizer que ela estava errada em deixar Elias partir, por nem se incomodar em me acordar até ele estar bem distante, mas ela não vai se importar. E quero gritar com ela por se recusar a deixar que eu e Keenan peguemos um cavalo e saiamos atrás de Elias, mas ela simplesmente vai revirar os olhos e me dizer novamente o que disse quando fiquei sabendo que Elias havia partido: "Minha tarefa é fazer com que você chegue em segurança a Kauf. E ir atrás dele nesse momento interfere em nossos planos".

Devo admitir que ela levou adiante o seu dever com uma engenhosidade extraordinária. Aqui, no coração do Império, está formigando de soldados marciais. A caravana de Afya foi vasculhada uma dezena de vezes. Só mesmo sua espertaza como contrabandista nos manteve vivos.

Coloco o arco no chão, meu foco abalado.

— Você me ajuda a preparar o jantar? — Keenan me lança um olhar pesaroso. Ele conhece bem a expressão em meu rosto. Sofreu pacientemente minha frustração desde que Elias partiu e percebeu que o único remédio é a distração. — É a minha vez de cozinhar — ele diz. Caminho ao seu lado, acompanhando o seu passo. Estou tão preocupada que não vejo Izzi correndo em nossa direção, até ela nos chamar.

— Venham, rápido — ela diz. — Eruditos... uma família... fugindo do Império.

Keenan e eu seguimos Izzi de volta para o acampamento e encontramos Afya falando rapidamente em sadês com Riz e Vana. Um grupo pequeno de Eruditos ansiosos os observa, com roupas rasgadas e o rosto marcado de sujeira e lágrimas. Duas mulheres de olhos escuros que parecem irmãs estão paradas lado a lado. Uma delas tem o braço em torno de uma garota de uns seis anos. O homem que está com elas carrega um garotinho de não mais que dois anos.

Afya dá as costas para Riz e Vana, que têm expressões carregadas. Zehr mantém distância, mas não parece feliz também.

— Não podemos ajudá-los — diz Afya para os Eruditos. — Não vou atrair a fúria dos Marciais sobre a minha tribo.

— Eles estão matando todo mundo — diz uma das mulheres. — Não há sobreviventes, senhora. Eles estão matando até prisioneiros eruditos, massacrando os pobres coitados nas celas.

É como se a terra sob meus pés tivesse desabado.

— O quê? — Abro caminho em meio a Afya e Keenan. — O que você disse dos prisioneiros eruditos?

— Os Marciais estão chacinando todos eles. — A mulher se vira para mim. — Todos os prisioneiros. De Serra a Silas até nossa cidade, Estium, oitenta quilômetros a oeste daqui. Antium é a próxima, ouvimos falar, e depois Kauf. Aquela mulher, a Máscara que eles chamam de comandante, está matando todos eles.

XXVIII
HELENE

—O que você vai fazer a respeito do capitão Sergius? — Harper pergunta enquanto seguimos para a caserna da Guarda Negra, em Antium. — Algumas gens na lista de Marcus são aliadas à Gens Sergia. Ele tem um apoio muito forte dentro da Guarda Negra.

— Nada que alguns açoites não corrijam.

— Você não pode açoitar todos eles. O que vai fazer se eles discordarem abertamente de você?

— Eles podem se curvar à minha vontade, Harper, ou posso quebrá-los um a um. É simples.

— Não seja estúpida, Águia. — A raiva em sua voz me surpreende, e, quando olho de relance para ele, seus olhos verdes brilham. — Há duzentos deles e dois de nós. Se eles se voltarem em massa contra nós, estaremos mortos. Por que outra razão Marcus simplesmente não lhes ordenaria que acabassem com seus inimigos? Ele sabe que talvez não seja capaz de controlar a Guarda Negra. E não pode arriscar que o desafiem diretamente. Mas *pode* arriscar que eles desafiem você. A comandante deve tê-lo convencido a isso. Se você fracassar, morrerá. Que é exatamente o que ela quer.

— E o que você quer também.

— Por que eu contaria tudo isso a você se a quisesse morta?

— Malditos céus, não sei, Harper. Por que você faz qualquer coisa? Não faz sentido. Nunca fez. — Franzo o cenho, irritada. — Não tenho tempo para isso. Preciso descobrir como chegar aos paters de dez das gens mais bem protegidas do Império.

Harper está prestes a retrucar, mas chegamos à caserna, o grande prédio quadrado, construído em torno de um centro de treinamento. A maioria dos homens lá dentro joga dados ou cartas e bebe cerveja. Cerro os dentes de asco. O velho Águia de Sangue saiu por algumas semanas e a disciplina já foi para o inferno.

Enquanto passamos pelo campo, alguns homens me olham curiosamente. Outros me examinam de maneira tão direta que tenho vontade de arrancar seus olhos. A maioria parece simplesmente brava.

— Vamos derrubar Sergius — digo baixinho. — E seus aliados mais próximos.

— A força não vai funcionar — sussurra Harper. — Você tem de ser mais esperta do que eles. Você precisa de segredos.

— Segredos são usados por cobras em seus negócios.

— E cobras sobrevivem — diz Harper. — O antigo Águia de Sangue negociava segredos, razão pela qual era tão valioso para a Gens Taia.

— Não conheço segredo algum, Harper. — Mas mesmo enquanto digo isso, percebo que não é verdade. Sergius, por exemplo. O filho dele falou muitas coisas que provavelmente não deveria. Rumores em Blackcliff se espalham rapidamente. Se qualquer coisa que o jovem Sergius disse é verdade...

— Eu posso lidar com os aliados dele — diz Harper. — Vou conseguir ajuda dos outros Plebeus na Guarda. Mas precisamos agir rapidamente.

— Faça isso — digo. — Vou falar com Sergius.

Encontro o capitão com os pés sobre a mesa no refeitório da caserna, seus camaradas em volta.

— Sergius. — Não comento o fato de que ele não se levanta. — Solicito sua opinião sobre algo. Em particular.

Dou as costas para ele e sigo em direção aos aposentos da Águia de Sangue, fervendo quando ele não me segue imediatamente.

— Capitão — começo quando ele finalmente entra em meus aposentos, mas ele me interrompe.

— Srta. Aquilla — diz, e praticamente engasgo em minha própria saliva. Não se dirigem a mim como "srta. Aquilla" desde que tenho uns seis anos. — Antes que me peça conselhos ou favores — ele segue em frente —, deixe-me explicar uma coisa. Você jamais controlará a Guarda Negra. Na melhor das hipóteses, será uma bela testa de ferro. Então, quaisquer que sejam as ordens que aquele cão plebeu do imperador deu a você...

— Como vai sua esposa? — Eu não havia planejado ser tão direta, mas, se ele vai agir como um verme, terei de rastejar a seu nível até tê-lo sob controle.

— Minha mulher sabe o lugar dela — diz Sergius cautelosamente.

— Diferentemente de você — retruco —, que dorme com a irmã dela. E com a prima dela. Quantos bastardos você tem correndo por aí agora? Seis? Sete?

— Se estiver tentando me chantagear — o sarcasmo no rosto de Sergius é ensaiado —, não vai funcionar. Minha esposa sabe de minhas mulheres *e* de meus bastardos. Ela sorri e faz o dever dela. Você deveria fazer o mesmo: colocar um vestido, casar pelo bem de sua gens e produzir herdeiros. Aliás, eu tenho um filho...

Sim, seu cretino. Eu conheço o seu filho. O cadete Sergius odeia o pai. "Eu gostaria que alguém simplesmente contasse para ela", disse o garoto certa vez de sua mãe. "Ela poderia contar para o meu avô, e ele chutaria o asno do meu pai porta afora."

— Talvez a sua esposa saiba. — Sorrio para Sergius. — Ou *talvez* você tenha mantido seus namoricos em segredo, pois ela ficaria arrasada se soubesse. Talvez ela contasse para o pai dela, que, irado com o insulto, ofereceria abrigo à filha e retiraria o dinheiro que financia a sua condição ilustre decadente. Não funciona muito bem ser o pater da Gens Sergia sem dinheiro, não é, tenente Sergius?

— É *capitão* Sergius!

— Você acabou de ser rebaixado.

Sergius primeiro fica branco, então assume um tom estranhamente roxo. Quando o choque em seu rosto passa, é substituído por uma ira impotente que acho bastante satisfatória.

Ele endireita as costas, me saúda e, em tom adequado para se dirigir a uma oficial superior, diz:

— Águia de Sangue, como posso servi-la?

Assim que Sergius começa a latir minhas ordens para seus amiguinhos, o resto da Guarda Negra entra na linha, embora relutantemente. Uma hora depois de entrar nos aposentos do comandante, estou na sala de guerra da Guarda Negra, planejando o ataque.

— Cinco equipes com trinta homens cada. — Aponto para cinco gens na lista. — Quero os paters, maters e crianças com mais de treze anos acorrentados e esperando junto ao rochedo Cardium ao amanhecer. Crianças mais novas devem permanecer sob guarda armada. Entrem e saiam sem fazer estardalhaço, e façam tudo direito.

— E as outras cinco gens? — diz o tenente Sergius. — A Gens Rufia e seus aliados?

Conheço pater Rufius. É um Ilustre típico, com preconceitos típicos. Já foi amigo do meu pai. De acordo com as missivas do meu pai, pater Rufius já tentou atrair a Gens Aquilla para sua coalizão traidora uma dezena de vezes.

— Deixe-os comigo.

◆ ◆ ◆

O vestido que uso é branco, dourado e extremamente desconfortável — provavelmente porque não uso um desde que era uma garotinha de quatro anos forçada a participar de um casamento. Eu deveria ter colocado um antes — só a expressão no rosto de Hannah, como se tivesse engolido uma cobra viva, já teria valido a pena.

— Você está linda — sussurra Livvy enquanto entramos na sala de jantar. — Aqueles idiotas jamais vão esperar por essa. Mas somente — ela me lança um olhar acautelador, os olhos azuis arregalados — se você se controlar. Pater Rufius é esperto, mesmo que seja podre. Ele vai suspeitar.

— Me belisque se eu estiver fazendo qualquer coisa estúpida. — Finalmente noto a sala, boquiaberta. Minha mãe se superou, arrumando a mesa com porcelana branca como neve e vasos longos e claros enfeitados com rosas de inverno. Velas em um tom creme banham a sala com um brilho acolhedor, e um tordo branco canta docemente em uma gaiola no canto.

Livvy e eu entramos, e Hannah nos segue. O vestido dela é parecido com o meu, e seu cabelo está penteado em uma massa de cachos. Ela usa uma pequena coroa de ouro no topo — uma indicação nada sutil de suas núpcias que se aproximam.

— Isso não vai funcionar — ela diz. — Não compreendo por que você simplesmente não pega seus guardas, entra furtivamente na casa dos traidores e mata todos eles. Não é nisso que você é boa?

— Não queria sujar meu vestido de sangue — digo secamente.

Para minha surpresa, Hannah abre um sorriso e então rapidamente leva a mão ao rosto para escondê-lo.

Meu coração se anima, e vejo que estou sorrindo abertamente para ela, como quando compartilhávamos uma piada, ainda garotas. Mas, um segundo mais tarde, ela faz uma carranca.

— Só os céus saberão o que vão dizer quando ficarem sabendo que nós os convidamos aqui apenas para emboscá-los.

Ela se afasta de mim, e perco a cabeça. Ela acha que eu quero isso?

— Você não pode se casar com Marcus e esperar não sujar suas mãos de sangue, irmã — sibilo para ela. — Melhor ir se acostumando.

— Parem, vocês duas. — Livvy olha entre nós enquanto, do lado de fora da sala de jantar, a porta da frente se abre e meu pai recebe nossos convidados. — Lembrem quem é o inimigo de verdade.

Segundos mais tarde, meu pai entra atrás de um grupo de homens ilustres, cada um flanqueado por uma dúzia de guarda-costas. Eles conferem cada centímetro, das janelas à mesa e às cortinas, antes de deixar que seus paters entrem na sala, enfileirados.

O líder da Gens Rufia lidera o grupo, suas mantas de seda amarelas e roxas retesadas contra a barriga. Um homem corpulento, decadente após deixar o exército, mas ainda assim astuto como uma hiena. Quando me vê, sua mão vai à espada que carrega na cintura — uma espada que duvido que ele se lembre de como usar, a julgar por aqueles braços flácidos.

— Pater Aquillus — ele fala asperamente. — Qual o sentido disso?

Meu pai olha de relance para mim com uma expressão de surpresa. É tão sincero que por um segundo acredito nele.

— Esta é minha filha mais velha — diz meu pai. — Helene Aquilla. — Ele usa meu nome intencionalmente. — Embora eu suponha que devamos chamá-la de Águia de Sangue agora, certo, querida? — E dá um tapinha em meu rosto, amorosamente. — Achei que seria bom para ela aprender um pouco sobre as nossas discussões.

— Ela é a Águia de Sangue do imperador. — Pater Rufius não tira a mão da espada. — Isso é uma emboscada, Aquillus? É a esse ponto que chegamos?

— Ela *é* a Águia de Sangue do imperador — diz meu pai. — E, como tal, ela é útil para nós, mesmo que não faça a menor ideia de como usar sua posição. Nós a ensinaremos, é claro. Vamos lá, Rufius, você me conhece há anos. Deixe que seus homens façam uma busca no local, se achar necessário. Se vir qualquer coisa alarmante, você e os outros podem partir.

Sorrio abertamente para pater Rufius, fazendo minha voz soar doce e cativante, da maneira que Livvy costuma fazer quando está seduzindo alguém para lhe dar uma informação.

— Fique, pater — digo. — Quero honrar meu novo título, e é apenas observando o trabalho de homens experientes como o senhor que serei capaz de fazê-lo.

— Blackcliff não é para ratinhos, garota. — Ele não tira o seu tijolo de mão de cima da espada. — Qual é o seu jogo?

Olho para meu pai como se estivesse perplexa.

— Não há jogo nenhum, senhor — digo. — Sou uma filha da Gens Aquilla, acima de todo o resto. Quanto a Blackcliff, existem... *maneiras* de sobreviver por lá, se você for uma mulher.

Ao mesmo tempo em que seus olhos registram surpresa, uma expressão de asco e interesse passa por seu rosto. A expressão faz meu rosto formigar, mas me mantenho firme. *Vá em frente, seu tolo. Me subestime.*

Ele resmunga e se senta. Os outros quatro paters — aliados de Rufius — seguem o seu exemplo, e minha mãe aparece majestosamente logo depois, seguida por um provador e uma fila de escravos carregando bandejas repletas de comida.

Ela me coloca de frente para Rufius, como foi pedido. Durante a refeição, solto o riso de maneira estridente. Brinco com meu cabelo. Pareço entediada durante partes fundamentais da conversa. Dou risadinhas com Livvy. Quando olho de relance para Hannah, ela está tagarelando com outro pater, distraindo-o completamente.

Ao fim da refeição, meu pai se levanta:

— Vamos nos retirar para meu gabinete, cavalheiros — ele diz. — Hel, querida, traga vinho.

Meu pai não espera por minha resposta enquanto lidera os homens para fora da sala, seus guarda-costas a segui-los.

— Vão para o quarto, vocês duas — sussurro para Livvy e Hannah. — Não importa o que ouçam, fiquem lá até nosso pai vir buscá-las.

Quando me aproximo do gabinete alguns minutos mais tarde com uma bandeja de vinho e taças, os muitos guarda-costas dos paters estão parados do lado de fora. O espaço é pequeno demais para que caibam lá dentro. Sorrio para os dois homens que montam guarda na porta, e eles abrem um largo sorriso de volta. *Idiotas.*

Após entrar no aposento, meu pai fecha a porta atrás de mim e coloca a mão em meu ombro.

— Helene é uma boa garota, e leal à sua gens. — Ele me traz para a conversa naturalmente. — Ela fará o que pedirmos, e isso nos aproximará do imperador.

Enquanto eles discutem uma potencial aliança, carrego a bandeja em torno da mesa e passo pela janela, onde faço uma pausa por um momento indiscernível — um sinal para a Guarda Negra, que espera no jardim. Lentamente, sirvo o vinho. Meu pai dá um golinho em cada copo, antes de eu passá-los para os paters.

Estendo o último copo para pater Rufius. Seus olhos de porco estão fixos nos meus, seu dedo roçando a palma da minha mão deliberadamente. É fácil esconder meu nojo, especialmente quando ouço o ruído surdo quase indistinto do lado de fora do gabinete.

Não os mate, Helene, lembro a mim mesma. *Você precisa deles vivos para uma execução pública.*

Com um sorriso ligeiro e íntimo, somente para pater Rufius, afasto lentamente minha mão da dele.

Então, das fendas em meu vestido, saco minhas cimitarras.

◆ ◆ ◆

Ao amanhecer, a Guarda Negra já reuniu os traidores ilustres e suas famílias. Arautos da cidade anunciaram as execuções iminentes no rochedo Cardium. Milhares de pessoas cercam a praça, que se estende em torno do poço de ossos na base do rochedo. Os Ilustres e os Mercadores na multidão receberam ordens para manifestar desaprovação em relação aos traidores — a não ser que queiram enfrentar destino parecido. Os Plebeus não precisam de encorajamento.

O topo do rochedo desce em três terraços. Cortesãos ilustres, incluindo minha família, ficam no terraço mais próximo. Líderes das gens menos poderosas ficam na bancada logo abaixo.

Próximo à beirada do rochedo, Marcus examina a multidão. Ele usa seu uniforme de batalha completo, e uma coroa de ferro sobre a cabeça. A comandante está a seu lado, murmurando algo em seu ouvido. Ele anui e, enquanto o sol nasce, se dirige àqueles reunidos, suas palavras levadas adiante pelos arautos para a multidão.

— Dez gens ilustres optaram por desafiar o imperador escolhido pelos adivinhos — ele vocifera. — Dez paters ilustres acreditaram que sabiam mais que os videntes sagrados, que nos guiaram durante séculos. Esses paters envergonham suas gens, por suas ações pérfidas. São traidores do Império. E só há uma punição para traidores.

Ele anui, e Harper e eu, posicionados ao lado de pater Rufius, que se contorce, amordaçado, arrastamos o homem até os pés de Marcus. Sem cerimônia, ele pega Rufius por suas mantas vistosas e o lança sobre a beira do penhasco.

O som de seu corpo atingindo o poço abaixo se perde em meio à comemoração da multidão.

Os nove paters seguintes são jogados rapidamente, e, quando não passam de uma massa de ossos quebrados e crânios despedaçados na base do penhasco, Marcus se vira para seus herdeiros — ajoelhados, acorrentados e alinhados, para que toda Antium os veja. As bandeiras de suas gens tremulam atrás deles.

— Vocês vão jurar lealdade — ele diz —, em nome da vida de suas esposas, filhos e filhas. Ou juro pelos céus que minha Águia de Sangue vai acabar com todas as suas gens, uma a uma, ilustre ou não.

Eles tropeçam uns nos outros para jurar. É claro que o fazem, com os gritos de seus paters agora mortos ecoando em sua mente. A cada juramento declarado, a multidão celebra novamente.

Quando isso está terminado, Marcus se volta novamente para as massas.

— Eu sou o seu imperador — sua voz ressoa por toda a praça. — Como previram os adivinhos. Eu *terei* ordem. Eu *terei* lealdade. Aqueles que me desafiarem pagarão com a vida.

A multidão comemora novamente, e, quase perdido nessa cacofonia, o novo pater da Gens Rufia fala com outro pater ao lado dele.

— E Elias Veturius? — sibila. — O imperador atira os melhores homens dessas terras para a morte, enquanto aquele bastardo escapa.

A multidão não ouve o comentário — mas Marcus ouve. O Cobra se vira lentamente para o novo pater, e o homem se encolhe, seus olhos vagando temerosamente para a beira do penhasco.

— Uma questão justa, pater Rufius — diz Marcus. — À qual eu digo: Elias Veturius será publicamente executado até a *Rathana*. Minha Águia de Sangue tem seus homens fechando o cerco a ele. Não é, Águia?

Rathana? Isso é só daqui a algumas semanas.

— Eu...

— Espero — diz a comandante — que você não importune Vossa Majestade com mais desculpas. Não gostaríamos de ficar sabendo que sua lealdade é tão suspeita quanto a dos traidores que acabaram de ser executados.

— Como ousa...

— Você recebeu uma missão — diz Marcus. — E não teve sucesso. O rochedo Cardium está sedento pelo sangue de traidores. Se não saciarmos essa sede com o sangue de Elias Veturius, talvez o saciemos com o sangue da Gens Aquilla. Traidores são traidores, afinal de contas.

— Você não pode me matar — digo. — Cain disse que, se você fizer isso, será o seu fim.

— Você não é o único membro da Gens Aquilla.

Minha família. À medida que o significado de suas palavras recai sobre mim, os olhos de Marcus reluzem com aquela alegria maldita que ele só parece sentir quando tem alguém pelas entranhas.

— Você está noivo de Hannah. — *Apele para o desejo fervoroso de poder que ele tem*, penso freneticamente. *Faça-o ver que isso o prejudicará mais do que a você, Helene.* — A Gens Aquilla é a única aliada que você tem.

— Ele tem a Gens Veturia — diz a comandante.

— E consigo pensar em, hum... — Marcus olha de relance para os novos paters ilustres, a apenas alguns metros — em torno de dez outras gens que me apoiarão incondicionalmente. Obrigado por esse presente, falando nisso. Quanto à sua irmã — ele dá de ombros —, posso encontrar outra meretriz bem-nascida para me casar. Não parece haver nenhuma escassez.

— O seu trono não está suficientemente seguro...

A voz de Marcus baixa para um sibilo.

— Você ousa me desafiar a respeito de meu trono, de meus aliados, aqui, na frente da corte? Jamais presuma acreditar que sabe mais do que eu, Águia de Sangue. Jamais. Nada me deixa mais furioso.

Meu corpo vira chumbo diante da maquinação ardilosa em seus olhos. Ele dá um passo em minha direção, sua malícia como um veneno que mina minha capacidade de me movimentar, quanto mais de pensar.

— Ah. — Marcus empurra meu queixo para cima e examina meu rosto. — Pânico, medo e desespero. Prefiro você assim, Águia de Sangue.

Ele morde meu lábio, súbita e dolorosamente, seus olhos abertos o tempo inteiro. Sinto o gosto do meu próprio sangue.

— Agora, Águia — ele respira em minha boca —, vá pegá-lo.

XXIX
LAIA

Aquela mulher — a Máscara que eles chamam de comandante. Ela está matando todos eles.

Todos os Eruditos. Todos os *prisioneiros* eruditos.

— Céus, Keenan — digo. O rebelde compreende imediatamente, assim como eu. — Darin.

— Os Marciais estão se deslocando para o norte — sussurra Keenan. Os Eruditos não o ouvem. Em vez disso, mantêm a atenção fixa em Afya, que precisa decidir o destino deles. — É provável que ainda não tenham chegado a Kauf. A comandante é metódica. Se está indo do sul para o norte, não vai mudar os planos agora. Ela ainda precisa passar por Antium antes de chegar a Kauf.

— Afya — Zehr chama da beirada do acampamento, os binóculos na mão. — Os Marciais estão chegando. Não sei dizer quantos, mas estão próximos.

Afya prageja, e o Erudito a segura.

— Por favor. Leve as crianças. — Seu maxilar está cerrado, mas seus olhos, marejados. — Ayan tem dois anos. Sena, seis. Os Marciais não vão poupá-los. Cuide deles. Minhas irmãs e eu vamos fugir, assim despistaremos os soldados.

— Afya. — Izzi olha para a Tribal, horrorizada. — Você não pode negar...

O homem se vira para nós.

— Por favor, senhorita — implora para mim. — Meu nome é Miladh. Sou um produtor de cordas. Não sou nada. Não me importo comigo. Mas com meu garoto... ele é tão esperto...

Gibran aparece atrás de nós e pega a mão de Izzi.

— Rápido — ele diz. — Entrem na carruagem. Os Marciais os estavam seguindo, mas estão matando todos os Eruditos que veem pela frente. Precisamos esconder vocês.

— Afya, por favor. — Izzi olha para as crianças, mas Gibran a puxa para a carruagem, com os olhos repletos de terror.

— Laia — diz Keenan. — Precisamos nos esconder...

— Você precisa abrigá-los. — Eu me viro para Afya. — Todos eles. Eu sei que você tem espaço para isso. — E depois, para Miladh: — Os Marciais viram você e a sua família? Eles estão caçando vocês especificamente?

— Não — diz Miladh. — Nós fugimos com dezenas de outros. Nos separamos há algumas horas.

— Afya, você deve ter punhos de escravos em alguma parte — digo. — Por que não faz o que fizemos em Nur...

— De jeito nenhum. — A voz de Afya é um sibilo, e seus olhos escuros são adagas. — Já estou colocando minha tribo em risco com o seu bando — ela diz. — Agora cale-se e vá para o seu lugar na carruagem.

— Laia — diz Keenan —, vamos...

— Zaldara. — A voz de Zehr é brusca. — Uma dúzia de homens. Dois minutos para chegarem. Há um Máscara entre eles.

— Malditos infernos. — Afya pega meu braço e me empurra com o corpo na direção de seu veículo. — Entre. Naquela. Carruagem — ela rosna. — *Agora.*

— Esconda-os. — Corro e Miladh deposita o filho em meus braços. — Ou eu não vou a lugar nenhum. Vou ficar aqui até os Marciais chegarem, então eles vão descobrir quem eu sou, e você vai morrer por dar abrigo a uma fugitiva.

— Mentira — sibila Afya. — Você não arriscaria o pescoço do seu precioso irmão.

Avanço um passo, meu nariz a centímetros do dela, recusando-me a ceder. Penso em minha mãe. Penso em minha avó. Penso em Darin. Penso em todos os Eruditos que pereceram sob a lâmina dos Marciais.

— Pague para ver.

Afya mantém meu olhar por um momento, antes de pronunciar algo entre um rosnado e um grito.

— Se nós morrermos — ela diz —, você vai ver se não te caço pelos infernos até você pagar por isso. Vana — ela chama a prima. — Pegue as irmãs e a garota. Use a carruagem de Riz e a dos tapetes. — Então se vira para Miladh. — Você, fique com Laia.

Keenan segura meu ombro.

— Tem certeza?

— Não podemos deixá-los morrer — digo. — Vá, antes que os Marciais cheguem. — Ele sai correndo em direção ao seu esconderijo na carruagem de Zehr, e, segundos mais tarde, Miladh, Ayan e eu estamos dentro do veículo de Afya. Empurro o tapete que esconde um alçapão no chão. Ele é reforçado feito aço e pesado feito um elefante. Miladh resmunga enquanto me ajuda a levantá-lo.

Ele se abre para revelar um espaço amplo e raso, cheio de ghas e pólvora. O compartimento secreto de Afya. Nas últimas semanas, muitos dos Marciais que vasculharam a caravana o encontraram e, satisfeitos por terem descoberto o contrabando, desistiram de continuar procurando.

Puxo uma alavanca escondida e ouço um clique. O compartimento se abre para trás, e um espaço aparece de repente, abaixo do primeiro. É suficientemente grande para abrigar três pessoas. Desço para um lado, Miladh para o outro, e Ayan, de olhos arregalados, fica entre nós dois.

Afya aparece na porta da carruagem. Seu rosto ainda parece furioso, e ela permanece em silêncio enquanto fecha o compartimento falso sobre nós. O alçapão bate com um ruído surdo. O tapete farfalha enquanto ela o ajeita. Então seus passos se afastam.

Através das aberturas no compartimento, cavalos resfolegam e metais tilintam. Há um cheiro de piche. Os tons entrecortados de um Marcial são claramente audíveis, mas não consigo distinguir o que ele está dizendo. Uma sombra passa pelo compartimento, e me forço a não me mover, a não fazer nenhum ruído. Já fiz exatamente a mesma coisa uma dezena de vezes. Em algumas ocasiões esperei por meia hora, uma vez por quase meio dia.

Firme, Laia. Calma. Ao meu lado, Ayan se remexe, mas se mantém em silêncio, talvez sentindo o perigo do lado de fora do compartimento.

— ... um grupo de rebeldes eruditos, fugindo por aqui — diz uma voz enfadonha. O Máscara. — Você os viu?

— Tenho um escravo ou dois — diz Afya. — Nenhum rebelde.

— De qualquer forma, faremos uma busca em sua carruagem, Tribal. Onde está o zaldar?

— Eu sou a zaldara.

O Máscara faz uma pausa.

— Intrigante — diz, e sinto um calafrio. Imagino os pelos na nuca de Riz se arrepiando. — Talvez possamos discutir isso mais tarde, Tribal.

— Talvez. — A voz de Afya é um ronronar tão suave que eu não teria percebido um sutil toque de indignação por trás dele se não tivesse passado as últimas semanas convivendo tão proximamente com ela.

— Comecem com a carruagem verde. — A voz do Máscara se afasta. Viro a cabeça, fecho um olho e posiciono o outro no espaço entre duas tábuas. Só consigo ver o veículo incrustado de espelhos de Gibran e o carro de provisões ao lado dele, onde Keenan está escondido.

Achei que o rebelde iria querer se esconder comigo, mas, da primeira vez que os Marciais vieram, ele deu uma olhada no compartimento de Afya e balançou a cabeça.

"Se ficarmos separados", ele disse, "mesmo que os Marciais descubram um de nós, os outros poderão continuar escondidos."

Cedo demais, um cavalo resfolega próximo, e um soldado salta dele. Vejo de relance o brilho de um rosto prateado e tento prender a respiração. Ao meu lado, Miladh põe a mão no peito do filho.

Os degraus ao pé da carruagem baixam, e o caminhar pesado das botas do soldado ressoa surdo acima de nós. Os passos param.

Não quer dizer nada. Talvez ele não veja as linhas de junção no chão. O alçapão é desenhado de maneira tão inteligente que mesmo o compartimento de chamariz é quase impossível de ser detectado.

O soldado caminha de um lado a outro. Deixa o veículo, mas não consigo relaxar, pois, segundos mais tarde, ele dá a volta nele.

— Zaldara — ele chama Afya. — A sua carruagem tem uma construção bastante estranha. — Soa quase divertido. — Do lado de fora, o assoalho vai até uns trinta centímetros do chão, mas, do lado de dentro, é consideravelmente mais alto.

— Tribais gostam de carruagens sólidas, senhor — diz Afya. — Caso contrário, quebrariam ao primeiro buraco na estrada.

— Auxiliar — o Máscara chama outro soldado. — Venha aqui. Zaldara, você também. — Botas ressoam surdamente nos degraus, seguidos por passos mais leves.

Respire, Laia. Respire. Vamos ficar bem. Isso já aconteceu antes.

— Puxe o tapete, zaldara.

O tapete se mexe. Um segundo mais tarde, ouço o clique delator do alçapão. *Céus, não.*

— Vocês gostam de carruagens sólidas, hein? — diz o Máscara. — Não tão sólidas, aparentemente.

— Talvez possamos discutir isso — diz Afya suavemente. — Fico feliz em oferecer um pequeno tributo se o senhor simplesmente fizer vista grossa...

— Não sou um cobrador de tributos do Império que você possa subornar com um tijolo de ghas, Tribal. — A voz do Máscara não soa mais divertida. — Essa substância é proibida. Será confiscada e destruída, assim como a pólvora. Soldado, remova o contrabando.

Tudo bem, vocês o encontraram. Agora vão embora.

O soldado levanta o ghas, tijolo a tijolo. Isso também já aconteceu antes, embora, até o momento, Afya tenha conseguido dissuadir os Marciais de continuar suas buscas com apenas alguns tijolos de ghas. Mas esse Máscara não se mexe até que tudo no compartimento tenha sido retirado.

— Bem — diz Afya, quando o soldado auxiliar termina. — Satisfeito?

— Nem perto — diz o Máscara. Um segundo mais tarde, Afya pragueja. Ouço um ruído surdo pesado, um arfar, e o que soa como a Tribal segurando um grito.

Desapareça, Laia, penso comigo. *Você é invisível. Minúscula. Menor que um arranhão. Menor que um grão de poeira. Ninguém consegue vê-la. Ninguém sabe que você está aqui.* Meu corpo formiga, como se houvesse sangue demais correndo por minhas veias de uma vez só.

Um momento mais tarde, a segunda porção do compartimento se abre. Afya está caída na lateral de sua cabana, uma mão no pescoço, que mancha rapidamente. O Máscara está parado a centímetros de mim, e, quando olho fixamente para seu rosto, noto que estou paralisada de medo.

Espero que ele me reconheça. Mas ele tem olhos somente para Miladh e Ayan. O garoto começa a se lamuriar diante da visão do monstro à sua frente. Ele se agarra ao pai, que tenta desesperadamente calá-lo.

— Lixo erudito — diz o Máscara. — Não sabem nem se esconder direito. Levante-se, rato. E cale o seu moleque.

Os olhos de Miladh cortam para onde estou e então se arregalam. Rapidamente ele desvia o olhar, sem dizer nada. Ele me ignora. Todos me ignoram. Como se eu não estivesse ali. Como se não pudessem me ver.

Exatamente como quando você passou despercebida pela comandante em Serra, quando se escondeu do Tribal no Poleiro do Pirata, quando Elias a perdeu na multidão em Nur. Você deseja desaparecer e desaparece.

Impossível. Penso que deve ser algum estranho truque do Máscara. Mas ele abre caminho carruagem afora, empurrando Afya, Miladh e Ayan, enquanto sou deixada para trás, sozinha. Olho para baixo e fico boquiaberta. Consigo ver meu próprio corpo, mas também consigo ver a superfície da madeira através dele. Hesitante, estendo a mão para as bordas do compartimento da contrabandista, esperando que ela vá passar através do material, como fazem as mãos dos fantasmas nas histórias. Mas meu corpo parece sólido como sempre; é simplesmente mais translúcido para meus olhos — e invisível para os outros.

Como? Como? Como? Será que o efrit em Serra fez isso? São questões que preciso responder, mas agora não tenho tempo. Pego a cimitarra de Darin, minha adaga e a mochila, e saio da carruagem na ponta dos pés. Procuro ficar junto às sombras, mas poderia da mesma forma caminhar na frente das tochas, pois ninguém me vê. Zehr, Riz, Vana e Gibran estão todos ajoelhados no chão, as mãos amarradas atrás das costas.

— Vasculhem as carruagens — rosna o Máscara. — Se encontramos dois vagabundos eruditos aqui, deve haver mais.

Um momento mais tarde, um dos soldados se aproxima.

— Senhor — ele diz. — Não há mais ninguém.

— Então você não procurou bem o suficiente. — O Máscara pega uma tocha e coloca fogo no veículo de Gibran. *Izzi!*

— Não — grita Gibran, tentando se livrar das amarras. — *não!*

Um momento mais tarde, Izzi sai cambaleando da carruagem, tossindo com a fumaça. O Máscara sorri.

— Estão vendo? — ele diz para seus colegas soldados. — Como ratos. Tudo que você precisa fazer é enfumaçá-los, e eles saem correndo. Queimem as carruagens. Para onde esse bando está indo, não precisarão deles.

Ah, céus. Preciso me mexer. Conto os Marciais. Há uma dúzia deles. O Máscara, seis legionários e cinco auxiliares. Segundos depois de eles terem colocado fogo nos veículos, as irmãs de Miladh emergem de seus esconderijos, carregando a pequena Sena com elas. A garota é incapaz de tirar o olhar aterrorizado do Máscara.

— Encontrei outro! — um auxiliar chama do outro lado do acampamento e, para meu horror, arrasta Keenan para fora.

O Máscara o examina com um largo sorriso.

— Olhe esse cabelo — ele diz. — Tenho alguns amigos que gostam de ruivos, garoto. Pena que tenho ordens de matar todos os Eruditos. Eu teria conseguido um bom ouro por você.

Keenan cerra o maxilar e me procura na clareira. Quando vê que não estou lá, relaxa e não reage enquanto os Marciais o amarram.

Todos foram descobertos. As carruagens queimam. Em pouco tempo, eles executarão todos os Eruditos e provavelmente arrastarão Afya e sua tribo para a prisão.

Não tenho ideia do que fazer, mas me mexo do mesmo jeito, levando a mão à cimitarra de Darin. Será que ela é visível? Não pode ser. Minhas roupas não são, tampouco minha mochila. Avanço até Keenan.

— Não se mexa — sussurro em seu ouvido. Ele para de respirar por um segundo. Não mexe um músculo sequer. — Vou cortar os nós das mãos primeiro — digo. — Depois os dos pés. E vou lhe passar uma cimitarra.

Não há sinal de que Keenan tenha ouvido. Enquanto corto o couro que amarra suas mãos, um legionário se aproxima do Máscara.

— As carruagens estão destruídas — ele diz. — Temos seis Tribais, cinco Eruditos adultos e duas crianças.

— Ótimo — diz o Máscara. — Vamos... *ahhh*...

O sangue jorra do pescoço do Máscara quando Keenan levanta de um salto e lhe rasga a garganta com a cimitarra de Darin, em um movimento transversal. Deveria ser um golpe mortal, mas estamos falando de um Máscara, e ele recua rapidamente. Pressiona a mão no ferimento, e seus traços se contorcem em um rosnado furioso.

Corro até Afya e corto suas cordas. Zehr é o próximo. Quando chego a Riz, Vana e os Eruditos, a confusão é total na clareira. Keenan luta com o Máscara, que está tentando jogá-lo no chão. Zehr dança em torno das lâminas de três legionários, lançando flechas tão rápido que não o vejo armar o arco. Ao som de um grito, giro e encontro Vana segurando seu braço ensanguentado enquanto seu pai ataca dois auxiliares com um porrete.

— Izzi! Atrás de mim! — Gibran empurra minha amiga para trás enquanto empunha uma espada contra outro legionário.

— Matem todos! — o Máscara berra para seus homens. — Matem todos!

Miladh empurra Ayan para uma de suas irmãs e pega um pedaço de madeira em chamas que caiu de uma das carruagens. Ele o acena para um auxiliar que se aproxima e logo se afasta, cautelosamente. Do outro lado, um soldado auxiliar parte para cima dos Eruditos, cimitarra em punho, mas dou um salto à frente e enfio a adaga em suas costas, empurrando-a para cima, como Keenan me ensinou. O homem desaba, contorcendo-se no chão.

Uma das irmãs de Miladh encara o outro auxiliar, e, quando o soldado se distrai, Miladh o fere com o tição, colocando fogo em suas roupas. O soldado grita e rola freneticamente no chão, tentando apagar as chamas.

— Você... você desapareceu — Miladh gagueja, olhando fixamente para mim, mas não há tempo para explicar. Eu me ajoelho e arranco as adagas do auxiliar, presas à bainha. Jogo uma para Miladh e outra para sua irmã.

— Se escondam — grito para eles. — Na mata! Levem as crianças!

Uma das irmãs vai, mas a outra permanece ao lado de Miladh, e juntos eles atacam um legionário que avança em sua direção.

Do outro lado do acampamento, Keenan se atraca com o Máscara, ajudado, sem dúvida, pelo sangue que jorra do pescoço do homenzarrão. A cimitarra curta de Afya brilha perversamente sob a luz do fogo enquanto ela derruba um auxiliar e parte imediatamente para combater um legionário. Zehr derrubou dois de seus agressores e combate o último ferozmente. O último legionário cerca Izzi e Gibran.

Minha amiga tem um arco na mão. Ela o arma, mira o legionário que luta com Zehr e enfia uma flecha direto na garganta do Marcial.

A alguns metros dela, Riz e Vana ainda combatem os auxiliares. Ele tem o cenho franzido enquanto tenta manter afastado um dos soldados. O homem soca Riz no estômago. O Tribal de cabelos grisalhos se dobra ao meio, e, para meu horror, uma lâmina atravessa suas costas um momento depois.

— Pai! — grita Vana. — Céus, pai!

— Riz? — Gibran se livra de um dos legionários com um golpe e se vira em direção ao primo.

— Gibran! — grito. O legionário que o cercava dá um salto à frente. Gibran ergue a lâmina, mas ela se parte.

Então um brilho de aço, um esmigalhar ruidoso e doentio.

A cor some do rosto de Gibran enquanto Izzi caminha trôpega para trás, uma quantidade impossível de sangue espirrando de seu peito. *Ela não vai morrer. Ela pode sobreviver a isso. Ela é forte.* Corro na direção deles, a boca aberta em um grito enfurecido enquanto o legionário que esfaqueou Izzi se lança sobre Gibran.

O pescoço do garoto tribal está exposto para o golpe fatal, e tudo que consigo pensar enquanto voo em sua direção é que, se ele morrer, Izzi ficará arrasada mais uma vez. Ela merece mais que isso.

— Gib! — O grito de terror de Afya é de arrepiar e ecoa em meus ouvidos enquanto minha adaga retine contra a cimitarra do legionário, a centímetros do pescoço de Gibran. Com o ímpeto súbito e energizado da adrenalina, jogo o soldado para trás. Ele se desequilibra por um momento antes de me agarrar pela garganta e me desarmar com uma torção de mão. Eu o chuto, tentando acertá-lo com o joelho na virilha, mas ele me joga no chão. Vejo estrelas, então um brilho vermelho. Subitamente, um borrifo de sangue quente acerta meu rosto, e o legionário desaba sobre mim, morto.

— Laia! — Keenan afasta o homem de mim com um empurrão e me levanta. Atrás dele, o Máscara está morto, assim como os outros Marciais.

Vana chora ao lado do pai, caído, Afya a seu lado. Ayan se agarra a Miladh, enquanto Sena tenta acordar sua mãe morta, sacudindo-a. Zehr manca até os Eruditos, sangue saindo de uma dúzia de cortes.

— Laia. — A voz de Keenan soa embargada, e eu me viro. *Não. Izzi, não.* Quero fechar os olhos, correr do que vejo. Mas meus pés me carregam para a frente, e caio ao lado de Izzi, aninhada nos braços de Gibran.

O olho de minha amiga está aberto, e ela procura os meus. Eu me forço a desviar o olhar do ferimento aberto em seu peito. *Maldito Império. Vou acabar com ele por causa disso. Vou destruí-lo.*

Remexo em minha mochila. *Ela precisa de pontos, só isso... um cataplasma de hamamélis... chá, algum tipo de chá.* Mas, mesmo enquanto repasso as garrafas, sei que não há frasco nem extrato forte o suficiente para combater o ferimento. Izzi tem alguns instantes — se tanto.

Pego a mão de minha amiga, pequena e fria. Tento dizer o nome dela, mas minha voz desaparece. Gibran chora, implora que ela resista.

Keenan está de pé atrás de mim, e sinto sua mão cair em meus ombros e apertá-los.

— L-Laia... — Uma bolha de sangue se forma no canto da boca de Izzi e estoura.

— Iz. — Encontro minha voz. — Fique comigo. Não me deixe. Não ouse. Pense em todas as coisas que você precisa contar para a cozinheira.

— Laia — ela sussurra. — Temo que...

— Izzi. — Eu a sacudo suavemente, não querendo machucá-la. — Izzi!

O olho castanho afetuoso de Izzi encontra os meus, e, por um momento, acho que ela vai ficar bem. Há tanta vida ali... tanta Izzi. Por uma única batida do coração, ela olha para mim — para dentro de mim, como se conseguisse ver a minha alma.

E então parte.

XXX
ELIAS

Os canis do lado de fora de Kauf fedem a excremento de cão e pelo rançoso. Nem o lenço que cobre meu rosto consegue me proteger do mau cheiro. Sinto ânsia de vômito.

Caminho na neve rente à parede sul do prédio. A cacofonia dos cães é ensurdecedora. Mas, quando espio a entrada, o cinco de vigília está completamente adormecido ao lado da lareira do canil — como esteve nas últimas três manhãs.

Abro minimamente a porta do canil e sigo junto à parede, ainda envolto nas sombras que antecedem o amanhecer. Três dias de planejamento — de espera e observação — levaram a isso. Se tudo der certo, amanhã, a esta hora, terei tirado Darin da prisão.

Primeiro os canis.

O chefe do canil visita seu domínio uma vez ao dia, no segundo sino. Três cincos se revezam durante o dia, mas fica apenas um em serviço de cada vez. Regularmente, um de uma série de soldados auxiliares emerge da prisão para limpar as baias, alimentar e exercitar os animais, e cuidar dos reparos nos trenós e rédeas.

Na extremidade sombreada da estrutura, paro ao lado de um cercado, onde três cães latem para mim como se eu fosse o Portador da Noite em pessoa. As pernas de meu uniforme e as costas de minha capa se rasgam facilmente — elas já estão completamente desgastadas. Prendo a respiração e uso um pedaço de pau para sujar a outra perna da calça com excremento.

Puxo o ca_puz para cima.

— Oi! — berro, esperando que as sombras sejam profundas o suficiente para esconder minhas roupas, muito diferentes do uniforme de Kauf.

O cinco acorda de um salto e se vira, os olhos ansiosos. Ele me vê e balbucia uma defesa, baixando os olhos em respeito e medo. Eu o interrompo.

— Dormindo no maldito trabalho? — rujo para ele. Auxiliares, particularmente Plebeus, são humilhados por todos os outros em Kauf. A maioria tende a ser extremamente maldosa com os cincos e os prisioneiros, as únicas pessoas em Kauf em quem eles podem mandar. — Eu deveria denunciá-lo para o chefe do canil.

— Senhor, por favor...

— Pare de ganir. Já tive a minha cota de ganidos desses cães. Uma das cadelas me atacou quando tentei levá-la para fora. Rasgou completamente minhas roupas. Traga-me outro uniforme. Uma capa e botas também... as minhas estão cobertas de merda dos cães. Tenho duas vezes o seu tamanho, então garanta que caibam em mim. E não conte para o maldito chefe do canil. A última coisa que eu preciso é daquele canalha cortando as minhas rações.

— Sim, senhor, agora mesmo, senhor!

Ele deixa o canil correndo, tão assustado que eu o denuncie por dormir em serviço que não olha duas vezes para mim. Na sua ausência, alimento os cães e limpo os cercados. Um auxiliar aparecendo mais cedo que o normal é estranho, mas não chama atenção, considerando a falta de organização do chefe do canil. Mas um auxiliar aparecendo e não realizando sua tarefa faria soar os sinos de alarme.

Quando o cinco retorna, estou somente de cuecões, e ordeno que ele deixe o uniforme e espere do lado de fora. Jogo minhas roupas velhas e meus sapatos no fogo, grito com o pobre garoto mais uma vez para não deixar dúvidas e me viro para norte, em direção a Kauf.

Metade da prisão está enraizada dentro da escuridão da montanha atrás dela. A outra metade emerge da rocha como um tumor doentio. Uma estrada larga desce serpenteando do enorme portão da frente, correndo como um regato de sangue negro ao longo do rio Dusk.

Os muros da prisão, duas vezes mais altos que os de Blackcliff, são ornados com frisos, colunas e gárgulas talhadas da rocha cinza-clara. Arqueiros auxiliares patrulham os parapeitos ameados, e legionários guarnecem quatro torres de vigia, tornando a prisão difícil de invadir e impossível de fugir.

A não ser que você seja um Máscara que passou semanas planejando a invasão.

Acima, o céu frio tem uma luminosidade verde e púrpura trazida por faixas onduladas de luz. Os Dançarinos do Norte, como são chamados os espíritos dos mortos que lutam para todo o sempre nos céus — pelo menos de acordo com a lenda marcial.

Eu me pergunto o que Shaeva diria disso. *Talvez você possa perguntar a ela em quinze dias, quando estiver morto.* Tateio em busca do estoque de Tellis em meu bolso — uma provisão de duas semanas. Apenas o suficiente para me fazer chegar à *Rathana*.

Fora o Tellis, um abridor de cadeados e as facas de lançar presas ao peito, meus pertences, incluindo minhas cimitarras telumanas, estão escondidos na caverna onde planejo abrigar Darin. O lugar era menor do que eu me lembrava, meio desmoronado e coberto de escombros de desabamentos. Mas nenhum predador o reivindicou, e é grande o suficiente para acampar. Darin e eu poderemos ficar por ali sem chamar atenção até a chegada de Laia.

Estreito o foco sobre a grade levadiça de Kauf que se abre. Carruagens de provisões sobem serpenteando a estrada que leva à prisão, trazendo víveres para o inverno antes que as passagens estejam interrompidas pela neve. Mas, com o nascer do sol ainda por vir e a mudança de guarda iminente, as entregas são caóticas e o sargento de guarda não presta atenção em quem está indo e vindo dos canis.

Eu me aproximo da caravana na estrada principal e ando de lado em meio aos outros guardas do portão, revistando os veículos em busca de contrabando.

Enquanto espio uma caixa de abóboras, um bastão bate em meu braço.

— Já conferi essa, seu parvo — uma voz diz atrás de mim, e, quando me viro, dou de cara com um legionário mal-humorado de barba.

— Desculpe, senhor — falo em voz alta, rapidamente correndo para a carruagem seguinte. *Não me siga. Não pergunte meu nome. Não pergunte o número do meu esquadrão.*

— Qual o seu nome, soldado? Não o vi ainda...

BUM-*bum*-BUM-BUM-*bum*.

Uma vez na vida, vibro para valer ao ouvir os tambores que sinalizam a troca de guarda. O legionário se vira, distraído, e eu me mando para o ajuntamento de auxiliares que entram na prisão. Quando olho para trás, o legionário se voltou para a próxima carruagem.

Essa passou perto demais, Elias.

Eu me mantenho ligeiramente atrás do esquadrão de auxiliares, capuz sobre a cabeça e lenço enrolado no rosto. Se os homens notarem um soldado a mais entre eles, estou morto.

Luto para relaxar a tensão no corpo, para manter o passo firme e cansado. *Você é um deles, Elias. Completamente exausto após o turno da madrugada, pronto para o grogue e a cama.* Passo pelo pátio salpicado de neve da prisão, que tem duas vezes o tamanho do campo de treinamento de Blackcliff. Tochas — fogo azul e piche — iluminam cada centímetro do espaço. Sei que o interior da prisão é similarmente iluminado; o diretor emprega um bando de auxiliares cujo único trabalho é se certificar de que essas tochas jamais se apaguem. Nenhum prisioneiro em Kauf jamais poderá contar com as sombras como aliadas.

Embora correndo o risco de ser chamado pelos homens que acompanho, abro caminho até o meio do grupo enquanto nos aproximamos da entrada principal da prisão, onde dois Máscaras a flanqueiam.

Os Máscaras observam os homens que entram, e meus dedos formigam em direção às armas. Eu me forço a ouvir a conversa baixa dos auxiliares.

— ... turno duplo porque metade do pelotão do poço teve uma intoxicação alimentar...

— ... chegaram novos prisioneiros ontem, uma dúzia deles...

— ... não sei por que perdemos tempo vigiando todos eles. A comandante está a caminho, o capitão disse. O novo imperador ordenou que ela matasse até o último Erudito aqui...

Enrijeço com as palavras, tentando controlar a fúria que inunda cada poro do meu corpo. Eu sabia que a comandante estava varrendo todo o interior em busca de Eruditos para matar. Mas o que eu não havia me dado conta era de que ela tinha a intenção de exterminá-los completamente.

Há mais de mil Eruditos nesta prisão, e todos morrerão sob seu comando. *Por dez infernos.* Eu gostaria de libertá-los. Tomar de assalto os poços, matar os guardas, incitar uma revolta.

Mera ilusão. Neste instante, a melhor coisa que posso fazer pelos Eruditos é tirar Darin daqui. Seu conhecimento dará ao menos uma chance de seu povo reagir.

Isto é, se o diretor já não destruiu seu corpo ou sua mente. Darin é jovem, forte e obviamente esperto: exatamente o tipo de prisioneiro de que o diretor gosta para realizar experimentos.

Entro na prisão. Os Máscaras permanecem alheios à minha presença, e sigo com os outros guardas pelo corredor principal. A prisão tem o formato de um enorme cata-vento, com seis longos corredores como raios. Marciais, Tribais, Navegantes e os oriundos de terras além das fronteiras do Império ocupam dois blocos da prisão do lado leste. Eruditos ocupam dois blocos a oeste. Os últimos dois blocos abrigam a caserna, o refeitório, as cozinhas e despensas.

Bem no centro do cata-vento, há dois lances de escadas. Um sobe até o gabinete do diretor e os aposentos dos Máscaras. Outro desce até as profundezas, onde ficam as celas de interrogatório. Sinto um calafrio, expulsando da mente aquele inferninho fétido.

Os auxiliares à minha volta tiram o capuz e o lenço, então me deixo ficar para trás. A barba desalinhada que deixei crescer nas últimas semanas é um disfarce adequado se ninguém olhar perto demais. Mas esses homens saberão que eu não estava de serviço com eles no portão.

Mexa-se, Elias. Encontre Darin.

O irmão de Laia é um prisioneiro de alto valor. Certamente o diretor ouviu os rumores que Spiro Teluman espalhou a respeito da perícia metalúrgica do garoto e o manteve separado do restante da população de Kauf. Darin não deve estar nos poços eruditos ou nos outros grandes blocos da prisão. Prisioneiros não passam mais do que um dia nas celas de interrogatório — ultrapassar esse tempo é sinal de que vão sair dentro de um caixão. O que faz sobrar apenas as celas de confinamento solitário.

Eu me desloco rapidamente entre os outros guardas, a caminho de seus postos. Quando passo a entrada dos poços eruditos, uma onda de calor fedorento me atinge. A maior parte de Kauf é tão gelada que é possível ver a própria respiração condensando. Mas, para manter os poços infernalmente quentes, o diretor usa enormes fornos. As roupas se desintegram em semanas nos poços, feridas infeccionam, ferimentos apodrecem. Prisioneiros fracos morrem poucos dias depois de chegarem aqui.

Quando fui um cinco designado para cá, perguntei a um Máscara por que o diretor não deixava que o frio matasse os prisioneiros. "Porque o calor faz com que sofram mais", ele disse.

Ouço prova daquele sofrimento nos lamentos que ecoam através da prisão como um coro demoníaco. Tento bloqueá-los, mas eles forçam a entrada em minha mente.

Vamos, maldição.

Quando me aproximo da rotunda principal de Kauf, uma movimentação chama minha atenção: soldados se afastam rapidamente da escada principal. Uma figura magra em trajes negros desce os degraus, o rosto mascarado reluzindo.

Maldição. O único homem nesta prisão que pode me reconhecer. Ele se orgulha de lembrar os detalhes de tudo e de todos. Praguejo baixinho. Passaram-se quinze minutos do sexto sino, e ele sempre entra nas celas de interrogatório a essa hora. Eu devia ter me lembrado.

O velho está a poucos metros de mim, falando com um Máscara ao seu lado. Uma pasta balança de seus dedos longos e finos. Ferramentas para seus experimentos. Forço para baixo o asco que cresce em minha garganta e sigo caminhando. Passo pelas escadas agora, a apenas alguns metros dele.

Atrás de mim, um grito rasga o ar. Dois legionários passam marchando, acompanhando um prisioneiro vindo dos poços.

O Erudito usa uma tanga suja, e seu corpo emaciado está coberto de feridas. Quando vê a porta de ferro que leva ao bloco de interrogatórios, seus gritos tornam-se frenéticos e acho que ele vai quebrar um braço tentando fugir. Eu me sinto como um cinco de novo, ouvindo o tormento dos prisioneiros, incapaz de fazer qualquer coisa, exceto fervilhar com um ódio inútil.

Cansado dos uivos do homem, um dos legionários ergue um punho para nocauteá-lo.

— Não — o diretor berra da escadaria, em seu tom sinistro e esganiçado. — *O grito é a canção mais pura da alma* — ele recita. — *O lamento bárbaro nos une aos animais inferiores, à violência indizível da terra.* — E faz uma pausa. — De Tiberius Antonius, filósofo de Taius, o Décimo. Deixe o prisioneiro cantar — ele esclarece —, para que seus irmãos possam ouvir.

Os legionários arrastam o homem através da porta de ferro. O diretor faz menção de segui-los, mas então reduz o passo. Estou quase passando a rotunda agora, próximo do corredor que leva ao confinamento solitário. O diretor se vira, examinando os corredores que se estendem por cinco lados, antes de pousar os olhos naquele em que estou prestes a entrar. Meu coração quase salta do peito.

Siga caminhando. Tente parecer mal-humorado. Ele não o vê há seis anos. Você tem barba agora. Ele não vai reconhecê-lo.

Esperar pelo olhar do velho passar é como esperar pela queda do machado do executor. Mas, após longos segundos, ele finalmente se vira para o outro lado. A porta que leva às celas de interrogatório é fechada atrás dele com um ruído metálico, então respiro novamente.

O corredor onde entro está mais vazio que a rotunda, e a escada de pedra que leva ao confinamento solitário está mais vazia ainda. Um único legionário está de guarda na porta de entrada do bloco, uma das três que levam às celas da prisão.

Eu saúdo, e o homem grunhe uma resposta, sem se importar de tirar os olhos da faca que está afiando.

— Senhor — digo. — Estou aqui para ver a respeito da transferência de um prisio...

Ele levanta a cabeça apenas a tempo de seus olhos se arregalarem minimamente diante do punho que voa contra sua têmpora. Seguro sua queda, o alívio das chaves e do casaco do uniforme e o largo suavemente no chão. Minutos mais tarde, ele está amordaçado, amarrado e enfiado em uma despensa de provisões próxima dali.

Com sorte, ninguém vai abri-la.

A planilha de transferências do dia está presa à parede ao lado da porta, e eu a examino rapidamente. Então destranco a primeira porta, a segunda e a última, para me ver em um longo corredor úmido, iluminado por uma única tocha de fogo azul.

O legionário entediado que guarda a estação de entrada ergue o olhar de sua escrivaninha, surpreso.

— Onde está o cabo Libran? — ele pergunta.

— Comeu algo que não lhe caiu bem — digo. — Eu sou novo. Cheguei na fragata ontem. — Furtivamente, baixo os olhos até suas etiquetas de identificação. *Cabo Cultar.* Um Plebeu então. Estendo a mão. — Cabo Scribor — digo. Ao ouvir um nome plebeu, Cultar relaxa.

— Você deveria voltar ao seu posto — ele diz. Diante de minha hesitação, ele abre um largo sorriso de entendimento. — Não sei sobre o seu antigo posto, mas o diretor aqui não permite que os homens toquem nos prisioneiros em confinamento solitário. Se quiser diversão, terá de esperar até ser designado aos poços.

Contenho o asco.

— O diretor me disse para levar até ele um prisioneiro no sétimo sino — digo. — Mas ele não está na planilha de transferências. Você sabe de algo a respeito? Um Erudito. Jovem. Cabelo loiro, olhos azuis. — Eu me forço a não dizer mais nada. *Um passo de cada vez, Elias.*

Cultar pega sua folha de transferências.

— Nada aqui.

Deixo um toque de irritação permear minha voz.

— Tem certeza? O diretor foi insistente. O garoto tem alto valor. Todo o interior está falando dele. Dizem que ele sabe produzir aço sérrico.

— Ah, ele.

Congelo a fisionomia, tentando aparentar tédio. *Malditos infernos.* Cultar sabe quem é Darin. O que significa que o garoto *está* na solitária.

— Em nome de quais malditos infernos o diretor pediria por ele? — Cultar coça a cabeça. — O garoto está morto. Está morto há semanas.

Minha euforia desaparece.

— Morto? — Cultar me olha de soslaio, e nivelo a voz. — Como ele morreu?

— Desceu para as celas de interrogatório e nunca mais voltou. Bem feito. Ratinho cheio de si. Se recusava a dar seu número durante o alinhamento.

Sempre tinha de anunciar seu imundo nome erudito. *Darin*. Como se tivesse orgulho dele.

Fraquejo contra a mesa de Cultar. Assimilo suas palavras lentamente. Darin não pode estar morto. Não pode. O que direi a Laia?

Você devia ter chegado aqui mais rápido, Elias. Devia ter encontrado um meio. A enormidade do meu fracasso é perturbadora, e, embora Blackcliff tenha me treinado a não demonstrar emoção alguma, esqueço de tudo isso nesse momento.

— Esses malditos Eruditos se lamentaram durante semanas quando ficaram sabendo. — Absolutamente desatento, Cultar ri consigo mesmo. — Seu grande salvador, morto...

— *Cheio de si*, você o chamou. — Levanto o legionário em minha direção pelo colarinho. — Muito parecido com você, aqui embaixo fazendo um trabalho que qualquer cinco idiota faria, tagarelando sobre coisas que você simplesmente não entende. — Dou-lhe uma cabeçada forte e o empurro, meu ódio e minha frustração explodindo, jogando para longe o bom senso. Ele voa para trás e bate na parede com um ruído surdo doentio, os olhos revirando para cima. Em seguida resvala para o chão, e lhe dou um último chute. *Esse não vai acordar tão cedo. Se acordar.*

Cai fora daqui, Elias. Encontre Laia. Conte a ela o que aconteceu. Ainda furioso com a notícia de que Darin está morto, arrasto Cultar para uma cela vazia, jogo-o dentro e tranco.

Mas, quando vou para a porta que leva para fora do bloco, o trinco faz barulho.

Maçaneta. Chave na fechadura. Tranca virando. Esconda-se, minha mente grita. *Esconda-se!*

Mas não há outro lugar para fazê-lo exceto atrás da escrivaninha de Cultar. Mergulho para o chão e encolho o corpo em uma bola, com o coração aos pulos e as facas à mão.

Espero que seja um escravo trazendo refeições. Ou um cinco entregando uma ordem. Alguém que eu possa silenciar. O suor se acumula em minha testa enquanto a porta se abre. Ouço passos leves sobre as pedras.

— Elias. — Fico absolutamente imóvel ao ouvir a voz fina do diretor. *Não, maldição. Não.* — Saia daí. Eu estava esperando por você.

XXXI
HELENE

Minha família ou Elias. Minha família. Ou Elias. Avitas me segue quando deixo o rochedo Cardium. Sinto o corpo entorpecido de descrença. Não o noto em meus calcanhares até estarmos a meio caminho do portão norte de Antium.

— Me deixe. — Aceno uma mão para ele. — Não preciso de você.

— Tenho a obrigação de...

Giro sobre ele, uma faca contra sua garganta. Ele ergue as mãos lentamente, mas sem a cautela que teria se achasse que eu iria realmente matá-lo. Algo a respeito disso me deixa mais brava ainda.

— Não me importo. Preciso ficar sozinha. Então fique longe de mim, ou seu corpo logo se verá procurando por uma cabeça nova.

— Com todo o respeito, Águia, por favor me diga aonde está indo e quando retornará. Se algo acontecer...

Já estou me afastando dele.

— Então sua mestra ficará satisfeita — grito de volta. — Me deixe sozinha, Harper. Isso é uma ordem.

Minutos mais tarde, estou deixando Antium. *Não há homens suficientes guardando o portão norte*, penso, em uma tentativa desesperada de manter a mente longe do que Marcus acabou de me dizer. *Eu deveria conversar com o capitão da guarda da cidade sobre isso.*

Quando ergo o olhar, percebo para onde estou indo. Meu corpo sabia antes de minha mente. Antium é construída à sombra do monte Videnns, onde os adivinhos se escondem em sua toca rochosa. O caminho para suas cavernas é frequentemente trilhado; peregrinos partem antes do amanhecer todos os dias, escalando alto na cordilheira Nevennes, para prestar homenagem aos videntes de olhos vermelhos. Eu costumava pensar que compreendia a razão disso. Costumava achar que a frustração de Elias com os adivinhos cheirava a cinismo. Blasfêmia, até.

"Bando de vigaristas", ele dizia. "Charlatões das cavernas." Talvez ele estivesse certo todo esse tempo.

Passo pelos poucos peregrinos que seguem caminho montanha acima. Estou cheia de raiva e algo que prefiro não identificar. Algo que senti pela última vez quando jurei lealdade a Marcus.

Helene, como você é idiota. Percebo agora que alguma parte de mim esperava que Elias escapasse — não importava o que acontecesse com o Império como consequência. Que fraqueza. Desprezo essa parte de mim mesma.

Agora não posso ter esse tipo de esperança. Minha família representa sangue, parentela, *gens*. E, no entanto, eu não passei onze meses por ano com eles. Não levei a cabo minha primeira morte com eles ao meu lado ou caminhei pelos corredores assombrados e mortais de Blackcliff com eles.

A trilha sobe seiscentos metros serpenteando, antes de se nivelar em uma concavidade coberta de seixos. O ajuntamento de peregrinos forma um remoinho no canto mais distante, ao lado de uma caverna discreta.

Muitos se aproximam da caverna, mas alguma força desconhecida os mantém a alguns metros da entrada.

Tentem me parar, grito em minha mente para os adivinhos. *E vejam o que acontece.*

Minha raiva me impele a passar pelo agrupamento de peregrinos e ir direto até a entrada da caverna. Uma adivinha espera ali na escuridão, as mãos entrelaçadas à sua frente.

— Águia de Sangue. — Seus olhos vermelhos reluzem por detrás do capuz, e tenho de me esforçar para ouvi-la. — Entre.

Eu a sigo por um corredor iluminado com lamparinas de fogo azul. Seu brilho lança um surpreendente tom cobalto às estalactites cintilantes acima de nós.

Emergimos do longo corredor até uma caverna alta, perfeitamente retangular. Um grande espelho d'água encontra-se bem no centro, iluminado por uma abertura na rocha diretamente acima. Uma figura solitária está parada ao lado da água, olhando fixamente para suas profundezas.

Minha acompanhante reduz o passo.

— Ele a espera. — E anui para a figura. *Cain*. — Contenha sua ira, Águia de Sangue. Nós a sentimos em nosso sangue do mesmo jeito que você sente a mordida do aço em sua pele.

Avanço a passos largos em direção a Cain, minha mão firme sobre a cimitarra. *Vou esmagá-lo com a minha ira. Vou acabar com você.* Paro um pouco antes dele, uma praga vil em meus lábios. Então encontro seu olhar sóbrio e estremeço. A força me deixa.

— Diga que ele ficará bem. — Sei que soo como uma criança, mas não consigo me conter. — Como antes. Diga que, se eu mantiver meu juramento de lealdade, ele não vai morrer.

— Não posso fazer isso, Águia de Sangue.

— Você me disse que, se eu seguisse verdadeiramente o meu coração, o Império estaria bem servido. Você me disse para ter fé. Como espera que eu tenha fé, se ele vai morrer? Eu tenho de *matá-lo*, ou minha família estará perdida. Eu tenho de escolher. Você... você consegue compreender isso?

— Águia de Sangue — diz Cain. — Como é feita uma Máscara?

Uma pergunta por uma pergunta. Meu pai fazia isso quando discutíamos filosofia. Sempre me irritava.

— Uma Máscara é feita de treinamento e disciplina.

— Não. Como é feita uma Máscara?

Cain me rodeia, as mãos na túnica enquanto me observa por debaixo do pesado capuz.

— Da rigorosa instrução em Blackcliff.

Ele balança a cabeça e dá um passo em minha direção. As pedras debaixo de mim vibram.

— Não, Águia. Como é *feita* uma Máscara?

Minha raiva vem à tona, e a contenho como faria com as rédeas de um cavalo impaciente.

— Não compreendo o que você quer — digo. — Nós somos feitos de dor e sofrimento. De tormento, sangue e lágrimas.

Cain suspira.

— É uma questão enganosa, Aquilla. Uma Máscara não é feita. Ela é refeita. Primeiro, ela é destruída. Despida até a criança frágil que vive em seu âmago. Não importa quão forte ela acredite ser. Blackcliff a diminui, a humilha, a torna humilde. Mas, se sobreviver, ela renasce. Ela se eleva do mundo de sombras do fracasso e do desespero para que possa se tornar tão temerosa quanto aqueles que a destruíram. Para que possa conhecer a escuridão e usá-la como sua cimitarra e se proteger em sua missão de servir o Império.

Cain ergue a mão até meu rosto como um pai que acaricia um recém-nascido, seus dedos papiráceos frios contra a minha pele.

— Você é uma Máscara, sim — ele sussurra. — Mas não está terminada. Você é minha obra-prima, Helene Aquilla, mas eu apenas comecei. Se você sobreviver, será uma força a ser temida neste mundo. Mas primeiro você será desfeita. Primeiro, será destruída.

— Eu terei de matá-lo, então? — O que mais isso poderia significar? A melhor maneira de me destruir é atingindo Elias. Ele sempre foi a melhor maneira de me destruir. — As Eliminatórias, o juramento que eu fiz para você. Foi tudo por nada.

— Há mais a respeito dessa vida do que o amor, Helene Aquilla. Há o dever. O Império. A família. As gens. Os homens que você lidera. As promessas que você faz. O seu pai sabe disso. Assim como você saberá, antes do fim.

Seus olhos são insondavelmente tristes enquanto ele ergue meu queixo.

— A maioria das pessoas — diz Cain — não passa de lampejos na grande escuridão do tempo. Mas você, Helene Aquilla, não é uma faísca que se consome rapidamente. Você é uma tocha na escuridão... se tiver coragem de se deixar consumir pelas chamas.

— Apenas me *diga*...

— Você busca garantias — diz o adivinho. — Mas não posso lhe oferecer nenhuma. Romper com sua lealdade terá um custo, assim com mantê-la. E só você poderá ponderar esses custos.

— O que vai acontecer? — Não sei por que pergunto. É inútil. — Você pode prever o futuro, Cain. Me conte. É melhor eu saber.

— Você acha que conhecer o futuro vai torná-lo mais fácil, Águia de Sangue — ele diz. — Mas isso só piora as coisas. — Uma tristeza de milênios pesa sobre ele, tão intensa que tenho de desviar o olhar. O sussurro de Cain é fraco, e seu corpo vai desaparecendo gradualmente. — O conhecimento é uma maldição.

Eu o observo até ele desaparecer. Meu coração é uma vasta fenda, vazia de tudo, exceto do aviso de Cain e de um medo perturbador.

Mas primeiro você será desfeita.

Matar Elias vai me destruir. Eu sinto essa verdade em meus ossos. Matar Elias é o mesmo que me desfazer.

XXXII
LAIA

Afya não me deu tempo para dizer adeus, para prantear. Tirei o tapa-olho de Izzi, joguei uma capa sobre seu rosto e fugi. Pelo menos escapei com minha mochila e a cimitarra de Darin. Os outros ficaram somente com suas roupas e os bens guardados nos alforjes dos cavalos.

Estes já se foram há tempos, despidos de qualquer identificação, galopando a oeste assim que chegamos ao rio Taius. As únicas palavras de despedida de Afya para os animais foram resmungos irados sobre o seu custo.

O barco que ela roubou do píer de um pescador também desaparecerá em breve. Através da porta caída de um celeiro tomado pelo mofo no qual nos refugiamos, posso ver Keenan parado junto à beira do rio, afundando o barco.

Um trovão ressoa. Uma gota de chuva gelada passa pelo buraco no telhado do celeiro e pousa sobre meu nariz. Ainda restam algumas horas para o amanhecer.

Olho para Afya, que segura uma lamparina fraca no chão enquanto desenha um mapa na terra, falando em voz baixa com Vana.

— ... diga a ele que estou pedindo esse favor. — A zaldara passa a Vana uma moeda de favor. — Ele deve levá-la para Aish, e esses Eruditos, até as Terras Livres.

Um dos Eruditos — Miladh — se aproxima de Afya, mantendo-se firme contra a ira ardente dela.

— Sinto muito — ele diz. — Se um dia puder ressarci-la pelo que você fez, eu o farei, cem vezes mais.

— Siga vivo. — Os olhos de Afya se suavizam, apenas um pouco, e ela anui para as crianças. — Proteja-as. Ajude quaisquer outras que puder. Esse é o único pagamento que espero receber.

Quando ela está longe do alcance de minha voz, eu me aproximo de Miladh, que tenta fazer uma faixa com um pedaço de tecido para carregar o filho. Enquanto lhe mostro como drapear o pano, ele me encara, nervosamente curioso. Deve estar se perguntando sobre o que viu na carruagem de Afya.

— Não sei como eu desapareci — digo finalmente. — Foi a primeira vez que me dei conta do que fiz.

— Um bom truque para uma garota erudita — diz Miladh. Ele olha para Afya e Gibran, que conversam em voz baixa do outro lado do celeiro. — No barco, o garoto disse algo sobre salvar um Erudito que conhece os segredos do aço sérrico.

Roço o pé no chão.

— Meu irmão — digo.

— Não foi a primeira vez que ouvi falar dele. — Miladh enfia o filho na faixa. — Mas é a primeira vez que encontro um motivo para ter esperança. Salve-o, Laia de Serra. Nosso povo precisa dele. E de você.

Olho para o garotinho em seus braços. Ayan. Minúsculas manchas escuras se curvam debaixo de seus cílios inferiores. Seus olhos encontram os meus, e toco seu rosto, suave e redondo. Ele deveria ser inocente. Mas viu coisas que nenhuma criança deveria ter visto. O que será dele quando crescer? O que toda essa violência fará com ele? Será que sobreviverá? *Não será mais uma criança esquecida, com um nome esquecido*, protesto. *Não será mais um Erudito perdido.*

Vana os chama e, com Zehr, leva Miladh, sua irmã e as crianças noite adentro. Ayan se contorce para olhar para mim. Eu me forço a sorrir para ele — vovô sempre dizia que você jamais vai conseguir sorrir demais para um bebê. A última coisa que vejo antes que todos se percam na escuridão são seus olhos, tão escuros, ainda me observando.

Eu me viro para Afya, imersa na conversa com o irmão. Pela expressão em seu rosto, concluo que interrompê-los resultaria num soco em meu queixo.

Antes que eu decida o que fazer, Keenan se abaixa para entrar no celeiro. A chuva gelada cai firme agora, e seu cabelo ruivo está grudado na cabeça, quase preto na escuridão.

Quando vê o tapa-olho em minha mão, ele para. Então dá dois passos e me puxa para seu peito, enlaçando os braços à minha volta. Essa é a primeira vez que tivemos um momento até para olhar um para o outro desde que escapamos dos Marciais. Mas me sinto entorpecida assim, tão próxima dele, incapaz de relaxar ou de deixar que o seu calor afaste o frio que se estabeleceu em meus ossos quando vi o peito de Izzi rasgado.

— Nós simplesmente a deixamos ali — digo sobre o ombro de Keenan. — Deixamos ela para... — *Para apodrecer. Para ter seus ossos limpos por animais carniceiros ou para ser jogada em algum túmulo sem nome.* As palavras são horríveis demais para dizer.

— Eu sei. — A voz de Keenan falha, e seu rosto está branco feito giz. — Céus, eu sei...

— ... não pode me forçar a fazer isso, maldição!

Viro a cabeça subitamente para a outra extremidade do celeiro, onde Afya parece prestes a esmigalhar a lamparina em sua mão. Gibran, por sua vez, passa a impressão de ser mais parecido com a irmã do que seria conveniente para ela.

— É o seu dever, seu tolo. Alguém precisa assumir o controle da tribo se eu não voltar, e não vou aceitar que seja um daqueles seus primos idiotas.

— Você devia ter pensado nisso antes de me trazer junto. — Gibran está parado a centímetros do rosto de Afya. — Se o irmão de Laia pode fazer o aço que vai derrubar os Marciais, então devemos a Riz... a Izzi... salvá-lo.

— Nós já lidamos com a crueldade dos Marciais antes...

— Não desse jeito — ele diz. — Eles nos desrespeitaram, nos roubaram, sim. Mas jamais nos chacinaram. Eles estão matando Eruditos, e isso os está deixando ousados. Nós somos os próximos. Pois onde eles vão encontrar escravos se tiverem matado todos os Eruditos?

As narinas de Afya se distendem.

— Nesse caso — ela diz —, combata todos eles, a começar pelas terras tribais. Você certamente não poderá fazer isso da Prisão Kauf.

— Ouçam — digo. — Não acho...

A Tribal gira em minha direção, como se o som de minha voz desencadeasse uma explosão que vinha se armando há horas.

— Você — ela sibila. — É por sua causa que estamos nessa confusão. O restante de nós sangrava enquanto você... você *desaparecia*. — Ela se agita, furiosa. — Você foi para o compartimento de contrabando e, quando o Máscara o abriu, simplesmente tinha *sumido*. Eu não tinha me dado conta de que estava transportando uma bruxa...

— Afya. — A voz de Keenan carrega um tom de aviso. Ele não falou nada sobre a minha invisibilidade. Não houve tempo até agora.

— Eu não sabia que podia fazer isso — digo. — Foi a primeira vez. Eu estava desesperada. Talvez tenha sido por isso que funcionou.

— Bem, é bastante conveniente para você — diz Afya. — Mas o restante de nós não pode contar com feitiçaria.

— Então vocês precisam partir. — Ergo a mão enquanto ela tenta protestar. — Keenan conhece algumas casas seguras onde podemos ficar. Ele sugeriu isso antes, mas não lhe dei ouvidos. — Céus, como eu gostaria de ter escutado. — Eu e ele podemos chegar a Kauf sozinhos. Sem carruagens, podemos ir mais rápido.

— As carruagens eram seguras para vocês — diz Afya. — Eu fiz um juramento...

— Para um homem que partiu há muito tempo. — O gelo na voz de Keenan me faz lembrar de quando o vi pela primeira vez. — Eu posso levar Laia até Kauf em segurança. Não precisamos da sua ajuda.

Afya quase se põe na ponta dos pés.

— Como um Erudito e um rebelde, *você* não compreende o que é honra.

— Que honra há em uma morte inútil? — pergunto a ela. — Darin odiaria ficar sabendo que tantas pessoas morreram para salvá-lo. Não posso lhe ordenar que me deixe. Tudo que posso fazer é pedir. — Eu me viro para Gibran. — Acho que os Marciais *vão* se voltar contra os Tribais um dia. Juro que, se eu e Darin chegarmos a Marinn, vou avisá-los.

— Izzi estava disposta a morrer por isso.

— E-ela não tinha para onde ir. — A verdade crua da solidão de minha amiga neste mundo me atinge, e engulo de volta a tristeza. — Eu não devia tê-la trazido junto. Foi minha decisão, e foi errada. — Dizer isso faz com que eu me sinta vazia por dentro. — E não vou tomar essa decisão novamente. Por favor, vão. Vocês ainda podem alcançar Vana.

— Não gosto disso. — A Tribal lança um olhar de desconfiança para Keenan que me surpreende. — Não gosto mesmo disso.

Os olhos de Keenan se estreitam.

— E gostará menos ainda de morrer.

— Minha honra demanda que eu a acompanhe, garota. — Afya apaga a lamparina. O celeiro parece mais escuro do que deveria. — Mas minha honra também demanda que eu não tire de uma mulher a decisão a respeito do seu próprio destino. Os céus são testemunhas de que já temos o suficiente disso neste maldito mundo. — E faz uma pausa. — Quando você vir Elias, diga isso a ele.

Essa é toda a despedida que recebo. Gibran sai indignado do celeiro. Afya vira os olhos e o segue.

Keenan e eu ficamos sozinhos, a chuva gelada martelando a terra em uma tatuagem uniforme à nossa volta. Quando miro seus olhos, um pensamento entra em minha cabeça: *Sim. É assim que deveria ser. É assim que sempre deveria ter sido.*

— Há uma casa segura a uns dez quilômetros daqui. — Keenan toca minha mão para me tirar de meus pensamentos. — Se formos rápidos, podemos chegar lá antes do amanhecer.

Parte de mim quer perguntar se tomei a decisão certa. Após tantos erros, anseio pela reafirmação de que não estraguei tudo novamente.

Ele vai dizer que sim, é claro. Ele vai me confortar e dizer que é assim que deveria ser. Mas fazer a coisa certa agora não desfaz todos os erros que já cometi.

Então não pergunto. Simplesmente anuo e sigo atrás dele. Porque, depois de tudo o que aconteceu, não mereço consolo.

PARTE III
A PRISÃO SOMBRIA

XXXIII
ELIAS

A sombra esguia do diretor recai sobre mim. A cabeça longa e triangular e os dedos finos me lembram um louva-a-deus. É uma grande oportunidade para atacá-lo, mas as facas não deixam minhas mãos. Todos os pensamentos de matá-lo fogem de minha mente quando vejo o que ele está segurando.

É um garoto erudito, de uns nove ou dez anos. Desnutrido, imundo e tão silencioso quanto um cadáver. Os punhos em seus pulsos o marcam não como um prisioneiro, mas como um escravo. O diretor afunda uma lâmina em sua garganta. Filetes de sangue vertem pelo pescoço da criança até a camisa suja.

Seis Máscaras seguem o diretor bloco adentro. Todos trajam o selo da Gens Sisellia, a família do diretor. E todos têm uma flecha armada, apontada para o meu coração.

Mas então o velho corre a mão pálida pelo cabelo escorrido da criança, até os ombros, com um carinho de dar calafrios.

— *Não há estrela mais linda do que a criança de olhos radiantes; por ela eu daria a vida.* — O diretor profere a citação em um tenor claro que casa com sua aparência elegante. — Ele é pequeno — o diretor anui para o garoto —, mas maravilhosamente resistente, como descobri. Posso fazê-lo sangrar por horas se assim desejar.

Largo a faca.

— Fascinante — sussura o diretor. — Vê, Drusius, como as pupilas de Veturius se dilatam, como o seu pulso se acelera, como, mesmo diante da morte certa, seus olhos dardejam, buscando uma saída? É somente a presença da criança que segura a mão dele.

— Sim, diretor — um dos Máscaras, Drusius, presumo, responde em um tom desinteressado.

— Elias — diz o diretor. — Drusius e os outros despojarão você de suas armas. Sugiro que não lute. Eu não gostaria de machucar a criança. É um dos meus espécimes favoritos.

Por dez infernos. Os Máscaras me cercam, e em segundos sou despido das armas, das botas, do abridor de cadeados, do Tellis e da maior parte das minhas roupas. Não resisto. Se quiser fugir deste lugar, preciso conservar minha força.

E vou fugir. O próprio fato de que o diretor não me matou indica que ele quer algo de mim. E me manterá vivo até conseguir.

O diretor observa enquanto os Máscaras me acorrentam e me empurram contra a parede. Suas pupilas são minúsculos pontos negros, como piche no azul-claro de seus olhos.

— A sua pontualidade me agrada, Elias. — O velho mantém a faca relaxada na mão, a aproximadamente um centímetro do pescoço do garoto. — Um traço nobre, e um traço que respeito. Embora confesse que não sei *por que* você está aqui. Um rapaz sábio estaria bem distante nas Terras do Sul a essa altura. — Ele olha para mim esperançoso.

— Você não espera realmente que eu conte para você, não é?

O garoto choraminga, e vejo que o diretor está forçando lentamente a faca na lateral do seu pescoço. Mas então o velho sorri, revelando dentes pequenos e amarelados. Em seguida solta a criança.

— É claro que não — ele diz. — Na realidade, eu esperava que você não contasse. Tenho a impressão de que você simplesmente mentiria até se convencer, e mentiras me cansam. Prefiro muito mais arrancar a verdade de você. Não tenho um Máscara como objeto de estudos já faz tempo. Temo que minha pesquisa esteja desatualizada.

Minha pele formiga. *Enquanto há vida*, ouço Laia em minha cabeça, *há esperança*. Ele pode realizar experimentos em mim. Me usar. Mas, enquanto eu viver, ainda tenho uma chance de sair daqui.

— Você disse que estava esperando por mim.

— Realmente. Um passarinho me contou de sua chegada.

— A comandante. — Maldita. Ela é a única pessoa que poderia ter descoberto para onde eu estava indo. Mas por que contaria ao diretor? Ela o odeia.

Ele sorri de novo.

— Talvez.

— Onde o senhor o quer, diretor? — Drusius pergunta. — Não com o restante, presumo.

— É claro que não — diz o diretor. — A recompensa tentaria guardas subalternos a entregá-lo, e eu gostaria de uma chance de estudá-lo primeiro.

— Esvazie uma cela — Drusius grita para um dos outros Máscaras, anuindo para a fileira de celas solitárias atrás de nós. Mas o diretor balança a cabeça.

— Não. Tenho outro lugar em mente para o nosso mais recente prisioneiro. Jamais me debrucei sobre os efeitos em longo prazo *daquele* lugar em um objeto de estudos. Particularmente sobre um indivíduo que demonstra tamanha... — ele olha para baixo, para o garoto erudito — empatia.

Meu sangue gela. Sei exatamente a qual parte da prisão ele está se referindo. Aqueles longos corredores escuros com o ar coalhado pelo cheiro da morte. Os gemidos e sussurros, os arranhões nas paredes, a impotência que se sente quando você ouve pessoas gritando por alguém, por qualquer um que as ajude...

— Você sempre odiou aquele lugar — murmura o diretor. — Eu me lembro. Eu me lembro do seu rosto quando você trouxe uma mensagem do imperador para mim. Eu estava no meio de um experimento. Você ficou pálido feito a barriga de um peixe, e, quando voltou apressado para o corredor, ouvi você vomitando no balde de lixo.

Por dez malditos infernos.

— Sim. — O diretor anui, com uma expressão satisfeita. — Sim, acho que o bloco de interrogatórios cairá muito bem para você.

XXXIV
HELENE

Avitas me espera quando retorno para a caserna da Guarda Negra. A meia-noite se aproxima, e minha mente colapsa de exaustão. O Nórdico não diz nada de minha aparência abatida, embora eu esteja certa de que ele pode ler a devastação em meus olhos.

— Mensagem urgente para você, Águia. — Suas faces descoradas me dizem que ele não dormiu. Não gosto do fato de que ele tenha ficado acordado até a minha volta. *Ele é um espião. É isso que espiões fazem.* Ele me passa um envelope, cujo selo está intocado. Ou ele está ficando melhor em espionagem, ou dessa vez ele não o abriu.

— Novas ordens da comandante? — pergunto. — Para ganhar a minha confiança *não* lendo a minha correspondência?

Os lábios de Avitas ficam tensos enquanto abro a carta.

— Um mensageiro a trouxe ao anoitecer. Ele disse que ela partiu de Nur seis dias atrás.

Águia de Sangue,
Mamie se recusa a abrir o jogo, apesar da morte de vários Tribais. Tenho o filho dela em custódia como reserva — ela acha que ele está morto. Ela deixou escapar uma coisa. Acho que Elias foi para o norte, não para o sul ou leste, e acho que a garota ainda está com ele.
As tribos sabem dos interrogatórios e já promoveram dois motins em resposta. Preciso de ao menos meia legião. Já

enviei pedidos a todas as guarnições em um raio de cento e cinquenta quilômetros, mas todas estão com poucas tropas.

O Dever em Primeiro Lugar, Até a Morte,
Tenente Dex Atrius

— Norte? — Passo a carta para Avitas, que a lê até o fim. — Por que malditos céus Veturius seguiria para o norte?

— O avô dele?

— As terras da Gens Veturia ficam a oeste de Antium. Se ele tivesse cortado direto para o norte a partir de Serra, teria chegado lá mais rápido. E, se estivesse indo para as Terras Livres, poderia simplesmente ter pegado um barco de Navium.

Maldição, Elias, por que você simplesmente não deixou o maldito Império? Se ele tivesse usado o treinamento que recebeu para ir bem longe daqui, eu jamais saberia o paradeiro dele, e a escolha teria sido feita por mim.

E sua família morreria. Malditos céus, o que há de errado comigo? Ele escolheu isso.

O que Elias fez de tão errado? Ele queria ser livre. Ele queria parar de matar.

— Não tente decifrar isso agora. — Avitas me segue até o meu quarto e coloca a mensagem de Dex sobre a minha escrivaninha. — Você precisa comer. Dormir. De manhã pensaremos no que fazer.

Penduro minhas armas e vou até a janela. As estrelas estão obscurecidas, e o céu púrpura-escuro é um prenúncio de neve.

— Eu deveria ir ter com os meus pais. — Eles ouviram o que Marcus disse, todo mundo em cima daquele maldito rochedo ouviu, e não há um bando maior de fofoqueiros que os Ilustres. A cidade toda deve saber da ameaça de Marcus à minha família.

— Seu pai esteve aqui. — Avitas paira junto à porta, seu rosto mascarado subitamente desconfortável. Reprimo um estremecimento. — Ele sugeriu que você se mantivesse distante, por ora. Aparentemente, sua irmã Hannah está... incomodada.

— Você quer dizer que ela quer beber o meu sangue. — Fecho os olhos. *Pobre Hannah.* O futuro dela repousa nas mãos da pessoa em quem ela menos confia. Minha mãe tentará acalmá-la, assim como Livia. Meu pai tentará persuadi-la com agrados, então coação, depois ordenará que ela pare com a histeria. Mas, no fim, todos se perguntarão a mesma coisa: Será que escolherei minha família e o Império? Ou escolherei Elias?

Desvio a mente para minha missão. *Norte*, Dex disse. *E a garota ainda está com ele*. Por que ele a levaria para as entranhas cada vez mais profundas do Império? Mesmo que ele tenha alguma razão premente para seguir em território marcial, por que colocar a garota em risco?

É como se ele não estivesse tomando as decisões. Mas quem estaria? A garota? Por que ele permitiria? O que ela poderia saber sobre escapar do Império?

— Águia de Sangue. — Dou um salto. Eu havia esquecido que Avitas estava no quarto. Ele é tão silencioso. — Devo lhe trazer alguma comida? Você precisa comer. Eu pedi às escravas da cozinha que preparassem algo quente para você.

Comida... comer... escravas... cozinheira.

A cozinheira.

"A garota... Laia", a velha disse. "Não toque nela."

Elas devem ter ficado próximas quando eram escravas. Talvez a cozinheira saiba de algo. Afinal de contas, ela descobriu como Laia e Elias escaparam de Serra.

Tudo que eu tenho de fazer é encontrar a cozinheira.

Mas, se eu começar a procurá-la, alguém inevitavelmente vai tagarelar que a Águia de Sangue está perguntando por uma mulher de cabelos brancos e cicatrizes no rosto. A comandante ficará sabendo, e será o fim da cozinheira. Não que eu me importe com o destino da velha bruxa. Mas, se ela souber algo sobre Laia, eu preciso dela viva.

— Avitas — digo. — A Guarda Negra tem contatos no submundo de Antium?

— O Mercado? É claro...

Balanço a cabeça.

— Os invisíveis da cidade. Crianças de rua, mendigos, andarilhos.

Ele franze o cenho.

— Eles são na maior parte Eruditos, e a comandante os tem arrebanhado para serem escravizados ou executados. Mas eu conheço algumas pessoas. O que você está pensando?

— Preciso que uma mensagem seja passada adiante — falo cuidadosamente. Avitas não sabe que a cozinheira me ajudou; ele iria direto à comandante com essa informação. — Soprano pede comida — digo finalmente.

— Soprano pede comida — repete Avitas. — Isso... é tudo?

A cozinheira parece um pouco maluca, mas com sorte vai compreender.

— Sim. Faça com que ela chegue ao maior número de pessoas que puder, e rápido — ordeno. Avitas olha para mim, curioso. — Eu não disse que tenho pressa?

A sombra de um cenho franzido passa por seu rosto, então ele parte.

Pego a mensagem de Dex. Harper não a leu. Por quê? Eu jamais senti malevolência nele, é verdade. Jamais senti absolutamente nada. E, desde que deixamos as terras tribais, ele tem sido... não exatamente amigável, mas ligeiramente menos opaco. Eu me pergunto qual será o seu jogo.

Guardo a mensagem de Dex e caio no catre, de botas ainda calçadas. Porém não consigo dormir. Avitas levará horas para espalhar a mensagem e mais horas transcorrerão até a cozinheira ouvi-la — se chegar a ouvi-la. Eu sei disso, mas mesmo assim dou um salto a cada ruído, esperando que a velha se materialize tão subitamente quanto um espectro. Finalmente, eu me arrasto até a minha escrivaninha, onde repasso os arquivos do antigo Águia de Sangue — informações que ele reuniu sobre alguns dos homens mais importantes do Império.

Muitos dos relatórios são diretos. Outros, nem tanto. Eu não sabia, por exemplo, que a Gens Cassia havia abafado o assassinato de um criado plebeu em uma propriedade sua. Ou que a mater da Gens Aurelia tinha quatro amantes, todos paters de célebres casas ilustres.

O velho Águia mantinha arquivos sobre os homens da Guarda Negra também, e, quando vejo o de Avitas, meus dedos se movem antes que eu pense duas vezes. O arquivo é tão magro quanto ele, com apenas uma folha de papiro dentro.

Avitas Harper: Plebeu
Pai: centurião de combate Arius Harper (Plebeu). Morto em serviço aos vinte e oito anos. Avitas tinha quatro anos quando de sua morte. Permaneceu com a mãe, Renatia Harper (Plebeia), em Jeilum, até a seleção para Blackcliff.

Jeilum é uma cidade a oeste daqui, bem no meio da tundra de Nevennes. Isolada como os dez infernos.

Mãe: Renatia Harper. Morreu aos trinta e dois anos. Avitas tinha dez anos quando de sua morte. Posteriormente criado pelos avós paternos durante as folgas escolares.
Passou quatro anos sob o comandante de Blackcliff Horatio Laurentius. Restante do treinamento em Blackcliff realizado pela comandante Keris Veturia.
Mostrou grande potencial como novilho. Seguiu mediano durante a administração de Keris Veturia. Múltiplas fontes relatam o interesse de Veturia em Harper desde uma idade precoce.

Viro o papel, mas não há nada mais.

Horas mais tarde, um pouco antes do amanhecer, acordo subitamente — eu havia dormido sobre a escrivaninha. Com a adaga na mão, examino o quarto em busca do ruído que me perturbou. Parece algo raspando.

Uma figura de capuz está curvada na janela, os olhos brilhantes duros como safiras. Jogo os ombros para trás e ergo a lâmina. A boca com cicatrizes se retorce em um sorriso afetado e grosseiro.

— Aquela janela está a dez metros do chão, e eu a tranquei — digo. Um Máscara poderia ter passado por ela, certamente. Mas uma vovó erudita?

Ela ignora minha pergunta não dita.

— Você deveria tê-lo encontrado a essa altura — diz. — A não ser que não *queira* encontrá-lo.

— Ele é um maldito Máscara — digo. — É treinado para despistar pessoas. Preciso que você me fale sobre a garota.

— Esqueça a garota — rosna a cozinheira, descendo pesadamente para meu quarto. — Encontre *Elias*. Você deveria ter feito isso semanas atrás, para poder voltar para cá e manter um olho *nela*. Ou você é burra demais para perceber que a cadela de Blackcliff está planejando algo? Dessa vez é algo grande, garota. Maior do que ela ter partido para cima de Taius.

— A comandante? — resfolego. — Partiu para cima do imperador?

— Não me diga que você acha que a Resistência pensou naquilo sozinha.

— Eles estão *trabalhando* com ela?

— Eles não sabem que é ela, sabem? — O escárnio na voz da cozinheira corta tão afiado quanto qualquer cimitarra. — Diga o que você quer saber sobre a garota.

— Elias não está tomando decisões racionais, e a única coisa que consigo pensar é que ela...

— Você não quer saber mais sobre ela. — A cozinheira soa quase aliviada. — Só quer saber para onde ele está indo.

— Sim, mas...

— Eu posso lhe dizer para onde ele está indo. Mas tem um preço.

Ergo minha lâmina.

— Que tal essa troca: você me conta e eu não arranco suas tripas.

Um latido brusco da cozinheira me faz pensar que ela está tendo algum tipo de convulsão, até que percebo que essa é a sua versão de uma risada.

— Alguém chegou antes de você nessa. — Ela levanta a camisa. Sua pele, deformada por algum tormento de muito tempo atrás, está mais mutilada ainda por um ferimento enorme que apodrece. O cheiro que exala dele me atinge como um soco, e fico enjoada.

— Malditos infernos.

— Certamente cheira como tal, não é? Ganhei de um velho amigo... um pouco antes de o matar. Jamais cuidei do ferimento. Me cure, sopraninho, e eu lhe conto o que você quer saber.

— Quando isso aconteceu?

— Você quer pegar Elias antes que suas irmãs se esborrachem no chão, ou quer uma história de ninar? Depressa. O sol está quase nascendo.

— Eu não curo ninguém desde Laia — digo. — Não sei como...

— Então estou desperdiçando meu tempo. — Ela chega à janela com um passo e se alça para cima com um resmungo.

Dou um passo à frente e seguro seu ombro. Lentamente, a cozinheira desce de novo.

— Todas as suas armas na escrivaninha — ordeno. — E não ouse esconder nada, porque eu vou revistá-la.

Ela faz como pedi, e, quando me asseguro de que ela não tem nenhuma surpresa desagradável escondida na manga, pego sua mão. Ela a arranca de mim.

— Eu tenho de tocá-la, sua velha maluca — disparo. — Não vai funcionar de outra forma.

Ela curva os lábios em um rosnado e me oferece a mão relutantemente. Para minha surpresa, ela treme.

— Não vai doer muito. — Minha voz é mais terna do que eu esperava. Malditos céus, por que a estou acalmando? Ela é uma assassina e uma chantagista. Bruscamente, eu a seguro firme e fecho os olhos.

O medo se enovela em meu estômago. Quero que isso funcione — e não quero. É o mesmo sentimento que tive quando curei Laia. Agora que vi o ferimento e a cozinheira pediu ajuda, parece *necessário* curá-lo, como um tique que não consigo parar. A falta de controle, a maneira como meu corpo inteiro anseia por isso, me assusta. *Não* sou eu. Não é nada que eu já tenha treinado ou querido saber um dia.

Se quiser encontrar Elias, faça isso.

Um som enche meus ouvidos: um cantarolar — o meu próprio. Eu não sei quando isso começou.

Miro os olhos da cozinheira e mergulho naquela escuridão azul. Tenho de compreendê-la completamente, até o seu âmago, se quiser refazer ossos, pele e carne.

Elias me passava uma sensação de prata, um choque de adrenalina por baixo de um amanhecer claro e frio. Laia era diferente. Ela me fazia pensar em tristeza e em uma doçura verde-dourada.

Mas a cozinheira... as suas entranhas resvalam como enguias. Eu me encolho para longe delas. Em algum lugar por trás da escuridão turva, vejo um vislumbre do que ela foi um dia e busco alcançá-la. Mas, ao fazê-lo, meu cantarolar se torna subitamente desarmônico. Aquela bondade dentro dela — é uma memória. Agora as enguias tomaram o lugar do seu coração, contorcendo-se com uma vingança enlouquecida.

Mudo a melodia para me apoderar dessa verdade em seu âmago. Uma porta se abre dentro da cozinheira. Passo por ela, sigo por um longo corredor, estranhamente familiar. O chão suga meus pés, e, quando olho para baixo, meio que espero ver os tentáculos de uma lula enrolada em mim.

Mas há apenas escuridão.

Não consigo cantar a verdade da cozinheira em voz alta, então, em vez disso, grito as palavras em minha cabeça, olhando em seus olhos o tempo inteiro. Para seu crédito, ela não desvia o olhar. Quando a cura começa, quando capturo sua essência e seu corpo começa a se costurar de volta à saúde, ela não mexe um músculo.

A dor cresce a meu lado. O sangue pinga na cintura de meu uniforme. Eu o ignoro até começar a arfar, quando finalmente me forço a soltar a cozinheira. Sinto a lesão que assumi dela. É muito menor que a da velha, mas ainda assim dói como o inferno.

O ferimento da cozinheira ainda está um pouco ensanguentado e em carne viva, mas o único sinal de infecção é o cheiro de morte remanescente.

— Cuide disso — arfo. — Se você consegue entrar no meu quarto, pode roubar ervas para fazer um cataplasma.

Ela espia o ferimento e então olha para mim.

— A garota tem um irmão ligado à... à... à Resistência — ela gagueja por um momento, então segue em frente. — Os Marciais o mandaram para Kauf meses atrás. Ela está tentando tirá-lo de lá. O seu garoto a está ajudando.

Ele não é o meu garoto, é o meu primeiro pensamento.

Ele está completamente maluco, é o segundo.

Um Marcial, Navegante ou Tribal enviado para Kauf pode até sair de lá um dia, punido, exilado e com poucas chances de desafiar o Império novamente. Mas Eruditos não têm saída que não envolva uma cova no chão.

— Se você estiver mentindo para mim...

Ela sobe na janela, agora com a mesma agilidade que mostrou da última vez que a vi em Serra.

— Lembre-se: machuque a garota e você se arrependerá.

— O que ela significa para você? — pergunto. Eu vi algo no íntimo da cozinheira durante a cura: uma aura, uma sombra, uma música antiga que me fez pensar em Laia. Franzo o cenho, tentando lembrar. É como desencavar um sonho de uma década atrás.

— Ela não significa *nada* para mim. — A cozinheira cospe as palavras, como se até o fato de pensar em Laia fosse repugnante. — Apenas uma criança tola em uma missão desesperada.

Quando a encaro, incerta, ela balança a cabeça.

— Não fique aí parada de boca aberta feito uma vaca tonta — ela diz. — Vá salvar a sua família, garota estúpida.

XXXV
LAIA

— Vá mais devagar. — Keenan, arfando enquanto corre ao meu lado, busca a minha mão. O toque de sua pele é uma injeção de calor bem-vinda na noite congelante. — No frio, é difícil perceber quanto estamos nos esforçando. Você vai entrar em colapso se não tiver cuidado. E está muito claro, Laia... Alguém pode nos ver.

Estamos quase chegando a nosso destino — uma casa segura em uma região de propriedades agrícolas, bem ao norte de onde nos separamos de Afya, uma semana atrás. Há mais patrulhas aqui do que mais ao sul, todas caçando Eruditos, que fogem dos ataques impiedosos da comandante nas cidades a norte e oeste daqui. A maioria das patrulhas, no entanto, caça os Eruditos durante o dia.

O fato de Keenan conhecer bem esta área permitiu que viajássemos à noite e avançássemos bastante, especialmente tendo em vista que conseguimos roubar cavalos mais de uma vez. Agora, Kauf está a apenas quinhentos quilômetros de distância. Mas quinhentos quilômetros podem muito bem ser cinco mil, se o maldito clima não cooperar. Chuto a fina camada de neve no chão.

Pego a mão de Keenan e insisto que ele se apresse.

— Precisamos alcançar a casa segura hoje à noite, se quisermos chegar aos desfiladeiros amanhã.

— Não chegaremos a lugar nenhum se estivermos mortos — diz Keenan. O gelo se acumula em seus cílios escuros, e faixas de seu rosto exibem um tom azul-arroxeado.

Todo o nosso equipamento de frio foi queimado com a carruagem de Afya. Tenho a capa que Elias me deu semanas atrás, mas ela é adequada para o inverno serrano, não para este frio cortante, que entra por debaixo da pele e gruda em você como uma lampreia.

— Se você se cansar a ponto de ficar doente — diz ele —, uma noite de descanso não vai ser suficiente para se restabelecer. Além disso, não estamos sendo cuidadosos. A última patrulha estava a poucos metros de nós... Quase demos de cara com ela.

— Foi azar. — Já estou seguindo em frente. — Nós não tivemos problemas desde então. Espero que essa casa tenha uma lamparina. Precisamos olhar o mapa que Elias nos deu e ver como vamos fazer para chegar àquela caverna se as tempestades aumentarem.

A neve cai redemoinhando em flocos espessos, e, perto de nós, um galo canta. A mansão do proprietário é quase indistinta a quinhentos metros de distância, mas nos desviamos dela e seguimos em direção a um anexo próximo aos dormitórios dos escravos. Ao longe, duas figuras curvadas caminham penosamente rumo a um galpão, com baldes nas mãos. Logo o lugar estará enxameado de escravos e supervisores. Precisamos de cobertura.

Finalmente chegamos à porta do abrigo subterrâneo, atrás de um celeiro baixo. A tranca está dura com o frio, e Keenan resmunga enquanto tenta forçá-la.

— Depressa. — Eu me agacho ao lado dele. Na choça dos escravos, a uns vinte metros de distância, uma fumaça sobe alto e uma porta range. Uma mulher erudita, com um pano enrolado na cabeça, surge.

Novamente, Keenan enfia a adaga na tranca.

— A maldita não... ah. — Ele se recosta, e a tranca finalmente se abre.

O som ecoa, e a mulher erudita se vira. Keenan e eu congelamos — é impossível que ela não tenha nos visto. Mas ela simplesmente acena para que entremos no abrigo.

— Rápido — ela sibila. — Antes que os supervisores acordem!

Descemos para o interior mal iluminado do abrigo, nossa respiração se condensando acima de nós. Keenan barra a porta enquanto inspeciono o espaço. Ele tem quatro metros de largura, dois metros de comprimento e está tomado por barris e estantes de vinhos.

Há uma lamparina pendurada no teto por uma corrente, e, abaixo dela, uma mesa ostenta frutas, um pão enrolado em papel e uma sopeira de lata.

— O homem que administra esta fazenda é um Mercador — diz Keenan. — Mãe erudita, pai marcial. Ele era o único herdeiro, então foi considerado um Marcial de sangue. Mas ele deve ter sido mais próximo da mãe, porque no ano passado, quando o pai morreu, ele começou a ajudar escravos fugidos. — Keenan anui para a comida. — Pelo visto, ainda continua.

Tiro o mapa de Elias da mochila, desenrolo-o cuidadosamente e abro um espaço no chão. Meu estômago ronca de fome, mas ignoro. Casas seguras normalmente têm pouco espaço para se mexer, muito menos luz suficiente para enxergar. Keenan e eu passamos cada hora do dia dormindo ou correndo. Essa é uma rara chance de discutir o que vem pela frente.

— Me conte mais sobre Kauf. — Minhas mãos tremem de frio, e mal consigo sentir o pergaminho entre os dedos. — Elias fez um desenho aproximado, mas, se ele fracassar e tivermos que entrar na prisão, não será...

— Você não pronunciou o nome dela desde que ela morreu. — Keenan interrompe a torrente de palavras que se despeja da minha boca. — Sabia?

Minhas mãos tremem mais violentamente. Eu luto para acalmá-las enquanto Keenan senta à minha frente.

— Você só fala do próximo esconderijo. De como vamos sair do Império. De Kauf. Mas você não fala dela ou do que aconteceu. Nem desse estranho poder que você tem...

— Poder. — Quero desdenhar. — Um poder que eu não consigo nem acessar. — Embora os céus sejam testemunhas de que tentei. A cada momento livre, tentei me tornar invisível até achar que enlouqueceria se continuasse pensando na palavra *desaparecer*. Mas, todas as vezes, eu fracassei.

— Se você falasse a respeito, talvez fosse mais fácil — sugere Keenan. — Ou se comesse mais do que uma mordida ou duas. Ou dormisse mais do que algumas horas.

— Não sinto fome. E não consigo dormir.

O olhar de Keenan pousa sobre meus dedos trêmulos.

— Céus, olhe só para você. — Ele afasta o pergaminho e envolve minhas mãos nas suas. O calor dele preenche um vazio dentro de mim. Suspiro, desejando mergulhar naquele calor e esquecer tudo o que está por vir, mesmo que por alguns minutos.

Mas é egoísta da minha parte. E estúpido, considerando que a qualquer momento podemos ser pegos por soldados marciais. Tento tirar as mãos das suas, mas, como se Keenan soubesse o que estou pensando, ele me puxa mais para perto, pressionando meus dedos contra o calor do seu abdome e jogando sua capa em torno de nós dois. Por baixo do tecido áspero de sua camisa, posso sentir os cumes de seus músculos, duros e suaves. Ele olha para nossas mãos, o cabelo ruivo escondendo seus olhos. Engulo em seco e desvio o olhar. Nós viajamos juntos durante semanas, mas jamais estivemos tão próximos assim.

— Me conte algo sobre ela — ele sussurra. — Algo bom.

— Eu não sei nada. — Minha voz falha, e limpo a garganta. — Eu a conhecia há semanas? Meses? E jamais cheguei a perguntar nada que valesse a pena sobre a família dela, ou como ela era quando criança, ou que desejos e esperanças ela tinha em relação à vida. Eu achava que teria tempo para isso.

Uma lágrima desce serpenteando em meu rosto. Puxo uma das mãos e a seco rapidamente.

— Não quero falar sobre isso — digo. — Nós devíamos...

— Ela merece mais do que você fingir que ela não existiu — diz Keenan. Ergo o olhar, chocada, esperando raiva, mas seus olhos escuros expressam empatia. Isso torna as coisas piores, de certa forma. — Eu sei como isso dói. Mais que qualquer outra pessoa, eu sei. Mas a dor é um sinal de que você a amava.

— Ela adorava histórias — sussurro. — Seu olho se fixava em mim, e eu podia ver que ela era capaz de se perder no que eu estivesse dizendo. Que ela podia enxergar tudo em sua mente. E mais tarde, às vezes dias depois, ela me fazia perguntas a respeito delas, como se por todo aquele tempo ela estivesse vivendo naquele mundo.

— Depois que fomos embora de Serra — diz Keenan —, nós caminhamos e corremos durante horas. Quando finalmente paramos e nos ajeitamos em sacos de dormir, ela olhou para o céu e disse: "As estrelas são tão diferentes quando a gente é livre..." — Ele balança a cabeça. — Após correr o dia todo, não comer praticamente nada e estar tão cansada a ponto de não conseguir dar mais um único passo, ela caía no sono sorrindo para o céu.

— Eu preferiria não me lembrar — sussurro. — Eu preferiria não tê-la amado.

Keenan suspira, os olhos ainda em nossas mãos. O abrigo não está mais gelado. Agora está aquecido pelo calor do nosso corpo e pelo sol que atinge a porta acima.

— Eu sei o que é perder quem você ama. Eu me convenci a não sentir absolutamente nada. Consegui agir assim por muito tempo, mas, quando te encontrei... — Ele segura firme em minhas mãos, mas não olha para mim. Não consigo olhar para ele também. Algo intenso arde entre nós, algo que talvez esteja queimando silenciosamente há um longo tempo. — Não se afaste das pessoas que se importam com você só porque acha que vai machucá-las, ou... que elas vão te machucar. Qual o sentido de ser humano se você não se permitir sentir nada?

As mãos dele traçam um caminho sobre as minhas, movendo-se como uma chama lenta até a minha cintura. Sempre tão devagar, ele me puxa para perto. O vazio por dentro, a culpa, o fracasso e o poço de dor desaparecem na ânsia de desejo que pulsa baixa em meu corpo e me impele para a frente. Enquanto deslizo para o seu corpo, as mãos de Keenan se apertam em torno da minha cintura, fazendo uma chama subir pela minha coluna. Ele ergue os dedos até os meus cabelos, que se soltam ao seu toque. O coração de Keenan bate surdo contra o meu peito, e ele respira em minha boca, nossos lábios a um milímetro de se tocarem.

Eu o encaro, hipnotizada. Por um segundo fugaz, algo sombrio passa em seu rosto, uma sombra desconhecida, mas talvez não totalmente inesperada. Keenan sempre teve uma escuridão a seu respeito. Sinto uma vibração de inquietude em meu estômago, rápido como o bater das asas de um beija-flor. Que é esquecido um momento depois, quando os olhos de Keenan se fecham e ele diminui a distância entre nós.

Seus lábios são suaves contra os meus, suas mãos um pouco menos enquanto perambulam por minhas costas. Minhas mãos estão igualmente famintas, movendo-se rapidamente pelos músculos de seus braços e ombros. Quando aperto as pernas em torno de sua cintura, seus lábios deslizam até meu queixo, seus dentes raspam em meu pescoço. Eu arfo quando ele puxa minha camisa para traçar uma trilha tortuosamente lenta de calor que desce por meu ombro nu.

— Keenan... — sussurro. O frio do abrigo não é nada comparado ao fogo que arde entre nós. Tiro sua camisa e sorvo a visão da sua pele, amarelada sob a luz da lamparina. Traço um dedo ao longo das sardas que pontilham seus ombros, desço até os músculos duros e precisos de seu peito, antes de pousá-lo em seu quadril. Ele pega minha mão, seus olhos procurando meu rosto.

— Laia. — A palavra muda completamente quando ele a diz naquela voz, não mais um nome, mas um apelo, uma reza. — Se você quiser que eu pare...

Se você quiser manter distância... se quiser se lembrar da sua dor...

Keenan. Keenan. Keenan. Minha mente está repleta dele. Ele me guiou, lutou por mim, ficou comigo. E, ao fazê-lo, seu alheamento deu lugar a um amor potente e não dito sempre que ele olha para mim. Silencio a voz dentro de mim e tomo sua mão. Todos os outros pensamentos ficam mais distantes à medida que a calma se estabelece em mim, uma paz que eu não sentia há meses. Sem desviar o olhar dele, guio seus dedos para os botões da minha camisa, abrindo um, então outro, inclinando-me para a frente enquanto o faço.

— Não — sussurro em seu ouvido. — Não quero que você pare.

XXXVI
ELIAS

Os sussurros e gemidos incessantes à minha volta se entocam em minha cabeça como vermes carnívoros. Após apenas alguns minutos no bloco de interrogatórios, não consigo tirar as mãos dos ouvidos, e considero arrancá-los completamente.

A luz das tochas do corredor do bloco vaza através de três fendas altas na porta. Tenho apenas luz suficiente para ver que o chão de pedra frio de minha cela é destituído de qualquer coisa que eu possa usar para abrir os cadeados de meus grilhões. Testo as correntes, esperando por um anel fraco. Mas elas são de aço sérrico.

Por dez infernos. Minhas convulsões vão começar em doze horas, no máximo. Quando isso acontecer, minha capacidade de pensar e me mover será severamente prejudicada.

Um lamento torturado soa de uma das celas próximas, seguido da fala desconexa de algum pobre coitado que mal consegue formar palavras.

Pelo menos vou praticar o treinamento para interrogatórios da comandante. Bom saber que todo o sofrimento em suas mãos não foi à toa.

Após um tempo, ouço o som de passos arrastados junto à porta, e a tranca é virada. *O diretor?* Fico tenso, mas é apenas o garoto erudito que ele usa para me influenciar. O garoto segura um copo de água em uma mão e uma tigela com pão duro e charque mofado na outra. Um cobertor manchado cai de seu ombro.

— Obrigado. — Bebo a água de um gole.

O garoto olha fixamente para o chão enquanto larga a comida e o cobertor ao meu alcance. Ele está mancando, algo que não estava fazendo antes.

— Espere — eu o chamo. Ele para, mas não olha para mim. — O diretor puniu você depois... — *Depois de usá-lo para me controlar.*

O Erudito poderia ser uma estátua que não faria diferença. Ele apenas fica parado ali, como se estivesse esperando que eu diga algo que não seja tão óbvio.

Ou talvez, penso, ele esteja esperando que eu pare de tagarelar para poder responder. Embora eu queira perguntar o seu nome, me forço a não falar. Conto os segundos. Quinze. Trinta. Um minuto se passa.

— Você não tem medo — ele sussurra finalmente. — Por que você não tem medo?

— O medo dá poder a ele — digo. — É como colocar óleo em uma lamparina. O medo o faz brilhar mais, o torna forte.

Eu me pergunto se Darin estava com medo antes de morrer. Só espero que tenha sido rápido.

— Ele me machuca. — Os nós dos dedos do garoto estão brancos enquanto ele aperta as mãos contra as pernas. Eu me encolho. Sei bem como o diretor machuca as pessoas, e os Eruditos em particular. Seus experimentos envolvendo dor são apenas parte disso. As crianças eruditas realizam as tarefas mais vis na prisão: limpar quartos e prisioneiros depois de sessões de tortura, enterrar corpos com as próprias mãos, esvaziar baldes de lixo. A maioria das crianças aqui é composta de servos de olhos mortos que desejam a morte antes dos dez anos.

Não consigo nem imaginar tudo o que esse garoto passou. O que ele viu.

Outro grito horrível ecoa da mesma cela que antes. Tanto eu quanto o garoto damos um salto. Nossos olhos se encontram em uma inquietação compartilhada, e acho que ele vai falar. Mas a porta da cela se abre novamente, e a sombra repugnante do diretor cai sobre ele. O garoto sai em disparada, apertando-se contra a porta como um camundongo tentando escapar da atenção de um gato, antes de desaparecer em meio às tochas bruxuleantes do bloco.

O diretor não o poupa de um olhar intenso. Ele está de mãos vazias. Ou pelo menos parece. Estou certo de que ele tem algum instrumento de tortura enfiado em algum lugar fora de vista.

Por ora, ele fecha a porta e exibe um pequeno frasco de cerâmica. O extrato de Tellis. Preciso me segurar para não tentar pegá-lo.

— Já não era sem tempo. — Ignoro o frasco. — Achei que você poderia ter perdido o interesse em mim.

— Ah, Elias. — O diretor estala a língua. — Você serviu aqui. Você conhece os meus métodos. *O verdadeiro sofrimento encontra-se na expectativa da dor, tanto quanto na dor em si.*

— Quem disse isso? — resfolego. — Você?

— Oprian Dominicus. — Ele anda de um lado para o outro, um pouco além do meu alcance. — Ele foi o diretor aqui durante o reino de Taius, o Quarto. Leitura obrigatória em Blackcliff na minha época.

Em seguida ergue o extrato de Tellis.

— Por que não começamos com isso? — Diante do meu silêncio, ele suspira. — Por que você estava carregando esse frasco, Elias?

Use as verdades que os interrogadores querem, a voz da comandante sibila em meu ouvido. *Mas use-as parcimoniosamente.*

— Um ferimento ficou ruim. — Toco a cicatriz em meu braço. — O purificador sanguíneo foi a única coisa que encontrei para tratá-lo.

— O seu indicador direito treme muito ligeiramente quando você mente — me informa o diretor. — Vá em frente, tente parar de fazer isso. Você não será capaz. *O corpo não mente, mesmo que a mente o faça.*

— Estou falando a verdade. — Uma versão dela, de qualquer forma.

O diretor dá de ombros e aciona uma alavanca ao lado da porta. Um mecanismo na parede atrás de mim range, e as correntes presas às minhas mãos e pés começam a puxar cada vez mais, até que estou grudado contra a parede, meu corpo puxado como um x retesado.

— Você sabia — diz o diretor — que um único alicate pode ser usado para quebrar cada osso de uma mão humana, se a pressão for aplicada da maneira correta?

São necessárias quatro horas, dez unhas das mãos destroçadas e, céus, vá saber quantos ossos quebrados para o diretor arrancar de mim a verdade sobre o extrato de Tellis. Embora eu saiba que poderia durar mais tempo, eu o deixo ter a informação. Melhor ele pensar que sou fraco.

— Muito estranho — ele diz, quando confesso que a comandante me envenenou. — Mas, ah — a compreensão ilumina seu rosto —, Keris queria a

Aguiazinha fora do caminho para poder sussurrar o que quisesse para quem quer que fosse, sem interferências. Mas não queria arriscar deixá-lo vivo. Inteligente. Um pouco arriscado para o meu gosto, mas... — Ele dá de ombros.

Contorço o rosto de dor para que ele não veja minha surpresa. Durante semanas, eu havia me perguntado por que a comandante me envenenara em vez de me matar de uma vez. E havia finalmente me convencido de que ela simplesmente queria me fazer sofrer.

O diretor abre a porta da cela e puxa a alavanca para soltar minhas correntes. Caio agradecidamente, com um ruído surdo. Momentos mais tarde, o garoto erudito entra.

— Limpe o prisioneiro — diz o diretor para a criança. — Não quero infecções. — O velho inclina a cabeça. — Desta vez, Elias, vou deixar você jogar. Acho os seus jogos fascinantes. A síndrome de invencibilidade que você parece ter: Quanto tempo levarei para destruí-la? Sob quais circunstâncias? Será que isso exigirá mais dor física, ou serei forçado a sondar os pontos fracos de sua mente? Tanto a descobrir... Estou ansioso para chegar lá.

Ele desaparece, e o garoto se aproxima, carregando com dificuldade um jarro de cerâmica e um caixote de frascos retinindo. Seus olhos passam rapidamente por minha mão e se arregalam. Ele se agacha ao meu lado, os dedos tão leves quanto uma borboleta, enquanto aplica várias pastas para limpar os ferimentos.

— É verdade o que dizem, então — ele sussurra. — Máscaras não sentem dor.

— Nós sentimos dor — respondo. — Só somos treinados para suportá-la.

— Mas ele... ele ficou com você por horas. — O cenho do garoto fica franzido, me fazendo lembrar de um estorninho perdido, sozinho na escuridão, procurando por algo familiar, algo que faça sentido. — Eu sempre choro. — Ele mergulha um pedaço de pano na água e limpa o sangue em minhas mãos. — Mesmo quando tento não chorar.

Vá para o inferno, Sisellius. Penso em Darin, sofrendo aqui embaixo, padecendo como esse garoto, como eu. Que horror o diretor não desencadeou sobre o irmão de Laia, antes de ele finalmente morrer? Minhas mãos ardem por uma cimitarra. Meu desejo é separar a cabeça de inseto daquele velho do corpo.

— Você é novo — digo. — Eu também chorava quando tinha a sua idade. — E lhe ofereço minha mão boa para apertar. — Aliás, meu nome é Elias.

A mão dele é forte, apesar de pequena. Ele me solta rapidamente.

— O diretor diz que nomes têm poder. — Os olhos do garoto passam rapidamente pelos meus. — Todos nós, crianças, somos *escravo*. Porque somos todos a mesma coisa. Apesar de que a minha amiga Bee... ela se batizou assim.

— Eu não vou te chamar de *escravo* — digo. — Você... você quer ter o seu próprio nome? Nas terras tribais, às vezes as famílias só dão nomes para as crianças anos depois de elas terem nascido. Você já teve um nome?

— Eu nunca tive um nome.

Eu me recosto contra a parede, contendo uma careta enquanto o garoto coloca os ossos de minha mão no lugar.

— Você é esperto — digo. — E rápido. Que tal Tas? Em sadês, quer dizer ágil.

— Tas — ele experimenta o nome. Há um indício de sorriso em seu rosto. — Tas. — Ele anui. — E você... você não é só Elias. Você é Elias *Veturius*. Os guardas falam de você quando acham que ninguém está ouvindo. Eles dizem que você foi um Máscara um dia.

— Eu tirei a máscara.

Tas quer fazer uma pergunta — posso vê-lo criando coragem. Mas o que quer que seja, ele a suprime quando vozes soam do lado de fora da cela e Drusius entra.

O garoto se levanta rapidamente e junta suas coisas, mas não é rápido o suficiente.

— Depressa, sujinho. — Drusius fecha a distância em dois passos, mirando um chute violento no estômago de Tas. O garoto dá um grito. Drusius ri e o chuta de novo.

Um rugido toma conta de minha mente e se espalha, feito água em uma represa. Lembro-me dos centuriões de Blackcliff, seus espancamentos casuais diários que nos consumiam quando éramos novilhos. Lembro-me dos caveiras que nos aterrorizavam, que jamais nos viam como humanos, apenas como vítimas do sadismo ensinado a eles, camada por camada, ano após ano, como um vinho maturando lentamente.

E, subitamente, estou saltando sobre Drusius, que, para seu azar, se aproximou demais. Rosno como um animal enlouquecido.

— Ele é uma criança. — Uso a mão direita para socar o Máscara no queixo, e ele cai. A ira explode dentro de mim, e não chego nem a sentir as correntes enquanto despejo golpes sobre ele. *Ele é uma criança que você trata como lixo, e você acha que ele não sente isso, mas ele sente. E vai sentir até a morte, porque você é doente demais para perceber o que faz.*

Mãos puxam violentamente minhas costas. Botas ressoam alto, e dois Máscaras dão uma guinada para dentro da minha cela. Ouço o sibilar de um bastão e me esquivo. Mas um soco em meu estômago me deixa sem fôlego, e sei que a qualquer momento serei nocauteado.

— Já chega. — O tom frio do diretor corta através do caos.

Imediatamente, os Máscaras se afastam de mim. Drusius solta um rosnado e se põe de pé. Minha respiração vem pesada, e olho fixamente para o diretor, deixando que todo o meu ódio por ele, pelo Império, preencha meu olhar.

— O pobre garotinho sendo vingado por sua juventude perdida. Patético, Elias. — O diretor balança a cabeça, desapontado. — Você não compreende como esses pensamentos são irracionais? Como são inúteis? Terei de punir o garoto agora, é claro. Drusius — ele diz bruscamente —, traga um pergaminho e uma pena. Levarei a criança para a porta ao lado. Você vai registrar as respostas de Veturius.

Drusius limpa o sangue da boca, os olhos de chacal brilhando.

— Com prazer, senhor.

O diretor agarra a criança erudita — Tas —, encolhida no canto, e a joga para fora da cela. O garoto cai com um ruído surdo doentio.

— Você é um monstro — rosno para o velho.

— *A natureza depura os inferiores* — diz o diretor. — Dominicus, novamente. Um grande homem. Talvez tenha sido melhor ele não ter vivido o suficiente para ver os fracos serem deixados vivos, vacilando por aí, choramingando e se lamuriando. Não sou um monstro, Elias. Sou um assistente da natureza. Uma espécie de jardineiro. E sou muito bom com podas.

Luto contra minhas correntes, embora eu saiba que isso não vai me ajudar em nada.

— Vá para o inferno, maldito!

Mas o diretor já se foi. Drusius toma o seu lugar, olhando de soslaio. Ele registra cada expressão minha enquanto, do outro lado da porta trancada, Tas grita.

XXXVII
LAIA

O sentimento em meus ossos quando desperto no esconderijo não é de arrependimento. Mas não é de felicidade também. Eu gostaria de poder compreendê-lo. Sei que ele continuará me consumindo e, com tantos quilômetros ainda por viajar, não posso me dar ao luxo de perder o foco. A distração leva a erros. E já cometi erros demais.

Embora não queira pensar que o que aconteceu entre mim e Keenan seja um deles. Foi estonteante. Intoxicante. E pleno de uma profundidade de emoções que eu não esperava. *Amor. Eu o amo.*

Não amo?

Quando Keenan está de costas para mim, engulo o preparado de ervas que vovô me ensinou — uma mistura que retarda o ciclo lunar de uma garota e a impede de engravidar.

Olho para Keenan, que veste silenciosamente roupas mais quentes para enfrentar a próxima etapa da nossa jornada. Ele sente meu olhar e vem até mim, amarrando os cadarços de minhas botas. Com um afeto tímido que é tão diferente dele, faz um carinho em meu rosto. Um sorriso incerto ilumina o seu olhar.

Será que somos dois tolos?, quero perguntar. *Por encontrar consolo em meio a tamanha loucura?* Mas não consigo reunir coragem para dizer as palavras. E não há mais ninguém a quem perguntar.

Um desejo de falar com meu irmão toma conta de mim, e mordo o lábio nervosamente para conter as lágrimas. Estou certa de que Darin teve namoradas antes de começar seu aprendizado com Spiro. Ele saberia se essa insegurança, essa confusão, é normal.

— O que está te incomodando? — Keenan me coloca de pé, segurando firme minhas mãos. — Você não queria que tivéssemos...

— Não — digo rapidamente. — Eu só... Com tudo o que está acontecendo, será que foi... errado?

— Encontrar uma hora ou duas de satisfação em dias tão sombrios? — diz Keenan. — Isso não é errado. Qual o sentido de viver se não for pelos momentos de alegria? Qual a razão para lutar?

— Eu quero acreditar nisso — digo. — Mas me sinto tão culpada. — Após semanas mantendo minhas emoções trancadas a sete chaves, elas explodem. — Você e eu estamos aqui, vivos, e Izzi está morta, Darin está na prisão, Elias está morrendo...

Keenan me abraça e encosta minha cabeça em seu peito. Seu calor, sua fragrância de limão e fumaça me acalmam imediatamente.

— Me dê sua culpa. Vou segurá-la para você, está bem? Você não deveria se sentir assim. — Ele se afasta só um pouco e vira meu rosto para cima. — Tente esquecer a ansiedade por um momento.

Não é tão simples!

— Esta manhã mesmo — digo — você me perguntou qual era o sentido de sermos humanos se eu não me permitia sentir.

— Eu me referia à atração. Ao desejo. — As faces de Keenan ficam um pouco vermelhas, e ele desvia o olhar. — Não à culpa e ao medo. Isso você deve tentar esquecer. Eu poderia te ajudar a esquecer — ele inclina a cabeça, e sinto um calor passar por mim —, mas temos que seguir em frente.

Consigo abrir um sorriso fraco, e ele me solta. Procuro pela cimitarra de Darin e, quando a afivelo, já estou franzindo o cenho novamente. Não preciso de uma distração. Preciso resolver que infernos estão se passando pela minha cabeça.

"Suas emoções te tornam humana", Elias disse para mim semanas atrás, na cordilheira Serrana. "Mesmo as desagradáveis têm um sentido. Não as guarde em um canto. Se você ignorá-las, elas só vão ficar mais fortes e iradas."

— Keenan. — Subimos os degraus do abrigo, e ele solta a trava. — Eu não me arrependo do que aconteceu. Mas simplesmente não consigo me livrar da culpa.

— Por que não? — Ele se vira para mim. — Ouça...

Nós dois nos sobressaltamos quando a porta do esconderijo se abre com um ranger agudo enferrujado. Keenan se retesa, arma e mira o arco em um movimento.

— Não atire — diz uma voz. A figura ergue uma lamparina. É um Erudito jovem e de cabelos crespos. Pragueja quando nos vê. — Eu sabia que tinha visto alguém aqui embaixo — diz. — Vocês precisam partir. O patrão disse que há uma patrulha marcial a caminho, e eles estão matando todos os Eruditos livres que encontram...

Não ouvimos o restante. Keenan agarra minha mão e me arrasta pelos degraus, noite afora.

— Por ali. — Ele aponta com um sinal para a fileira de árvores a leste, além dos dormitórios dos escravos, e começo a correr enquanto o sigo, o pulso acelerado.

Passamos pela mata e viramos para norte novamente, cortando através de longos campos não cultivados. Quando Keenan vê um estábulo, ele me deixa e desaparece. Um cão late, mas o som é subitamente interrompido. Minutos mais tarde, Keenan retorna, puxando um cavalo.

Estou prestes a perguntar sobre o cão, mas, diante da expressão severa em seu rosto, permaneço em silêncio.

— Há uma trilha que passa por aquela mata mais adiante — ele diz. — Não parece muito usada, e a neve está caindo forte o suficiente para que nossos rastros sejam encobertos em uma hora ou duas.

Ele me puxa para sua frente e, quando mantenho meu corpo distante, ele suspira.

— Não sei o que há de errado comigo — sussurro. — Eu sinto como... como se não conseguisse encontrar um equilíbrio.

— Você andou carregando peso demais, por tempo demais. Por todo esse tempo, Laia, você liderou, tomou decisões difíceis... e talvez não estivesse pronta também. Não há vergonha nisso, e estripo qualquer um que me diga outra coisa. Você fez o melhor que pôde. Mas largue disso agora. Me deixe carregar esse peso para você. Me deixe te *ajudar*. Confie que eu farei a coisa certa. Já te orientei errado até agora?

Balanço a cabeça. Minha inquietação retorna. *Você deveria acreditar mais em si mesma, Laia*, diz uma voz dentro de mim. *Nem todas as decisões que você tomou foram ruins.*

Mas as que importavam, as decisões das quais vidas dependiam... essas foram erradas. E o peso disso é esmagador.

— Feche os olhos — diz Keenan. — Descanse agora. Vou fazer com que cheguemos a Kauf. Vamos libertar Darin. E tudo vai ficar bem.

◆◆◆

Três noites depois de termos deixado o abrigo, nos deparamos com uma cova coletiva de Eruditos. Homens. Mulheres. Crianças. Todos jogados sem cuidado algum, como lixo. À nossa frente, os picos cobertos de neve da cordilheira Nevennes tapam metade do céu. Como sua beleza parece cruel. Eles não fazem ideia da maldade que ocorreu à sua sombra?

Keenan insiste rapidamente para seguirmos em frente, movendo-se logo depois de o sol ter nascido. Quando estamos bem distantes da cova e atravessando um penhasco alto e coberto de mata, vejo de relance algo a oeste, nas colinas baixas que se encontram entre nós e Antium. Parecem tendas, homens e fogueiras de acampamento. Centenas deles.

— Céus. — Paro Keenan. — Está vendo aquilo? Não são as colinas Argent? Parece que há um maldito exército lá.

— Vamos. — Keenan me puxa, a preocupação impelindo sua impaciência e inflamando a minha. — Precisamos nos abrigar até o cair da noite.

Mas a noite só traz mais horrores. Depois de horas caminhando, nos aproximamos tão subitamente de um grupo de soldados que solto um grito sufocado, quase entregando nossa posição.

Keenan me puxa para trás com um sibilo. Os soldados guardam quatro carruagens fantasmas — assim chamadas porque, uma vez lá dentro, não há diferença entre estar vivo ou morto. Suas laterais altas e negras impedem que se veja quantos Eruditos as carruagens abrigam. Mas mãos se agarram às barras na janela de trás, algumas grandes e outras muito pequenas. Mais prisioneiros são carregados na última carruagem enquanto observamos. Penso na cova pela qual passamos anteriormente. Sei o que vai acontecer com essas pessoas. Keenan tenta me puxar, mas não consigo me mexer.

— Laia!

— Não podemos simplesmente deixá-los.

— Há uma dúzia de soldados e quatro Máscaras guardando essas carruagens — diz Keenan. — Nós seríamos chacinados.

— E se eu desaparecesse? — Olho para trás, na direção das carruagens. Não consigo parar de pensar naquelas mãos. — Do jeito que eu fiz no acampamento tribal. Eu poderia...

— Mas você não consegue. Não desde... — Keenan estende a mão e aperta meu ombro em solidariedade. *Não desde que Izzi morreu.*

Ao som de um grito, eu me viro de volta para as carruagens. Um garoto erudito arranha o rosto do Máscara que o arrasta para a frente.

— Vocês não podem continuar fazendo isso com a gente! — o garoto grita enquanto o Máscara o joga na carruagem. — Nós não somos animais! Um dia vamos dar o troco!

— Com o quê? — O Máscara dá uma risadinha. — Paus e pedras?

— Nós conhecemos os seus segredos agora. — O garoto se joga contra as barras. — Vocês não têm como parar isso. Um dos seus ferreiros se voltou contra vocês, e *nós sabemos*.

O desdém deixa o rosto do Máscara, e ele parece quase pensativo.

— Ah, sim — ele diz em voz baixa. — A grande esperança dos ratos. O Erudito que roubou o segredo do aço sérrico. Ele está morto, garoto.

Solto um grito sufocado, e Keenan coloca a mão sobre a minha boca, mantendo-me firme enquanto balanço, sussurrando que não posso fazer nenhum barulho, que nossa vida depende disso.

— Ele morreu na prisão — diz o Máscara. — Depois de termos arrancado cada fragmento de informação útil de sua mente fraca e miserável. Vocês *são* animais, garoto. Menos que animais, até.

— Ele está mentindo — sussurra Keenan, puxando-me das árvores. — Ele está fazendo isso para atormentar aquele garoto. Não tem como esse Máscara saber se Darin morreu.

— E se ele não estiver mentindo? — pergunto. — E se Darin estiver morto? Você ouviu falar dos rumores a respeito dele. Eles estão se espalhando cada vez mais. Talvez, matando Darin, o Império acredite que possa acabar com esses rumores. Talvez...

— Não importa — diz Keenan. — Desde que exista uma chance de ele estar vivo, temos que tentar. Está me ouvindo? Temos que seguir em frente. Vamos. Há muito chão para cobrir.

◆ ◆ ◆

Quase uma semana depois de deixarmos o abrigo, Keenan aparece caminhando penosamente de volta ao acampamento, dessa vez montado debaixo dos galhos nodosos e desfolhados de um carvalho.

— A comandante já chegou até Delphinium — ele diz. — Ela chacinou todos os Eruditos livres que encontrou no caminho.

— E os escravos? Prisioneiros?

— Os escravos foram poupados; os donos sem dúvida protestaram contra a perda de propriedade. — Ele parece doente enquanto diz isso. — Ela limpou a prisão. Realizou uma execução em massa na praça da cidade.

Céus. A escuridão da noite parece mais profunda e mais silenciosa de certa forma, como se a Morte caminhasse por essas árvores e todos os seres vivos soubessem disso, menos nós.

— Logo não restarão mais Eruditos — comento.

— Laia. Ela está indo para Kauf agora.

Minha cabeça se levanta de sobressalto.

— Céus, e se Elias não libertou Darin? E se a comandante começar a matar Eruditos por lá...

— Elias partiu há seis semanas — diz Keenan. — E parecia bastante confiante. Talvez ele já tenha libertado Darin. Eles podem estar nos esperando na caverna.

Keenan estende a mão para a mochila, cheia. Tira um pão, ainda quente, e meio frango. Vá saber como conseguiu isso. Ainda assim, não consigo me forçar a comer.

— Você às vezes pensa naquelas pessoas nas carruagens? — sussurro. — Você se pergunta o que aconteceu com elas? Você... você se importa?

— Eu aderi à Resistência, não é? Mas não posso ficar remoendo, Laia. Isso não leva a nada.

Mas não é ficar remoendo, penso. *É lembrar. E lembrar não é "nada".*

Uma semana atrás, eu teria dito as palavras em voz alta. Mas, desde que Keenan tirou o jugo da liderança de mim, eu me sinto mais fraca. Diminuída. Como se ficasse menor a cada dia que passa.

Eu deveria ser agradecida a ele. Apesar do interior infestado de Marciais, Keenan evitou com segurança cada patrulha e grupo de batedores, cada posto avançado e torre de vigia.

— Você deve estar congelando. — As palavras dele são suaves, mas me tiram de meus pensamentos. Olho para baixo, surpresa. Ainda uso a capa negra grossa que Elias me deu, uma vida atrás, em Serra.

Fecho a capa junto ao corpo.

— Estou bem.

O rebelde remexe em sua mochila e finalmente tira uma pesada capa de inverno, forrada de pele. Ele se inclina para a frente e carinhosamente solta a presilha de minha capa, deixando-a cair. Então envolve meus ombros com a outra e a prende.

Keenan não pretende ser maldoso. Eu sei disso. Embora eu tenha me afastado dele nos últimos dias, ele tem sido cuidadoso comigo, como sempre.

Mas uma parte de mim quer jogar a capa fora e colocar a de Elias de volta. Sei que estou agindo como uma tola, mas de alguma maneira a capa de Elias me fazia sentir bem. Talvez porque, mais do que me lembrar dele, ela me lembrava de quem eu era quando estava com ele. Mais corajosa. Mais forte. Com minhas falha, certamente, mas sem medo.

Sinto saudades daquela garota. Daquela Laia. Daquela versão de mim mesma que queimava mais reluzente quando Elias Veturius estava por perto.

A Laia que cometia erros. A Laia cujos erros levaram a mortes desnecessárias.

Como eu poderia esquecer? Agradeço a Keenan em voz baixa e enfio a capa velha em minha mochila. Então puxo a nova para junto do corpo e digo a mim mesma que ela é mais quente.

XXXVIII
ELIAS

O silêncio noturno da Prisão Kauf é assustador. Não é um silêncio de sono, mas de morte, de homens desistindo, abrindo mão da vida e finalmente deixando que a dor os varra até desaparecerem no vazio. Ao amanhecer, as crianças vão arrastar para fora os corpos dos que não conseguiram sobreviver.

No silêncio, eu me vejo pensando em Darin. Ele sempre foi um fantasma para mim, uma figura que lutamos por tanto tempo para encontrar, que, embora jamais o tenha conhecido, eu me sentia ligado a ele. Agora que ele está morto, sua ausência é palpável, como um membro fantasma. Quando lembro que ele se foi, a desesperança toma conta de mim novamente.

Meus punhos sangram dos grilhões que me prendem, e não consigo sentir meus ombros; meus braços foram estendidos a noite toda. Mas a dor é como um entorpecimento, não uma inflamação. Já lidei com piores. Ainda assim, quando a escuridão das convulsões cai sobre mim como um manto, é um alívio.

Mas ele tem vida curta, pois, quando acordo no Lugar de Espera, meus ouvidos estão cheios de sussurros atormentados dos espíritos — centenas, milhares, um número grande demais.

Séria, a Apanhadora de Almas me oferece a mão para me levantar.

— Eu disse para você o que aconteceria naquele lugar. — Meus ferimentos não são visíveis aqui, mas ela se encolhe quando olha para mim, como se conseguisse vê-los de qualquer maneira. — Por que você não me escutou? Olhe só para você.

— Eu não esperava ser pego. — Espíritos remoinham à nossa volta, como destroços de um naufrágio girando em uma tempestade. — Por dez infernos, Shaeva, o que está acontecendo?

— Você não deveria estar aqui. — As palavras dela não são hostis, como semanas atrás, mas são firmes. — Achei que eu não veria você até a sua morte. Volte, Elias.

Sinto o puxão familiar em minha barriga, mas luto contra ele.

— Os espíritos estão agitados?

— Mais do que o usual. — Ela se curva. — Há espíritos demais. Eruditos, na maioria.

Levo um momento para compreender. Eu me sinto doente quando o faço. Os sussurros que ouço — milhares e milhares — são de Eruditos assassinados por Marciais.

— Muitos seguem em frente sem a minha ajuda. Mas alguns estão muito angustiados. Seus lamentos incomodam os djinns. — Shaeva leva a mão à cabeça. — Jamais me senti tão velha, Elias. Tão desesperançada. Em mil anos como Apanhadora de Almas, já vi guerras antes. Observei a queda dos Eruditos, a ascensão dos Marciais. Ainda assim, jamais vi nada parecido com isso. Olhe. — Ela aponta para o céu, visível através de um espaço no dossel da floresta. — O arqueiro e a donzela do escudo desaparecem. — Aponta para as constelações. — O executor e o traidor se elevam. As estrelas sempre sabem, Elias. Ultimamente elas sussurram somente sobre a escuridão que se aproxima.

Sombras se reúnem, Elias, e sua reunião não pode ser interrompida. Cain me falou essas palavras — e piores — somente meses atrás, em Blackcliff.

— Que escuridão?

— O Portador da Noite — sussurra Shaeva. O medo toma conta dela, e a criatura forte e aparentemente impenetrável com que eu havia me acostumado desaparece. Em seu lugar, há uma criança assustada.

Ao longe, as árvores reluzem, vermelhas. O bosque dos djinns.

— Ele busca uma maneira de libertar seus irmãos — diz Shaeva. — Ele busca os pedaços espalhados da arma que os trancou aqui muito tempo atrás. Todos os dias chega mais perto. Eu... eu sinto isso, mas não consigo *vê-lo*. Só consigo sentir a sua maldade, como a sombra fria de uma ventania de Nevennes.

— Por que você o teme? — pergunto. — Se vocês dois são djinns?

— O poder dele é cem vezes maior do que o meu. Alguns djinns podem viajar com os ventos ou desaparecer. Outros podem manipular mentes, corpos, o tempo. Mas o Portador da Noite... ele possui todos esses poderes. Mais que isso: ele era nosso professor, nosso pai, nosso líder, nosso rei. Mas... — Ela desvia o olhar. — Eu o traí. Eu traí o nosso povo. Quando ele ficou sabendo... céus, em séculos de vida, jamais conheci medo como aquele.

— O que aconteceu? — pergunto suavemente. — Como você o traiu... Um rosnado irrompe através do ar vindo do bosque. *Ssshhhaeva*...

— Elias — ela diz, angustiada. — Eu...

Shaeva! O rosnado é como o estalo de um chicote, e ela dá um salto.

— Você os incomodou. Vá!

Eu me afasto dela, e os espíritos se acotovelam e pululam à minha volta. Um se separa do restante, pequeno e de olhos arregalados, o tapa-olho ainda parte dele, mesmo na morte.

— *Izzi?* — digo, horrorizado. — O que...

— *Vá!* — Shaeva me empurra, derrubando-me de volta à consciência dolorosa e ardente.

Minhas correntes estão soltas, e estou encolhido no chão, dolorido e congelando. Sinto um toque suave nos braços, e um par de olhos grandes e escuros me observa, arregalados e preocupados. O garoto erudito.

— Tas?

— O diretor ordenou que os soldados soltassem as correntes para que eu pudesse limpar os seus ferimentos, Elias — ele sussurra. — Você precisa parar de se agitar.

Cautelosamente, eu me sento. Izzi. Era ela. Estou certo disso. Mas ela não pode estar morta. O que aconteceu com a caravana? Com Laia? Afya? Por uma vez na vida, quero que outra convulsão me leve. Quero respostas.

— Pesadelos, Elias? — A voz de Tas é tranquila, e, diante de meu anuir, ele franze o cenho.

— Sempre.

— Também tenho sonhos ruins. — O olhar dele desliza brevemente para o meu antes de se desviar.

Não duvido disso. A comandante se manifesta em minha memória, parada do lado de fora de minha cela meses atrás, um pouco antes da hora marcada para eu ser decapitado. Ela me pegou no meio de um pesadelo. "Eu também os tenho", ela disse.

E agora, quilômetros e meses distante daquele dia, descubro que uma criança erudita condenada à prisão em Kauf não é diferente. É tão perturbador que nós três sejamos ligados por essa experiência: os monstros rastejando através de nossa cabeça. Toda a escuridão e a maldade que os outros perpetram em nós, todas as coisas que não podemos controlar por sermos jovens demais para impedi-las, seguiram conosco através dos anos, esperando à espreita que chegássemos ao ponto mais baixo. Então dão o bote como ghuls sobre uma vítima moribunda.

A comandante, eu sei, é consumida pelas trevas. Quaisquer que fossem seus pesadelos, ela se tornou mil vezes pior.

— Não deixe que o medo o consuma, Tas — digo. — Você é tão forte quanto qualquer Máscara, desde que não o deixe controlá-lo. Desde que você lute.

Do corredor, ouço um grito familiar, o mesmo que ouvi quando fui jogado nesta cela. Começa com um lamento, antes de se desfazer em soluços.

— Ele é jovem. — Tas anui na direção do prisioneiro atormentado. — O diretor passa muito tempo com ele.

Pobre coitado. É por isso que soa tão desesperado.

Tas derrama um destilado em minhas unhas feridas, e elas queimam como os infernos. Seguro um gemido.

— Os soldados — diz Tas. — Eles têm um nome para o prisioneiro.

— O Gritão? — murmuro, entredentes.

— O Artista.

Meus olhos miram imediatamente os de Tas, a dor esquecida.

— Por que eles o chamam assim? — pergunto baixinho.

— Eu nunca vi nada parecido. — Tas desvia o olhar, amedrontado. — Mesmo usando sangue como tinta, os desenhos que ele pinta nas paredes são tão reais que eu achei que... que fossem sair andando, vivos.

Malditos infernos. Não pode ser. O legionário no bloco das solitárias disse que ele estava morto. Eu acreditei nele, tolo que sou. Eu me permito esquecer a respeito de Darin.

— Por que você está me contando isso? — Uma suspeita súbita e horrível me assola. Será Tas um espião? — O diretor sabe disso? Foi ele que colocou você nessa?

Tas balança a cabeça rapidamente.

— Não... Por favor, escute. — Ele olha de relance para meu punho, o qual, percebo, está fechado. Eu me sinto doente só de pensar que esse garoto imaginou que eu fosse capaz de machucá-lo, e abro a mão. — Até aqui, os soldados falam da caçada ao maior traidor do Império. E da garota com quem você viaja: Laia de Serra. E... o Artista, em seus pesadelos, às vezes fala dela também.

— O que ele diz?

— O nome dela — sussurra Tas. — *Laia*. Ele grita o nome dela, e diz para ela fugir.

XXXIX
HELENE

As vozes no vento me enlaçam, enviando choques de inquietação até o âmago de meu ser. A Prisão Kauf, ainda a três quilômetros de distância, torna sua presença conhecida pela dor de seus presos.

— Já não era sem tempo. — Faris, que esperava no posto avançado de abastecimento fora do vale, emerge de dentro da edificação. Ele fecha bem sua capa forrada de pele, cerrando os dentes contra o vento congelante. — Estou aqui há três dias, Águia.

— Houve uma enchente nas colinas Argent. — Uma viagem que deveria ter levado sete dias levou quinze. Falta pouco mais de uma semana para a *Rathana. Infernos, não há tempo.* Espero que minha confiança na cozinheira não tenha sido equivocada. — Os soldados da guarnição insistiram que déssemos a volta — explico para Faris. — Um inferno de atraso.

Ele pega as rédeas de meu cavalo enquanto salto.

— Estranho — diz. — As colinas estavam bloqueadas do lado leste também, mas me disseram que foi uma avalanche.

— É provável que tenha sido uma avalanche provocada pela enchente. Vamos comer, pegar suprimentos e começar a rastrear Veturius.

Uma onda de ar quente da lareira nos atinge assim que entramos no posto avançado, e me sento ao lado do fogo enquanto Faris fala em voz baixa com quatro auxiliares à sua volta. Em uníssono, eles anuem vigorosamente ao que quer que ele esteja dizendo, lançando olhares nervosos em minha direção. Dois desaparecem para dentro das cozinhas enquanto os outros dois cuidam dos cavalos.

— O que você disse a eles? — pergunto.

— Que íamos exilar suas famílias se falassem da nossa presença para qualquer pessoa. — Faris abre um largo sorriso para mim. — Presumo que você não queira que o diretor da prisão saiba que estamos aqui.

— Bem pensado. — Espero que não precisemos da ajuda do diretor para rastrear Elias. Estremeço de pensar o que ele iria querer em troca. — Precisamos explorar a área. Pode ser que Elias ainda esteja por aqui.

A respiração de Faris dá uma parada breve e então continua como antes. Olho de relance para ele, que parece súbita e profundamente interessado em sua refeição.

— O que é?

— Nada. — Ele fala rápido demais e resmunga uma praga quando percebe que notei seu sobressalto. Em seguida larga o prato. — Eu odeio isso — diz. — E não me importo que o espião da comandante saiba. — Ele lança um olhar sombrio para Avitas. — Odeio o fato de sermos como cães perseguindo uma caça, com Marcus estalando o chicote em nossas costas. Elias salvou a minha vida durante as Eliminatórias. E a de Dex também. Ele sabia como você se sentia, depois... — Faris olha para mim de maneira acusadora. — Você jamais chegou a falar da Terceira Eliminatória.

Com Avitas observando cada movimento que faço, a atitude sábia agora seria fazer um discurso sobre a lealdade ao Império.

Mas estou cansada demais. E, no fundo, desgostosa demais.

— Eu odeio isso também. — Olho, sem apetite, para minha refeição deixada pela metade. — Malditos céus, eu odeio tudo isso. Mas essa história não tem nada a ver com Marcus. Tem a ver com a sobrevivência do Império. Se é impossível para você me ajudar, então junte suas coisas e volte para Antium. Posso designá-lo para outra missão.

Faris desvia o olhar, o maxilar cerrado.

— Vou ficar.

Silenciosamente, solto um suspiro.

— Nesse caso — pego meu garfo novamente —, talvez você possa me dizer por que se calou quando eu disse que devíamos explorar a área em busca do Elias.

Faris resmunga:

— Maldição, Hel.

— Você serviu em Kauf na mesma época que ele, tenente Candelan — Avitas diz para Faris. — Você não, Águia.

Verdade. Elias e eu estivemos em Kauf em épocas diferentes, quando éramos cincos.

— Ele ia para algum lugar quando as coisas na prisão ficavam muito pesadas? — Há uma intensidade em Avitas que eu raramente vi. — Uma... fuga?

— Uma caverna — diz Faris após um momento. — Eu o segui uma vez quando ele deixou Kauf. Eu achei... céus, não sei o que achei. Provavelmente algo estúpido: que ele havia encontrado um depósito escondido de cerveja na mata. Mas ele simplesmente sentava dentro da caverna e olhava fixamente para as paredes. Acho... acho que ele estava tentando esquecer a prisão.

Um grande vazio se abre dentro de mim quando Faris menciona isso. É claro que Elias encontraria um lugar assim. Ele não seria capaz de suportar Kauf sem isso. É tão a cara dele que quero rir e quebrar algo ao mesmo tempo.

Não agora. Não quando estamos tão próximos.

— Vamos até lá.

❖ ❖ ❖

Em um primeiro momento, tenho a impressão de que a caverna é um beco sem saída. Ela parece abandonada há anos. Acendemos tochas e vasculhamos cada centímetro. Bem quando estamos prestes a ir embora, vejo um vislumbre de algo brilhando bem no fundo, dentro de uma fissura na parede. Quando vou puxar, quase deixo cair.

— Por dez infernos. — Faris pega as bainhas cruzadas e amarradas que estão comigo. — As cimitarras de Elias.

— Ele está aqui. — Ignoro o horror que cresce em meu estômago. *Você terá de matá-lo!* Então finjo que é a injeção de adrenalina da caçada. — E não faz muito tempo. As aranhas cobriram todo o resto. — Levanto a tocha para as teias na fenda.

Procuro sinais da garota. Nada.

— Se ele está aqui, então Laia deveria estar também.

— E — acrescenta Avitas —, se ele deixou tudo isso aqui, certamente não acreditava que ficaria fora por muito tempo.

— Fique de vigília — ordeno para Faris. — Lembre-se, é do Veturius que estamos falando. Mantenha distância. Não entre em luta. Preciso ir até a prisão. — Eu me viro para Avitas. — Imagino que você vai insistir em vir comigo, certo?

— Eu conheço o diretor melhor que você — ele responde. — Não é inteligente aparecer sem mais nem menos na prisão. Há muitos espiões da comandante lá dentro. Se ela souber que você está aqui, tentará te sabotar.

Ergo as sobrancelhas.

— Quer dizer que ela não sabe que estou aqui? Achei que você tivesse contado a ela.

Avitas não diz nada, e, à medida que seu silêncio se estende, Faris se mexe desconfortavelmente a meu lado. Vejo as mais ligeiras fissuras na fachada fria de Harper.

— Eu não sou mais o espião dela — ele confessa finalmente. — Se eu fosse, você estaria morta a essa altura. Porque você está muito perto de capturar Elias, e as ordens dela eram para matá-la sem chamar atenção quando você estivesse perto disso, e para fazer parecer um acidente.

Faris saca a cimitarra.

— Seu traidor imundo...

Ergo a mão para pará-lo e anuo para que Avitas continue.

Ele puxa um envelope de papel fino do uniforme.

— Erva-da-noite — diz. — Proibida no Império. Vá saber onde Keris conseguiu. Um pouquinho mata lentamente. Um pouco mais, e o coração para. A comandante planejava dizer que a pressão foi demais para você.

— Você acha que eu sou assim tão fácil de matar?

— Na realidade, não. — A luz da tocha joga o rosto mascarado de Avitas para a sombra, e, por um segundo, ele me lembra de uma pessoa que não sei definir. — Passei semanas pensando em como eu faria isso sem ninguém perceber.

— E?

— Decidi que eu não faria. Então comecei a não passar mais informações a ela sobre o que estávamos fazendo e para onde estávamos indo.

— Por que mudou de ideia? Você devia saber o que a missão exigiria.

— Eu pedi a missão. — Ele põe a erva-da-noite de lado. — Eu disse à comandante que ela precisaria de uma pessoa bem próxima de você, se quisesse matá-la sem chamar atenção.

Faris não guarda a cimitarra. Ele dá um passo à frente, seu corpo enorme parecendo tomar metade do espaço da caverna.

— Por que nos malditos infernos você pediu *esta* missão? Você tem algo contra o Elias?

Avitas balança a cabeça.

— Eu tinha... uma questão que precisava de resposta. Vir com você era a melhor maneira de consegui-la.

Abro a boca para perguntar qual era, mas ele balança a cabeça.

— A questão não importa.

— Infernos, é claro que importa — disparo. — O que fez com que você mudasse a sua aliança? E como vou saber que não a mudará de volta?

— Eu posso ter sido o espião dela, Águia de Sangue. — Ele encontra meus olhos, e a fissura em sua fachada se alarga. — Mas *jamais* fui aliado da comandante. Eu precisava dela. Eu precisava de respostas. Isso é tudo o que vou lhe dizer. Se não conseguir viver com isso, então me mande embora ou me castigue. O que lhe convier melhor. Apenas... — Ele faz uma pausa. Aquilo é *ansiedade* em seu rosto? — Não vá a Kauf falar com o diretor. Mande uma mensagem para ele. Tire-o de seu domínio, onde ele é mais forte. Depois faça o que quiser.

Eu sabia que não podia confiar em Harper. Eu jamais *havia* confiado nele. No entanto, ele abriu o jogo agora — aqui, onde ele não tem aliados, e eu tenho um às minhas costas.

Ainda assim, eu o imobilizo com o olhar. Ele não respira.

— Me traia — digo — e arrancarei o seu coração com minhas próprias mãos.

Avitas anui.

— Eu não esperaria menos que isso, Águia de Sangue.

— Certo. Em relação ao diretor, não sou uma novilha que ainda faz xixi na cama, Harper. Eu sei com o que aquele monstro trabalha: segredos e dor mascarados como ciência e razão.

Mas ele adora o seu reininho sujo. E não vai querer que o tomem dele. Posso usar isso contra ele.

— Leve uma mensagem para o velho — ordeno. — Diga a ele que eu gostaria de encontrá-lo na casa dos barcos hoje à noite. E que ele deve ir sozinho.

Harper parte imediatamente, e, quando temos certeza de que não está mais ali, Faris se vira para mim.

— Por favor, não me diga que você acredita que ele subitamente está do seu lado.

— Não tenho tempo para descobrir. — Pego as coisas de Elias e as enfio de volta na fenda na parede. — Se o diretor souber de qualquer coisa sobre Veturius, não vai compartilhar esse conhecimento de graça. Ele vai querer informações em troca. Tenho de descobrir o que vou dar a ele.

♦ ♦ ♦

À meia-noite, Avitas e eu entramos furtivamente na casa de barcos de Kauf. As largas vigas cruzadas no teto reluzem sem brilho na luz azul das tochas. O único ruído é a batida da ondulação ocasional do rio contra as laterais dos barcos.

Embora Avitas tenha pedido ao diretor para vir sozinho, ainda espero que ele traga guardas. Enquanto espio as sombras, solto minha cimitarra e giro os ombros. Os cascos de madeira das canoas retinem uns contra os outros, e lá fora os barcos de transporte de prisioneiros ancorados projetam longas sombras através das janelas. Um vento perseverante chocalha o vidro.

— Você tem *certeza* de que ele vem?

O Nórdico anui.

— Ele está muito interessado em encontrá-la, Águia. Mas...

— Ora, ora, tenente Harper, você não precisa educar a nossa Águia. Ela não é uma criança.

O diretor, tão pálido e alongado quanto uma aranha crescida de uma catacumba, deixa furtivamente a escuridão nos fundos da casa de barcos. Há quanto tempo ele estava escondido ali? Eu me obrigo a não estender a mão para a cimitarra.

— Eu tenho perguntas, diretor. — *Você é um verme. Um parasita patético e corrompido.* Quero que ele ouça a indiferença em minha voz. Quero que saiba que está abaixo de mim.

Ele para a um metro de mim, as mãos cruzadas atrás das costas.

— Como posso servi-la?

— Algum prisioneiro fugiu nas últimas semanas? Houve alguma invasão ou roubo?

— Não a todas as questões, Águia. — Embora eu o observe cuidadosamente, não acho que está mentindo.

— Alguma atividade estranha? Algum guarda visto onde não deveria estar? Prisioneiros inesperados chegando?

— As fragatas trazem novos prisioneiros o tempo inteiro. — O diretor toca os longos dedos uns nos outros, pensativo. — Eu mesmo processei um bem recentemente. Nenhum foi inesperado, no entanto.

Sinto a pele formigar. O diretor está contando a verdade. Mas está escondendo algo ao mesmo tempo. Eu sinto isso. A meu lado, Avitas desloca o peso do corpo, como se também sentisse algo fora do lugar.

— Águia de Sangue — diz o diretor. — Perdoe-me, mas por que você está aqui, em Kauf, procurando essas informações? Achei que você tinha uma missão um tanto urgente de encontrar Elias Veturius, não é?

Eu me contraio.

— Você sempre faz perguntas para seus oficiais superiores?

— Não me leve a mal. Só estou me perguntando se existe algo que possa ter trazido Veturius para cá.

Noto como ele observa meu rosto esperando uma reação e me preparo para o que quer que ele vá dizer em seguida.

— Pois, se você estivesse disposta a me contar por que suspeita de que ele esteja aqui, então talvez eu pudesse compartilhar algo... útil.

Avitas olha de relance para mim. Um aviso. *O jogo começou.*

— Por exemplo — diz o diretor —, a garota com quem ele está viajando... Quem é ela?

— O irmão dela está na sua prisão. — Ofereço a informação livremente. Uma demonstração de boa-fé. *Você me ajuda, eu te ajudo.* — Acredito que Veturius esteja tentando libertá-lo.

A luz nos olhos do diretor significa que lhe dei algo interessante. Por um segundo, a culpa me inunda. Se o garoto *estiver* na prisão, eu tornei bem mais difícil para Elias tirá-lo de lá.

— O que ela significa para ele, Águia de Sangue? Que poder ela tem sobre ele?

Dou um passo na direção do velho para que ele possa ver a verdade em meus olhos.

— Não sei.

Do lado de fora da casa de barcos, o vento se intensifica. Suspira nas cimalhas, sinistro como um guizo da morte. O diretor inclina a cabeça, os olhos sem cílios, paralisados.

— Diga o nome dela, Helene Aquilla, e lhe contarei algo que valha a pena.

Troco um olhar de relance com Avitas. Ele balança a cabeça. Seguro minha cimitarra e percebo que a palma de minhas mãos escorrega sobre o punho. Como uma cinco, falei com o diretor não mais que duas vezes. Mas eu sabia — todos os cincos sabiam — que ele nos observava. O que ele aprendeu a meu respeito naquela época? Eu era uma criança, tinha apenas doze anos. O que ele *poderia* ter aprendido sobre mim?

— Laia. — Não permito inflexão alguma na voz. Mas o diretor ergue a cabeça, avaliando-me friamente.

— Ciúme e raiva — ele diz. — E... domínio? Uma conexão. Algo profundamente irracional, acredito. Estranho...

Uma conexão. A cura — o sentimento de proteção que não quero sentir. Malditos céus. Ele tirou tudo isso de uma palavra? Disciplino o rosto, recusando-me a deixar que ele saiba o que sinto. Ainda assim, o diretor sorri.

— Ah — ele diz suavemente. — Vejo que estou certo. Obrigado, Águia de Sangue. Você me deu bastante. Mas agora devo partir. Não gosto de ficar longe da prisão por muito tempo.

Como se Kauf fosse a noiva que ele anseia ver.

— Você me prometeu informações, velho — digo.

— Eu já lhe disse o que você precisa saber, Águia de Sangue. Talvez você não tenha escutado. Achei que você fosse — o diretor parece vagamente desapontado — mais esperta.

Os passos das botas do diretor ecoam na casa de barcos vazia enquanto ele vai embora. Quando pego minha cimitarra, com toda a intenção de *fazê-lo* falar, Avitas segura meu braço.

— Não, Águia — ele sussurra. — Ele jamais diz algo sem uma razão. Pense... ele deve ter nos dado uma pista.

Eu não preciso de malditas pistas! Afasto a mão de Avitas, desembainho minha lâmina e caminho a passos largos ao encontro do diretor. Enquanto avanço, me dou conta da única coisa que ele disse que arrepiou os pelos de minha nuca. "Eu mesmo processei um bem recentemente. Não foi inesperado, no entanto."

— Veturius — digo. — Você está com ele.

O diretor para. Não consigo ver bem o rosto do velho enquanto ele se vira ligeiramente em minha direção, mas ouço o sorriso em sua voz.

— Excelente, Águia. Não tão decepcionante, afinal.

XL
LAIA

Keenan e eu nos agachamos atrás de um tronco caído e examinamos a caverna. Não parece grande coisa.
— A meio quilômetro do rio, cercada de cicutas, abertura para o leste, um regato ao norte e uma laje de granito caída de lado, cem metros ao sul. — Keenan anui para cada ponto de referência. — Não pode ser nenhum outro lugar.

O rebelde puxa o capuz mais para baixo. Uma pequena montanha de neve cresce em seus ombros. O vento assobia à nossa volta, lançando pedaços de gelo em nossos olhos. Apesar das botas forradas de lã que Keenan roubou para mim em Delphinium, não consigo sentir os pés. Mas pelo menos a tempestade cobriu nossa aproximação e calou os lamentos assombrados dos prisioneiros.

— Não vimos nenhum movimento. — Fecho bem minha capa. — E a tempestade está piorando. Estamos desperdiçando tempo.

— Eu sei que você acha que estou maluco — diz Keenan —, mas não quero que a gente caia em uma armadilha.

— Não tem ninguém aqui — digo. — Não vimos nenhum rastro e nenhum sinal de qualquer pessoa nessas matas, fora nós. E se Darin e Elias estiverem lá, machucados ou passando fome?

Keenan observa a caverna por um segundo mais, então se levanta.
— Tudo bem. Vamos lá.

Quando nos aproximamos, meu corpo não resiste. Saco a adaga, passo decidida por Keenan e entro na caverna, cautelosamente.

— Darin? — sussurro para a escuridão. — Elias? — A caverna parece abandonada. Mas Elias se certificaria de que ela não parecesse como se estivesse ocupada.

Uma luz brilha atrás de mim — Keenan segura uma lamparina no alto, iluminando as paredes, cobertas de teias de aranha, e o chão, tomado de folhas. A caverna não é grande, mas eu gostaria que fosse. Pelo menos assim a visão de seu vazio não seria tão esmagadoramente definitiva.

— Keenan — sussurro. — Parece que ninguém esteve aqui em anos. Talvez Elias não tenha nem chegado aqui.

— Olhe. — Ele enfia a mão em uma fenda profunda nos fundos da caverna e tira uma mochila. Pego a lamparina dele, minha esperança se inflamando. Keenan larga a mochila, enfia a mão mais fundo e tira um conjunto de cimitarras familiar.

— Elias — expiro. — Ele esteve aqui.

Keenan abre o pacote e tira o que parece um pão de uma semana e frutas mofadas.

— Ele não voltou, ou teria comido isso. E — Keenan pega a lamparina de mim e ilumina o restante da caverna — não há sinal do seu irmão. A *Rathana* é em uma semana. Elias já deveria ter tirado Darin de lá, a essa altura.

O vento uiva como um espírito irado, desesperado para ser solto.

— Podemos nos abrigar aqui por enquanto. — Keenan larga sua mochila no chão. — A tempestade está ruim demais para encontrarmos outro acampamento, de qualquer forma.

— Mas nós precisamos fazer alguma coisa — digo. — Não sabemos se Elias entrou em Kauf, se tirou Darin de lá, se o meu irmão está vivo...

Keenan toma meus ombros.

— Nós chegamos até aqui, Laia. Nós chegamos até Kauf. Assim que a tempestade passar, vamos descobrir o que aconteceu. Vamos encontrar Elias e...

— Não — uma voz ressoa da entrada da caverna. — Vocês não vão encontrá-lo. Porque ele não está aqui.

Meu coração se afunda, e agarro o punho da espada. Mas, quando vejo as três figuras mascaradas, paradas na entrada da caverna, sei que não vai adiantar muito.

Uma das figuras dá um passo à frente. É meia cabeça mais alta que eu, a máscara um brilho mercurial por baixo do capuz forrado.

— Laia de Serra — diz Helene Aquilla. Se a tempestade tivesse voz, seria a dela, gélida, mortal e absolutamente insensível.

XLI
ELIAS

Darin está vivo. Ele está em uma cela a alguns metros de mim. E está sendo torturado. Até a loucura.

— Preciso encontrar uma maneira de entrar naquela cela — medito em voz alta. O que significa que preciso dos horários dos turnos dos guardas e dos interrogatórios. Além das chaves para abrir meus grilhões e da porta da cela de Darin. Drusius é o responsável por essa parte do bloco de interrogatórios; ele tem as chaves. Mas jamais se aproxima o suficiente de mim, para que eu possa pegá-lo de jeito.

Nada de chaves. Alfinetes para abrir os cadeados, então. Preciso de dois...

— Eu posso ajudar — a voz baixa de Tas interrompe meu planejamento. — E... existem outros, Elias. Os Eruditos nos poços têm um movimento rebelde. Os Skiritae... dezenas deles.

Levo um longo momento para assimilar as palavras de Tas, mas, assim que o faço, o encaro, horrorizado.

— O diretor arrancaria a sua pele, e a de qualquer pessoa que o ajudasse. De jeito nenhum.

Tas se sobressalta com minha veemência, como um animal atingido.

— Você... você disse que o meu medo torna o diretor poderoso. Se eu te ajudasse...

Por dez infernos. Já tenho mortes suficientes nas mãos; não preciso acrescentar uma criança à lista.

— Obrigado. — Encontro seu olhar diretamente. — Por me contar sobre o Artista. Mas não preciso da sua ajuda.

Tas recolhe suas coisas e sai sem fazer ruído em direção à porta. Para ali um instante e olha para trás.

— Elias...

— Muitas pessoas já sofreram por minha causa — digo. — Por favor, vá. Se os guardas ouvirem nós dois conversando, vão castigar você.

Após a partida de Tas, eu me levanto, cambaleante, e me sobressalto com a dor lancinante em minhas mãos e pés. Eu me forço a andar de um lado para o outro, um movimento em que outrora eu nem precisava pensar, mas que, na ausência do Tellis, se transformou em um desafio de proporções quase impossíveis.

Uma profusão de ideias passa rapidamente por minha cabeça, cada uma mais extravagante que a outra. Todas exigem a ajuda de ao menos outra pessoa.

O garoto, diz uma voz prática dentro de mim. *O garoto pode ajudá-lo.*

Daria na mesma se eu o matasse pessoalmente, então, sibilo de volta para a voz. *Ao menos seria uma morte mais rápida.*

Preciso fazer isso sozinho. Só necessito de tempo. Mas tempo é uma das muitas coisas que simplesmente não tenho. Apenas uma hora depois de Tas partir, e sem solução à vista, minha cabeça gira e meu corpo tem espasmos. *Maldição, agora não.* Mas todas as pragas e palavras duras que dirijo a mim mesmo não servem de nada. A convulsão me derruba — primeiro de joelhos, e então direto para o Lugar de Espera.

◆◆◆

— Eu deveria simplesmente construir uma maldita casa aqui — murmuro enquanto me levanto do chão coberto de neve. — Talvez pegar algumas galinhas. Plantar um jardim.

— Elias?

Izzi espia em minha direção de trás de uma árvore, uma versão emaciada de si mesma. Meu coração dói ao vê-la.

— Eu... eu tinha esperança de que você voltasse.

Olho em volta à procura de Shaeva, me perguntando por que ela não ajudou Izzi a seguir em frente. Quando seguro as mãos de minha amiga, ela olha para baixo, surpresa com meu calor.

— Você está vivo — ela diz sombriamente. — Um espírito me contou. Um Máscara. Ele disse que você caminha no mundo dos vivos e dos mortos. Mas não acreditei nele.

Tristas.

— Não estou morto ainda — digo. — Mas não vai levar muito tempo agora. Como você... — É indelicado perguntar a um fantasma como ele morreu? Estou prestes a me desculpar, mas Izzi dá de ombros.

— Ataque marcial — ela explica. — Um mês depois de você partir. Num segundo eu estava tentando salvar Gibran. No seguinte eu estava aqui, com aquela mulher parada na minha frente... a Apanhadora de Almas, me dando as boas-vindas ao reino dos mortos.

— E os outros?

— Estão vivos — diz Izzi. — Não tenho certeza de como eu sei, mas estou certa disso.

— Sinto muito. Se eu estivesse lá, talvez pudesse...

— Pare. — O olho dela brilha. — Você sempre acredita que todas as pessoas são de sua responsabilidade, Elias. Mas não somos. Temos nossa própria vida, e merecemos tomar as nossas decisões. — A voz de Izzi treme com uma ira estranha a ela. — Eu não morri por sua causa. Eu morri porque queria salvar outra pessoa. Não ouse tirar isso de mim.

Imediatamente após ela terminar de falar, sua ira se dissipa, e ela parece espantada.

— Desculpe — ela chia. — Este lugar... ele mexe com você. Não me sinto bem, Elias. Esses outros fantasmas... tudo que fazem é chorar e se lamentar... — O olho de Izzi escurece e ela dá um giro, rosnando para as árvores.

— Não se desculpe. — Algo a está segurando, fazendo com que fique aqui, fazendo-a sofrer. Sinto uma necessidade quase incontrolável de ajudá--la. — Você... não consegue seguir em frente?

Os galhos farfalham ao vento e o sussurrar dos fantasmas nas árvores se cala, como se também quisessem ouvir o que Izzi vai dizer.

— Eu não quero seguir em frente — ela sussurra. — Estou com medo.

Tomo a mão dela na minha e caminho, lançando um olhar severo para as árvores. Só porque Izzi está morta não quer dizer que seus pensamentos devam ser bisbilhotados. Para minha surpresa, os sussurros cessam, como se os fantasmas quisessem nos proporcionar privacidade.

— Você tem medo de doer? — pergunto.

Ela olha para baixo, para seus pés de botas.

— Eu não tenho família, Elias. Eu só tinha a cozinheira. E ela não está morta. E se não tiver ninguém me esperando? E se eu ficar sozinha?

— Não acho que seja assim — digo. Através das árvores, vejo o reflexo do sol na água. — Não há sozinho ou junto naquele lado. Acho que é diferente.

— Como você sabe?

— Eu não sei. Mas os espíritos não conseguem seguir em frente até terem lidado com o que quer que os amarre ao mundo dos vivos. Amor ou ira, medo ou família. Então talvez essas emoções não existam daquele lado. De qualquer forma, será melhor do que este lugar, Izzi. Este lugar é assombrado. Você não merece estar presa aqui.

Espio um caminho à frente, e meu corpo avança em sua direção instintivamente. Lembro de um beija-flor de penas claras que costumava fazer seu ninho no pátio de Quin, como ele desaparecia no inverno e retornava na primavera, guiado para casa por alguma bússola incognoscível.

Mas por que você conhece esse caminho, Elias, se jamais esteve nesta parte da floresta antes?

Afasto a questão. Agora não é o momento para isso.

Izzi se recosta em mim à medida que o caminho desce para um barranco coberto de folhas secas. A trilha cai subitamente, e a deixamos. Um rio lento sussurra a nossos pés.

— É isso então? — Ela olha fixamente para a água límpida. O sol estranho e abafado do Lugar da Espera brilha em seu cabelo loiro, fazendo-o parecer quase branco. — É aqui que eu sigo em frente?

Eu anuo, a resposta vindo a mim como se eu sempre a tivesse conhecido.

— Só vou embora quando você estiver pronta — digo. — Vou ficar com você.

Ela ergue o olho escuro para o meu rosto, lembrando um pouco mais a antiga Izzi.

— E o que vai acontecer com você, Elias?

Dou de ombros.

— Eu estou — *bem, legal, vivo* — sozinho — desabafo. Imediatamente me sinto um tolo.

Izzi inclina a cabeça e leva uma mão espectral até meu rosto.

— Às vezes, Elias — ela diz —, a solidão é uma escolha. — Ela está sumindo nas beiras, partes dela desaparecendo tão delicadamente quanto felpas de um dente-de-leão. — Diga para a Laia que eu não tive medo. Ela estava preocupada.

Ela me solta e entra no rio. Em um momento está ali, no seguinte não está mais, desaparecida antes mesmo que eu erga a mão em despedida. Algo fica mais leve dentro de mim com sua partida, como se um pouco da culpa que me assola tivesse se derretido.

Atrás de mim, sinto outra presença. Lembranças no ar: o choque das cimitarras de treino, corridas nas dunas, sua risada nas intermináveis provocações sobre Aelia.

— Você poderia se deixar ir também. — Não me viro. — Você poderia ser livre, como ela. Vou ajudá-lo. Você não precisa fazer isso sozinho.

Espero. Tenho esperança. Mas a única resposta de Tristas é o silêncio.

◆ ◆ ◆

Os três dias seguintes são os piores da minha vida. Se minhas convulsões me levam para o Lugar de Espera, não tomo conhecimento. Tudo o que sinto é dor e os olhos azul-claros do diretor pousados em mim enquanto ele me bombardeia de perguntas. *Conte-me sobre a sua mãe — uma mulher tão fascinante. Você era um amigo próximo da Águia de Sangue. Ela sente a dor dos outros tão intensamente quanto você?*

Tas, seu rostinho preocupado, tenta manter meus ferimentos limpos. *Posso ajudar, Elias. Os Skiritae também.*

Drusius me espanca todas as manhãs para o diretor — *Jamais vou deixá-lo levar a melhor de novo, seu bastardo...*

Em quaisquer fragmentos de lucidez que ainda tenha, reúno as informações possíveis. *Não desista, Elias. Não caia no escuro.* Presto atenção nos passos dos guardas, no timbre de suas vozes. Aprendo a identificá-los pelas pequenas projeções de sombras que passam por minha porta. Descubro seus movimentos e identifico um padrão nos interrogatórios. Então procuro uma oportunidade.

Nenhuma aparece. Em vez disso, a Morte circula como um urubu paciente. Sinto sua sombra curva se aproximando, congelando o ar que respiro. *Ainda não.*

Então, certa manhã, passos ressoam surdos do lado de fora da minha porta e ouço o tilintar de chaves. Drusius entra em minha cela para o espancamento diário. Bem na hora. Deixo a cabeça balançar e a boca ficar aberta. Ele dá uma risadinha para si mesmo e avança, despreocupado. Quando está a centímetros de mim, me pega pelo cabelo e me faz olhar para ele.

— Patético — cospe em meu rosto. *Porco.* — Achei que você fosse forte. O poderoso Elias Veturius. Você não é de nada...

Idiota, você esqueceu de apertar minhas correntes. Levo o joelho para cima, bem no meio das pernas dele. Ele dá um guincho e se dobra, e sigo o golpe com uma cabeçada de trepidar o cérebro. Os olhos dele ficam vítreos, e Drusius não nota que enrolei uma de minhas correntes em torno de seu pescoço, até seu rosto começar a ficar azulado.

— Você fala demais, seu maldito — rosno, quando ele finalmente apaga.

Eu o deixo cair e procuro suas chaves. Quando as encontro, fecho meus grilhões nele, caso desperte antes do tempo. Então o amordaço.

Espio pelas frestas da porta. O outro Máscara de serviço ainda não veio procurar por Drusius. Mas logo virá. Conto o som dos passos das botas daquele Máscara até ter certeza de que ele está bem longe de mim. Então saio furtivamente.

A luz das tochas fere meus olhos, e eu os semicerro. Minha cela fica no fim de um corredor curto, que se bifurca do corredor principal do bloco. Esse corredor tem apenas três celas, e tenho certeza de que a cela vizinha à minha está vazia. O que deixa apenas a outra cela para conferir.

Meus dedos estão incapacitados por causa da tortura, e cerro os dentes diante dos longos segundos que levo para repassar as chaves. *Depressa, Elias, depressa.*

Finalmente encontro a chave certa e, instantes mais tarde, destranco a porta. Ela range terrivelmente, e viro de lado para passar apertado. Ela range novamente quando a fecho, e praguejo em voz baixa.

Embora tenha me exposto somente por um momento à luz das tochas, meus olhos demoram um pouco para se ajustar à escuridão. Em um primeiro momento, não consigo ver os desenhos. Quando o faço, minha respiração fica presa. Tas estava certo. Eles parecem que vão sair vivos da parede.

A cela está em silêncio. Darin deve estar dormindo, ou inconsciente. Dou um passo em direção à forma emaciada no canto. Então ouço o retinir de correntes, o arfar de uma respiração áspera. Um espectro destruído salta da escuridão, o rosto a centímetros do meu, os dedos ossudos em torno de meu pescoço. Faltam chumaços de seu cabelo claro na cabeça, e o rosto está riscado de cicatrizes. Dois de seus dedos são tocos, e o torso está coberto de queimaduras. *Por dez infernos.*

— Quem nos *malditos* céus é você? — diz o espectro.

Removo facilmente suas mãos de meu pescoço, mas, por um segundo, não consigo falar. É ele. Sei disso instantaneamente. Não porque ele lembra Laia. Mesmo na cela escura, posso ver que seus olhos são azuis, sua pele pálida. Mas o fogo em seu olhar — só vi isso um dia, em outra pessoa. E, embora espere que seus olhos pareçam enlouquecidos, a julgar pelos sons que ouvi, eles parecem completamente sãos.

— Darin de Serra — digo. — Eu sou um amigo.

Ele responde com uma risadinha sombria.

— Um Marcial amigo? Creio que não.

Olho sobre o ombro, para a porta. Não temos tempo.

— Eu conheço a sua irmã, Laia — digo. — Estou aqui para tirá-lo da prisão, conforme o pedido dela. Precisamos ir... *agora.*

— Você está mentindo — ele sibila.

Um passo ecoa fora da cela, então silêncio. Não temos tempo para isso.

— Eu posso provar a você — digo. — Me pergunte sobre ela. Eu posso lhe dizer...

— Você pode me dizer o que eu disse ao diretor, que foi *tudo* sobre ela. "Nenhuma pedra sem revirar", ele disse. — Darin me encara com um ódio capaz de queimar. Ele deve estar exagerando sua dor durante os interrogatórios, para que o diretor acredite que ele é fraco, pois, a julgar por esse olhar, fica evidente que ele não é uma pessoa fácil de influenciar. Normalmente eu aprovaria isso. Mas, no momento, é algo bastante inconveniente.

— Escute. — Mantenho a voz baixa, mas brusca o suficiente para romper sua suspeita. — Eu não sou um deles, caso contrário não estaria vestido desse jeito e machucado assim. — Exponho os braços, marcados com cortes do último interrogatório do diretor. — Eu sou um prisioneiro. Entrei escondido na prisão para tirá-lo daqui, mas fui pego. Agora tenho de tirar a nós dois.

— O que ele quer com ela? — Darin rosna para mim. — Me diga o que ele quer com a minha irmã e talvez eu acredite em você.

— Não sei. Provavelmente ele quer mexer com a sua cabeça. Te conhecer, perguntando a respeito dela. Se você não está respondendo às perguntas dele sobre as armas...

— Ele não *fez* nenhuma pergunta sobre as malditas armas. — Darin passa as unhas sobre o escalpo. — Tudo que ele perguntou foi sobre *ela*.

— Isso não faz sentido algum — digo. — Você foi capturado por causa das armas. Por causa do que Spiro lhe ensinou sobre o aço sérrico.

Darin fica imóvel.

— Em nome de quais infernos você sabe disso?

— Eu lhe *disse*...

— Eu jamais contei isso para nenhum deles. Até onde eles sabem, eu sou um espião da Resistência. Céus, vocês pegaram o Spiro também?

— Espere. — Ergo a mão, estupefato. — Ele *jamais* perguntou a você sobre as armas? Somente sobre a Laia?

Darin empina o queixo e resfolega.

— Ele deve estar ainda mais desesperado por informações do que eu pensei. Ele realmente acreditou que você poderia me convencer de que era amigo da minha irmã? Diga a ele outra coisa sobre ela, de mim. Laia *jamais* pediria ajuda para um Marcial.

Passos cruzam o corredor principal. Precisamos cair fora daqui.

— Você contou a eles que a sua irmã dorme com a mão no bracelete da sua mãe? — pergunto. — Ou que, bem de perto, os olhos dela são dourados e castanhos e verdes e prateados? Ou que, desde o dia em que você disse para ela fugir, tudo que ela sentiu foi culpa, e tudo que ela pensou foi em chegar até você de alguma maneira? Ou que ela tem um fogo interior capaz de enfrentar facilmente qualquer Máscara, bastando que ela acredite nisso?

Darin fica perplexo.

— Quem *é* você?

— Eu já lhe disse. Um amigo. Precisamos sair daqui imediatamente. Você consegue ficar de pé?

Darin anui, mancando. Coloco o braço dele em torno de meus ombros. Nós nos arrastamos até a porta, e ouço passos de um guarda se aproximando. Posso dizer pelo seu andar que é um legionário — eles são sempre mais barulhentos que os Máscaras. Espero impacientemente que ele passe.

— O que o diretor perguntou sobre a sua irmã? — digo enquanto esperamos.

— Tudo — Darin responde sombriamente. — Mas ele tateou o terreno para saber. Ele estava frustrado. Era como se não tivesse bem certeza sobre o que perguntar. Como se as perguntas não fossem suas, para começo de conversa. Tentei mentir em um primeiro momento, mas ele sempre sabia.

— O que você contou a ele? — O guarda está bem distante agora. Estendo a mão para a maçaneta da porta e a abro com dolorosa lentidão, para evitar que ela faça barulho.

— Qualquer coisa para fazer a dor parar. Coisas idiotas: que ela adorava o Festival da Lua. Que podia observar o voo das pipas durante horas. Que gostava do chá com mel suficiente para engasgar um urso.

Sinto como se o chão se abrisse debaixo de meus pés. Essas palavras são familiares. *Mas por que são familiares?* Volto a atenção completamente para Darin, e ele olha para mim, incerto.

— Não achei que isso ajudaria o diretor — ele diz. — Ele nunca parecia satisfeito, não importava o que eu contasse. Qualquer coisa que eu dissesse, era pouco para ele.

É coincidência, digo a mim mesmo. Então me lembro de algo que meu avô Quin costumava dizer: "Apenas um tolo acredita em coincidências". As palavras de Darin redemoinham em minha cabeça, ligando coisas que não quero, traçando linhas onde não deveria haver nenhuma.

— Você contou para o diretor que Laia adora ensopado de lentilha no inverno? — pergunto. — Que isso a faz se sentir segura? Ou... ou que ela não quer morrer sem ver a Grande Biblioteca de Adisa?

— Eu vivia falando para ela sobre a biblioteca — diz Darin. — Ela adorava ouvir a respeito.

Palavras circulam em minha cabeça, trechos de conversas entre Laia e Keenan, que ouvi enquanto viajávamos. "Eu empino pipas desde garoto", ele disse certa vez. "Eu podia observá-las por horas... Eu adoraria visitar a Grande Biblioteca um dia." E Laia, naquela noite antes de eu partir, sorrindo enquanto tomava o chá doce demais, que Keenan havia lhe passado. "Um bom chá é doce o suficiente para engasgar um urso", ele havia dito.

Não, malditos infernos, não. Todo esse tempo, escondendo-se entre nós. Fingindo se importar com ela. Tentando conquistar a amizade de Izzi. Agindo como um amigo, quando, na realidade, era uma ferramenta do diretor.

E o rosto dele antes de eu partir. Aquela dureza que ele jamais mostrava para Laia, mas que eu sentia que estava lá, desde o início. "Eu sei o que é fazer coisas para as pessoas que você ama." Maldição, ele deve ter contado ao diretor sobre a minha chegada, embora esteja além da minha compreensão como ele pode ter enviado uma mensagem para o velho sem usar os tambores.

— Eu tentei não contar a ele nada de importante — diz Darin. — Achei...

Ele fica em silêncio com a voz brusca de soldados que se aproximam. Fecho a porta, e retornamos para a cela de Darin até eles passarem.

Só que eles não passam.

Em vez disso, viram no corredor que dá para a cela onde estamos. Enquanto olho à minha volta em busca de alguma maneira de me defender, a porta é escancarada e quatro Máscaras entram com tudo, de bastões erguidos.

Não é uma luta. Eles são rápidos demais, e estou ferido, envenenado e faminto. Eu me deito — sei quando estou em desvantagem, e não posso suportar nenhuma lesão mais séria. Os Máscaras querem desesperadamente usar aqueles bastões para arrebentar minha cabeça, mas não o fazem. Em vez disso, me algemam rudemente e me levantam.

O diretor entra na cela calmamente, com as mãos às costas. Quando vê a mim e a Darin, confinados um ao lado do outro, não parece surpreso.

— Excelente, Elias — ele murmura. — Finalmente, temos algo que vale a pena discutir.

XLII
HELENE

O Erudito de cabelos ruivos leva a mão à cimitarra, mas para diante do sibilar simultâneo de duas espadas que deixam as bainhas. Com um ligeiro deslocamento de peso, ele se coloca cuidadosamente na frente de Laia.

Ela dá um passo para o lado, deixando a sombra dele. Seu é olhar impiedoso. Ela não é mais a garota assustada que curei nos dormitórios dos escravos em Blackcliff. Aquela veia protetora bizarra me toma de assalto, a mesma emoção que senti por Elias em Nur. Estendo a mão e toco seu rosto. Ela se sobressalta, e Avitas e Faris trocam um olhar de relance. Imediatamente me afasto. Mas não antes de ter certeza, pelo toque, de que ela está bem. Uma sensação de alívio toma conta de mim — e então de raiva.

A minha cura não significou nada para você?

Ela tinha uma canção estranha, essa garota, com uma beleza sobrenatural que arrepiou os pelos da minha nuca. Tão diferente da canção de Elias. Mas não discordante. Livia e Hannah faziam aulas de canto — como elas chamariam isso? *Contramelodia.* Laia e Elias são as contramelodias um do outro. Eu sou apenas uma nota dissonante.

— Eu sei que você está aqui pelo seu irmão — digo. — Darin de Serra, espião da Resistência...

— Ele *não* é um...

Aceno, calando seus protestos.

— Céus, eu não me importo. Provavelmente você vai terminar morta.

— Eu asseguro a você que não. — Os olhos dourados da garota brilham, o maxilar cerrado. — Consegui chegar até aqui, mesmo com todos vocês nos caçando. — Ela dá um passo à frente, mas não cedo terreno. — Eu sobrevivi ao genocídio da comandante...

— Algumas patrulhas para arrebanhar rebeldes não são...

— Patrulhas? — O rosto dela se contorce, horrorizado. — Vocês estão matando *milhares* de pessoas. Mulheres. Crianças. Vocês têm um maldito exército inteiro estacionado nas colinas Argent, seus canalhas...

— Chega — o ruivo diz bruscamente, mas eu o ignoro, minha mente fixa no que Laia acabou de dizer.

... um maldito exército inteiro...

... a cadela de Blackcliff está planejando algo... Desta vez é algo grande, garota...

Preciso cair fora daqui. Um palpite criou raiz em minha mente, e preciso considerá-lo.

— Estou aqui por Veturius. Qualquer tentativa de resgatá-lo resultará em sua morte.

— Resgatá-lo — diz Laia categoricamente. — Da... da prisão.

— Sim — respondo impaciente. — Não quero matá-la, garota. Então fique fora do meu caminho.

Saio a passos largos da caverna para a nevasca pesada, minha mente a mil.

— Águia — diz Faris, quando quase chegamos ao nosso acampamento.

— Não arranque a minha cabeça, mas não podemos simplesmente deixá-los vivos para realizar uma fuga ilegal da prisão.

— Todas as guarnições que tivemos nas terras tribais estavam com escassez de soldados — digo. — Mesmo Antium não tinha um regimento inteiro de guardas para as muralhas. Por que você acha que isso está acontecendo?

Faris dá de ombros, perplexo.

— Os homens foram mandados para as fronteiras. Dex ouviu o mesmo.

— Mas meu pai me disse em suas cartas que as guarnições das fronteiras precisavam de reforços. Ele disse que a comandante pediu soldados também. Todo mundo está com poucas tropas. Dezenas de guarnições, milhares de soldados. Um *exército* de soldados.

— Você está se referindo ao que a garota disse sobre as colinas Argent? — desdenha Faris. — Ela é uma Erudita, não sabe do que está falando.

— As colinas têm vales grandes o suficiente para esconder um exército dentro delas — observo. — E apenas um desfiladeiro para entrar e outro para sair. Ambos os desfiladeiros...

Avitas prageja.

— Bloqueados — ele diz. — Por causa do mau tempo. Mas aqueles desfiladeiros jamais estão bloqueados tão cedo no inverno.

— Nós estávamos com tanta pressa que nem pensamos direito nisso — diz Faris. — Se há um exército, qual a finalidade dele?

— Marcus pode estar planejando atacar as terras tribais — especulo. — Ou Marinn. — Ambas as opções são desastrosas. O Império tem problemas suficientes para lidar com uma guerra de grandes proporções. Chegamos a nosso acampamento, e passo a Faris as rédeas de seu cavalo. — Descubra o que está acontecendo. Vasculhe as colinas Argent. Eu ordenei que Dex voltasse a Antium. Peça para ele deixar a Guarda Negra de prontidão.

Os olhos de Faris viram para Avitas, e ele inclina a cabeça para mim. *Você confia nele?*

— Vou ficar bem — digo. — Vá.

Momentos depois de Faris partir, uma sombra sai da mata. Minha cimitarra está metade para fora da bainha quando percebo que é um cinco, tremendo e meio congelado. Ele me passa um bilhete silenciosamente.

A comandante chega esta noite para supervisionar a execução dos prisioneiros eruditos em Kauf. Eu e ela nos encontraremos à meia-noite, no pavilhão dela.

Avitas faz uma careta diante da expressão em meu rosto.

— O que foi?

— O diretor — digo. — Está aparecendo para jogar.

◆ ◆ ◆

À meia-noite, avanço como um fantasma ao longo da alta muralha externa de Kauf, rumo ao acampamento da comandante. Observo os frisos e as gárgulas que fazem a prisão parecer quase adornada quando comparada a Blackcliff. Avitas me segue, cobrindo nossos rastros.

Keris Veturia ergueu suas tendas à sombra da muralha sudeste da prisão. Seus homens patrulham o perímetro, e seu pavilhão encontra-se no centro do acampamento, com cinco metros de espaço aberto em três lados. A tenda fica encostada na muralha lisa de gelo de Kauf. Nada de pilhas de madeira, nem carruagens, nem um maldito cavalo para usar como cobertura.

Paro ao longo da extremidade mais distante do acampamento e anuo para Avitas. Ele tira um gancho de escalada e o lança no pináculo sobre um contraforte, a uns quinze metros de altura. O gancho se prende. Ele me passa a corda e silenciosamente recua sobre seus passos na neve.

Quando estou a três metros de altura, ouço o ranger de botas sobre a neve. Eu me viro, esperando ralhar baixo com Avitas por ser tão terrivelmente barulhento. Em vez disso, um soldado surge pesadamente por entre as tendas, desabotoando as calças para se aliviar.

Tento pegar uma faca, mas minhas botas, escorregadias com a neve, deslizam sobre a corda, e deixo a lâmina cair. O soldado gira com o ruído. Seus olhos se arregalam, e ele toma fôlego para gritar. *Maldição!* Eu me preparo para saltar, mas um braço se enlaça em torno da garganta do soldado, sufocando-o. Avitas olha para mim enquanto luta com o homem. *Vá!*, ele pronuncia em silêncio.

Rapidamente, passo a corda entre as botas e me puxo. Uma vez no topo, miro um segundo pináculo a uns dez metros de distância, diretamente sobre a tenda da comandante. Arremesso o gancho de escalada. Quando estou certa de que está firme, amarro a corda em torno da cintura e respiro fundo, preparando-me para descer.

Então olho para baixo.

A coisa mais estúpida que você poderia fazer, Aquilla. O vento congelante me castiga, mas o suor escorre por minhas costas do mesmo jeito. *Não vomite. A comandante não ficaria grata por você cobrir a tenda dela de vômito.* Minha mente volta àquele instante da Segunda Eliminatória. Para a boca sempre sorridente e os olhos argênteos de Elias enquanto ele se amarrava a mim. *Não vou te deixar cair. Prometo.*

Mas ele não está aqui. Estou sozinha, empoleirada como uma aranha sobre um abismo. Seguro a corda, testo uma última vez e salto.

Ausência de peso. Terror. Meu corpo se choca contra a muralha. Balanço descontroladamente — *fim da linha, Aquilla*. Então readquiro o controle, torcendo para que a comandante não tenha ouvido minha luta de sua tenda. Desço escorregando na corda, deslizando facilmente para o espaço escuro e estreito entre a tenda e a muralha de Kauf.

— ... e eu servimos ao mesmo mestre, diretor. É chegada a hora dele. Conceda-me a sua influência.

— Se o nosso mestre quisesse a nossa ajuda, ele teria pedido. Essa conspiração é sua, Keris, não dele. — A voz do diretor soa monótona, mas seu tédio esconde uma profunda cautela. Ele não foi nem de perto tão cuidadoso quando conversou comigo.

— Pobre diretor — diz a comandante. — Tão leal e, no entanto, sempre o último a saber dos planos do nosso mestre. Como deve incomodá-lo o fato de que ele escolheu a *mim* como o instrumento da sua vontade.

— Eu vou me sentir mais incomodado se o seu plano estragar tudo pelo que já trabalhamos. Não corra esse risco, Keris. Ele não vai lhe agradecer por isso.

— Eu estou acelerando o ritmo para realizar a vontade dele.

— Você está levando adiante a sua própria vontade.

— Faz meses que não vemos o Portador da Noite. — A cadeira da comandante arranha o chão para trás. — Talvez ele queira que façamos algo útil em vez de esperar suas ordens como cincos enfrentando a primeira batalha. Nós estamos ficando sem tempo, Sisellius. Marcus angariou medo, se não respeito, das gens depois da demonstração da Águia no rochedo de Cardium.

— Você quer dizer após ela ter frustrado a sua conspiração para fomentar a dissenção.

— A conspiração teria sido bem-sucedida — diz Keris — se você tivesse me ajudado. Não cometa o mesmo erro desta vez. Com a Águia fora do caminho — *ainda não, sua bruxa* —, Marcus é vulnerável. Se você simplesmente...

— Segredos não são escravos, Keris. Não foram feitos para serem usados e jogados fora. Vou empregá-los com paciência e precisão, ou simplesmente não vou empregá-los. Preciso pensar no seu pedido.

— Pense rapidamente. — A voz da comandante assume aquele timbre suave, conhecido por colocar homens para correr de medo. — Meus homens marcharão para Antium em três dias e chegarão para a *Rathana*. Devo partir de manhã. Não posso reivindicar meu trono se não estiver liderando o meu próprio exército.

Coloco a mão sobre a boca para não soltar um grito sufocado. *Meus homens... meu trono... meu exército.*

Finalmente, as peças se encaixam. Os soldados mandados para se apresentar em outros lugares, deixando as guarnições vazias. A falta de homens no interior. A escassez de tropas nas fronteiras conflituosas do Império. Tudo leva de volta a ela.

Aquele exército nas colinas Argent não pertence a Marcus. Pertence à comandante. E em menos de uma semana ela vai usá-lo para assassinar Marcus e se declarar imperatriz.

XLIII
LAIA

No momento em que a Águia de Sangue está longe do alcance de nossa voz, eu me viro para Keenan.
— Não vou deixar Elias — digo. — Se Helene colocar as mãos nele, ele vai ser levado direto a Antium para ser executado.

Keenan faz uma careta.

— Laia, pode ser tarde demais para isso. Não há nada que impeça Helene de entrar na prisão e tomá-lo em custódia. — Ele baixa a voz. — É melhor você se concentrar em Darin.

— Não vou deixar Elias morrer nas mãos dela — digo. — Não quando eu sou a única razão para ele estar em Kauf.

— Perdão — diz Keenan —, mas o veneno levará Elias logo, logo, de qualquer maneira.

— Então você o deixaria para ser torturado e executado publicamente? — Sei que Keenan jamais gostou de Elias, mas não achei que sua animosidade fosse tão profunda.

A luz da lamparina bruxuleia, e Keenan passa a mão no cabelo, o cenho franzido. Chuta algumas folhas úmidas do caminho e gesticula para que eu me sente.

— Nós podemos libertá-lo também — argumento. — Só teríamos que nos mexer rápido e encontrar uma maneira de entrar na prisão. Não acredito que Aquilla possa simplesmente entrar em Kauf caminhando e tirá-lo de lá. Ela já teria feito isso se fosse assim. Não teria perdido tempo conversando com a gente.

Desenrolo o mapa de Elias, agora sujo de terra e apagado.

— Essa caverna. — Aponto para um local que Elias marcou no mapa. — Fica ao norte da prisão, mas talvez possamos entrar nela...

— Nós precisaríamos de pólvora para isso — diz Keenan. — Não temos nenhuma.

Está bem. Aponto para outro caminho marcado do lado norte da prisão, mas Keenan balança a cabeça.

— Essa rota está bloqueada, pela informação que tenho, de seis meses atrás. Elias esteve aqui seis *anos* atrás.

Olhamos fixamente para o pergaminho, e aponto para o lado oeste da prisão, onde Elias marcou uma rota.

— Que tal esse atalho? Há esgotos aqui. É exposto, sim, mas eu poderia me tornar invisível, como fiz durante o ataque...

Keenan olha para mim bruscamente.

— Você andou praticando aquilo de novo? Quando deveria estar descansando? — Como não respondo, ele resmunga. — Céus, Laia, nós precisamos de todas as nossas forças para isso dar certo. Você está se exaurindo tentando utilizar algo que não compreende, algo que não é *confiável*...

— Desculpe — murmuro. Se toda minha prática realmente desse em algo, então talvez eu pudesse argumentar que o risco de exaustão vale a pena. E, sim, algumas vezes, enquanto Keenan estava de vigília ou fora, explorando, eu tive a sensação de quase haver compreendido aquele sentimento estranho de formigamento que significava que ninguém conseguia me ver. Mas tão logo eu abria os olhos e olhava para baixo, percebia que havia fracassado de novo.

Comemos em silêncio, e, quando terminamos, Keenan se levanta. Eu me ponho de pé com dificuldade.

— Vou explorar a área da prisão — ele diz. — Vou ficar ausente por algumas horas. Preciso descobrir alguma coisa.

— Eu vou com...

— É mais fácil eu explorar sozinho, Laia.

Diante da expressão irritada em meu rosto, ele toma minha mão e me puxa para perto.

— Confie em mim — ele diz contra meus cabelos. O calor de Keenan dissipa o frio que parece residir em meus ossos. — Vai ser melhor assim. Não se preocupe. — Ele se afasta, os olhos escuros ardentes. — Vou encontrar uma maneira de entrarmos. Prometo. Tente descansar enquanto eu estiver longe. Vamos precisar de toda a nossa energia nos próximos dias.

Após sua partida, organizo nossos limitados pertences, afio nossas armas e pratico o pouco que Keenan teve chance de me ensinar. O desejo de tentar novamente descobrir meu poder me chama. Mas o aviso de Keenan ecoa em minha cabeça. *Algo que não é confiável.*

Enquanto desenrolo o saco de dormir, o punho de uma das cimitarras de Elias chama minha atenção. Tiro cuidadosamente as armas do esconderijo. Enquanto as examino, um calafrio percorre meu corpo. Tantas almas partiram da terra no fio dessas lâminas... algumas por minha causa.

É sinistro pensar nisso e, mesmo assim, sinto que as cimitarras me oferecem um estranho tipo de conforto. Elas me fazem *sentir* Elias. Talvez porque eu esteja tão acostumada a vê-las apontadas para cima, atrás de sua cabeça, naquele v familiar. Quanto tempo se passou desde a última vez que o vi buscando aquelas cimitarras ao primeiro indício de ameaça? Quanto tempo se passou desde que ouvi sua voz de barítono me estimulando ou me fazendo rir? Apenas seis semanas. Mas parece muito mais.

Sinto saudades dele. Quando penso no que vai acontecer com ele nas mãos de Helene, meu sangue ferve de raiva. Se fosse eu que estivesse morrendo envenenada pela erva-da-noite, que estivesse acorrentada em uma prisão, que estivesse enfrentando a tortura e a morte, Elias não aceitaria. Ele encontraria uma maneira de me salvar.

As cimitarras voltam para as bainhas, e as bainhas de volta para o esconderijo. Deito em meu saco de dormir, sem intenção alguma de adormecer. *Uma vez mais*, penso comigo mesma. *Se não der certo, vou deixar isso de lado, como Keenan pediu. Mas devo a Elias pelo menos isso.*

Enquanto fecho os olhos e tento esquecer de mim mesma, penso em Izzi. Em como ela se transmutava na casa da comandante feito um camaleão, sem ser vista, sem ser ouvida. Ela tinha os pés e a fala suaves, mas tudo via e ouvia. Talvez isso não diga respeito somente a um estado da minha mente, mas ao meu corpo. Sobre encontrar a versão silenciosa de mim mesma. A versão tipo Izzi de mim mesma.

Desapareça. Como fumaça no ar frio, como Izzi e seu cabelo na frente dos olhos, como um Máscara se movendo furtivamente através da noite. Mente quieta, corpo quieto. Mantenho cada palavra distinta, mesmo quando minha mente começa a se cansar.

E então eu sinto, um formigamento, primeiro na ponta dos dedos. *Inspire. Expire. Não o deixe ir embora.* A sensação se espalha para meus braços, torso, pernas e cabeça.

Quando Keenan retorna à caverna, horas mais tarde, com um fardo debaixo do braço, eu me ponho de pé de um salto e ele suspira.

— Sem descanso então, presumo — diz. — Tenho uma notícia boa e uma ruim.

— A ruim primeiro.

— Eu sabia que você diria isso. — Ele coloca o fardo no chão e começa a abri-lo. — A notícia ruim: a comandante chegou. Os auxiliares de Kauf começaram a cavar sepulturas. Pelo que ouvi, nem um único prisioneiro será poupado.

Meu entusiasmo por ser capaz de desaparecer se evapora.

— Céus. Todas aquelas pessoas... — *Nós deveríamos tentar salvá-las.* É uma ideia tão maluca que tenho o discernimento de não dizê-la em voz alta para Keenan.

— Vão começar amanhã, no fim da tarde — ele diz. — Ao pôr do sol.

— Darin...

— Ele vai ficar bem. Porque nós vamos tirá-lo de lá antes disso. Eu sei uma maneira de entrar na prisão. Eu roubei isto aqui. — Ele ergue uma pilha de tecido negro do fardo. Uniformes de Kauf. — Roubei de um depósito na rua. Não vamos enganar ninguém de perto. Mas, se conseguirmos ficar longe o suficiente de olhares intrometidos, podemos usá-los para entrar.

— Como vamos saber onde Darin está? — pergunto. — A prisão é enorme. Como vamos andar lá dentro?

Ele tira mais uma pilha de tecido do fardo. Esta, mais encardida. Ouço o retinir de punhos de escravos.

— Nós vamos trocar de roupa — ele diz.

— Meu rosto está por toda parte do Império — digo. — E se eles me reconhecerem? E se...

— Laia — Keenan diz pacientemente. — Você precisa confiar em mim.

— Talvez... — Hesito, perguntando-me se ele vai ficar incomodado. *Não seja estúpida, Laia.* — Talvez não precisemos dos uniformes. Eu sei que você disse para eu não fazer isso, mas eu tentei desaparecer de novo. E consegui. — Faço uma pausa, aguardando a reação dele, mas Keenan apenas espera que eu siga em frente. — Eu descobri como — esclareço. — Eu posso desaparecer. Posso controlar o efeito.

— Me mostre.

Franzo o cenho. Eu esperava... *algo* da parte dele. Talvez raiva ou entusiasmo. Mas ele não viu o que sou capaz de fazer — ele só viu meu fracasso. Fecho os olhos e mantenho minha voz interior clara e calma.

No entanto, uma vez mais, eu não consigo.

Dez minutos depois, abro os olhos. Keenan espera calmamente, e simplesmente dá de ombros.

— Eu não duvido que isso funcione às vezes. — A doçura em sua voz só me frustra. — Mas não é confiável. Não podemos apostar a vida de Darin nisso. Assim que ele estiver livre, brinque quanto quiser. Mas, por ora, deixe isso de lado.

— Mas...

— Pense no que aconteceu nas últimas semanas. — Keenan parece irrequieto, mas não desvia o olhar de mim. O que quer que tenha para dizer, ele criou coragem agora. — Se tivéssemos nos separado de Elias e Izzi, como eu sugeri, a tribo de Elias estaria segura. E um pouco antes do ataque no acampamento de Afya... não é que eu não quisesse ajudar os Eruditos. Eu queria. Mas nós devíamos ter pensado nas consequências. Não pensamos, e Izzi *morreu*.

Ele diz *nós*. Eu sei que ele quer dizer *você*. Sinto calor em meu rosto. Como ele ousa jogar meus fracassos na minha cara, como se eu fosse uma criança repreendida na escola?

Mas ele não está errado, está? Todas as vezes que precisei tomar uma decisão, eu escolhi errado. Um desastre após o outro. Minha mão vai até meu bracelete, mas ele parece frio... vazio.

— Laia, faz muito tempo que não me importo com ninguém. — Keenan coloca as mãos em meus braços. — Não tenho família, como você. Não tenho nada nem ninguém. — Ele corre um dedo sobre meu bracelete, e um súbito cansaço inunda seus movimentos. — Você é *tudo* que eu tenho. Por favor, minha intenção não é ser cruel. Simplesmente não quero que nada aconteça com você, ou com as pessoas que se importam com você.

Ele *tem* de estar errado. O desaparecimento está na ponta dos meus dedos — posso senti-lo. Se eu pudesse ao menos descobrir o que está me bloqueando. Se eu pudesse remover esse obstáculo, isso mudaria tudo.

Eu me forço a anuir e a repetir as palavras que ele me disse antes, quando cedeu.

— Como quiser, então. — Olho para os uniformes que ele trouxe, para a decisão em seus olhos. — Quando amanhecer? — pergunto.

Keenan assente.

— Quando amanhecer.

XLIV
ELIAS

Quando o diretor entra em minha cela, sua boca está curvada para baixo, seu cenho franzido, como se tivesse encontrado um problema que nenhum de seus experimentos pudesse solucionar.

Após andar de um lado para o outro algumas vezes, ele fala:

— Você vai responder todas as minhas perguntas. — Então ergue os olhos azul-claros para mim. — Ou eu corto seus dedos um por um.

Suas ameaças são normalmente bem menos grosseiras — uma das razões por que o diretor gosta de extrair segredos são os jogos que ele pratica enquanto faz isso. O que quer que queira de mim, ele deve querer muito.

— Eu sei que a irmã de Darin e Laia de Serra são uma e a mesma pessoa. Diga-me: por que você viajou com ela? Quem ela é para você? Por que você se importa com ela?

Procuro manter uma expressão neutra no rosto, mas meu coração bate desconfortavelmente rápido. *Por que ele quer saber?* Quero gritar: *O que você quer com ela?*

Quando não respondo imediatamente, o diretor puxa uma faca do uniforme e abre meus dedos contra a parede.

— Tenho uma proposta para você — digo rapidamente.

Ele ergue uma sobrancelha, a faca a centímetros do meu indicador.

— Se você examinar os fatos, Elias, verá que não está em condições de me propor nada.

— Não vou precisar de dedos da mão, do pé ou de qualquer coisa que seja por muito mais tempo — digo. — Estou morrendo. Então proponho um trato: eu respondo honestamente a qualquer pergunta sua, se você fizer o mesmo.

O diretor parece genuinamente confuso.

— Que informação você poderia usar à beira da morte, Elias? Ah. — Ele faz uma careta. — Céus, não me diga. Você quer saber quem é o seu pai.

— Não me importo em saber quem é o meu pai — digo. — De qualquer forma, estou certo de que você não sabe.

O diretor balança a cabeça.

— Que pouca fé você tem em mim. Muito bem, Elias. Vamos jogar o seu jogo. Um ligeiro ajuste nas regras, no entanto: eu faço todas as perguntas primeiro, e, se ficar satisfeito com as respostas, você poderá me fazer uma e somente *uma* pergunta.

É um trato terrível, mas não tenho outra saída. Se Keenan planeja trair Laia em prol do diretor, eu preciso saber por quê.

Ele se inclina para fora da porta da cela e grita com um escravo para lhe trazer uma cadeira. Uma criança erudita entra na cela com a cadeira, seu olhar passando rapidamente por mim, com uma ligeira curiosidade. Eu me pergunto se não é Bee, a amiga de Tas.

Instigado pelo diretor, conto a ele sobre como Laia me salvou da execução e como eu jurei ajudá-la. Quando me pressiona, eu lhe conto que passei a me importar com ela, após vê-la em Blackcliff.

— Mas *por quê*? Ela possui algum conhecimento especial? Ela é dotada, talvez, de algum poder além da compreensão humana? O que especificamente o faz valorizá-la?

Eu havia deixado de lado as observações de Darin sobre o diretor, mas agora elas voltam até mim: "Ele estava frustrado. Era como se não tivesse bem certeza sobre o que perguntar. Como se as perguntas não fossem suas, para começo de conversa".

Ou como se ele não fizesse ideia nem do porquê estava fazendo aquelas perguntas.

— Eu só conheço a garota há alguns meses — digo. — Ela é esperta, corajosa...

O diretor suspira e acena com a mão, desdenhosamente.

— Não tenho tempo para esse tagarelar romântico — ele diz. — Pense *racionalmente*, Elias. Existe algo incomum a respeito dela?

— Ela sobreviveu à comandante — respondo, impaciente. — Para uma Erudita, isso é bastante incomum.

O diretor se recosta e coça o queixo, com o olhar distante.

— Realmente. *Como* ela sobreviveu? Marcus deveria tê-la matado. — Ele fixa um olhar avaliador sobre mim. A cela congelante subitamente parece mais fria ainda. — Conte-me sobre a Eliminatória. O que aconteceu exatamente no anfiteatro?

Não é uma pergunta que eu esperava, mas relato o que aconteceu. Quando descrevo o ataque de Marcus a Laia, ele me interrompe:

— Mas ela sobreviveu. Como? Centenas de pessoas a viram morrer.

— Os adivinhos nos enganaram — explico. — Um deles recebeu o golpe que era para Laia. Cain nomeou Marcus vitorioso. Na confusão, seus irmãos levaram Laia embora.

— E depois? — diz o diretor. — Conte-me o resto. Não deixe nada de fora.

Eu hesito, porque algo a respeito disso parece errado. O diretor se levanta, escancara a porta da cela e chama por Tas. Ouço os passos de uma criança, e, um segundo mais tarde, ele pega Tas violentamente pelo cangote e coloca uma faca na garganta do garoto.

— Você está certo quando diz que logo vai morrer — diz o diretor. — Este garoto, no entanto, é jovem e relativamente saudável. Minta para mim, Elias, e lhe mostro as entranhas desse menino com ele vivo. Agora, vou dizer mais uma vez: me conte tudo que aconteceu com a garota após a Quarta Eliminatória.

Perdoe-me, Laia, se eu entregar seus segredos. Juro que não será em vão. Observo o diretor cuidadosamente enquanto falo sobre a destruição de Blackcliff por Laia, nossa fuga de Serra e tudo o que aconteceu depois.

Espero para ver como ele reage à menção de Keenan, mas o velho não dá sinal de que saiba mais sobre o rebelde do que aquilo que estou lhe contando. Meu coração me diz que seu desinteresse é genuíno. *Em nome de quais malditos infernos tudo isso?* Talvez Keenan não esteja trabalhando para o diretor. E, no entanto, pelo que Darin me contou, é óbvio que eles estão se comunicando de alguma forma. Será que ambos estão se reportando a outra pessoa?

O velho afasta Tas com um empurrão, e a criança se encolhe no chão, esperando para ser liberada. Mas o diretor está absorto em pensamentos, guardando metodicamente os fatos relevantes das informações que lhe passei. Percebendo meu olhar, ele deixa seus devaneios.

— Você tinha uma pergunta, Elias?

Um interrogador pode aprender tanto com uma declaração quanto com uma pergunta. As palavras de minha mãe surgem para me ajudar quando menos espero.

— As perguntas que você fez a Darin sobre Laia — digo. — Você não sabe sua finalidade. Outra pessoa está puxando as cordinhas. — Observo a boca do diretor, pois é ali que ele esconde suas verdades, nas contrações daqueles lábios secos e finos demais. Enquanto falo, sua boca se retesa quase imperceptivelmente. *Peguei você.* — Quem é ele, diretor?

Ele se levanta tão rapidamente que derruba a cadeira. Tas imediatamente dá o fora da cela. Minhas correntes se soltam quando o diretor baixa a alavanca na parede.

— Eu respondi tudo o que você me perguntou — digo. Por dez infernos, por que estou perdendo meu tempo? Fui um tolo em acreditar que ele honraria seu juramento. — Você não está honrando a sua parte no trato.

O diretor faz uma pausa na entrada da cela, o rosto meio virado para mim, sem sorrir. A luz da tocha no corredor aprofunda os vincos nas faces e no queixo. Por um momento, é como se eu pudesse ver a linha definida de seu crânio por baixo.

— Isso porque você perguntou *quem* é ele, Elias — diz o diretor. — Em vez de *o quê*.

XLV
LAIA

Como tantas noites antes desta, o descanso é ilusório. Keenan dorme a meu lado, um braço jogado sobre meu quadril, a testa encostada em meu ombro. Sua respiração silenciosa quase me embala em sonhos, mas, toda vez que chego perto, acordo sobressaltada e me sinto aflita novamente.

Será que Darin está vivo? Se estiver, e se eu *puder* salvá-lo, como chegaremos a Marinn? Spiro estará esperando lá, como prometeu? Será que Darin *quer* mesmo fazer armas para os Eruditos?

E quanto a Elias? Talvez Helene já o tenha capturado. Ou talvez ele esteja morto, destruído pelo veneno que corre em suas veias. Se ele viver, não sei se Keenan vai me ajudar a salvá-lo.

Mas eu *preciso* salvá-lo. E não posso deixar os outros Eruditos também. Não posso abandoná-los para serem executados na chacina que a comandante está liderando.

"Eles vão começar amanhã, no fim da tarde. Ao pôr do sol", Keenan disse a respeito das execuções. Um crepúsculo sangrento então, e mais sangrento ainda à medida que o lusco-fusco desaparecer noite adentro.

Afasto com cuidado o braço de Keenan e rolo para o lado, me levantando. Coloco capa e botas e saio furtivamente para a noite fria.

Um pavor incômodo toma conta de mim. O plano de Keenan é tão misterioso quanto o interior da Prisão Kauf. A confiança dele oferece algum conforto, mas não o suficiente para me fazer sentir que teremos sucesso. Algo a respeito disso simplesmente parece errado. Apressado.

— Laia? — Keenan emerge da caverna, o cabelo ruivo emaranhado, fazendo-o parecer mais jovem. Ele oferece a mão, e entrelaço meus dedos nos seus, reconfortando-me com seu toque. Que mudança alguns meses provocaram nele. Eu não poderia ter imaginado um sorriso assim do combatente de fisionomia sombria que conheci pela primeira vez em Serra.

Keenan olha para mim e franze o cenho.

— Está nervosa?

Suspiro.

— Não posso deixar Elias. — Céus, espero que não esteja errada novamente. Espero que levar isso adiante, lutar por isso, não acarrete nenhum outro desastre. Uma imagem de Keenan morto passa por minha mente, e contenho um calafrio. *Elias faria isso por você. Entrar em Kauf é um risco terrível, não importam quais as circunstâncias.* — Eu *não vou* abandoná-lo.

O rebelde inclina a cabeça, os olhos pousados na neve. Prendo a respiração.

— Então precisamos encontrar uma maneira de tirá-lo de lá — ele diz. — Embora isso vá levar mais tempo...

— Obrigada. — Eu me recosto nele, respirando vento, fogo e calor. — É a coisa certa a ser feita. Eu sei que é.

Sinto o padrão familiar de meu bracelete contra a palma e percebo que, como sempre, minha mão derivou para ele em busca de conforto.

Keenan me observa, os olhos estranhos. Solitários.

— Como é ter algo da sua família?

— Faz com que eu me sinta próxima deles. Me dá força.

Ele estende a mão, quase tocando o bracelete, mas então recua, acanhado.

— É bom lembrar daqueles que se foram. Ter uma lembrança nos tempos difíceis. — A voz dele é suave. — É bom saber que você era... é... amado.

Meus olhos se enchem de lágrimas. Keenan jamais falou de sua família, fora dizer que eles haviam morrido. Pelo menos eu tive uma família. Ele não teve nada nem ninguém.

Meus dedos se cerram sobre o bracelete e, em um impulso, eu o tiro. Em um primeiro momento, é como se ele não *quisesse* sair, mas dou um bom puxão e ele se solta.

— Eu vou ser a sua família agora — sussurro, abrindo as mãos de Keenan e colocando o bracelete em sua palma. Fecho os dedos dele em torno do bracelete. — Não uma mãe, um pai, uma irmã, mas uma família mesmo assim.

Ele inspira bruscamente e olha fixo para o bracelete. Seus olhos castanhos estão opacos, e eu gostaria de saber o que ele sente. Mas dou espaço para seu silêncio. Ele coloca o bracelete no pulso, com lenta reverência.

Uma fenda se abre dentro de mim, como se o último fragmento de minha família tivesse ido embora. Mas me sinto confortada com a maneira com que Keenan olha para o bracelete, como se fosse a coisa mais preciosa que já lhe deram. Ele se vira e repousa as mãos sobre minha cintura, fechando os olhos e inclinando a cabeça contra a minha.

— Por quê? — sussurra. — Por que você o deu para mim?

— Porque você é amado — digo. — E não está sozinho. Você merece saber disso.

— Olhe para mim — ele murmura.

Quando o faço, eu me encolho, condoída de ver seus olhos tão angustiados, assombrados, como se ele estivesse vendo algo que não quer aceitar. Mas, um momento mais tarde, sua expressão muda. Endurece. Suas mãos, carinhosas um momento atrás, se retesam e ficam quentes.

Quentes demais.

As íris de seus olhos se avivam. Vejo a mim mesma refletida dentro delas, e então sinto como se estivesse caindo em um pesadelo. Um grito sai a fórceps de minha garganta, pois, nos olhos de Keenan, vejo ruína, fracasso, morte: o corpo destroçado de Darin; Elias dando as costas para mim, insensível enquanto desaparece em uma floresta remota; um exército de rostos irados e coléricos avançando; a comandante parada de pé sobre mim, passando sua lâmina em minha garganta, em um golpe limpo e mortal.

— Keenan — arfo. — O que...

— Meu nome — sua voz muda enquanto ele fala, seu calor subindo às alturas, transformando-se em algo imundo e irritante — não é Keenan.

Ele arranca os dedos de mim, e sua cabeça é jogada para trás como se por um soco sobrenatural. A boca se abre em um uivo silencioso, os músculos dos antebraços e do pescoço se avolumando.

Uma nuvem de escuridão se quebra sobre nós, derrubando-me para trás.

— Keenan!

Não consigo distinguir a brancura cintilante da neve ou as luzes ondulantes no céu. Parto cegamente para cima do que quer que tenha nos atacado. Não consigo *ver* nada. Está tudo sombrio até a escuridão recuar, encrespando-se para as bordas de minha visão, lentamente se transformando em uma figura de capuz com sóis malévolos como olhos. Eu me seguro no tronco de uma árvore próxima e busco minha faca.

Eu conheço essa figura. Da última vez que a vi, estava sibilando ordens para a mulher que mais me assusta nesse mundo.

O *Portador da Noite*. Meu corpo treme — sinto como se uma mão me pegasse pelo coração e me apertasse, esperando ver até quando vou resistir antes de me despedaçar.

— Céus, o que você fez com Keenan, seu monstro maldito? — Devo estar maluca de gritar com ele desse jeito. Mas a criatura apenas ri, impossivelmente baixo, como rochedos se esmerilhando sob um mar negro.

— Nunca houve Keenan, Laia de Serra — diz o Portador da Noite. — Sempre houve só eu.

— *Mentira*. — Agarro minha faca, mas o punho queima como aço forjado há pouco, e a deixo cair com um grito. — Keenan esteve com a Resistência durante anos.

— O que são anos quando se vive milênios? — Diante do olhar de choque emudecido em meu rosto, a coisa — o djinn — solta um som estranho. Pode ter sido um suspiro.

Então ele se vira e sussurra algo no ar, lentamente saindo do chão, como se fosse partir. *Não!* Eu me lanço para a frente e o agarro, desesperada para compreender o que está acontecendo.

Por baixo da túnica, o corpo da criatura queima de calor, poderoso, com a musculatura deformada de um demônio, em vez de um homem. O Portador da Noite inclina a cabeça. Ele não tem rosto, apenas aqueles malditos olhos causticantes. Ainda assim, posso senti-lo desdenhando.

— Ah, a garotinha sabe lutar, no fim das contas — ele diz. — Que nem a cadela de coração de pedra da sua mãe.

Ele me sacode, tentando se livrar, mas eu seguro firme, enquanto esmago minha repulsa em tocá-lo. Uma escuridão desconhecida cresce dentro de mim, alguma parte atávica de mim que eu não sabia que existia.

Sinto que o Portador da Noite não está mais se divertindo. Ele dá um puxão forte, e me forço a continuar segurando-o.

O que você fez com Keenan — o Keenan que eu conhecia? O Keenan que eu amava?, grito em minha mente. *E por quê?* Olho intensamente em seus olhos, a escuridão crescendo cada vez mais, até tomar conta. Posso sentir que o Portador da Noite está surpreso e assustado. *Me diga! Agora!* Subitamente, não tenho peso algum enquanto voo para dentro do caos de sua mente. Para dentro de suas memórias.

Em um primeiro momento, não vejo nada. Apenas sinto... tristeza. Uma dor que ele enterrou por baixo de séculos de vida e que permeia cada parte dele. Embora eu não tenha um corpo, minha mente quase entra em colapso com o peso do sentimento.

Forço passagem, e estou parada em um beco frio no Bairro dos Eruditos, em Serra. O vento me castiga através das roupas, e ouço um grito abafado. Eu me viro e vejo o Portador da Noite se transformando, gritando de dor enquanto usa todo o seu poder para se metamorfosear em uma criança ruiva de cinco anos. Ele caminha trôpego para fora do beco e entra na próxima rua, desabando sobre o alpendre de uma casa em ruínas. Muitos tentam ajudá-lo, mas ele não fala com ninguém. Então um homem de cabelos escuros dolorosamente familiar para e se ajoelha a seu lado.

Meu pai.

Ele pega a criança do chão. A memória muda para um acampamento no fundo de um cânion. Combatentes da Resistência comem, conversam, treinam com armas. Duas figuras estão sentadas a uma mesa, e sinto um aperto no coração quando as vejo: minha mãe e Lis. Elas dão as boas-vindas a meu pai e à criança ruiva. Oferecem a ele um prato de ensopado e cuidam de seus ferimentos. Lis lhe dá um gato de madeira que meu pai havia entalhado para ela, e se senta ao lado dele para que não tenha medo.

Mesmo enquanto a memória troca novamente, relembro um dia frio e chuvoso na cozinha da comandante meses atrás, quando a cozinheira contou uma história para mim e Izzi sobre o Portador da Noite. "Ele se infiltrou na Resistência. Assumiu forma humana e posou como combatente. Ele se aproximou da sua mãe, a manipulou e a usou. O seu pai percebeu. O Portador da Noite tinha ajuda. Um traidor."

O Portador da Noite não tinha ajuda e não posou como um combatente. Ele *era* o traidor e posou como uma criança. Pois ninguém pensaria que um órfão jovem e faminto pudesse ser um espião.

Um rosnado ecoa em minha mente, e o Portador da Noite tenta me lançar para longe de seus pensamentos. Eu me sinto retornando para meu corpo, mas a escuridão dentro de mim ruge e luta, e não me permito soltá-lo.

Não. Você vai me mostrar mais. Preciso compreender.

De volta às memórias da criatura, eu o vejo fazer amizade com minha irmã solitária. Eu me sinto inquieta com a amizade deles — parece tão real. Como se ele se importasse verdadeiramente com ela. Ao mesmo tempo, ele consegue informações dela sobre meus pais: onde eles estão, o que estão fazendo. Então segue minha mãe, os olhos cobiçosos, fixos sobre o bracelete dela. A fome dele pelo objeto é como a de um animal faminto em sua potência. Ele não quer o bracelete. Ele *precisa* dele. Ele precisa conseguir que ela o dê para ele.

Mas um dia minha mãe chega ao acampamento da Resistência sem o bracelete. O Portador da Noite fracassou. Sinto sua fúria, revestida por aquela tristeza escancarada. Ele chega a uma caserna iluminada por tochas e fala com uma mulher de rosto prateado familiar. Keris Veturia.

Ele diz a Keris onde ela poderá encontrar meus pais e o que eles estarão fazendo.

Traidor! Você os levou à morte!, grito com ele, forçando-me mais fundo ainda em suas memórias. *Por quê? Por que o bracelete?*

Voo com ele para as profundezas de seu passado, correndo ao sabor do vento até a distante Floresta do Anoitecer. Sinto seu desespero e pânico por seu povo. Eles enfrentam um grave perigo nas mãos de um concílio erudito disposto a roubar seu poder, e ele não consegue chegar até eles a tempo. *Tarde demais*, ele berra na memória. *Cheguei tarde demais.* Ele grita o nome de seus familiares enquanto uma onda de choque avança do centro da floresta para fora, jogando-o na escuridão.

Uma explosão de pura prata — uma Estrela, a arma dos Eruditos — usada para aprisionar os djinns. Espero que ela se desintegre — eu conheço a história. Mas ela não se desintegra. Em vez disso, se despedaça em milhares de estilhaços lançados por toda parte. Estilhaços que são pegos por Navegantes e Eruditos, Marciais e Tribais. Transformados em colares e braceletes, pontas de lanças e lâminas.

A ira do Portador da Noite me deixa sem ar. Pois ele não pode simplesmente tomar de volta esses fragmentos. Cada vez que encontra um, ele deve se assegurar de que seja oferecido livremente, por absoluto amor e confiança. Essa é a única maneira pela qual ele pode remontar a arma que aprisionou o seu povo, para que possa libertá-los novamente.

Meu estômago se revira enquanto vou de encontro a suas memórias, observando como ele se transforma em marido ou amante, filho ou irmão, amigo ou confidente — o que for necessário para conseguir os estilhaços perdidos. Ele *se torna* quem quer que venha a se transformar. Ele cria essas pessoas — ele *é* essas pessoas. Ele sente o que um ser humano sentiria. Inclusive amor.

E então observo quando ele me descobre.

Vejo a mim mesma através de seus olhos: uma pobre garota ingênua, que veio implorar ajuda à Resistência. Observo enquanto ele se dá conta de quem eu sou e do que possuo.

É uma tortura testemunhar como ele me enganou. Como usou informações roubadas de meu irmão para me conquistar, para fazer com que eu confiasse nele, com que eu me importasse com ele. Em Serra, ele esteve próximo — tão próximo — de conseguir que eu me apaixonasse por ele. Mas então dei a Izzi a liberdade que ele havia me oferecido e desapareci com Elias. E seu plano cuidadosamente elaborado naufragou.

E durante o tempo todo ele precisou manter sua fachada em meio à Resistência para levar adiante um plano com meses de preparação: persuadir os rebeldes a matar o imperador e se sublevarem na revolução erudita.

Duas ações que permitiram à comandante desencadear um genocídio desenfreado sobre meu povo. Foi a vingança do Portador da Noite pelo que os Eruditos fizeram com seus familiares séculos atrás.

Malditos céus.

Uma centena de detalhes subitamente faz sentido: quão frio ele foi quando me encontrou pela primeira vez. Quão bem ele parecia me conhecer, mesmo quando eu não havia lhe contado nada sobre mim. Como ele usava sua voz para me acalmar. Quão estranho era o clima quando Elias e eu partimos pela primeira vez de Serra. Como os ataques dirigidos a nós por parte de criaturas sobrenaturais cessaram após sua chegada na companhia de Izzi.

Não, não, seu mentiroso, seu monstro...

Tão logo penso isso, sinto algo no fundo dele que subjaz a todas as memórias e sacode até o âmago de meu ser: um mar de arrependimento que ele luta para esconder, revolvido em loucura como se por uma grande tempestade. Vejo meu próprio rosto, então o rosto de Lis. Vejo uma criança com tranças castanhas e um colar prateado antigo. Vejo um Navegante sorridente e corcunda segurando uma bengala encimada de prata.

Assombrado. É a única palavra para descrever o que vejo. O Portador da Noite é assombrado.

Quando todo o peso do que é essa criatura passa sobre mim, dou um grito sufocado, e ele me joga para fora de sua mente — e de seu corpo. Voo para trás uns quatro metros, bato em uma árvore e desabo no chão, sem ar.

Meu bracelete brilha em seu punho tenebroso. A prata — escura e deslustrada durante a maior parte de minha vida — agora brilha, como se feita de luz estelar.

— Céus, o que você é? — ele sibila. As palavras desencadeiam uma memória: o efrit lá em Serra, perguntando-me a mesma coisa. *Você pergunta o que eu sou, mas o que você é?*

Um vento noturno gelado sopra sobre a clareira, e o Portador da Noite sobe com ele. Seus olhos ainda estão fixos em mim, hostis e curiosos. Então o vento passa em uma rajada, levando-o junto.

A mata fica em silêncio. O céu acima está parado. Meu coração bate tão enlouquecidamente quanto um tambor de guerra marcial. Fecho os olhos e os abro, esperando despertar desse pesadelo. Estendo a mão para meu bracelete, precisando do conforto que ele me oferece, da lembrança de quem eu sou, do que eu sou.

Mas ele se foi. Estou sozinha.

PARTE IV
DESFEITA

XLVI
ELIAS

— Você está quase lá, Elias.

Quando caio no Lugar de Espera, Shaeva olha fixamente para mim. Há uma clareza em relação a ela, às árvores e ao céu, que faz parecer que essa é a minha realidade e o mundo desperto é o sonho.

Olho em volta curiosamente — até hoje eu só havia despertado em meio aos troncos grossos da floresta. Mas, desta vez, estou de pé sobre um penhasco rochoso, com vista para as árvores. O rio Dusk corre caudaloso abaixo, azul e branco sob o céu claro de inverno.

— O veneno está próximo do seu coração — diz Shaeva.

A morte, tão cedo.

— Ainda não — eu me forço a dizer através de lábios entorpecidos, subjugando o medo que me ameaça. — Preciso lhe perguntar algo. Eu lhe imploro, Shaeva, me ouça. — *Controle-se, Elias. Faça-a compreender como isso é importante.* — Porque, se eu morrer antes de estar pronto, vou assombrar essas malditas árvores para sempre. Você jamais vai se livrar de mim.

Algo cruza seu rosto, um bruxulear de inquietação que desaparece em menos de um segundo.

— Muito bem — ela diz. — Pergunte.

Considero tudo o que o diretor me contou. *Você perguntou* quem, ele dissera. *Em vez de o quê.*

Nenhum ser humano controla o diretor. Então só pode ser uma criatura sobrenatural. Mas não consigo imaginar um espectro ou um efrit manipulando o diretor. Tais criaturas fracas não poderiam superá-lo em uma batalha de sagacidade — e ele cospe sobre aqueles que crê possuírem um intelecto inferior ao dele.

Mas nem todas as criaturas sobrenaturais são espectros ou efrits.

— Por que o Portador da Noite estaria interessado em uma garota de dezessete anos que viaja para Kauf para libertar seu irmão da prisão?

A cor some do rosto da Apanhadora de Almas. A mão dela se agita a seu lado, como se estivesse tentando se segurar em um anteparo que não existe.

— Por que você pergunta algo assim?

— Apenas responda.

— Porque... porque ela tem algo que ele quer — diz a Apanhadora de Almas, atabalhoadamente. — Mas não tem como ele *saber* que ela o tem. É algo que esteve escondido durante anos. E esteve dormente.

— Não tão dormente quanto você gostaria. Ele está mancomunado com a minha mãe — digo. — E com o diretor. O velho tem passado informações sobre Laia para alguém que viaja conosco. Um rebelde erudito.

Os olhos de Shaeva se arregalam temerosamente, e ela dá um passo à frente, estendendo as mãos.

— Pegue as minhas mãos, Elias — ela pede. — E feche os olhos.

Apesar da urgência em seu tom, hesito. Diante de minha óbvia cautela, a boca da Apanhadora de Almas se endurece, e ela dá um salto à frente para me agarrar. Puxo com força minhas mãos de volta, mas os reflexos sobrenaturais dela são mais rápidos.

Quando ela me segura, a terra debaixo de mim treme. Tropeço enquanto mil portas se escancaram em minha mente: Laia me contando sua história no deserto, para além de Serra; Darin falando do diretor; as estranhezas de Keenan, o fato de que ele me rastreou quando não deveria ter sido capaz de fazê-lo; a corda entre mim e Laia que se rompeu no deserto...

A Apanhadora de Almas fixa os olhos escuros em mim e abre sua mente. Seus pensamentos se derramam em minha cabeça feito uma corredeira, e, quando termina, ela pega minhas memórias e seu conhecimento e expõe os frutos dessa junção a meus pés.

— Malditos, sangrentos infernos. — Caminho trôpego para trás e me seguro em um rochedo, finalmente compreendendo. *O bracelete de Laia... a Estrela.* — É ele... Keenan. Ele é o Portador da Noite.

— Está vendo, Elias? — pergunta a Apanhadora de Almas. — Viu a rede que ele teceu para assegurar sua vingança?

— Por que os jogos? — Eu me afasto do rochedo e caminho de um lado para o outro no penhasco. — Por que ele simplesmente não matou Laia e pegou o bracelete?

— A Estrela é regida por leis invioláveis. O conhecimento que levou à sua criação foi dado por amor, em confiança. — Ela desvia o olhar, a vergonha estampada em seus olhos. — É uma mágica antiga com o intuito de limitar qualquer maldade para a qual a Estrela possa ser utilizada. — Suspira. — Ela já fez muitas coisas boas.

— Os djinns que vivem no seu bosque — digo. — Ele quer libertá-los.

Os olhos de Shaeva parecem perturbados enquanto ela olha fixamente para o rio abaixo.

— Eles não devem ser libertos, Elias. Os djinns foram criaturas de luz um dia. Mas, como acontece com qualquer ser vivo que é preso por tempo demais, a prisão os enlouqueceu. Eu tentei dizer isso ao Portador da Noite. De todos os djinns, nós dois somos os únicos que ainda caminham nesta terra. Mas ele não me escuta.

— Temos que fazer alguma coisa — digo. — Quando ele conseguir o bracelete, vai matar Laia...

— Ele não pode matá-la. Todos que receberam a Estrela, mesmo que por alguns momentos, estão protegidos dele por seu poder. Ele não pode matar você também.

— Mas eu jamais... — O *toquei*, eu ia dizer, até me dar conta de que havia perguntado a Laia se podia ver o bracelete meses atrás, na cordilheira Serrana.

— O Portador da Noite deve ter ordenado ao diretor que o matasse — diz Shaeva. — Mas creio que seus escravos humanos não são tão obedientes quanto ele gostaria.

— O diretor não se importava com Laia — percebo. — Ele queria compreender melhor o Portador da Noite.

— Meu rei não confia em ninguém. — A Apanhadora de Almas tem um calafrio no ar gelado. Por um momento, ela parece apenas um pouco mais velha do que eu. — A comandante e o diretor são provavelmente seus únicos aliados. Ele não confia em humanos. Certamente não contou nada a respeito do bracelete ou da Estrela para que eles não encontrassem uma maneira de virar o conhecimento contra ele.

— E se Laia tivesse morrido de algum outro jeito? — pergunto. — O que aconteceria com o bracelete dela?

— Aqueles que usam fragmentos da Estrela não morrem facilmente — diz Shaeva. — Ela os protege, e ele sabe disso. Mas, se ela tivesse morrido, o bracelete teria desaparecido no nada. O poder da Estrela teria enfraquecido. Isso já aconteceu antes.

Ela coloca as mãos na cabeça.

— Ninguém compreende quão profundo é o ódio dele por humanos, Elias. Se ele libertar nossos irmãos, eles irão atrás dos Eruditos e os aniquilarão. Eles se voltarão contra o restante da humanidade. Sua sede de sangue não conhece a razão.

— Então o detenha — digo. — Vamos levar Laia para longe, antes que ele possa pegar o bracelete.

— Não posso detê-lo. — A voz de Shaeva se eleva, impaciente. — Ele não vai me deixar. Não posso abandonar minhas terras...

— SHAEVA.

Um tremor ribomba pela floresta, e ela se vira de um lado para o outro.

— Eles sabem — sibila. — Eles vão me punir.

— Você não pode simplesmente ir embora. Preciso descobrir se Laia está bem. Você pode me ajudar...

— Não! — Shaeva recua. — Não posso me meter em nada disso. *Nada*. Você não está vendo? Ele... — Ela leva a mão à garganta e faz uma careta. — A última vez que o traí, ele me matou, Elias. Ele me forçou a sofrer a tortura de uma morte lenta, e então *me trouxe de volta*. Ele libertou a criatura triste que havia governado a terra da morte antes de mim e me acorrentou a este lugar como punição pelo que eu fiz. Eu vivo, sim, mas sou escrava do Lugar de Espera. Isso é um feito *dele*. Se eu o trair novamente, céus, vá saber o que ele vai infligir sobre mim. Sinto muito... mais do que você possa imaginar. Mas *não* tenho poder sobre ele.

Eu me lanço em direção a ela, desesperado para *fazê-la* me ajudar, mas Shaeva gira para longe de meu alcance e voa penhasco abaixo, desaparecendo em segundos nas árvores.

— Shaeva, maldição! — Parto atrás dela, praguejando, quando percebo quão fútil é a perseguição.

— Você não está morto ainda? — Tristas emerge das árvores tão logo a Apanhadora de Almas desaparece. — Quanto tempo mais está planejando se apegar à sua existência miserável?

Eu deveria perguntar o mesmo. Mas não o faço, pois, em vez da malícia que passei a esperar do fantasma de Tristas, vejo seus ombros caídos, como se um rochedo invisível repousasse sobre suas costas. Distraído como estou, ordeno a mim mesmo que volte toda minha atenção a meu amigo. Ele parece retraído e desesperadamente infeliz.

— Não vai demorar muito para eu vir para cá — digo. — Tenho até a *Rathana*. Seis dias.

— *Rathana*. — Tristas enruga a testa, em pensamento. — Lembro do ano passado. Aelia me pediu em casamento aquela noite. Eu cantei o caminho inteiro até em casa, e você e Hel me amordaçaram para que os centuriões não ouvissem. Faris e Leander zombaram de mim durante semanas.

— Eles só estavam com inveja porque você tinha encontrado uma garota que o amava de verdade.

— Você me defendeu — diz Tristas. Atrás dele, a floresta está imóvel, como se o Lugar de Espera prendesse a respiração. — Você sempre me defendeu.

Dou de ombros e desvio o olhar.

— Isso não desfaz o mal que eu fiz.

— Eu nunca disse que desfaria. — A ira de Tristas retorna. — Mas você não é o juiz, é? Foi a *minha* vida que você levou. E é *minha* escolha se quero perdoá-lo ou não.

Abro a boca, prestes a contar a Tristas que ele não deveria me perdoar. Em vez disso, penso na reprimenda de Izzi. "Você sempre acredita que todas as pessoas são de sua responsabilidade... Mas temos nossa própria vida e merecemos tomar as nossas decisões."

— Você está certo. — Infernos, isso é difícil de dizer. Mais difícil ainda me fazer acreditar. Mas, enquanto falo, a raiva deixa os olhos de Tristas. — Todas as suas escolhas foram tiradas de você. Exceto essa. Desculpe.

Tristas empina a cabeça.

— Foi tão difícil assim? — Ele caminha até a borda do penhasco e olha para baixo, para o rio Dusk. — Você disse que eu não precisava fazer isso sozinho.

— Você *não* precisa fazer isso sozinho.

— Eu poderia dizer o mesmo para você. — Tristas coloca a mão sobre meu ombro. — Eu perdoo você, Elias. Perdoe a si mesmo. Você ainda tem tempo entre os vivos. Não o desperdice.

Ele se vira e pula do penhasco em um salto perfeito, seu corpo desaparecendo. O único sinal de sua partida é uma ligeira ondulação no rio.

Eu poderia dizer o mesmo para você. As palavras acendem uma chama dentro de mim, e o pensamento que primeiro faiscou para a vida com as palavras de Izzi agora se torna uma chama.

A declaração estridente de Afya ressoa em minha cabeça: "Você não devia simplesmente sumir, Elias. Acho que devia perguntar à Laia o que ela quer". Os apelos irados de Laia: "Você se fecha. Me deixa de fora porque não quer que eu me aproxime. E quanto ao que eu quero?"

"Às vezes", Izzi disse, "a solidão é uma escolha."

O Lugar de Espera desaparece. Quando o frio penetra em meus ossos, sei que estou de volta a Kauf.

Também sei exatamente como posso tirar Darin deste maldito lugar. Mas não posso fazê-lo sozinho. Espero — planejando, tramando — e, quando Tas entra em minha cela na manhã seguinte, após eu saber a verdade sobre Keenan, estou pronto.

O garoto mantém a cabeça baixa e caminha arrastado em minha direção, tão tímido quanto um camundongo. Suas pernas magras estão marcadas por um açoitamento recente. Uma bandagem suja envolve seu punho frágil.

— Tas — sussurro. Os olhos escuros do garoto se arregalam imediatamente. — Vou cair fora daqui — digo. — Vou levar o Artista comigo. E você também, se quiser. Mas preciso de ajuda.

Tas se inclina sobre seu caixote de bandagens e unguentos, as mãos tremendo enquanto troca o cataplasma sobre meu joelho. Pela primeira vez desde que o conheci, seus olhos brilham.

— O que você precisa que eu faça, Elias Veturius?

XLVII
HELENE

Não me lembro de ter escalado de volta o muro externo de Kauf ou do caminho que segui até a casa de barcos. Só sei que levo mais tempo do que deveria, por causa da raiva e da incredulidade que turvam minha visão. Quando entro na estrutura cavernosa, confusa pelo que acabei de descobrir sobre a comandante, o diretor me espera.

Desta vez, ele não está só. Sinto seus homens se escondendo nos cantos da casa de barcos. Brilhos prateados refletem a luz azul das tochas — Máscaras, com arcos apontados para mim.

Avitas está parado ao lado do nosso barco, o olhar cauteloso voltado na direção do velho. Seu maxilar cerrado é o único sinal de que está incomodado. Sua ira me acalma — pelo menos não estou sozinha em minha frustração. Quando me aproximo, Avitas cruza o olhar com o meu e anui brevemente. O diretor já o deixou a par da situação.

— Não ajude a comandante, diretor — digo, sem preâmbulos. — Não lhe dê a influência que ela quer.

— Você me surpreende — diz o diretor. — É tão leal a Marcus que rejeitaria Keris Veturia como imperatriz? É uma tolice fazer isso. A transição não seria pacífica, mas com o tempo a população aceitaria. Afinal de contas, ela conseguiu esmagar a revolução erudita.

— Se fosse para a comandante ser a imperatriz — digo —, os adivinhos a teriam escolhido em vez de Marcus. Ela não sabe negociar, diretor. Assim que ela assumir o poder, vai punir cada gens que um dia a traiu, e o Império cairá em uma guerra civil, como quase aconteceu semanas atrás. Além disso, ela quer matar você. Ela disse isso na minha frente.

— Sou bastante ciente da antipatia de Keris Veturia por mim — ele diz. — Irracional, levando-se em consideração que servimos ao mesmo mestre, mas acredito que ela se sente ameaçada pela minha presença. — O diretor dá de ombros. — Se vou ajudá-la ou não, não faz diferença. Ainda assim ela levará adiante o golpe. E é bem possível que ele seja bem-sucedido.

— Então eu devo detê-la. — Nesse momento, chegamos ao ponto crucial de nossa discussão. Decido abrir mão de sutilezas. Se a comandante tem a intenção de levar adiante um golpe, não tenho tempo. — Me entregue Elias Veturius, diretor. Não posso retornar a Antium sem ele.

— Ah, sim. — O diretor tamborila os dedos uns nos outros. — Isso pode ser um problema, Águia.

— O que você quer, diretor?

Ele gesticula para que eu o acompanhe até uma das docas, para longe de seus homens e de Harper. O Nórdico balança a cabeça bruscamente quando eu o sigo, mas não tenho escolha. Quando estamos longe dos ouvidos deles, o velho se vira para mim.

— Ouvi dizer, Águia de Sangue, que você tem uma habilidade... específica. — Ele fixa os olhos famintamente em mim, e um calafrio sobe por minha espinha.

— Diretor, não sei o que você ouviu, mas...

— Não insulte a minha inteligência. O médico de Blackcliff, Titinius, é um velho amigo. Ele compartilhou comigo recentemente a história mais extraordinária de recuperação que já testemunhou em seu tempo na escola. Elias Veturius estava à beira da morte quando um cataplasma do sul o salvou. Mas, quando Titinius tentou o cataplasma em outro paciente, não funcionou. Ele suspeita de que a recuperação de Elias se deu por algo ou alguém mais.

— O que você quer? — pergunto novamente, minha mão se deixando ir para minha arma.

— Quero estudar o seu poder — diz o diretor. — Quero compreendê-lo.

— Não tenho tempo para seus experimentos — disparo. — Me entregue Elias e conversaremos.

— Se eu lhe der Veturius, você vai simplesmente escapar com ele. Não, você tem de ficar. Alguns dias, não mais do que isso, e então libertarei vocês dois.

— Diretor — digo. — Está prestes a acontecer um maldito golpe que derrubará o Império. Preciso retornar a Antium para avisar o imperador. E não posso retornar sem Elias. Entregue-o a mim e juro por meu sangue e meus ossos que retornarei aqui para suas... *observações*, tão logo a situação esteja sob controle.

— Um belo juramento — diz o diretor. — Mas inconfiável. — Ele coça o queixo pensativamente, uma luz sinistra nos olhos. — Que dilema filosófico fascinante você está enfrentando, Águia de Sangue. Fique aqui, submeta-se à experimentação e arrisque que, em sua ausência, o Império caia nas mãos de Keris Veturia. Ou volte, impeça o golpe e salve o Império, mas arrisque perder a sua família...

— Isso não é um jogo — retruco. — A vida da minha família está correndo risco. Malditos infernos, o *Império* está correndo risco. E, se nenhuma dessas coisas importa para você, então pense em si mesmo, diretor. Você acha que Keris vai simplesmente deixar você se esconder aqui, após ela se tornar imperatriz? Ela vai matá-lo na primeira chance que tiver.

— Ah, acredito que nossa nova imperatriz achará meu conhecimento dos segredos do Império... irresistível.

Meu sangue fervilha de ódio quando encaro o velho. Será que eu conseguiria invadir Kauf? Avitas conhece bem a prisão. Ele passou anos aqui. Mas há apenas dois de nós e uma fortaleza de homens do diretor.

Lembro, então, o que Cain me disse quando tudo isso começou, logo após Marcus ter me dado a ordem de lhe trazer Elias.

Você caçará Elias. Você o encontrará. Pois o que você aprender nessa jornada... sobre si mesma, sobre a sua terra, seus inimigos... esse conhecimento é essencial para a sobrevivência do Império. E para o seu destino.

Isso. Isso é o que ele queria dizer. Ainda não sei o que aprendi sobre mim mesma, mas compreendo agora o que está acontecendo dentro da minha terra, dentro do Império. Compreendo o que meu inimigo está planejando.

Eu ia levar Elias para que Marcus o executasse, como sinal da força do imperador. Para dar a ele uma vitória. Mas matar Elias não é a única maneira de fazer isso. Esmagar um golpe liderado por uma das militares mais temidas do Império funcionaria tão bem quanto isso. Se Marcus e eu derrubarmos a comandante, as gens ilustres relutarão em traí-lo. A guerra civil será evitada. O Império estará seguro.

Quanto a Elias, meu estômago revira quando penso nele nas mãos do diretor. Mas não posso mais me preocupar com seu bem-estar. Além do mais, eu conheço meu amigo. O diretor não será capaz de mantê-lo trancado por muito tempo.

— O Império em primeiro lugar, velho — digo. — Fique com Veturius... e com seus experimentos.

O diretor me analisa, sem demonstrar expressão alguma.

— *Imatura é a esperança de nossa juventude* — ele murmura. — *São uns tolos. Não discernem o melhor.* De *Reminiscências*, por Rajin de Serra, um dos únicos Eruditos que valem a pena citar. Acredito que ele escreveu isso alguns momentos antes de Taius, o Primeiro, arrancar a cabeça dele. Se você não quer que o destino do imperador seja o mesmo, então é melhor partir de uma vez.

Ele sinaliza para seus homens, e, instantes depois, a porta da casa de barcos se fecha com um ruído surdo atrás deles. Avitas caminha silenciosamente até o meu lado.

— Nada de Veturius e um golpe a ser evitado — diz ele. — Quer explicar o que se passa em sua cabeça agora ou no caminho?

— No caminho. — Subo na canoa e pego um remo. — Já estamos atrasados.

XLVIII
LAIA

*K*eenan *é o Portador da Noite. Um djinn. Um demônio.*
Embora eu repita as palavras em minha cabeça, custo a acreditar. O frio penetra em meus ossos, e olho para baixo, surpresa em descobrir que caí de joelhos na neve. *Levante-se, Laia.* Não consigo me mexer.

Eu o odeio. Céus, eu o odeio. *Mas eu o amava. Não amava?* Procuro meu bracelete, como se tocar em mim fosse fazê-lo reaparecer. A transformação de Keenan passa subitamente por minha mente — então o desdém em sua voz pervertida.

Ele se foi, digo a mim mesma. *Você ainda está viva. Elias e Darin estão na prisão e não têm como sair. Você precisa salvá-los. Levante-se.*

Talvez a mágoa seja como a batalha: uma vez vivida, os instintos de seu corpo assumem o comando. Quando você a vê se fechando ao seu redor, como um esquadrão de morte marcial, você endurece seu interior e se prepara para a agonia de um coração despedaçado. E, quando ela o atinge, você sente a dor, mas não tanto quanto antes, pois colocou sua fraqueza de lado, e tudo o que lhe resta é ira e força.

Parte de mim quer ruminar cada momento que passei com aquela *coisa*. Ele se opôs à minha missão com Mazen por querer me ver frágil e sozinha? Salvou Izzi porque sabia que eu jamais o perdoaria se ele a deixasse para trás?

Chega de pensar. Chega de considerar. Você precisa agir. Se mexer. Levante-se.

Fico de pé. Embora em um primeiro momento não tenha certeza para onde estou indo, eu me obrigo a me afastar da caverna. A neve acumulada alcança meus joelhos e avanço com esforço, tremendo, até encontrar a trilha que Helene Aquilla e seus homens devem ter deixado. Eu a sigo até um regato, um fiozinho d'água, e caminho ao longo dele.

Não sei para onde estou indo até que uma figura deixa as árvores à minha frente. A visão da máscara prateada ameaça fazer meu estômago saltar, mas me firmo e saco minha adaga. O Máscara ergue as mãos.

— Paz, Laia de Serra.

É um dos Máscaras de Aquilla. Não o de cabelos claros nem o bonito Esse me lembra o fio recém-afiado de um machado. É o que passou bem a meu lado e de Elias, em Nur.

— Preciso falar com a Águia de Sangue — digo. — Por favor.

— Onde está o seu amigo ruivo?

— Partiu.

O Máscara pisca. Acho a ausência de sua implacabilidade fria pouco natural. Seus olhos verde-claros são quase solidários.

— E o seu irmão?

— Ainda em Kauf — digo cautelosamente. — Você pode me levar até ela?

Ele anui.

— Nós estamos partindo — diz. — Eu estava procurando os espiões da comandante.

Paro.

— Vocês... vocês estão com Elias...

— Não — diz o Máscara. — Elias ainda está na prisão. Temos algo urgente para cuidar.

Mais urgente que capturar o fugitivo número um do Império? Uma lenta chama de esperança se acende em meu peito. Achei que eu teria de mentir para Helene Aquilla e lhe dizer que eu não interferiria em seu plano de retirar Elias da prisão. Mas ela não está planejando deixar Kauf com ele, de qualquer maneira.

— Por que você confiou em Elias, Laia de Serra? — A pergunta do Máscara é tão inesperada que não consigo esconder a surpresa. — Por que você o salvou da execução?

Considero mentir, mas ele saberia. Ele é um Máscara.

— Elias salvou minha vida tantas vezes — digo. — Ele se perde em pensamentos e faz escolhas duvidosas que colocam sua própria vida em risco, mas é uma boa pessoa. — Olho de relance para o Máscara, que mira impassivelmente à frente. — Uma... uma das melhores que há.

— Mas ele matou os próprios amigos durante as Eliminatórias.

— Ele não queria fazer isso. Ele não para de pensar nisso. Acho que nunca vai se perdoar.

O Máscara fica em silêncio, e o vento carrega os lamentos e suspiros de Kauf até nossos ouvidos. Cerro o maxilar. *Você precisa entrar lá*, digo a mim mesma. *Então vá se acostumando.*

— Meu pai era como Elias — diz o Máscara, após um momento. — Minha mãe dizia que ele sempre via o bem quando ninguém mais via.

— Ele... ele também foi um Máscara?

— Foi. Traço estranho para um Máscara, imagino. O Império tentou tirar isso dele através do treinamento. Talvez tenham fracassado. Talvez seja por isso que ele morreu.

Não sei o que dizer, e o Máscara permanece em silêncio também, até que o volume escuro e sinistro de Kauf aparece ao longe.

— Eu vivi ali por dois anos. — Ele anui para o prédio. — Passei a maior parte do tempo nas celas de interrogatório. Odiei a prisão em um primeiro momento. Turnos de guarda de doze horas, sete dias por semana. Eu me tornei insensível às coisas que ouvia. O que ajudou foi que eu fiz uma amizade.

— Não o diretor. — Eu me afasto um pouco dele. — Elias me contou sobre ele.

— Não — diz o Máscara. — Não o diretor, tampouco nenhum dos soldados. Minha amiga era uma escrava erudita. Uma garotinha que se chamava Bee e tinha uma cicatriz com o formato de um mirtilo no rosto.

Olho fixamente para ele, pasma. Ele não parece o tipo de homem que faria amizade com uma criança.

— Ela era tão magra — o Máscara comenta. — Eu costumava dar comida escondido para ela. No início ela tinha medo de mim, mas, quando percebeu que eu não queria machucá-la, começou a conversar comigo. — Ele dá de ombros. — Após deixar Kauf, fiquei me perguntando sobre ela. Alguns dias atrás, quando levei uma mensagem da Águia para o diretor, fui à procura de Bee. E a encontrei.

— Ela se lembrou de você?

— Sim. Aliás, ela me contou uma história muito peculiar de um Marcial de olhos claros, trancado no bloco de interrogatórios da prisão. Ele se recusa a temer o diretor, ela disse. Ele fez amizade com um dos companheiros dela. Deu a ele um nome tribal: Tas. As crianças comentam sobre esse Marcial... com cuidado, é claro, para que o diretor não ouça. Elas são boas em guardar segredos. Levaram uma mensagem desse Marcial para o movimento erudito dentro da prisão... para aqueles homens e mulheres que ainda têm esperanças de um dia conseguir escapar.

Malditos céus.

— Por que você está me contando isso? — Olho em volta, nervosa. *Será uma armadilha? Um truque? É óbvio que o Máscara está falando de Elias. Mas qual é o seu propósito?*

— Não posso lhe dizer por quê. — Ele soa quase triste. — Mas, por mais estranho que isso soe, acho que um dia você, de todas as pessoas, vai compreender melhor a situação.

Ele se agita e encontra meu olhar.

— Salve-o, Laia de Serra — diz. — Por tudo o que você e a Águia de Sangue me contaram, acho que vale a pena salvá-lo.

O Máscara me observa e anuo para ele, sem compreender, mas aliviada pelo fato de, ao menos, ele ser mais humano e menos Máscara.

— Vou fazer o meu melhor.

Chegamos à clareira da Águia de Sangue. Ela está prendendo uma sela a seu cavalo, e, quando ouve nossos passos e se vira, seu rosto prateado se endurece. O Máscara rapidamente nos deixa a sós.

— Eu sei que você não gosta de mim — digo, antes que ela me mande cair fora. — Mas estou aqui por duas razões. — Abro a boca, tentando encontrar as palavras certas, e decido que, quanto mais simples forem, melhor.

— Primeiro, eu gostaria de lhe agradecer. Por me salvar. Eu devia ter dito isso antes.

— De nada — ela resmunga. — O que você quer?

— Sua ajuda.

— E por que nos malditos céus eu te ajudaria?

— Porque você está deixando Elias para trás — respondo. — Você não o quer morto. Eu sei disso. Então me ajude a salvá-lo.

A Águia de Sangue se volta para seu cavalo, puxa uma capa de um dos alforjes e a veste.

— Elias não vai morrer. Provavelmente está tentando libertar o seu irmão neste momento.

— Não. Algo deu errado lá dentro. — Eu me aproximo dela, e seu olhar é cortante como uma cimitarra. — Você não me deve nada. Eu sei disso. Mas eu ouvi o que ele disse para você em Blackcliff. *Não se esqueça de nós.*

A devastação nos olhos dela diante da lembrança é súbita e crua, e a culpa remói em meu estômago.

— Não vou deixá-lo — digo. — Ouça este lugar. — Helene Aquilla desvia o olhar. — Ele merece mais do que morrer ali.

— O que você quer saber?

— Algumas coisas sobre a planta da prisão, posições e suprimentos.

Ela desdenha.

— E como é que você vai entrar lá? Você não pode se fazer passar por uma escrava. Os guardas de Kauf conhecem o rosto de seus escravos eruditos, e uma garota com a sua aparência não seria facilmente esquecida. Você não duraria cinco minutos até ser descoberta.

— Tenho uma maneira de entrar — digo. — E não tenho medo.

Uma violenta rajada de vento lança fios de cabelo loiro que voam como pássaros em torno do rosto prateado de Helene. Ela me avalia com uma expressão indecifrável. O que está sentindo? Helene é mais do que apenas uma Máscara — aprendi isso na noite em que eu estava à beira da morte.

— Venha aqui — ela suspira, se ajoelha e começa a desenhar na neve.

◆ ◆ ◆

Eu me sinto tentada a empilhar as coisas de Keenan e incendiá-las, mas a fumaça só chamaria atenção. Em vez disso, carrego sua mochila longe de mim, como se ela tivesse uma doença contagiosa, e caminho algumas centenas de metros adiante da caverna, até encontrar um riacho que corre velozmente em direção ao rio Dusk. A mochila cai ruidosamente na água, e suas armas logo a seguem. Eu poderia fazer bom proveito de algumas facas a mais, mas não quero nada que tenha pertencido a ele.

Quando retorno à caverna, eu me sento, cruzo as pernas e decido que não vou me mover até ter dominado minha invisibilidade.

Percebo que, todas as vezes em que fui bem-sucedida, Keenan estava fora de vista. Toda aquela insegurança que eu sentia quando ele estava por perto — será que ele a plantara em mim, para suprimir meu poder?

Desapareça! Grito a palavra em minha mente, como uma rainha da paisagem desolada ordenando suas tropas esfarrapadas para a última resistência. Elias, Darin e todo o restante que tenho de salvar dependem desse poder, dessa mágica, que eu *sei* que vive dentro de mim.

Uma corrente se espalha através de meu corpo, e eu me firmo, olhando para baixo para ver que minhas pernas tremeluzem, translúcidas, como haviam feito no ataque à caravana de Afya.

Dou um grito tão alto que o eco na caverna me sobressalta, e a invisibilidade me deixa. Certo. *Trabalhe nisso, Laia.*

Durante todo o dia eu pratico, primeiro na caverna, então do lado de fora e na neve. Aprendo meus limites: um galho que eu segure enquanto estou invisível também fica invisível. Mas qualquer coisa viva ou fixa na terra parece flutuar no ar.

Estou tão profundamente imersa em pensamentos que, em um primeiro momento, não ouço os passos. Alguém fala e eu me viro, me atrapalhando em busca de uma arma.

— Calma aí, garota. — Reconheço o tom altivo antes mesmo de ela baixar o capuz. Afya Ara-Nur. — Céus, você é nervosa — ela diz. — Embora eu não a culpe por isso. Não quando você é obrigada a ouvir aquela algazarra. — Ela acena para a prisão. — Nada de Elias, estou vendo. Nada de irmão, também. E... nada de ruivo?

Ela ergue as sobrancelhas, esperando uma explicação, mas eu simplesmente a encaro, me perguntando se ela é real. Suas roupas de cavalgada estão manchadas e imundas, suas botas molhadas de neve. Suas tranças estão enfiadas debaixo de um cachecol, e parece que ela não dorme há dias. Eu poderia beijá-la, de tão feliz que estou em vê-la.

Ela suspira e revira os olhos.

— Eu fiz uma promessa, garota, está bem? Eu jurei a Elias Veturius que cuidaria desse assunto até o fim. Uma Tribal quebrar um juramento sagrado já é ruim o suficiente. Mas fazê-lo quando a vida de outra mulher está correndo risco é imperdoável... como meu irmãozinho me lembrou durante três dias seguidos, até que eu finalmente concordasse em vir até você.

— Onde ele está?

— Quase nas terras tribais. — Ela se senta em uma pedra próxima e massageia as pernas. — Pelo menos deveria. A última coisa que ele me disse foi que a sua amiga Izzi não confiava no ruivo. — Ela me olha, cheia de expectativa. — Ela estava certa?

— Céus. Por onde eu começo?

Já é noite quando termino de contar a Afya sobre as últimas semanas. Deixo algumas coisas de fora — em particular a noite que Keenan e eu passamos no esconderijo.

— Eu sei que fracassei — digo. Afya e eu estamos sentadas na caverna agora, compartilhando uma refeição de pão e frutas que ela trouxe. — Eu tomei decisões estúpidas...

— Quando eu tinha dezesseis anos — interrompe Afya —, deixei Nur para realizar minha primeira negociação. Eu era a mais velha, e meu pai me mimava. Em vez de me forçar a passar horas intermináveis aprendendo a cozinhar, tecer e outras chatices, ele me mantinha próxima e me ensinava sobre negócios. A maior parte da minha tribo achava que ele me favorecia. Mas eu sabia que queria ser a zaldara da tribo Nur, sucedendo meu pai. Pouco me importava que uma mulher não tivesse assumido o posto de chefe da tribo em mais de duzentos anos. Eu só sabia que eu era a herdeira de meu pai e que, se não fosse escolhida, o papel de zaldar iria para um de meus tios gananciosos ou de meus primos inúteis. Eles se casariam com alguém de outra tribo, e isso seria o fim.

— Você se saiu muito bem — imagino, com um sorriso. — E agora olhe para você.

— Errado — ela diz. — A negociação foi um desastre. Uma paródia. Uma humilhação tanto para mim quanto para meu pai. O Marcial para quem eu planejava vender parecia suficientemente honesto... até ele me manipular e me enganar, levando meus produtos por uma fração do que valiam. Eu voltei da negociação mil marcos mais pobre, de cabeça baixa e com o rabo entre as pernas. Estava convencida de que meu pai arranjaria um casamento para mim em duas semanas. Mas, em vez disso, ele me deu um tapa na nuca e gritou para que eu levantasse a cabeça. Você sabe o que ele disse? "O fracasso não define uma pessoa. É o que ela faz depois de fracassar que determina se é uma líder ou um desperdício de ar."

Afya me encara duramente, dizendo por fim:

— Então você tomou algumas decisões equivocadas. Eu também. Assim como Elias. Assim como todas as pessoas que tentam fazer algo difícil. Isso não significa que você vá desistir, sua tola. Deu para entender?

Medito sobre suas palavras e relembro os últimos meses. É necessário apenas meio segundo para que a vida dê terrivelmente errado. Para arrumar a bagunça, preciso que mil outras coisas deem certo. A distância de um tanto de sorte para o próximo parece tão grande quanto a distância entre os mares. Mas, neste momento, decido que vou transpor essa distância novamente, até vencer. Não vou fracassar.

Anuo para Afya. Imediatamente ela coloca a mão sobre meu ombro.

— Ótimo — diz. — Agora que isso está fora do caminho, qual é o seu plano?

— É... — Busco uma palavra que não faça minha ideia parecer uma completa maluquice, mas com certeza Afya saberia imediatamente. — É maluco — digo finalmente. — Tão maluco que não consigo imaginar como vai funcionar.

Afya solta uma risadinha aguda que ecoa pela caverna. Ela não está me desdenhando — há um genuíno divertimento em seu rosto enquanto ela balança a cabeça.

— Céus. Achei que você tinha me dito que amava histórias. Você já ouviu *alguma* história de aventura que tenha um plano todo certinho?

— Bem... não.

— E por que você acha que isso acontece?
Estou perdida.
— Porque... hum, porque...
Ela dá um risinho de novo.
— Porque planos certinhos jamais funcionam, garota — diz. — Somente os malucos funcionam.

XLIX
ELIAS

Uma noite e um dia inteiros se passam antes que Tas retorne. Ele não diz nada, só olha para a porta da minha cela. Há uma ligeira mudança na luz tremeluzente da tocha adiante — um dos Máscaras do diretor nos observa. Finalmente, ele vai embora. Inclino a cabeça, caso ele decida retornar, mantendo a voz mais baixa que um sussurro.

— Me diga que tem boas notícias, Tas.

— Os soldados puseram o Artista em outra cela. — Tas olha sobre o ombro para a porta, então desenha rapidamente na sujeira do chão. — Mas eu o encontrei. O bloco é arranjado em círculo, certo? Com os aposentos da guarda no centro e — ele marca um x no topo do círculo — o Artista está aqui. — Então marca um x na parte de baixo. — Você está aqui. As escadas estão no meio.

— Excelente — sussurro. — Os uniformes?

— A Bee pode conseguir um para você. Ela tem acesso à lavanderia.

— Você tem certeza de que confia nela?

— Ela odeia o diretor. — Tas estremece. — Até mais do que eu. Ela não vai nos trair. Mas, Elias, eu não falei com o líder dos Skiritae, Araj. E... — Ele parece se desculpar. — A Bee disse que não há Tellis em parte alguma na prisão.

Por dez malditos infernos.

— Além disso — diz Tas —, a execução erudita começou. Os Marciais construíram um cercado no pátio da prisão onde os Eruditos estão sendo arrebanhados. O frio matou muitos deles, mas — a voz do garoto treme de expectativa, e sinto que ele esteve se preparando para isso — algo mais aconteceu... algo maravilhoso.

— O diretor está sofrendo com furúnculos que vão matá-lo lentamente? Tas abre um largo sorriso.

— Quase tão bom quanto isso — diz. — Eu tenho uma mensagem, Elias, de uma garota de olhos dourados.

Meu coração praticamente salta do peito. Não pode ser. *Pode?*

— Me conte tudo. — Olho de relance para a porta. Se Tas ficar na minha cela por mais do que dez minutos, um dos Máscaras vai vir para ver o que está acontecendo. As mãos do garoto trabalham rapidamente enquanto ele limpa meus ferimentos e substitui minhas bandagens.

— Ela encontrou a Bee primeiro. — Eu me esforço para ouvi-lo. Algumas celas adiante, os guardas começaram um interrogatório, e os gritos do prisioneiro ecoam através do bloco. — A Bee achou que era um fantasma, porque a voz saiu do nada e a levou para um quarto vazio da caserna. Então uma garota apareceu sem mais nem menos. Ela perguntou sobre você, e a Bee veio me buscar.

— E ela... ela era invisível?

Diante do anuir de Tas, eu me recosto, chocado. Mas então começo a relembrar as vezes em que ela parecia quase sumir de vista. Quando isso começou? *Depois de Serra*, me dou conta. Depois de o efrit tê-la tocado. A criatura só colocou as mãos em Laia por um segundo. Mas talvez aquele segundo tenha sido suficiente para despertar algo dentro dela.

— Qual era a mensagem dela?

Tas respira fundo.

— *Encontrei suas cimitarras* — ele recita. — *Fiquei feliz em vê-las. Tenho uma maneira de entrar na prisão sem que ninguém me veja. Afya pode roubar cavalos. E os Eruditos? As execuções começaram. O garoto diz que há um líder erudito que pode ajudar. Se você vir o meu irmão, diga a ele que estou aqui. E que o amo. Ela disse que voltaria ao cair da noite para saber sua resposta.*

— Tudo bem. É isso que eu quero que você diga a ela.

Durante três dias, Laia e eu trocamos mensagens por intermédio de Tas. Eu teria pensado que a presença dela aqui era um truque doentio do diretor, se não fosse pelo fato de que confio em Tas e de que as mensagens que ele traz de volta são típicas de Laia — doces, ligeiramente formais, mas com uma força por trás das palavras que fala de sua determinação. *Seja prudente, Elias. Não quero que você se machuque ainda mais.*

Lenta e laboriosamente, formulamos um plano que é parte dela, parte meu, parte de Tas e uma loucura completa. O plano também depende muito da competência de Araj, o homem que lidera Skiritae. Um homem que eu jamais encontrei.

O dia da *Rathana* amanhece como todos os outros em Kauf: sem qualquer indicativo de que amanheceu, exceto pelos ruídos dos guardas que trocam de turno e por um vago sentimento interno de que meu corpo está despertando.

Tas larga rapidamente uma tigela de mingau ralo à minha frente, em seguida sai feito um raio. Está pálido, aterrorizado, mas, quando encontro seus olhos, ele me cumprimenta brevemente com um menear de cabeça.

Após sua partida, eu me forço a levantar. Uso quase todo o fôlego para ficar de pé, e minhas correntes parecem mais pesadas do que pareciam ontem à noite. Tudo dói, e, por baixo da dor, a fadiga parece ter penetrado minha medula. Não é o cansaço do interrogatório ou de uma longa jornada. É a exaustão de um corpo que quase não suporta mais lutar.

Aguente só mais hoje, digo a mim mesmo. *Então você pode morrer em paz.*

Os poucos minutos seguintes são quase tão torturantes quanto uma das sessões de interrogatório do diretor. Eu *odeio* esperar. Mas, logo depois, um cheiro promissor sopra dentro de minha cela.

Fumaça.

Um segundo mais tarde, ouço vozes urgentes. Um grito. O soar dos sinos de alarme. O ribombar frenético dos tambores.

Muito bem, Tas. Botas passam ressoando por minha porta, e a luz das tochas, que já era reluzente, se intensifica. Os minutos se passam, e sacudo minhas correntes com impaciência. O fogo se espalha rápido, especialmente se Tas derramou na ala dos soldados a quantidade de combustível que eu recomendei. A fumaça já entra volumosa em minha cela.

Uma sombra passa por minha porta e olha para dentro — sem dúvida para se certificar de que ainda estou seguramente acorrentado. Então segue em frente. Segundos mais tarde, ouço uma chave na fechadura, e a porta da cela se abre para revelar a pequena forma de Tas.

— Só consegui encontrar as chaves da cela, Elias. — Ele entra apressado e empurra uma lâmina fina e um alfinete dobrado em minha direção. — Você consegue abrir os cadeados com isso?

Praguejo. Minha mão esquerda ainda está inábil do estrago que o diretor provocou com seus alicates, mas consigo pegá-los. A fumaça fica mais espessa, minhas mãos, mais desajeitadas.

— Rápido, Elias. — Tas olha para a porta. — Ainda precisamos soltar Darin.

Os cadeados em meus grilhões finalmente se abrem com um rangido, e um minuto mais tarde consigo soltar as correntes que envolvem meus tornozelos. A fumaça em minha cela é tão espessa que Tas e eu temos de nos agachar para respirar, mas, ainda assim, consigo me forçar a colocar o uniforme de guarda que ele me trouxe. O uniforme não consegue esconder o fedor das celas de interrogatório, meu cabelo sujo ou os ferimentos, mas é disfarce suficiente para passar pelos corredores de Kauf e entrar no pátio da prisão.

Colocamos lenços molhados em torno do rosto para amenizar a ardência da fumaça. Então abrimos a porta e disparamos para fora da cela. Tento me mexer rapidamente, mas cada passo é repleto de dor, e Tas voa para fora de meu campo de visão. Os corredores de pedra enfumaçados ainda não estão em chamas, embora suas vigas de madeira logo se incendiarão. Os aposentos dos soldados no meio do bloco, cheios de móveis de madeira e com poças de combustível espalhadas — cortesia de Tas —, rapidamente se transformam em uma sólida parede de fogo. Sombras se movimentam através da fumaça, e gritos ecoam. Passo cambaleante pelo poço da escada, e, momentos mais tarde, quando olho para trás, vejo um Máscara tentando se livrar da fumaça com a mão e subindo os degraus para deixar o bloco. *Excelente.* Os guardas estão caindo fora, como eu esperava que fizessem.

— Elias! — Tas aparece de dentro da fumaça à minha frente. — Depressa! Ouvi os Máscaras dizerem que o fogo no andar de cima está se espalhando!

Todas as malditas tochas que o diretor usa para iluminar este lugar estão finalmente servindo para uma coisa boa.

— Você tem certeza de que somos os únicos prisioneiros aqui embaixo?
— Eu conferi duas vezes!

Um minuto depois, chegamos à última cela, na extremidade norte do bloco. Tas destranca a porta, e entramos em uma nuvem de fumaça.

— Sou eu — digo roucamente para Darin, minha garganta já em carne viva. — Elias.

— Graças aos malditos céus. — Darin levanta com dificuldade e estende as mãos algemadas. — Achei que você estivesse morto. Não sabia se devia acreditar em Tas ou não.

Começo a tentar abrir os cadeados. Posso sentir o ar ficando mais quente e envenenado a cada segundo, mas me obrigo a trabalhar metodicamente. *Vamos lá, vamos lá.* O clique familiar soa, as algemas caem no chão, e disparamos para fora da cela, mantendo-nos próximos do chão. Estamos quase nas escadas quando um rosto prateado subitamente se avulta para fora da fumaça à nossa frente. *Drusius.*

— Seu vira-latinha vigarista. — Ele pega Tas pelo pescoço. — Eu *sabia* que você tinha algo a ver com isso.

Imploro aos céus para ter força para ao menos derrubar Drusius e dou um salto à frente. Ele se esquiva e me empurra contra a parede. Apenas um mês atrás, eu teria sido capaz de usar seu ataque brutal para levar a melhor contra ele. Mas o veneno e os interrogatórios retiraram de mim toda a rapidez. Antes que eu possa detê-lo, Drusius enlaça as mãos em torno do meu pescoço e pressiona. Uma sombra de cabelo loiro imundo passa como um raio. Darin mergulha contra o estômago de Drusius, e o Máscara tropeça.

Tusso em busca de ar e me apoio em um joelho. Mesmo durante os açoitamentos da comandante ou o treinamento severo dos centuriões, eu tinha uma percepção de minha própria resiliência, enterrada lá no fundo, em um lugar impossível de ser tocado. Mas agora, enquanto observo Drusius virar Darin de costas e nocauteá-lo com um golpe na têmpora, não consigo utilizar essa força. Não consigo encontrá-la.

— Elias! — Tas está a meu lado, colocando uma faca em minha mão.

Eu me obrigo a me jogar contra Drusius. Meu salto lembra mais um engatinhar, mas tenho sobra suficiente do instinto de lutador para cravar a adaga na coxa do Máscara e girá-la. Ele dá um berro e me agarra pelo cabelo, mas esfaqueio sua perna e seu estômago repetidamente, até que suas mãos param de se mover.

— Levante, Elias — Tas grita, desesperado. — O fogo está se espalhando rápido demais!

— N-não consigo...

— Consegue sim, você tem que levantar. — Tas me puxa agora, usando toda a sua força. — Levante o Darin! Drusius o nocauteou!

Meu corpo é frágil e lento, tão lento. Exausto pelas convulsões, os espancamentos, os interrogatórios, o veneno, a punição interminável dos últimos meses.

— Levante, Elias Veturius. — Tas dá um tapa em meu rosto, e pisco para ele, surpreso. Seus olhos são ardentes. — Você me deu um nome — ele diz.

— E quero viver para ouvi-lo nos lábios de outras pessoas. *Levante.*

Resmungo enquanto luto para me colocar de pé. Vou até Darin, me ajoelho e o apoio em meus ombros. Balanço com seu peso, embora Kauf o tenha deixado bem mais leve do que um homem com sua estatura deveria ser.

Torcendo desesperadamente para que nenhum outro Máscara apareça, cambaleio na direção da escada. O bloco de interrogatórios está totalmente tomado pelo fogo agora, as vigas do teto em chamas, a fumaça tão espessa que mal consigo enxergar. Subo os degraus de pedra aos tropeços, com Tas firme a meu lado.

Divida a tarefa no que é possível fazer. Um pé. Um centímetro. As palavras são uma cantilena deturpada em minha mente, cada vez mais fracas diante do pânico desesperado de meu corpo esgotado. O que nos espera lá em cima, no alto da escada? Vamos abrir a porta para o caos ou a ordem? De qualquer maneira, não sei se serei capaz de carregar Darin para fora da prisão.

O campo de batalha é o meu templo. A ponta da espada é o meu sacerdote. A dança da morte é a minha reza. O golpe fatal é a minha libertação. Não estou pronto para minha libertação. Ainda não. *Ainda não.*

O corpo de Darin fica mais pesado a cada segundo, mas consigo ver a porta que leva para fora da prisão agora. Estendo a mão para a maçaneta, forço para baixo e empurro.

Ela não abre.

— *Não!* — Tas dá um salto, agarrando a maçaneta da porta e empurrando com toda a força.

Abra esta porta, Elias. Largo Darin e dou um puxão no enorme mecanismo, espiando o funcionamento da trava. Eu me atrapalho procurando abridores de fechadura improvisados. Enfio um no pequeno orifício, mas ele quebra.

Tem de haver outra maneira de sair. Giro e arrasto Darin meio caminho escada abaixo. As vigas de madeira que seguram o peso da pedra pegaram fogo. As chamas correm acima, e estou convencido de que Darin, Tas e eu somos os únicos sobreviventes neste mundo.

Os tremores de uma convulsão tomam conta de mim, e sinto a aproximação de uma escuridão inexorável que excede tudo por que já passei até agora. Caio, meu corpo completamente exaurido. Só consigo engrolar e me engasgar enquanto Tas se inclina sobre mim, gritando algo que não consigo ouvir.

Foi isso que meus amigos sentiram no momento da morte? Eles também foram consumidos por essa ira fútil, mais ofensiva por não significar nada? Porque, no fim, a Morte levaria o que é dela, e nada poderia impedi-la?

Elias, Tas pronuncia para mim, com o rosto estriado de lágrimas e fuligem. *Elias!*

Seu rosto e sua voz desaparecem.

Silêncio. Escuridão.

Então uma presença familiar. Uma voz serena.

— Levante-se. — O mundo retoma o foco e vejo a Apanhadora de Almas inclinada sobre mim. Os galhos vazios e desolados da Floresta do Anoitecer se estendem como dedos. — Bem-vindo, Elias Veturius. — Sua voz é infinitamente carinhosa e gentil, como se falasse com uma criança ferida, mas seus olhos têm o mesmo tom negro e vazio que tinham quando a conheci. Ela toma meu braço como uma velha amiga faria. — Bem-vindo ao Lugar de Espera, o reino dos espíritos. Eu sou a Apanhadora de Almas, e estou aqui para ajudá-lo a atravessar para o outro lado.

L
HELENE

Avitas e eu chegamos a Antium no raiar do dia da *Rathana*. Enquanto nossos cavalos ressoam os cascos através dos portões da cidade, as estrelas brilham acima e o nascer do sol ainda não embelezou as montanhas escarpadas a leste da cidade.

Embora Avitas e eu tenhamos varrido o terreno em torno da capital, não vimos nenhum sinal de exército. Mas a comandante é inteligente. Ela pode ter inserido furtivamente suas forças na cidade e as escondido em múltiplos lugares. Ou talvez estivesse esperando até o cair da noite para desencadear seu ataque.

Faris e Dex se juntam a nós quando entramos na cidade, tendo visto nossa chegada de uma das torres de observação.

— Saudações, Águia. — Dex aperta minha mão enquanto manobra seu cavalo para se alinhar com o meu. Parece que ele não dorme há um bom tempo. — Os Máscaras da Guarda Negra estão distribuídos e esperam suas ordens. Coloquei três esquadrões para fazer a segurança do imperador. Outro está explorando a região em busca do exército. O restante assumiu a guarda da cidade.

— Obrigada, Dex. — Sinto-me aliviada por ele não me questionar sobre Elias. — Faris. Relatório.

— A garota estava certa — diz meu amigo. Avançamos sinuosamente em meio às carruagens, homens e animais que entram em Antium já tão cedo. — Há um exército. Pelo menos quatro mil homens...

— É o exército da comandante — digo. — Harper pode explicar. — Quando nos liberamos do tráfego, instigo meu cavalo a um galope. — Pense com cuidado no que você viu — grito para Faris. — Preciso que testemunhe diante do imperador.

As ruas começam a se encher de Mercadores, que procuram garantir os melhores lugares para as festividades da *Rathana*. Um comerciante de cerveja plebeu empurra um carrinho pela cidade com barris extras para abastecer as tavernas. Crianças penduram lanternas azuis e verdes que simbolizam o dia. Todos parecem tão normais. Felizes. Ainda assim, abrem caminho quando veem quatro Guardas Negros galopando pelas ruas. Quando chegamos ao palácio, salto do cavalo, quase atropelando o cavalariço que vem pegar as rédeas.

— Onde está o imperador? — disparo para um legionário que guarda o portão.

— No salão do trono, Águia, com o restante da corte.

Como eu esperava. Os líderes das gens ilustres do Império acordam cedo, particularmente quando querem algo. Eles devem ter começado a formar uma fila para requerer favores ao imperador horas atrás. O salão do trono estará repleto de homens poderosos, homens que poderão testemunhar o fato de que salvei o trono daquela rapina da comandante.

Passei dias planejando meu discurso e, quando nos aproximamos do salão do trono, eu o repasso novamente em minha cabeça. Os dois legionários que guardam as portas do salão do trono tentam me anunciar, mas Dex e Faris dão um passo à minha frente, afastando-os do caminho e abrindo as portas para mim. É como ter dois aríetes a meu lado.

Soldados da Guarda Negra se alinham no salão a intervalos, a maioria parada entre as tapeçarias colossais que descrevem os feitos dos imperadores passados. Enquanto abro caminho até o trono, vejo o tenente Sergius, o Guarda Negro que foi suficientemente estúpido para se dirigir a mim como "srta. Aquilla" da última vez que estive aqui. Ele me saúda respeitosamente quando passo.

Os rostos se viram em minha direção. Reconheço os paters de algumas dezenas de gens mercadoras e ilustres. Através da enorme abóboda de vidro, as últimas estrelas dão lugar à luz do dia.

Marcus está sentado no trono de ébano pomposamente entalhado, a expressão de desprezo usual substituída por um olhar colérico duro enquanto escuta o relatório de um mensageiro que parece ter chegado há pouco da estrada. Um aro de pontas cortantes, decorado com o diamante de quatro lados de Blackcliff, adorna sua cabeça.

— ... avançaram sobre a fronteira e estão fustigando os vilarejos no entorno de Tiborum. A cidade será tomada se não levarmos homens para lá imediatamente, meu lorde.

— Águia de Sangue. — Marcus nota minha presença e dispensa com um aceno o legionário que faz seu relatório. — Que bom pôr os olhos sobre você mais uma vez. — Ele me avalia rapidamente de alto a baixo, mas então faz uma careta e leva um dedo à têmpora. Sinto-me aliviada por ele desviar o olhar. — Pater Aquillus — ele diz, entredentes. — Venha e cumprimente sua filha.

Meu pai emerge das filas de cortesãos, seguido por minha mãe e irmãs. Hannah enruga o nariz quando me vê, como se tivesse cheirado algo ruim. Minha mãe anui um cumprimento, os nós dos dedos brancos enquanto aperta as mãos uma na outra à sua frente. Ela parece morta de medo de falar. Livvy consegue abrir um sorriso quando me vê, mas eu seria uma tola se não notasse que ela andou chorando.

— Saudações, Águia de Sangue. — O olhar aflito de meu pai passa por Avitas, Faris e Dex antes de retornar até mim. *Nada de Elias*, ele parece dizer. Anuo para ele a fim de renovar sua confiança, apenas com um olhar. *Não tema, meu pai.*

— Sua família foi generosa de me encantar diariamente com a presença de cada um desde que você partiu. — A boca de Marcus se curva em um sorriso, antes de ele olhar para trás de mim. — Você retornou de mãos vazias, Águia.

— De mãos vazias não, imperador — digo. — Eu trouxe algo muito mais importante do que Elias Veturius. Neste exato instante, um exército marcha sobre Antium, liderado por Keris Veturia. Durante meses, ela arregimentou soldados das terras tribais e das regiões fronteiriças para criar esse exército traidor. É por isso que Vossa Excelência tem recebido relatórios de Selvagens e Bárbaros atacando nossas cidades periféricas. — Anuo para o mensageiro. Ele se afasta, sem querer se envolver em uma discussão entre a Águia de Sangue e o imperador. — A comandante pretende deflagrar um golpe.

Marcus inclina a cabeça.

— E você tem prova desse suposto exército?

— Eu o vi, meu lorde — Faris troveja ao meu lado. — Não faz nem dois dias, nas colinas Argent. Não consegui me aproximar o suficiente para reconhecer as gens representadas, mas havia ao menos vinte estandartes desfraldados.

O Império abriga duzentas e cinquenta gens ilustres. O fato de que a comandante pudesse reunir o apoio de tantas gens chama a atenção de Marcus. Ele cerra um grande punho sobre o trono.

— Majestade — digo. — Eu despachei a Guarda Negra para assumir o controle das muralhas de Antium e para se posicionar como guarda avançada além da cidade. A comandante provavelmente atacará hoje à noite, então teremos um dia inteiro para preparar a cidade. Mas precisamos levá-lo para um local segu...

— Então você não me trouxe Elias Veturius?

É agora.

— Meu lorde, a questão era trazer Elias Veturius de volta ou reportar o golpe. Não havia tempo para fazer as duas coisas. Achei que a segurança do Império importava mais do que um homem.

Marcus me considera por um longo momento antes de seu olhar se deslocar para algo atrás de mim. Ouço uma passada familiar odiada, o *tunc-tunc* de botas com sola de aço.

Impossível. Eu parti antes dela. Cavalguei sem parar. Ela poderia ter chegado até seu exército antes de nós, mas nós a teríamos visto se ela tivesse se dirigido para Antium. Há um número restrito de estradas para chegar aqui, vindo de Kauf.

Uma faixa de escuridão nos recessos do salão do trono chama minha atenção: um capuz com sóis reluzindo dentro dele. O zunido de uma capa, e ele desapareceu. *O Portador da Noite. O djinn. Ele a trouxe aqui.*

— Eu lhe disse, imperador. — A voz da comandante é suave como os anéis de uma cobra. — A garota está iludida por sua obsessão com Elias Veturius. A incapacidade ou falta de vontade dela em capturá-lo a levou a maquinar essa história ridícula, assim como a empregar membros valiosos da Guarda Negra de uma maneira sem sentido e desastrada. Uma iniciativa de ostentação. Sem dúvida ela espera que isso vá corroborar a sua alegação. Ela deve acreditar que somos idiotas.

A comandante dá a volta em mim e fica ao lado de Marcus. Seu corpo é calmo, seus traços inalterados, mas, quando cruza o olhar com o meu, minha garganta seca diante de sua fúria. Se eu estivesse em Blackcliff, estaria dependurada no poste de açoitamento, respirando pela última vez.

Céus, o que ela está fazendo aqui? Ela deveria estar com seu exército agora. Olho para o salão novamente, esperando ver seus homens entrando pelas portas às dezenas a qualquer momento. No entanto, embora eu veja soldados da Gens Veturia por todo o salão do trono, eles não parecem se preparar para uma batalha.

— De acordo com a comandante, Águia de Sangue — diz Marcus —, Elias Veturius está preso em Kauf. Você sabia disso, não sabia?

Ele vai saber se eu mentir. Baixo a cabeça.

— Sim, Majestade. Mas...

— Mesmo assim, você não o trouxe consigo. Embora, de qualquer forma, provavelmente ele esteja morto a essa altura. Estou correto, Keris?

— Sim, Majestade. O garoto foi envenenado em algum ponto de sua jornada — diz a comandante. — O diretor relatou que ele tem sofrido convulsões há semanas. Pela última notícia que tive, Elias Veturius estava a poucas horas da morte.

Convulsões? Quando vi Elias em Nur, ele parecia doente, mas presumi que fosse por causa da marcha extenuante desde Serra.

Então lembro o que ele disse — palavras que não fizeram sentido à época, mas que agora sinto como uma faca enfiada no estômago: "Nós dois sabemos que eu não vou durar muito mais neste mundo".

E o diretor, após eu lhe dizer que veria Elias novamente: "Imatura é a esperança de nossa juventude". Atrás de mim, Avitas inspira brevemente.

— A erva-da-noite que ela me deu, Águia — ele sussurra. — Ela devia ter o suficiente para usar nele.

— Você... — eu me viro para a comandante, e tudo se encaixa — você o envenenou. E deve ter feito isso semanas atrás, quando encontrei seus rastros em Serra. Quando você lutou com ele. — *O meu amigo está morto, então? Verdadeiramente morto? Não. Ele não pode estar.* Minha mente não vai aceitar isso. — Você usou a erva-da-noite porque sabia que ela demoraria mais para matá-lo. Você sabia que eu o caçaria. E, enquanto estivesse fora do seu caminho, eu não seria capaz de impedir o seu golpe. — *Malditos céus*. Ela matou o próprio filho e esteve me manipulando durante meses.

— A erva-da-noite é proibida no Império, como todo mundo aqui sabe. — A comandante olha para mim como se eu estivesse coberta de esterco. — Ouça o que está dizendo, Águia. Pensar que você treinou na minha academia. Eu devia estar cega para deixar uma noviça como você se formar.

O salão do trono é tomado por um zum-zum-zum e fica em silêncio quando dou um passo na direção dela.

— Se sou tão tola assim — digo —, então explique por que há falta de homens em todas as guarnições do Império. Por que você nunca tinha soldados suficientes? Por que não há soldados suficientes nas fronteiras?

— Eu precisava de homens para subjugar a revolução, é claro — ela diz.

— O imperador em pessoa ordenou que eu os transferisse.

— Mas você continuava pedindo mais...

— Isso é constrangedor de assistir. — A comandante se vira para Marcus. — Sinto vergonha, meu lorde, que Blackcliff tenha produzido alguém com uma mente tão fraca.

— Ela está *mentindo* — digo para Marcus, mas posso imaginar como devo soar: tensa e esganiçada contra a defesa fria da comandante. — Meu lorde, Vossa Majestade precisa acreditar em mim...

— Chega — Marcus fala em um tom que silencia todo o salão. — Eu lhe dei uma ordem para trazer Elias Veturius, vivo, até a *Rathana*, Águia de Sangue. Você fracassou em cumprir essa ordem. Todos neste salão ouviram qual seria a punição para o seu fracasso. — Ele anui para a comandante, e ela sinaliza para as tropas.

Em segundos, homens da Gens Veturia dão um passo à frente e prendem meus pais e minhas irmãs.

Sinto as mãos e os pés entorpecidos. *Não deveria ser assim. Estou sendo verdadeira com o Império. Estou mantendo minha lealdade.*

— Eu prometi aos *paters* de nossas grandes famílias uma execução — diz Marcus. — E, diferentemente de você, Águia de Sangue, pretendo cumprir minha promessa.

LI
LAIA

NA MANHÃ DA *RATHANA*

Ainda está escuro quando Afya e eu deixamos o calor da caverna e partimos em direção a Kauf. A manhã está gélida. A Tribal carrega a espada de Darin, e levo as cimitarras de Elias às costas. Ele certamente precisará delas quando abrirmos à força nosso caminho para sair da prisão.

— Oito guardas — digo a Afya. — E então você afunda os barcos que sobrarem. Entendeu? Se você...

— Céus, você pode calar essa boca? — Afya acena uma mão impaciente para mim. — Você parece aquele passarinho tibbi do sul, que pia sempre as mesmas coisas até a gente ter vontade de estrangular o pescocinho bonito dele. Oito guardas, dez barcaças para roubar e vinte barcos para sabotar. Não sou idiota, garota. Posso cuidar disso. Você precisa fazer aquele fogo arder dentro da prisão. Quanto mais Marciais assarmos, menos soldados haverá para nos caçar.

Chegamos ao rio Dusk, onde seguimos caminhos diferentes. Afya enfia a ponta da bota na lama.

— Garota. — Ela ajusta o cachecol e pigarreia baixinho. — O seu irmão. Ele... talvez não seja mais como era. Eu tive um primo mandado para Kauf uma vez — ela acrescenta. — Quando voltou, ele estava diferente. Esteja preparada.

A Tribal vai até a beira do rio e some rapidamente na escuridão. *Não morra*, penso, antes de voltar a atenção para o prédio monstruoso atrás de mim.

Ainda estranho a invisibilidade, como uma capa nova que não cai direito. Embora tenha praticado durante dias, não compreendo como a mágica funciona, e a Erudita em mim sente cócegas de aprender mais, de encontrar livros que a expliquem, de conversar com pessoas que saibam como controlá-la. *Mais tarde, Laia. Se você sobreviver.*

Quando tenho certeza de que não vou reaparecer ao primeiro sinal de problema, encontro um caminho que leva a Kauf e piso cuidadosamente nas pegadas maiores que as minhas. A invisibilidade não garante silêncio, tampouco esconde sinais de minha passagem.

A grade levadiça coberta de ferrões e tachões está completamente aberta. Não vejo carruagens entrando na prisão — e a temporada segue avançada para comerciantes. Quando ouço um chicote estalar, finalmente compreendo por que os portões não estão fechados. Um grito rompe o silêncio da manhã, e vejo várias figuras curvadas e emaciadas caminhando penosamente portão afora, sob o olhar impiedoso de um Máscara. Minhas mãos buscam a adaga, embora eu saiba que não posso fazer nada com ela. Afya e eu observamos da mata enquanto as covas eram cavadas do lado de fora da prisão. Enquanto os Marciais as enchiam de Eruditos mortos.

Se eu quiser que o restante dos Eruditos na prisão fuja, não posso revelar minha posição. Mesmo assim, me forço a olhar. A testemunhar. A lembrar dessa imagem, para que essas vidas não sejam esquecidas.

Quando os Eruditos desaparecem a leste da muralha de Kauf, passo furtivamente pelos portões. Esse caminho não me é estranho. Elias e eu temos trocado mensagens há dias por intermédio de Tas, e vim por aqui todas as vezes. Ainda assim, fico tensa ao passar pelos oito legionários que estão de guarda junto à base do portão de entrada de Kauf. Sinto uma pontada na nuca e olho para cima, para as ameias, onde os arqueiros patrulham.

Enquanto atravesso o pátio brilhantemente iluminado da prisão, tento evitar olhar para a direita, para os dois imensos cercados de madeira onde os Marciais mantêm os prisioneiros Eruditos.

Mas, no fim, não consigo deixar de olhar fixamente para a cena. Duas carruagens, cada qual cheia pela metade com os mortos, estão estacionadas ao lado do cercado mais próximo. Um grupo de Marciais mais jovens e sem máscara — cincos — carrega mais Eruditos mortos, que não sobreviveram ao frio.

"Bee e muitos outros podem conseguir armas para eles", Tas disse. "Escondidas nos latões de lixo e nas roupas. Não facas e cimitarras, mas pontas de lança, flechas quebradas, soqueiras de bronze."

Embora os Marciais já tenham matado centenas de pessoas do meu povo, mil Eruditos ainda estão nesses cercados, à espera da morte. Estão doentes, famintos e congelando de frio. Mesmo se tudo sair como o planejado, não sei se eles têm força suficiente para partir para cima dos guardas da prisão quando chegar o momento, especialmente com armas tão toscas.

Por outro lado, parece que eles não têm muita escolha.

Agora há poucos soldados perambulando pelos corredores terrivelmente claros de Kauf. Ainda assim, caminho furtivamente rente às paredes e me mantenho longe dos poucos guardas de serviço. Meus olhos se voltam brevemente para as entradas que levam aos poços dos Eruditos. Eu passei por eles no primeiro dia em que vim aqui, quando ainda estavam ocupados. Momentos depois, tive de correr para encontrar um lugar para vomitar.

Abro caminho pelo corredor de entrada, passando pela rotunda e então pelo poço da escada que, de acordo com Helene Aquilla, sobe para os aposentos dos Máscaras e para o gabinete do diretor. *Logo chegará a sua hora.* Uma grande porta de aço paira sinistramente de um lado da parede da rotunda. O bloco de interrogatórios. *Darin está lá embaixo. Agora mesmo. A metros daqui.*

Os tambores de Kauf ressoam: cinco e meia da manhã. O corredor que leva à caserna, à cozinha e à despensa está muito mais movimentado que o restante da prisão. Ouvem-se conversas e risos do refeitório. Sinto o odor de ovos, gordura e pão queimado. Um legionário vira, saindo de um quarto logo à minha frente, e contenho um grito sufocado enquanto ele passa à distância de um fio de cabelo de mim. Ele deve ter me ouvido, pois sua mão cai sobre a cimitarra, e ele olha em volta.

Não ouso respirar até ele seguir em frente. *Essa foi por pouco, Laia.*

"Passe pelas cozinhas", Helene Aquilla me disse. "O depósito de óleo fica bem no fim do corredor. Os acendedores de tochas entram e saem sem parar, então você precisa agir rápido."

Quando encontro a despensa, sou forçada a esperar enquanto um auxiliar de rosto carrancudo luta para rolar um barril de piche corredor afora. Ele deixa uma fresta da porta aberta, e examino o conteúdo da despensa. Tambores de piche estão alinhados, como uma fila de soldados robustos. Acima deles, há latas do comprimento de meu antebraço e da largura de minha mão. Óleo de fogo azul, a substância amarela translúcida que o Império importa de Marinn. Ele fede a folhas apodrecidas e enxofre, mas será mais difícil de ser visto do que o piche, quando eu pingá-lo por toda a prisão.

Levo quase meia hora para esvaziar uma dúzia de latas nos corredores dos fundos e na rotunda. Coloco de volta na despensa todas as latas vazias, torcendo para que ninguém note até que seja tarde demais. Então enfio três latas em minha mochila, a essa altura bem volumosa, e entro na cozinha. Um Plebeu está no comando dos fogões, gritando ordens para as crianças escravas eruditas. Elas voam de um lado para o outro, sua velocidade impelida pelo medo. Presumivelmente estão livres do abate que acontece lá fora. Minha boca se retorce de asco. O diretor precisa de ao menos alguns servos para continuar realizando as tarefas por aqui.

Vejo Bee, seus braços finos e trêmulos debaixo de uma bandeja de louças sujas do refeitório. Caminho de lado até ela, parando a todo momento para evitar os corpos que correm à minha volta. Ela dá um salto quando falo em seu ouvido, mas disfarça a surpresa rapidamente.

— Bee — digo. — Daqui a quinze minutos, acenda o fogo.

Ela anui imperceptivelmente. Saio da cozinha e vou até a rotunda. A torre dos tambores ressoa seis vezes. De acordo com Helene, o diretor irá para as celas de interrogatório em quinze minutos. *Não há tempo, Laia. Mexa-se.*

Subo rapidamente a escada de pedra estreita da rotunda. Ela termina em um corredor com vigas de madeira, com dezenas de portas enfileiradas. Os aposentos dos Máscaras. Enquanto me ponho a trabalhar, os monstros de rosto prateado deixam seus quartos e seguem escada abaixo. Toda vez que um passa, meu estômago revira e eu olho para baixo, para me certificar de que minha invisibilidade ainda está intacta.

— Você está sentindo um cheiro? — Um Máscara baixo e de barba avança pesadamente pelo corredor com um companheiro mais magro, a apenas um metro de mim.

Ele inspira profundamente. O outro Máscara resmunga, dá de ombros e segue em frente. Mas o Máscara barbado continua olhando em volta, farejando ao longo das paredes, feito um sabujo que percebeu um rastro. Em seguida para ao lado de uma das vigas que besuntei de óleo, os olhos caindo para a poça reluzente na base.

— Mas que inferno... — Enquanto o Máscara se ajoelha, passo furtivamente por ele até o fim do corredor. Ele se vira com o ruído dos meus passos, os ouvidos atentos. Sinto minha invisibilidade falhar ao ouvir sua cimitarra deixando a bainha. Pego uma tocha da parede. O Máscara fica boquiaberto diante da cena. Tarde demais, me dou conta de que minha invisibilidade se estende até a madeira e o piche, mas não à chama.

Ele golpeia o ar com a espada e eu recuo, sobressaltada. Minha invisibilidade é interrompida inteiramente, um estranho ondular que começa na testa e desce em cascata até os pés.

Os olhos do Máscara se arregalam, e ele se lança à frente.

— *Bruxa!*

Eu me jogo para fora do seu caminho, atirando a tocha na direção da poça mais próxima de óleo. Ela se incendeia com um rugido, distraindo o Máscara, e aproveito o momento para fugir.

Desapareça, digo a mim mesma. *Desapareça!* Mas estou indo rápido demais, e não está funcionando.

Mas *tem* de funcionar, ou vou morrer. *Agora*, grito em minha mente. O ondular familiar passa novamente sobre mim bem quando uma figura alta e magra surge no corredor e vira a cabeça angulosa em minha direção.

Embora não tenha certeza se o reconheceria pela descrição de Helene, imediatamente sei quem ele é. O diretor. Ele pisca, e não sei dizer se me viu desaparecer ou não. Não espero para descobrir. Arremesso outra lata de óleo de fogo azul a seus pés, arranco duas tochas da parede e jogo uma no chão. Quando ele grita e salta para trás, desvio dele e me lanço escada abaixo, largando no chão a última lata de óleo enquanto desço e atirando a última tocha. Ouço o *uuush* das chamas conforme a balaustrada da escada pega fogo.

Não tenho tempo para olhar para trás. Soldados correm pela rotunda, e a fumaça avança do corredor próximo das cozinhas. *É isso aí, Bee!* Eu me viro para os fundos da escada, onde Elias disse que me encontraria.

Um ruído surdo e pesado soa na escada. O diretor saltou sobre o fogo e está parado na rotunda. Ele agarra pelo colarinho um auxiliar que está próximo e rosna para ele:

— Diga para a torre dos tambores transmitir a mensagem de evacuação. Os auxiliares devem arrebanhar os prisioneiros no pátio e formar um cordão de lanceiros para evitar a fuga. Dobre a guarda na área. O restante de vocês — seu rugido nítido chama a atenção de todos os soldados ao alcance de sua voz — proceda à evacuação de maneira ordenada. A prisão está sendo atacada. Nossos inimigos buscam semear o caos. Não deixem que eles tenham sucesso.

O diretor se vira para as celas de interrogatório e abre a porta bem no momento em que três Máscaras são cuspidos para fora.

— Está um maldito inferno lá embaixo, diretor — diz um deles.

— E os prisioneiros?

— Apenas os dois, ambos ainda em suas celas.

— Meu equipamento médico?

— Acreditamos que Drusius o tirou, senhor — responde outro Máscara. — Tenho certeza de que um dos pirralhos eruditos ateou o fogo, agindo em conjunto com Veturius.

— Aquelas crianças são sub-humanas — diz o diretor. — Duvido que sejam capazes de falar, muito menos de planejar um incêndio na prisão. Vá, peça ajuda aos prisioneiros restantes. Não vou permitir que meu território vire uma loucura por causa de um pouco de fogo.

— E os prisioneiros lá embaixo, senhor? — o primeiro Máscara anui para os degraus que levam ao bloco de interrogatórios.

O diretor balança a cabeça enquanto a fumaça passa pelo marco da porta como um vagalhão.

— Se já não estiverem mortos, vão estar em segundos. E precisamos de todos os homens no pátio, controlando os prisioneiros. Tranque aquela porta — ele ordena. — Deixe-os queimarem.

Com isso, o homem abre caminho através do fluxo de soldados vestidos de negro, transmitindo ordens em uma voz aguda e nítida enquanto segue em frente. O Máscara com quem ele falou bate a porta que conduz ao bloco de interrogatórios e a tranca com um cadeado. Eu me coloco furtivamente atrás dele — preciso de suas chaves. Mas, quando estendo a mão para elas, ele sente minha tentativa e gira o cotovelo para trás, atingindo meu estômago.

Quando me dobro ao meio, arfando em busca de ar e lutando para manter a invisibilidade, ele espia por sobre o ombro, mas é levado pela correria de soldados que deixam a prisão às dezenas.

Certo. Força bruta. Puxo uma das cimitarras das costas e ataco o cadeado, sem me importar com o barulho. Ele mal é ouvido acima do rugido do fogo que se aproxima. Faíscas voam, mas o cadeado se mantém intacto. Eu o golpeio repetidas vezes com a espada de Elias, gritando de impaciência. Minha invisibilidade vai e volta, mas não me importo. *Preciso* abrir esse cadeado. Meu irmão e Elias estão lá embaixo, queimando.

Nós chegamos até aqui. Nós sobrevivemos a Blackcliff, aos ataques em Serra, à comandante e a toda essa jornada. Não podemos simplesmente terminar assim. Não vou ser derrotada por um maldito cadeado dos infernos.

— Vamos lá! — grito. O cadeado racha, e coloco toda a minha ira no golpe seguinte. Faíscas explodem, e ele finalmente se abre. Guardo a lâmina na bainha e escancaro a porta.

Quase imediatamente, caio no chão, sufocada pela fumaça tóxica que invade meus pulmões. Com os olhos semicerrados e lacrimejantes, olho fixamente para o que deveria ser uma escada.

Mas não há nada, exceto uma muralha de chamas.

LII
ELIAS

Mesmo se a Apanhadora de Almas não tivesse me recebido no reino da morte, um vazio teria se aberto em meu âmago. Eu me *sinto* morto.

— Eu morri sufocado na escada de uma prisão, a poucos passos de ser salvo? — *Maldição!* — Preciso de mais tempo — digo à Apanhadora de Almas. — Só mais algumas horas.

— Eu não escolho o momento de sua morte, Elias. — Ela me ajuda a levantar, o rosto condoído, como se lamentasse genuinamente minha morte. Atrás dela, outros espíritos se acotovelam nas árvores e observam.

— Não estou pronto, Shaeva. Laia está lá, esperando por mim. O irmão dela está ao meu lado, morrendo. Por que nós lutamos, se iríamos morrer desse jeito?

— Poucos estão prontos para a morte — suspira Shaeva. Ela já fez esse discurso antes. — Às vezes até os muito velhos, que tiveram uma vida longa, lutam contra o seu abraço frio. Você precisa aceitar...

— Não. — Olho em volta, em busca de alguma maneira de retornar. Um portal, uma arma ou uma ferramenta que eu possa usar para mudar o meu destino. *Que idiotice, Elias. Não há como voltar. A morte é a morte.*

Nada é impossível. Palavras de minha mãe. Se estivesse aqui, ela pressionaria, ameaçaria, enganaria a Apanhadora de Almas para lhe dar o tempo desejado.

— Shaeva — digo —, você governou essas terras por mil anos. Você sabe tudo sobre a morte. Tem de haver alguma maneira de voltar, nem que seja por pouco tempo.

Ela se vira, as costas rijas e decididas. Dou a volta nela, minha forma fantasma tão rápida que vejo a sombra que passa pelos seus olhos.

— Quando as convulsões começaram, você disse que estava me observando. Por quê?

— Foi um erro, Elias. — Os cílios de Shaeva brilham com a umidade. — Eu vi você como via todos os humanos: menor, fraco. Mas eu estava *errada*. Eu... eu jamais deveria tê-lo trazido aqui. Eu abri uma porta que deveria ter ficado fechada.

— Mas *por quê?* — Ela está dançando em torno da verdade. — Por que eu chamei sua atenção? Não é como se você passasse todo o seu tempo devaneando a respeito do mundo humano. Você está ocupada demais com os espíritos.

Estendo a mão para Shaeva, sobressaltado quando minhas mãos passam por ela. *Fantasma, Elias, lembra?*

— Após a Terceira Eliminatória — ela diz —, você mandou várias pessoas para a morte. Mas elas não estavam bravas. Achei isso estranho, tendo em vista que assassinatos geralmente resultam em espíritos agitados. Mas esses espíritos não esbravejavam contra você. Tirando Tristas, eles seguiram em frente depressa. Eu não conseguia compreender por quê. Usei meu poder para observar o mundo humano. — Ela entrelaça os dedos e fixa seu olhar negro e intenso sobre mim. — Nas catacumbas de Serra, você encontrou um efrit das cavernas. Ele o chamou de *assassino*.

— *Se os seus pecados fossem sangue, garoto, você se afogaria em um rio de sua própria criação* — digo. — Eu lembro.

— O que ele disse teve menos importância do que a sua reação, Elias. Você ficou... — ela franze o cenho, contemplando — horrorizado. Os espíritos que você enviou para a morte estavam em paz porque você os *pranteou*. Você traz dor e sofrimento para aqueles que você ama. Mas não quer isso. É como se o seu destino fosse deixar um rastro de destruição. Você é como eu. Ou melhor, como eu era.

O Lugar de Espera subitamente parece mais frio.

— Como você — digo categoricamente.

— Você não é única criatura viva a ter perambulado por minha mata, Elias. Xamãs vêm aqui às vezes. Curandeiros, também. Para os vivos ou os mortos, os lamentos são insuportáveis. No entanto, você não se incomodou com eles. Eu levei décadas para aprender a me comunicar com os espíritos. Mas você conseguiu após algumas visitas.

Um sibilar corta o ar, e vejo o brilho já tão familiar do bosque dos djinns ficando mais reluzente. Desta vez, Shaeva os ignora.

— Eu tentei mantê-lo afastado de Laia — ela diz. — Eu queria que você se sentisse sozinho. Eu queria algo de você, queria que você se sentisse temeroso. Mas, depois que eu o embosquei em sua viagem para Kauf, depois que você falou o meu nome, algo despertou dentro de mim. Um resquício do meu ser mais evoluído. Então eu percebi quão equivocado era pedir qualquer coisa de você. Me perdoe. Eu estava tão cansada deste lugar. Só queria a minha libertação.

O brilho fica mais claro ainda, e as árvores parecem tremer.

— Não entendo.

— Eu queria que você assumisse o meu lugar — ela esclarece. — Que se tornasse o Apanhador de Almas.

Em um primeiro momento, acho que não a entendi direito.

— Foi por isso que você me pediu para ajudar Tristas a seguir em frente? Ela anui.

— Você é humano — diz. — Por isso tem limites que os djinns não têm. Eu precisava ver se você era capaz de fazer isso. Para ser o Apanhador de Almas, você tem de conhecer a morte intimamente, mas não pode venerá-la. Você precisa ter tido uma vida em que proteger os outros tenha sido algo importante, mas estando ciente de que tudo o que você fez foi destruir. Esse tipo de vida provoca remorso. E esse remorso é uma porta através da qual o poder do Lugar de Espera entra em você.

Shaeeeva...

Ela engole em seco. Estou certo de que está ouvindo o chamado de seus irmãos.

— O Lugar de Espera é sensível, Elias. A mágica mais antiga que existe. E — ela faz uma careta, se desculpando — ele gosta de você. Já começou a lhe sussurrar os seus segredos.

Eu me atenho a algo que ela disse antes.

— Você disse que, quando se tornou a Apanhadora de Almas, o Portador da Noite a matou — relembro —, mas a trouxe de volta para cá e a acorrentou aqui. E agora você vive.

— Isso não é vida, Elias! — diz Shaeva. — É uma morte viva. Estou sempre cercada pelos espíritos. Estou *presa* a este lugar...

— Não inteiramente — digo. — Você deixou a floresta. Você foi até lá me buscar.

— Só porque eu o queria perto de minhas terras. Deixar o Lugar de Espera por mais do que alguns dias é uma tortura. Quanto mais longe vou, mais eu sofro. E os djinns, Elias... você não sabe o que é lidar com meus irmãos presos.

shaeva! Eles a chamam agora, e ela se vira para eles.

Não!, grito em minha cabeça, e o chão debaixo de mim estremece. Os djinns caem no silêncio. E subitamente sei o pedido que preciso lhe fazer.

— Shaeva — digo. — Me faça o seu sucessor. Me traga de volta à vida, como o Portador da Noite fez com você.

— Você é um tolo — ela sussurra, pouco surpresa com meu pedido. — Aceite a morte, Elias. Você estaria livre de desejos, preocupações, dor. Eu o ajudarei a seguir em frente, e tudo estará tranquilo e em paz. Se você se tornar o Apanhador de Almas, a sua vida será de arrependimento e solidão, pois os vivos não podem entrar na floresta. Os fantasmas não podem tolerá-los.

Cruzo os braços.

— Quem sabe você é mole demais com os malditos fantasmas.

— Talvez você nem seja capaz...

— Eu sou capaz. Eu ajudei Izzi e Tristas a seguirem em frente. Faça isso por mim, Shaeva. Eu vou viver, salvar Darin e terminar o que comecei. Então vou cuidar dos mortos e ter uma chance de me redimir completamente pelo que fiz. — Dou um passo em sua direção. — Você já se arrependeu por tempo suficiente. Me deixe assumir o seu posto.

— Eu terei de ensiná-lo como fui ensinada. — Uma grande parte dela quer isso, posso ver, mas ela está assustada.

— Você teme a morte?

— Não — ela sussurra. — Eu temo que você não compreenda o fardo que está pedindo para assumir.

— Há quanto tempo você está esperando encontrar alguém como eu? — Tento persuadi-la. Eu *preciso* voltar. Eu *preciso* tirar Darin de Kauf. — Mil anos, certo? Você *realmente* quer passar mais mil anos por aqui, Shaeva? Conceda-me esse dom. Aceite o dom que estou lhe oferecendo.

Por um segundo, a dor e o sofrimento de Shaeva, a verdade de sua existência pelo último milênio, revelam-se em sua expressão tão claramente como se ela os tivesse gritado. Vejo o momento em que ela decide, o momento em que o medo é substituído pela resignação.

— Depressa — digo. — Céus, vá saber quanto tempo já se passou em Kauf. Não quero voltar para o meu corpo bem a tempo de ele ficar tostado.

— Essa mágica é antiga, Elias. Não é dos djinns, do homem ou dos efrits, mas da própria terra. Ela vai levá-lo de volta ao momento da morte. E vai doer.

Quando ela toma minhas mãos, seu toque queima mais que uma forja de Serra. Shaeva cerra o maxilar e solta um lamento agudo que me sacode até o âmago de meu ser. Seu corpo brilha, cheio daquele fogo que a consome, até que não é mais Shaeva, mas uma criatura contorcida de chamas negras. Ela solta minhas mãos e dá a volta em mim tão rapidamente que parece que sou envolvido por uma nuvem de escuridão. Embora eu seja um fantasma, sinto minha essência me deixando. Caio de joelhos, e a voz de Shaeva toma minha mente. Uma voz mais profunda ressoa por baixo dela, uma voz antiga, o próprio Lugar de Espera, que toma posse de seu corpo djinn e fala através dele.

— *Filho das sombras, herdeiro da morte, ouça-me: governar o Lugar de Espera é iluminar o caminho para os fracos, os cansados, os tombados e os esquecidos na escuridão que se segue à morte. Você estará ligado a mim até que outro seja suficientemente valoroso para libertá-lo. Partir significa abandonar o seu dever, e eu o punirei por isso. Você se submete?*

— Sim, eu me submeto.

Uma vibração no ar — o silêncio tenso da terra antes de um terremoto. Então um som como se o céu estivesse sendo rasgado ao meio. Dor — *por dez infernos, dor* —, a agonia de mil mortes, um cravo atravessando minha alma. Cada coração partido, cada oportunidade perdida, cada vida breve, o tormento dos enlutados, tudo isso me atravessa interminavelmente. Sentimentos que estão além da dor, o coração trespassado de sofrimento, uma estrela explodindo em meu peito.

Muito depois de eu ter certeza de que não vou suportar mais, a dor desaparece. Sou deixado tremendo no solo da floresta, tomado por uma integridade e um terror, como rios paralelos de luz e escuridão que se unem para se tornar algo mais completo.

— Está feito, Elias.

Shaeva se ajoelha a meu lado em sua forma humana novamente. Seu rosto está estriado de lágrimas.

— Por que está tão triste, Shaeva? — Seco suas lágrimas com o polegar, sentindo uma ânsia quando as vejo. — Você não está mais sozinha. Somos companheiros de batalha agora. Irmão e irmã.

Ela não sorri.

— Só até você estar pronto — ela diz. — Vá, irmão. Volte ao mundo dos homens e termine o que começou. Mas saiba que não tem muito tempo. O Lugar de Espera vai chamá-lo de volta. A mágica é sua soberana agora, e ela não gosta de que seus servos fiquem longe por muito tempo.

Eu me forço de volta a meu corpo e, quando abro os olhos, vejo o rosto desesperado de Tas. Meus membros estão libertos da exaustão que senti durante eras.

— Elias! — Tas soluça de alívio. — O fogo... está por toda parte! Não consigo carregar Darin!

— Você não precisa. — Ainda estou dolorido por causa dos interrogatórios e dos espancamentos, mas, com o veneno fora de meu sangue, compreendo, pela primeira vez, como ele roubou minha vida pouco a pouco até parecer que eu sempre fora uma sombra de mim mesmo.

O fogo engolfa a escada e corre ao longo das vigas acima, criando uma parede de chamas atrás e à frente de nós.

Uma luz brilha acima, visível através do fogo. Gritos, vozes e, pelo momento mais breve possível, uma figura familiar além das chamas.

— A porta, Tas! — eu grito. — Está aberta! — Pelo menos acho que está.

Tas se levanta, trôpego, os olhos escuros cheios de esperança. *Vamos, Elias!* Jogo Darin sobre o ombro, pego a criança erudita debaixo do braço e subo correndo os degraus, em meio à muralha de chamas e em direção à luz que brilha mais além.

LIII
HELENE

Os homens da Gens Veturia cercam meus pais e minhas irmãs. Os cortesãos desviam o olhar, constrangidos e assustados com a visão de minha família tendo os braços torcidos atrás das costas, marchando até o trono e forçados a ficar de joelhos como criminosos comuns.

Minha mãe e meu pai se submetem ao tratamento brutal silenciosamente, e Livvy apenas me lança um olhar implorante, como se eu pudesse dar um jeito na situação.

Hannah luta — arranha e chuta os soldados, o penteado loiro intrincado desabando sobre os ombros.

— Não me puna pela traição dela, Majestade! — ela grita. — Ela não é minha irmã, meu lorde. *Ela não é minha parente.*

— Calada — ele ruge para ela —, ou vou matá-la primeiro.

Hannah fica em silêncio. Os soldados viram minha família de frente para mim. Os cortesãos trajando seda e peles a meu lado se mexem, nervosos, e sussurram, alguns tomados pelo horror, outros mal disfarçando o júbilo. Vejo o pater da Gens Rufia. Ao ver seu sorriso cruel, lembro o grito de seu pai enquanto Marcus o jogava do rochedo Cardium.

Marcus anda de um lado para o outro, atrás de minha família.

— Achei que faríamos as execuções no rochedo Cardium — ele diz. — Mas, com tantas gens aqui representadas, não vejo por que não acabar de uma vez com isso.

A comandante dá um passo à frente, os olhos fixos em meu pai. Ele me salvou da tortura, contra a vontade dela. Ele acalmou as gens revoltadas enquanto ela tentava semear a discórdia, e me ajudou quando as negociações fracassaram. Agora ela vai se vingar. Uma fome bruta e animal se esconde em seus olhos. Ela quer rasgar a garganta de meu pai. Ela quer dançar em seu sangue.

— Majestade — ela diz de maneira afetada. — Seria uma satisfação ajudar na execução...

— Não há necessidade, comandante — Marcus responde com firmeza.

— Você já ajudou o suficiente. — As palavras carregam um estranho peso, e a comandante olha para o imperador, subitamente cautelosa.

Eu achei que vocês estariam seguros, quero dizer para minha família. *Os adivinhos me disseram...*

Mas logo me dou conta de que os adivinhos não me prometeram nada.

Eu me forço a olhar meu pai nos olhos. Jamais o vi tão derrotado.

Ao lado dele, o cabelo loiro-claro de minha mãe brilha como se iluminado por dentro, a toga forrada de pele caindo graciosamente sobre ela, mesmo enquanto se ajoelha para a morte. Seu rosto pálido parece determinado.

— Força, minha garota — ela sussurra para mim. Ao lado dela, Livvy respira em arfares curtos, assustados. Ela sussurra algo para Hannah, que treme violentamente.

Tento segurar a cimitarra na cintura para me firmar, mas mal consigo senti-la sob minha palma.

— Majestade — digo. — Por favor. A comandante *está* planejando um golpe. O senhor ouviu o tenente Faris. O senhor tem de me dar ouvidos.

Marcus ergue os olhos para mim, seu tom amarelo-opaco congelando meu sangue. Lentamente, ele saca uma adaga do cinto. É fina e afiadíssima, com um diamante de Blackcliff no punho. Seu prêmio por ter ganhado a Primeira Eliminatória, tempos atrás.

— Eu posso fazer isso rápido, Águia — ele diz em voz baixa. — Ou posso fazer muito, muito devagar. Fale novamente sem ser questionada e veja qual das alternativas eu escolherei. Tenente Sergius — ele chama. O Guarda Negro que intimidei através de chantagem e coerção há apenas algumas semanas dá um passo à frente, furtivamente. — Segure a Águia e seus aliados — Marcus ordena. — Não queremos que suas emoções vençam seu discernimento.

Sergius hesita por um segundo antes de sinalizar para os outros Guardas Negros.

Hannah chora em silêncio, voltando olhos imploradores para Marcus.

— Por favor — ela sussurra. — Majestade, nós vamos nos casar... eu sou sua noiva. — Mas Marcus não lhe concede nenhuma atenção a mais do que concederia a um mendigo.

Ele se vira para os paters no salão do trono, exalando poder. Ele não é um imperador acuado agora, mas um imperador que sobreviveu a uma rebelião erudita, a tentativas de assassinato e à traição das famílias mais influentes do reino.

Ele gira a adaga na mão, e a prata reflete a luz do sol nascente acima. O amanhecer ilumina o salão com uma beleza suave que me adoece quando penso no que está prestes a acontecer. Marcus anda de um lado para o outro atrás de minha família, um predador brutal decidindo quem matar primeiro.

Minha mãe sussurra algo para meu pai e minhas irmãs. *Eu amo vocês.*

— Homens e mulheres do Império. — Marcus diminui o passo atrás de minha mãe. Os olhos dela queimam nos meus, e ela endireita a coluna e joga os ombros para trás. Marcus interrompe o movimento da adaga. — Observem o que acontece quando alguém decepciona o imperador.

O salão do trono fica em silêncio. Ouço a lâmina de prata se afundar no pescoço de minha mãe, o corte gorgolejante que faz quando Marcus o atravessa. Ela balança. Seu olhar desliza para o chão, e logo em seguida seu corpo o segue.

— Não! — Hannah guincha, dando voz ao desespero que toma conta de meu corpo. Sinto a boca salgada de sangue: rasguei o lábio com uma mordida. Enquanto os cortesãos observam, Hannah pranteia como um animal ferido, balançando-se sobre o corpo de minha mãe, sem se importar com nada, exceto com sua dor desgraçada e absoluta. O rosto de Livia parece vazio, os olhos confusos enquanto espia o sangue formando uma poça e encharcando seu vestido azul-claro.

Não consigo sentir a dor em meu lábio. Meus pés e minhas pernas parecem me faltar. Aquilo não é o sangue de minha mãe. Aquilo não é o seu corpo. Aquelas não são suas mãos, pálidas e sem vida. Não.

O grito de Hannah me tira de meu torpor. Marcus a agarrou pelo cabelo arruinado.

— Não, por favor. — Seus olhos desesperados me procuram. — Hel, me ajude!

Luto contra Sergius, um estranho rosnado ferido saindo de minha garganta. Mal consigo ouvi-la enquanto ela balbucia as palavras. Minha irmãzinha. Ela tinha o cabelo mais macio do mundo quando éramos meninas.

— Helly, sinto muito...

Marcus passa rapidamente a faca em sua garganta. O rosto dele não aparenta expressão alguma enquanto faz isso, como se a tarefa exigisse toda a sua concentração. Depois a solta, e Hannah cai com um ruído surdo ao lado de minha mãe. Os fios claros dos cabelos das duas se misturam.

Atrás de mim, a porta do salão do trono se abre. Marcus lança um olhar de desdém com a interrupção.

— M-Majestade. — Não consigo ver o soldado que entra, mas o gaguejar em sua voz sugere que ele não esperava entrar em um banho de sangue. — Uma mensagem de Kauf...

— Estou no meio de algo. Keris — Marcus vocifera para a comandante, sem olhar para ela —, veja o que é.

A comandante faz uma mesura e se vira para partir, reduzindo a marcha ao passar por mim. Ela se inclina para a frente e coloca uma mão fria sobre meu ombro. Estou insensível demais para recuar. Seus olhos cinzentos não apresentam nenhum remorso.

— É uma glória testemunhar você se desfazer, Águia de Sangue — ela sussurra. — Ver você se despedaçar.

Meu corpo inteiro treme quando ela joga as palavras de Cain de volta na minha cara. *Primeiro você será desfeita. Primeiro, será destruída.* Malditos céus, eu achei que ele se referia a quando eu matasse Elias. Mas ele sabia. O tempo todo, enquanto eu agonizava sobre meu amigo, ele e seus irmãos *sabiam* o que realmente me destruiria.

Mas como a comandante pode saber o que Cain me disse? Ela me solta e sai tranquilamente do salão, e não tenho tempo de me perguntar coisa alguma, pois Marcus está à minha frente.

— Aproveite para se despedir do seu pai, Águia. Sergius, solte-a.

Dou três passos até meu pai e caio de joelhos. Não consigo desviar o olhar de minha mãe e irmã.

— Águia de Sangue — meu pai sussurra. — Olhe para mim.

Quero lhe implorar que me chame pelo nome. *Eu não sou a Águia. Eu sou Helene, a sua Helene. A sua garotinha.*

— Olhe para mim, filha. — Ergo os olhos, esperando ver a derrota em seu olhar. Mas, em vez disso, ele está calmo e contido, embora seu sussurro esteja carregado de dor. — Escute. Você não pode me salvar. Como não poderia salvar sua mãe, sua irmã ou Elias. Mas você ainda pode salvar o Império, pois ele está passando por um perigo muito mais grave do que Marcus acredita. Tiborum logo será cercada por hordas de Selvagens, e ouvi falar de uma frota ao largo de Karkaus, indo para o norte em direção a Navium. A comandante está cega para isso, está obcecada demais com a destruição dos Eruditos e em assegurar o próprio poder.

— Pai. — Olho de relance para Marcus, que observa a alguns metros de distância. — O Império que se dane...

— Escute. — O súbito desespero em sua voz me aterroriza. Meu pai não tem medo de nada. — A Gens Aquilla tem de seguir poderosa. Nossas alianças têm de seguir poderosas. *Você* precisa seguir poderosa. Quando a guerra chegar a esta terra, o que inevitavelmente vai acontecer, não podemos vacilar. Quantos Marciais no Império?

— M-milhões.

— Mais de seis milhões — diz meu pai. — Seis milhões de homens, mulheres e crianças, cujo futuro repousa em suas mãos. Seis milhões que dependerão da sua força para que permaneçam intocados pelo tormento da guerra. Você é a única capaz de conter a escuridão. Tome o meu colar.

Com as mãos trêmulas, tiro a corrente com que eu costumava brincar quando criança. Uma de minhas primeiras memórias é a de meu pai inclinado sobre mim, o anel Aquilla balançando de seu colarinho, o falcão gravado em pleno voo à luz de uma lamparina.

— Você é a mater da Gens Aquilla agora — sussurra meu pai. — Você é a Águia de Sangue do Império. E você é minha filha. Não me decepcione.

Assim que meu pai relaxa o corpo para trás, Marcus ataca. Ele leva mais tempo para morrer — talvez por ter mais sangue. Quando seus olhos escurecem, tenho a impressão de que não consigo sentir mais dor. Marcus arrancou de mim toda a dor. Então meus olhos caem sobre minha irmã caçula Helene, sua tola. *Quando se ama, a dor nunca cessa.*

— Homens e mulheres do Império — a voz de Marcus ecoa do alto do salão do trono.

Que malditos infernos ele está fazendo?

— Eu não passo de um Plebeu, que recebeu dos nossos estimados homens sagrados, os adivinhos, o fardo da liderança. — Ele soa quase humilde, e fico boquiaberta enquanto Marcus olha em volta, onde os cidadãos mais nobres do Império estão reunidos. — Mas mesmo um Plebeu sabe que às vezes um imperador tem de demonstrar clemência. O laço entre a Águia e o imperador é estabelecido pelos adivinhos.

Ele vai até Livia e a põe de pé. Ela olha de Marcus para mim, incrédula, a pele totalmente sem cor.

— E esse laço tem de enfrentar as tempestades mais sombrias — diz o imperador. — O primeiro fracasso de minha Águia é uma dessas tempestades. Mas não sou impiedoso. Tampouco gostaria de começar meu reino com promessas não cumpridas. Eu assinei um acordo de casamento com a Gens Aquilla. — Ele olha de relance para mim, o rosto imperturbável. — E assim devo honrá-lo... casando-me com a irmã mais nova da mater Aquilla, Livia Aquilla, imediatamente. Ao juntar minha linhagem com uma das gens mais antigas desta terra, busco estabelecer minha dinastia e trazer glórias para o Império mais uma vez. Devemos deixar essa questão — ele olha enojado para os corpos no chão — no passado. Se a mater Aquilla aceitar, é claro.

— Livia. — Só consigo pronunciar o nome da minha irmã. Limpo a garganta. — A Livia seria poupada?

Diante do anuir de Marcus, eu me levanto. E me forço a olhar para minha irmã, pois, se ela preferir morrer, eu não poderia lhe negar a vontade, mesmo que isso acabasse com minha última porção de sanidade. Mas a realidade do que está acontecendo finalmente a atinge. Vejo meu próprio tormento em seus olhos — mas há algo mais ali também. A força de meus pais. Ela anui.

— E-eu aceito — sussurro.

— Ótimo — diz Marcus. — Nós nos casaremos ao pôr do sol. O restante de vocês... retirem-se — ele vocifera aos cortesãos, que observam em horrorizado fascínio. — Sergius. — O Guarda Negro dá um passo à frente. — Leve a minha... noiva para a ala leste do palácio. Certifique-se de que ela esteja confortável. E segura.

Sergius acompanha Livia. Os cortesãos saem silenciosamente em fila. Enquanto olho para o chão à minha frente, mais especificamente para a poça de sangue que se espalha, Marcus se aproxima.

Ele fica atrás de mim e corre um dedo ao longo da minha nuca. Estremeço de asco, mas, um segundo mais tarde, Marcus afasta o corpo abruptamente.

— Cale-se — ele sibila, e, quando olho de relance para cima, vejo que não está se dirigindo a mim. Em vez disso, está olhando por sobre o ombro, para o vazio. — *Pare.*

Observo com um fascínio entorpecido enquanto ele rosna e sacode os ombros, com se estivesse se livrando do controle de alguém. Um momento mais tarde, ele se vira de volta para mim, mas não me toca.

— Sua garota estúpida. — Sua voz é um sibilar suave. — Eu lhe disse: jamais presuma que sabe mais do que eu. Eu sabia perfeitamente do golpezinho de Keris. Eu te avisei para não me desafiar publicamente, e ainda assim você entrou aqui sem pedir licença, gritando sobre um golpe e me fazendo parecer um fraco. Se você tivesse mantido sua maldita boca fechada, isso não teria acontecido.

Malditos céus.

— Então você... você sabia...

— Eu sempre sei. — Ele enfia a mão em meu cabelo e puxa minha cabeça para cima com força, para longe da visão do sangue. — Eu *sempre* vencerei. E agora eu possuo o último membro vivo da sua família. Se você *um dia* voltar a desobedecer a uma ordem, se me decepcionar ou me trair, juro pelos céus que farei sua irmã sofrer mais do que você possa imaginar.

Então ele me solta com violência e deixa o salão do trono quase imperceptivelmente.

Exceto pelos fantasmas, estou sozinha agora.

LIV
LAIA

Cambaleante, eu me afasto das chamas, e minha invisibilidade me deixa. *Não! Céus, não!*

Darin, Elias e o pequeno Tas — eles não podem estar mortos no inferno. Não depois de tudo. Vejo que estou chorando, que minha invisibilidade não existe mais. E não me importo.

— Ei, você! Erudita! — O ruído de botas ressoa em minha direção, e deslizo de volta pela pedra polida da rotunda, tentando evitar o aperto da mão de um legionário que pensa que sou uma prisioneira fugida. Seus olhos se estreitam e ele se lança à frente, seus dedos se fechando em minha capa e a arrancando. Ele a joga no chão enquanto luto para fugir, então impulsiona seu corpo grande de encontro ao meu.

— *Uuf!* — O ar deixa meus pulmões enquanto bato nos degraus de baixo da escada. O soldado tenta me virar para imobilizar minhas mãos. — Saia de cima de mim!

— Você escapou dos cercados? *Arrrg!* — Ele se encolhe bruscamente quando atinjo sua virilha com o joelho. Tiro a adaga da bainha, enfio em sua coxa e giro. Ele dá um urro, e, um segundo mais tarde, seu peso é arrancado de mim e ele sai voando em direção à escada, com minha lâmina enfiada em sua perna.

Uma sombra preenche o espaço onde ele estava, familiar e completamente diferente ao mesmo tempo.

— E-Elias?

— Estou aqui. — Ele me levanta. Está magro como um trilho, e os olhos parecem quase brilhar na fumaça cada vez mais espessa. — O seu irmão está aqui. Tas está aqui. Nós estamos vivos. Estamos bem. E que beleza de golpe. — Ele anui para o soldado, que arrancou a adaga da coxa e agora engatinha em busca de um lugar para onde fugir. — Ele vai mancar durante meses.

Dou um pulo e o puxo em um abraço, algo entre um choro e um grito emergindo de meu peito. Ambos estamos machucados, exaustos e com o coração partido, mas, quando sinto seus braços ao meu redor, quando percebo que Elias é *real* e está aqui, vivo, acredito que temos uma chance de sobreviver.

— Onde Darin está? — Eu me afasto de Elias e olho em volta, esperando que meu irmão apareça em meio à fumaça. Soldados passam correndo por nós, desesperados para escapar do fogo, que engole a seção marcial da prisão. — Aqui, tome suas cimitarras.

Solto as bainhas que trazia presas às costas, e Elias as coloca. Mas Darin não aparece.

— Elias? — digo, preocupada. — Onde...

Enquanto falo, ele se ajoelha e puxa algo do chão para o ombro. Em um primeiro momento, acho que se trata de um saco sujo de gravetos. Então vejo as mãos. As mãos de *Darin*. Sua pele está cheia de cicatrizes, e lhe faltam o mindinho e o dedo médio. Ainda assim, eu reconheceria essas mãos em qualquer lugar.

— Céus.

Tento ver o rosto de Darin, mas ele está obscurecido por um emaranhado de cabelos longos e imundos. Meu irmão nunca foi particularmente pesado, mas subitamente parece tão pequeno, uma versão esmaecida de si mesmo, saída de um pesadelo. "Talvez ele não seja mais o que era", Afya avisara.

— Ele está vivo — Elias me lembra quando vê meu rosto. — Ele levou uma batida na cabeça, só isso. Mas vai ficar bem.

Uma figura pequena aparece atrás de Elias, minha adaga sangrenta na mão. Ele a estende para mim, então toma meus dedos.

— Você precisa se esconder, Laia — diz.

Tas me puxa pelo corredor, e deixo que minha invisibilidade caia sobre mim. Elias se sobressalta com meu súbito desaparecimento. Eu aperto a mão dele para que saiba que estou perto. À nossa frente, as portas da prisão são escancaradas. Um ajuntamento de soldados pulula na rua.

— Abra os cercados eruditos — Elias orienta. — Não posso fazer isso enquanto carrego Darin. Os guardas estariam em cima de mim em um segundo.

Céus! Eu precisava ter colocado mais fogo no pátio para aumentar a confusão.

— Vamos ter que nos virar sem a distração extra — diz Elias. — Vou fingir que estou devolvendo Darin aos cercados. Vou estar bem atrás de você. Tas, fique com a Laia, cuide dela. Depois nos encontramos.

— Uma coisa, Elias. — Eu não quero preocupá-lo, mas ele precisa saber. — O diretor talvez saiba que estou aqui. Perdi minha invisibilidade no andar de cima por um momento. Eu a retomei, mas ele pode ter visto a mudança.

— Então fique longe dele — diz Elias. — O diretor é ardiloso, e, pelo jeito que interrogou Darin e a mim, estou certo de que ele adoraria colocar as mãos em você.

Segundos mais tarde, irrompemos para fora da prisão e pátio adentro. O frio é como o aço de uma faca no rosto, após o calor sufocante da prisão.

Embora tomado de gente, o pátio não está caótico. Os prisioneiros que emergem de lá são imediatamente escoltados. Os guardas de Kauf, muitos deles tossindo, com o rosto coberto de cinzas ou queimado, são conduzidos até uma fila, onde outros soldados avaliam se estão feridos antes de designá--los para alguma tarefa. Um dos legionários no comando vê Elias e o chama.

— Você! — ele diz. — Você aí!

— Me deixe largar esse corpo — grunhe Elias, a atuação perfeita de um auxiliar mal-humorado. Ele fecha mais a capa sobre si e se afasta vagarosamente enquanto outro grupo de soldados sai aos tropeções do inferno de Kauf.

— Vá, Laia — ele sussurra baixinho. — Rápido!

Tas e eu saímos em disparada em direção aos cercados de Eruditos, à nossa esquerda. Atrás de nós ecoa a voz de milhares de prisioneiros: Marciais, Tribais, Navegantes — até mesmo Selvagens e Bárbaros. Os Marciais os reuniram em um enorme círculo e formaram um cordão duplo de lanceiros em torno deles.

— Ali, Laia. — Tas enfia em minhas mãos as chaves que roubou e anui para o lado norte do cercado. — Vou avisar os Skiritae! — Ele se vira abruptamente, permanecendo próximo às bordas do cercado e sussurrando através dos amplos espaços entre as fendas de madeira.

Vejo a porta: está guardada por seis legionários. A balbúrdia do pátio da prisão é alta o suficiente para que não possam ouvir minha aproximação, e caminho cuidadosamente. Quando estou a um metro da porta, e a centímetros do legionário mais próximo, ele desloca o peso do corpo e pousa a mão sobre a espada. Congelo. Posso sentir o cheiro do couro de sua armadura, a ponta de aço das flechas às suas costas. *Só mais um passo, Laia. Ele não consegue ver você. Não faz ideia de que você está aqui.*

Como se manuseasse uma cobra brava, removo o molho de chaves do bolso, segurando-o firmemente para não retinir. Espero até que um dos legionários se vire para dizer algo aos demais, antes de colocar a chave na fechadura.

Ela emperra.

Sacudo a chave, em um primeiro momento suavemente e depois com um pouco mais de força. Um dos soldados se vira para a porta. Olho bem fundo em seus olhos, mas ele dá de ombros e retorna à sua posição.

Paciência, Laia. Respiro fundo e ergo a fechadura. Por estar ligada a algo que está preso ao chão, ela não desaparece. Espero que ninguém esteja olhando para essa porta agora — eles veriam uma fechadura flutuando a centímetros de onde ela deveria estar, e mesmo o auxiliar mais imbecil saberia que isso não é normal. Novamente, viro a chave. *Quase...*

Bem nesse instante, algo se fecha em torno do meu braço — uma mão longa que se enrola como um tentáculo ao redor do meu bíceps.

— Ah, Laia de Serra — alguém sussurra em meu ouvido. — Que garota talentosa você é. Estou *muito* interessado em examinar melhor sua habilidade.

Minha invisibilidade falha, e as chaves caem nas pedras geladas com um estrépito. Olho para cima e um rosto anguloso de olhos grandes e lacrimosos surge à minha frente.

O diretor.

LV
ELIAS

Shaeva me avisou que o Lugar de Espera me chamaria. Enquanto abro caminho através do pátio congelante da prisão até os cercados, eu o sinto, um puxão em meu peito, como um gancho invisível.

Estou indo, grito em minha cabeça. *Quanto mais você me pressionar, mais vou demorar, então pare com isso.*

O puxão diminui ligeiramente, como se o Lugar de Espera tivesse ouvido. Quinze metros para os cercados... treze... dez...

Então ouço passos. O soldado que guardava a entrada de Kauf está próximo de mim. Por seu andar cauteloso, posso dizer que meu uniforme e as cimitarras em minhas costas não o enganaram. *Por dez infernos. Ah, bem.* Como disfarce, essas roupas sempre foram forçadas.

Ele ataca. Tento me esquivar, mas o corpo de Darin me desequilibra e o soldado me acerta, me derrubando e mandando Darin para longe.

Os olhos do legionário se arregalam quando meu capuz cai para trás.

— Prisioneiro solto — ele urra. — Pris... — Pego uma faca de seu cinturão e enfio em suas costas.

Tarde demais. Os legionários na entrada de Kauf ouviram seu chamado. Quatro lanceiros que vigiam os prisioneiros deixam sua formação. Auxiliares.

Sorrio. *Não estão em número suficiente para me derrubar.*

Saco minhas cimitarras enquanto o primeiro soldado se aproxima, me abaixo sob sua lança e corto seu punho. Ele grita e solta a arma. Eu o derrubo com um soco na têmpora, então giro e quebro ao meio a lança do soldado seguinte, abatendo-o com uma estocada de minha lâmina em seu estômago.

Meu sangue ferve, meus instintos de guerreiro a pleno vapor. Pego do chão a lança do soldado caído e a jogo contra o ombro do terceiro auxiliar. O quarto hesita, e eu o derrubo, golpeando seu estômago. A cabeça dele se parte contra as pedras do pavimento, e ele fica imóvel.

Uma lança passa zunindo por meu ouvido, e sinto a dor explodindo em minha cabeça, mas não o suficiente para me parar.

Uma dúzia de lanceiros se afasta dos prisioneiros. Agora eles sabem que sou mais do que apenas um prisioneiro fugitivo.

— Corram! — urro para os prisioneiros, boquiabertos, e aponto para a falha no cordão. — Fujam! Corram!

Dois Marciais saem em disparada através do cordão e chegam à grade levadiça de Kauf. Por um momento, parece que o pátio inteiro os observa, prendendo a respiração. Então um guarda grita, o feitiço é quebrado, e, de uma hora para outra, dezenas de prisioneiros saem correndo, sem se importar se estão empalando seus colegas nas lanças. Os lanceiros marciais tentam fechar a falha, mas há milhares de prisioneiros, e eles captaram o rastro da liberdade.

Os soldados que correm em minha direção diminuem o passo com os gritos de seus camaradas. Pego Darin do chão e me lanço até os cercados dos Eruditos. Malditos infernos, por que eles ainda não estão abertos? Os Eruditos deveriam estar enchendo o pátio a essa altura.

— Elias! — Tas voa em minha direção. — A fechadura está presa. E Laia... o diretor...

Vejo o diretor cruzando o pátio, apressado, levando Laia pelo pescoço. Ela o chuta desesperadamente, mas ele a mantém erguida do chão, o que torna o rosto de Laia vermelho de falta de ar. *Não! Laia!* Já estou indo em sua direção, mas cerro os dentes e me forço a parar. Precisamos daqueles cercados abertos se quisermos tirar os Eruditos e carregá-los nos barcos.

— Vá até ela, Tas — digo. — Distraia o diretor. Eu cuido da fechadura.

Tas corre, e largo Darin ao lado do cercado dos Eruditos. Os legionários que guardam sua entrada dispararam em direção a Kauf na tentativa de evitar o êxodo em massa de prisioneiros, e volto minha atenção para a fechadura. Está presa para valer e, não importa quanto eu a vire, ela não se abre. Dentro dos cercados, um homem abre caminho à força, somente seus olhos negros visíveis através das fendas. Seu rosto está tão sujo que não sei dizer se é velho ou jovem.

— Elias Veturius? — ele diz em um sussurro rouco.

Enquanto desembainho minha cimitarra para quebrar a fechadura, arrisco um palpite:

— Araj?

O homem anui.

— O que está acontecendo? Nós... Atrás de você!

Seu aviso me poupa de ter uma lança atravessada no estômago, e mal me esquivo da seguinte. Um punhado de soldados se fecha à minha volta, indiferente ao caos no portão.

— A fechadura, Veturius! — diz Araj. — Rápido.

— Ou você me dá um minuto — sibilo entredentes, golpeando com minhas cimitarras para desviar duas lanças mais —, ou faz algo de útil.

Araj vocifera uma ordem para os Eruditos dentro do cercado. Segundos mais tarde, uma barragem de pedras voa sobre o topo e chove sobre os lanceiros.

Observar essa tática é como testemunhar um bando de camundongos jogando seixos contra uma horda de gatos vorazes. Felizmente para mim, esses camundongos têm boa mira. Dois dos lanceiros mais próximos vacilam, o que me dá tempo suficiente para girar e quebrar a fechadura com um golpe da cimitarra.

A porta se escancara, e, com um rugido, os Eruditos explodem para fora do cercado.

Pego do chão uma adaga de aço sérrico de um dos lanceiros tombados e a passo para Araj, que se manda, correndo com os outros.

— Abra o outro cercado! — grito. — Preciso ir atrás de Laia!

Um mar de prisioneiros eruditos enxameia o pátio agora, mas a forma do diretor se destaca acima deles. Um pequeno grupo de crianças eruditas, Tas entre elas, investe contra o velho. Ele revida com sua cimitarra para mantê-las distantes, mas com isso perde o controle sobre Laia, que se agita na tentativa de se libertar.

— Diretor! — berro. Ele se vira ao ouvir minha voz, e Laia chuta seu tornozelo e morde seu braço. O velho levanta a cimitarra em um espasmo, e uma criança erudita se aproxima furtivamente e lhe acerta forte o joelho com uma frigideira pesada. O velho dá um urro, e Laia rola para longe, procurando a adaga que trazia na cintura.

Mas ela não está ali. Agora brilha nas mãos de Tas. O rosto pequeno do garoto se contorce de raiva enquanto ele se lança contra o diretor. Seus amigos se juntam em torno do velho, mordendo, arranhando, derrubando-o e se vingando do monstro que os maltratou desde o dia em que nasceram.

Tas enfia a adaga na garganta do diretor, se encolhendo do jato de sangue que espirra alto. As outras crianças fogem em disparada, cercando Laia, que puxa Tas para o peito. Momentos mais tarde, estou ao lado deles.

— Elias — Tas sussurra, sem conseguir tirar os olhos do diretor. — Eu...

— Você matou um demônio, Tas do norte. — Eu me ajoelho diante dele. — Tenho orgulho de combater ao seu lado. Solte as outras crianças. Ainda não estamos livres. — Olho para o portão, onde os guardas agora lutam contra uma horda de prisioneiros enlouquecidos. — Nos encontre nos barcos.

— Darin! — Laia olha para mim. — Onde...

— Junto aos cercados — digo. — Mal posso esperar que ele acorde para dar uma bronca nele. Tive de carregá-lo por toda parte nesta maldita prisão.

Os tambores ressoam freneticamente, e, sobre o caos, ouço fracamente a resposta de uma guarnição distante.

— Mesmo se escaparmos nos barcos — diz Laia enquanto corremos para os cercados —, teremos de deixá-los antes de chegar à Floresta do Anoitecer. E os Marciais vão estar esperando, não é?

— Sim — respondo. — Mas tenho um plano. — Bem, não é exatamente um *plano*. É mais um palpite, e possivelmente uma esperança iludida de que eu possa usar minha nova ocupação para fazer algo bastante insano. Uma aposta que vai depender do Lugar de Espera, de Shaeva e de meu poder de persuasão.

Com Darin jogado sobre meu ombro, partimos para o portão de entrada de Kauf, inundado de prisioneiros. A multidão está enlouquecida — há pessoas demais lutando para sair, e Marciais demais lutando para nos manter dentro da prisão.

Ouço um ranger metálico.

— Elias! — Laia aponta para a grade levadiça. Lenta e pesadamente, ela começa a baixar. O ruído renova o ímpeto dos Marciais que reprimem os prisioneiros, e Laia e eu somos levados mais para longe ainda do portão.

— Tochas, Laia! — eu grito. Ela pega duas tochas de uma parede próxima, e nós as empunhamos como cimitarras. Aqueles à nossa volta instintivamente se encolhem do fogo, nos permitindo abrir um caminho à força.

A grade levadiça baixa mais alguns metros, e agora está quase à altura de nossos olhos. Laia agarra meu braço.

— Força — ela grita. — Juntos... agora!

Damos os braços, baixamos as tochas e nos lançamos como um aríete através da multidão. Eu a empurro por baixo da grade levadiça à minha frente, mas Laia resiste e dá um giro, forçando-me a ir com ela.

Então deslizamos sob a grade e a ultrapassamos. Corremos entre soldados que duelam com prisioneiros e vamos direto para a casa de barcos, onde vejo duas barcaças já a quatrocentos metros rio abaixo e mais duas saindo das docas, com Eruditos pendurados para fora de seus cascos.

— Ela conseguiu! — grita Laia. — Afya conseguiu!

— Arqueiros! — Uma fileira de soldados aparece no topo da muralha de Kauf. — Corra!

Uma saraivada de flechas cai à nossa volta, e metade dos Eruditos que correm conosco para a casa de barcos é derrubada. *Quase lá, quase lá...*

— Elias! Laia!

Vejo as tranças vermelhas e negras de Afya na porta da casa de barcos. Ela acena para que entremos na estrutura, seus olhos atentos aos arqueiros. Seu rosto está ferido, suas mãos cobertas de sangue, mas ela nos leva rapidamente para uma canoa pequena.

— Por mais que eu quisesse uma aventura em um barco com as massas — ela diz —, acho que assim vai ser mais rápido. Depressa.

Deito Darin entre dois bancos, pego um remo e afasto a canoa do píer. Atrás de nós, Araj puxa Tas e Bee para a última barcaça erudita e a lança na água. Seus companheiros usam varas para impeli-la para a frente a uma velocidade espantosa. Rapidamente, a corrente nos afasta da ruína de Kauf, em direção à Floresta do Anoitecer.

— Você disse que tinha um plano. — Laia anui para a suave linha verde da floresta ao sul. Darin está deitado entre nós, ainda inconsciente, a cabeça repousando sobre a mochila da irmã. — Talvez seja um bom momento para me contar.

Como vou lhe contar o acordo que fiz com Shaeva? Por onde devo começar?

Pela verdade.

— Sim — digo suficientemente baixo para que só Laia me ouça. — Mas, primeiro, tem outra coisa que preciso lhe contar. Sobre como eu sobrevivi ao veneno. E sobre o que eu me tornei.

LVI
HELENE

UM MÊS DEPOIS

Um inverno rigoroso invade Antium, seguido de uma nevasca de três dias. A neve cobre a cidade tão espessamente que os varredores eruditos trabalham vinte e quatro horas por dia para manter as vias desimpedidas. Velas do solstício de inverno brilham a noite toda em janelas pela cidade, das mansões mais finas às choças mais pobres.

O imperador Marcus celebrará o feriado no palácio imperial com os paters e as maters de algumas dezenas de gens importantes. Meus espiões me dizem que muitos negócios serão fechados — acordos de comércio e postos no governo que cimentarão ainda mais o poder de Marcus.

Sei que isso é verdade, pois ajudei a arranjar a maioria dos negócios.

Dentro da caserna da Guarda Negra, estou sentada em minha escrivaninha, assinando uma ordem para enviar um contingente de homens para Tiborum. Nós tomamos o porto de volta dos Selvagens, mas eles não desistiram. Agora que sentiram o cheiro do sangue na água, vão retornar, só que desta vez com mais homens.

Olho pela janela, para a cidade branca. Um pensamento passa por minha mente, uma memória de Hannah e eu jogando bolas de neve uma na outra muito tempo atrás, quando papai nos trouxe para Antium e ainda éramos meninas. Sorrio com a lembrança. Então guardo a recordação em um lugar sombrio, onde não a verei novamente, e volto ao trabalho.

— Aprenda a trancar a sua maldita janela, garota.

A voz rouca é instantaneamente reconhecida. Ainda assim, dou um salto. Os olhos da cozinheira brilham debaixo de um capuz que esconde suas cicatrizes. Ela mantém distância, pronta para deslizar para fora da janela ao primeiro sinal de ameaça.

— Você poderia ter usado a porta da frente. — Mantenho a mão na adaga presa sob minha escrivaninha. — Garanto que ninguém a barraria.

— Amigas agora, é isso? — A cozinheira inclina o rosto cheio de cicatrizes e mostra os dentes, em algo próximo de um sorriso. — Que meigo.

— O seu ferimento... curou completamente?

— Ainda estou aqui. — A cozinheira espia para fora da janela e se mexe, ansiosa. — Ouvi a respeito da sua família — ela diz rispidamente. — Sinto muito.

Ergo as sobrancelhas.

— Você se deu o trabalho de vir até aqui para me dar os pêsames?

— Isso — diz a cozinheira —, e para dizer que, quando você estiver pronta para partir para cima da cadela de Blackcliff, eu posso ajudá-la. Você sabe como me encontrar.

Considero a carta selada de Marcus sobre a minha escrivaninha.

— Volte amanhã — digo. — Então conversaremos.

Ela anui e, sem nem um sussurro mais, desliza janela afora. Sou tentada pela curiosidade, então vou até a janela e espio, examinando as muralhas escarpadas acima e abaixo, atrás de um gancho, uma fenda ou qualquer indicativo de como ela escalou esse paredão tão alto. Nada. Terei de lhe perguntar sobre esse truque.

Volto a atenção para a carta de Marcus:

Tiborium está sob controle, e as gens Serca e Aroman entraram na linha. Não há mais desculpas. É chegado o momento de lidar com ela.

Só há uma "ela" a quem ele poderia se referir. Sigo a leitura.

Aja com discrição e cuidado. Não quero um assassinato rápido, Águia. Quero que ela seja completamente destruída. Quero que ela o sinta. E que o Império conheça a minha força.

Sua irmã foi um encanto no jantar com o embaixador navegante ontem à noite. Ela o fez relaxar quanto à mudança no poder por aqui. Que garota útil. Rezo para que ela siga saudável e sirva a seu Império por um longo período ainda.

— *Imperador Marcus Farrar*

O cinco de serviço como mensageiro dá um salto quando abro a porta de meu gabinete. Após eu lhe passar sua tarefa, releio a carta de Marcus e espero impacientemente. Momentos mais tarde, ouço uma batida.

— Águia de Sangue — diz o capitão Harper quando entra. — Chamou?

Passo-lhe a carta.

— Precisamos de um plano — digo. — Ela debandou seu exército quando se deu conta de que eu contaria a Marcus do golpe, mas isso não quer dizer que ela não possa reuni-lo novamente. Keris não será derrotada facilmente.

— Ou de forma alguma — murmura Harper. — Isso vai levar meses. Mesmo que ela não espere um ataque de Marcus, esperará uma investida de você. E vai estar preparada.

— Eu sei. É por isso que preciso de um plano que realmente funcione. Que começa por encontrarmos Quin Veturius.

— Ninguém teve notícias dele desde sua fuga em Serra.

— Eu sei onde encontrá-lo — rebato. — Reúna uma equipe. Certifique-se de que Dex esteja nela. Partiremos em dois dias. Dispensado.

Harper anui, e volto para meu trabalho. Quando ele não deixa o gabinete, ergo as sobrancelhas.

— Precisa de algo, Harper?

— Não, Águia. Só...

Nunca o vi tão desconfortável antes, o suficiente para me deixar alarmada. Desde a execução, ele e Dex têm sido indispensáveis. Apoiaram meu reordenamento da Guarda Negra — o tenente Sergius está agora servindo na

Ilha do Sul — e me deram o suporte necessário quando parte da guarda tentou se rebelar.

— Se vamos partir para cima da comandante, Águia, então sei de algo que pode lhe ser útil.

— Vá em frente.

— Em Nur, um dia antes do motim, eu vi Elias. Mas não lhe contei.

Eu me recosto em meu assento, sentindo que estou prestes a ficar sabendo mais sobre Avitas Harper do que o Águia de Sangue anterior jamais soube.

— O que tenho a dizer — segue Avitas — tem a ver com o *motivo* pelo qual eu não lhe contei. O motivo pelo qual a comandante ficou de olho em mim em Blackcliff e me colocou na Guarda Negra. É sobre Elias. E — ele respira fundo — sobre o nosso pai.

O nosso pai.

O *nosso* pai. *Dele e de Elias.*

Levo um momento para assimilar as palavras. Então ordeno que se sente e me inclino para a frente.

— Estou ouvindo.

◆◆◆

Após a partida de Harper, abro caminho bravamente em meio à neve derretida e ao lodo das ruas e vou até o escritório dos correios, onde dois pacotes chegaram da Villa Aquilla, em Serra. O primeiro é meu presente de solstício de inverno para Livia. Após conferir para me certificar de que está intacto, abro o segundo pacote.

Mal respiro diante do brilho da máscara de Elias em minhas mãos. De acordo com um mensageiro de Kauf, Elias e algumas centenas de fugitivos eruditos desapareceram na Floresta do Anoitecer após fugirem da prisão. Um punhado de soldados do Império tentou segui-los, mas seus corpos despedaçados foram encontrados na beira da floresta na manhã seguinte.

Ninguém viu ou ouviu falar dos fugitivos desde então.

Talvez a erva-da-noite tenha matado meu amigo, ou talvez a floresta o tenha feito. Ou possivelmente ele tenha encontrado outro jeito de escapar da morte. Como seu avô e sua mãe, Elias sempre teve uma habilidade incomum de sobreviver ao que mataria qualquer outra pessoa.

Não importa. Ele partiu, e o pedaço do meu coração onde ele vivia está morto agora. Enfio a máscara no bolso — vou encontrar um lugar para ela em meus aposentos.

Sigo em direção ao palácio, o presente de Livvy aninhado debaixo do braço, remoendo o que Avitas me disse: "A comandante ficou de olho em mim em Blackcliff porque foi o último pedido do meu pai. Pelo menos, essa é a minha suspeita. Ela jamais admitiu. Eu pedi à comandante para me dar a missão de seguir você porque queria aprender sobre Elias por seu intermédio. Eu não sabia nada mais sobre o meu pai, exceto o que a minha mãe havia me contado. O nome dela era Renatia, e ela disse que meu pai jamais se encaixou nos moldes que Blackcliff tentou lhe impor. Ela dizia que ele era generoso. Bom. Por um longo tempo, achei que ela estivesse mentindo. Jamais fui nada disso, então não poderia ser verdade. Mas talvez eu simplesmente não tenha herdado os melhores traços de meu pai. Talvez eles tenham ido para um outro filho".

Eu o repreendi, é claro — ele devia ter me contado isso muito tempo atrás —, mas, após minha ira e minha incredulidade se acalmarem, compreendi a informação pelo que ela era: uma fenda na armadura da comandante. Uma arma que eu posso usar contra ela.

Os guardas do palácio me deixam passar pela ala imperial, com olhares de relance nervosos uns para os outros. Comecei a descobrir os inimigos do Império — e comecei por aqui. Por mim, Marcus pode queimar nos infernos, mas seu casamento com Livvy a coloca em perigo. Os inimigos dele serão dela, e não vou perdê-la.

Laia de Serra tem o mesmo tipo de amor por seu irmão. Pela primeira vez desde que a conheci, eu a compreendo.

Encontro minha irmã sentada em uma sacada, com vista para seu jardim privado. Faris e outro Guarda Negro estão parados nas sombras, a quatro metros de distância. Eu disse ao meu amigo que ele não precisava assumir o posto. Guardar uma garota de dezoito anos certamente não é uma posição cobiçada para um membro da força da Águia de Sangue.

"Se for para matar", ele respondeu, "é melhor que seja enquanto eu estiver protegendo alguém".

Ele me cumprimenta, e minha irmã ergue o olhar.

— Águia de Sangue. — Ela se levanta, mas não me abraça ou beija do jeito que faria em outras épocas, embora no íntimo eu saiba que ela quer fazê-lo. Indico seu quarto brevemente com a cabeça. *Quero privacidade.*

Minha irmã se vira para as seis garotas sentadas perto dela, três das quais têm a pele escura e os olhos amarelados. Quando ela escreveu para a mãe de Marcus, pedindo que a mulher enviasse três garotas da família deles para servir como suas damas de companhia, fiquei pasma, assim como todas as famílias ilustres que foram deixadas de lado. Os Plebeus, no entanto, ainda falam sobre isso.

As garotas e suas contrapartidas ilustres desaparecem diante da ordem dada educadamente por Livvy. Faris e o outro Guarda Negro se movem para nos seguir, mas eu os dispenso com um aceno. Minha irmã e eu entramos em seu quarto de dormir, e coloco o seu presente de solstício de inverno sobre a cama, observando enquanto ela o abre.

Ela fica boquiaberta quando a luz se reflete nas bordas prateadas adornadas de meu velho espelho.

— Mas isso é seu — diz Livia. — A mamãe...

— ... ia querer que você ficasse com ele. Não há lugar para ele nos aposentos da Águia de Sangue.

— É lindo. Você o penduraria para mim?

Chamo um criado para me trazer um martelo e pregos e, quando ele retorna, remuevo o velho espelho de Livvy e fecho o buraco de espionagem atrás dele. Marcus terá de pedir a seus espiões que simplesmente abram um novo. Mas, por ora pelo menos, minha irmã e eu podemos falar em particular.

Ela se senta na cadeira do toucador a meu lado enquanto firmo o prego. Mantenho a voz baixa ao falar.

— Você está bem?

— Se está perguntando a mesma coisa que me perguntou todos os dias desde o casamento — Livvy ergue uma sobrancelha —, então sim. Ele não tocou em mim desde a primeira vez. Além disso, fui eu que o procurei aquela noite. — Minha irmã ergue o queixo. — Não vou deixar que ele pense que tenho medo dele, não importa o que ele faça.

Reprimo um tremor. Viver com Marcus — ser sua esposa — é a vida de Livvy agora. Meu asco e meu desprezo por ele só vão tornar isso mais difícil. Ela não me contou sobre sua noite de núpcias, e eu não perguntei.

— Eu o peguei falando sozinho outro dia. — Livvy olha para mim. — Não foi a primeira vez.

— Adorável. — Bato no prego com o martelo. — Um imperador que é sádico *e* ouve vozes.

— Ele não é maluco — diz Livvy pensativamente. — Ele parece controlado até falar sobre cometer um ato de violência contra você... só você. Então fica cheio dos trejeitos. Acho que ele vê o fantasma do irmão, Hel. Acho que é por isso que ele não tocou em você.

— Bem, se ele é mesmo assombrado pelo fantasma de Zak — digo —, espero que o espírito siga por aí. Pelo menos até...

Nós nos encaramos profundamente. *Até termos a nossa vingança.* Livia e eu não falamos sobre isso. Ficou subentendido no primeiro momento em que a vi após aquele dia horrível no salão do trono.

Minha irmã penteia o cabelo.

— Você não teve mais notícias de Elias?

Dou de ombros.

— E quanto ao Harper? — Livvy tenta de novo. — Stella Galerius tem mexido os pauzinhos para conhecê-lo.

— Você deveria apresentá-los.

Ela franze o cenho enquanto me observa.

— Como está o Dex? Vocês dois são tão...

— Dex é um soldado leal e um ótimo tenente. O casamento pode ser um pouco mais complicado para ele. A maioria das nossas conhecidas não faz o tipo dele. E — levanto o espelho — você pode parar agora.

— Eu não quero que você fique sozinha — diz Livvy. — Se nós tivéssemos a mamãe e o papai, ou mesmo Hannah, seria diferente. Mas, Hel...

— Com todo respeito, imperatriz — digo tranquilamente. — Meu nome é Águia de Sangue.

Ela suspira, e eu coloco o espelho na parede, endireitando-o com um toque.

— Pronto.

Vejo meu reflexo. Pareço a mesma de alguns meses atrás, às vésperas de minha formatura. O mesmo corpo. O mesmo rosto. Apenas os olhos são diferentes. Analiso o olhar sem brilho da mulher à minha frente. Por um momento, vejo Helene Aquilla. A garota que sonhava. A garota que acreditava que o mundo era justo.

Mas Helene Aquilla está destruída. Desfeita. Helene Aquilla está morta.

A mulher refletida no espelho não é Helene Aquilla. É a Águia de Sangue. A Águia de Sangue não é sozinha, pois o Império é sua mãe e seu pai, seu amante e seu melhor amigo. Ela não precisa de mais nada. Ela não precisa de mais ninguém.

Ela vive à parte.

LVII
LAIA

Marinn se estende além da Floresta do Anoitecer, um vasto tapete branco pontilhado de lagos congelados e faixas de mata. Jamais vi um céu tão claro e azul ou respirei um ar tão saudável, que me enche de vida toda vez que inspiro.

As Terras Livres. Finalmente.

Já adoro tudo a respeito deste lugar. Acho que é tão familiar como meus pais pareceriam, se eu pudesse vê-los novamente após todos esses anos. Pela primeira vez em meses, não sinto o Império me sufocar.

Observo Araj dar a ordem final para os Eruditos partirem. O alívio deles é perceptível. Apesar das garantias de Elias de que nenhum espírito nos incomodaria, a Floresta do Anoitecer começou a pesar cada vez mais sobre nós quanto mais tempo passávamos ali. *Partam*, ela parecia sibilar para nós. *Vocês não pertencem a este lugar.*

Araj me encontra ao lado de uma choupana antes abandonada e que agora serve de abrigo para mim, Darin e Afya, a algumas centenas de metros do limite da floresta.

— Tem certeza que não quer se juntar a nós? Sei que Adisa conta com curandeiros que nem mesmo o Império consegue ter à altura.

— Mais um mês no frio acabaria com ele. — Anuo para a choupana, brilhando de limpa e reluzindo com o calor do fogo. — Ele precisa de calor e descanso. Se ainda não estiver bem em algumas semanas, vou em busca de um curandeiro.

Não conto a Araj meu temor mais profundo: não creio que Darin vá despertar. Acredito que o golpe foi demasiado duro depois de tudo que ele já sofreu.

Temo que meu irmão tenha ido para sempre.

— Eu tenho uma dívida com você, Laia de Serra. — Araj olha para os Eruditos que seguem devagar em direção a uma estrada a meio quilômetro dali. Quatrocentos e doze, ao todo. Tão poucos. — Espero vê-la em breve em Adisa, com seu irmão ao lado. O seu povo precisa de uma pessoa como você.

Ele se despede e chama Tas, que dá adeus para Elias. Um mês de comida, banho e roupas limpas — talvez grandes demais — fez maravilhas pelo garoto. Mas ele andou pensativo desde que matou o diretor. Eu o ouvi gemendo e chorando enquanto dormia. O velho ainda assombra Tas.

Observo enquanto Elias lhe oferece uma das espadas de aço sérrico que roubou de um guarda em Kauf.

Tas joga os braços em torno do pescoço de Elias, sussurrando algo que o faz abrir um largo sorriso, e sai correndo para se juntar ao restante dos Eruditos.

Quando o último grupo deixa a floresta, Afya emerge de dentro da choupana. Ela também está em trajes de viagem.

— Já passei tempo demais longe da minha tribo — diz a zaldara. — Céus, vá saber o que Gibran andou aprontando na minha ausência. Provavelmente tem uma meia dúzia de garotas com filhos agora. Vou ter que desembolsar uma fortuna para silenciar os pais irados, até ir à falência.

— Algo me diz que Gibran está bem. — Sorrio para ela. — Já se despediu de Elias?

Ela anui.

— Ele está escondendo algo de mim.

Desvio o olhar. Sei muito bem o que Elias está escondendo. Ele confidenciou somente para mim seu trato com a Apanhadora de Almas. E, se os outros notaram que ele some a maior parte da noite e por longos períodos durante o dia, não acharam conveniente mencionar.

— Melhor se certificar de que ele não esteja escondendo nada de você — continua Afya. — Não é a melhor forma de ir para a cama com alguém.

— Céus, Afya — balbucio, olhando para trás e esperando que Elias não tenha ouvido. Ainda bem que ele desapareceu de volta na floresta. — Não estou *indo para a cama* com ele, nem tenho *qualquer* interesse...

— Por favor, garota. — Afya revira os olhos. — É constrangedor ouvir isso. — Ela me considera por um segundo e então me dá um abraço, rápido e surpreendentemente carinhoso.

— Obrigada, Afya — digo em suas tranças. — Por tudo.

Ela me solta com uma sobrancelha arqueada.

— Fale de minha honra por todos os lugares, Laia de Serra — ela diz. — Você me deve isso. E tome conta daquele seu irmão.

Olho para Darin através das janelas da choupana. Seu cabelo loiro-escuro está limpo e curto, seu rosto jovem, belo novamente. Cuidei com esmero de todos os seus ferimentos, e a maioria não passa de cicatrizes agora.

Mas, mesmo assim, ele continua imóvel. Talvez nunca mais volte a se mexer.

Algumas horas depois de Afya e os Eruditos terem desaparecido no horizonte, Elias emerge da floresta. A choupana, tão silenciosa agora que todos partiram, subitamente parece menos solitária.

Ele bate antes de entrar, trazendo uma lufada de frio consigo. Sem barba agora, de cabelo curto e com parte do peso de volta, ele lembra mais o antigo Elias.

Exceto pelos olhos. Estão diferentes. Mais pensativos, talvez. O peso do fardo que ele assumiu ainda me espanta. Embora tenha me explicado dezenas de vezes — que ele o aceitou de coração aberto, que até o queria —, ainda sinto raiva da Apanhadora de Almas. Tem de haver *alguma* saída para esse juramento. Alguma maneira de Elias poder viver uma vida normal, viajar para as Terras do Sul, sobre as quais ele sempre falou com tanto carinho. Alguma maneira de ele poder visitar sua tribo e se reunir de novo com Mamie Rila.

Por ora, a floresta o controla firmemente. Quando Elias emerge das árvores, nunca é por muito tempo. Às vezes os fantasmas chegam até a segui-lo para fora da mata. Mais de uma vez, ouvi o timbre grave de sua voz murmurando palavras de conforto para alguma alma ferida. De quando em quando, ele deixa a floresta franzindo o cenho, a mente focada em algum espírito problemático. Sei que ele teve trabalho com um em particular. Acho que é uma garota, mas ele não fala sobre ela.

— Uma galinha morta por seus pensamentos? — Ele ergue o animal mole, e anuo para a bacia.

— Só se você a depenar.

Deslizo para o balcão ao lado dele enquanto Elias trabalha.

— Sinto falta de Tas, Afya e Araj — digo. — É tão silencioso sem eles.

— Tas adora você — diz Elias com um largo sorriso. — Acho que ele está apaixonado, para falar a verdade.

— Só porque eu contei histórias para ele e o alimentei. Se todos os garotos fossem tão fáceis de conquistar...

Não tive a intenção de que o comentário soasse tão incisivo, e mordo o lábio tão logo o digo. Elias ergue uma sobrancelha escura e me lança um olhar curioso e fugaz, antes de voltar a atenção à galinha meio depenada.

— Você sabe que ele e todos os outros Eruditos vão falar de você em Adisa. Você é a garota que arrasou Blackcliff e libertou os presos de Kauf. Laia de Serra. A chama que espera para reduzir o Império a cinzas.

— Eu tive ajuda — digo. — Eles vão falar de você também. — Mas Elias balança a cabeça.

— Não da mesma maneira. E, ainda que façam isso, eu sou um forasteiro. Você é a filha da Leoa. Acho que o seu povo espera muito de você, Laia. Apenas se lembre: você não tem que fazer tudo o que eles pedirem.

Resfolego.

— Se eles soubessem sobre Kee... sobre o Portador da Noite, poderiam mudar de opinião a meu respeito.

— Ele enganou todos nós, Laia. — Elias corta a galinha com um golpe particularmente violento. — Mas um dia vai pagar.

— Talvez já esteja pagando. — Penso no mar de tristeza que o Portador da Noite traz dentro de si, o rosto de todos aqueles que ele amou e destruiu em sua busca para reconstruir a Estrela. — Eu confiei a ele meu coração, meu irmão, meu... meu corpo. — Não falei muito com Elias sobre o que aconteceu entre mim e Keenan. Jamais tivemos privacidade para fazê-lo. Mas agora quero botar isso para fora. — A parte dele que não estava me manipulando, que não estava usando a Resistência, ou planejando a morte do imperador, ou ajudando a comandante a sabotar as Eliminatórias... aquela parte dele me amava, Elias. E uma parte de mim, pelo menos, o amava também. Mas a traição dele tem que ter um preço. Ele deve sentir isso.

Elias olha fixamente para fora da janela, para o céu que escurece rapidamente.

— É verdade — ele diz. — Pelo que Shaeva me contou, o bracelete não passaria para ele se ele não te amasse de verdade. A mágica não tem só um lado.

— Então um djinn está apaixonado por mim? Prefiro muito mais um garoto de dez anos. — Coloco a mão no lugar em que o bracelete esteve um dia. Mesmo agora, semanas mais tarde, sinto a dor de sua ausência. — O que vai acontecer agora? O Portador da Noite tem o bracelete. Quantos pedaços mais da Estrela ele precisa? E se ele os encontrar e libertar seus irmãos? E se...

Elias leva um dedo a meus lábios. Será que ele o deixa um pouco mais do que o necessário?

— Vamos descobrir — ele diz. — Vamos descobrir uma forma de detê-lo. Mas não hoje. Hoje vamos comer ensopado de galinha e contar histórias dos nossos amigos. Vamos conversar sobre o que você e Darin vão fazer depois que ele acordar, e sobre quão irada minha mãe maluca vai ficar quando descobrir que não me matou. Vamos rir, reclamar do frio e aproveitar o calor desse fogo. Hoje vamos celebrar o fato de que ainda estamos vivos.

◆ ◆ ◆

Em algum momento no meio da noite, a porta de madeira da choupana range. Dou um salto da cadeira, ao lado da cama de Darin, onde acabei caindo no sono, enrolada na velha capa de Elias. Meu irmão dorme profundamente, o rosto inalterado. Suspiro, perguntando-me pela milésima vez se um dia ele voltará para mim.

— Desculpe — Elias sussurra atrás de mim. — Não queria te acordar. Eu estava na beira da floresta. Vi que o fogo tinha apagado e pensei em trazer mais madeira.

Esfrego os olhos para afastar o sono e bocejo.

— Que horas são?

— Está quase amanhecendo.

Através da janela junto à minha cama, o céu está escuro e limpo. Uma estrela cadente cruza o firmamento. Então, mais duas.

— Nós podemos observar lá de fora — diz Elias. — Vai continuar por uma hora mais ou menos.

Coloco minha capa e me junto a Elias no vão da porta da pequena choupana. Ele está parado ligeiramente distante de mim, as mãos nos bolsos. Estrelas cadentes riscam o céu de tempos em tempos. Paro de respirar a cada vez.

— Acontece todos os anos. — Os olhos de Elias estão fixos no céu. — Não dá para ver de Serra. Tem muita poeira.

Tremo na noite fria, e ele olha para minha capa, criticamente.

— Temos de conseguir uma capa nova para você — diz. — Com certeza essa não é quente o bastante.

— Você me deu essa. É a minha capa da sorte. Não vou largá-la, nunca. — Eu a fecho mais perto do corpo e encaro seus olhos enquanto digo isso.

Lembro de Afya zombando de mim quando partiu e enrubesço. Mas fui completamente sincera com ela. Elias está ligado ao Lugar de Espera agora. Ele não tem tempo para mais nada em sua vida. Mesmo se tivesse, tenho medo de atrair a ira da floresta.

Pelo menos, isso é o que me resignei a pensar até o momento. Elias inclina a cabeça, e, por um segundo, o desejo em seu rosto se mostra tão claramente como se o tivesse soletrado nas estrelas.

Devo dizer algo — no entanto, céus, o que dizer, com o calor subindo em meu rosto e minha pele tão viva sob seu olhar? Ele também parece indeciso, e a tensão entre nós é tão pesada quanto um céu carregado de chuva.

Então a incerteza desaparece, substituída por um desejo cru, liberto, que manda minha pulsação às alturas. Ele dá um passo em minha direção, me empurrando de costas contra a madeira gasta e suave da choupana. Sua respiração é entrecortada como a minha, e Elias roça os dedos em meu pulso, sua mão quente deixando um rastro de faíscas em meu braço, pescoço e lábios.

Ele segura meu rosto, esperando para ver o que eu quero, mesmo que seus olhos claros ardam de necessidade.

Agarro o colarinho de sua camisa e o puxo em minha direção, exultando com a sensação de seus lábios contra os meus, com o *acerto* de finalmente cedermos um ao outro. Penso brevemente em nosso beijo meses atrás, no quarto dele — desvairado, nascido do desespero, do desejo e da confusão.

Esse é diferente — o fogo mais quente, suas mãos mais certeiras, seus lábios menos apressados. Escorrego os braços em torno de seu pescoço e fico na ponta dos pés, pressionando meu corpo contra o dele. Seu cheiro de chuva e especiarias me intoxica, e ele aprofunda o beijo. Quando corro os dentes por seu lábio inferior, saboreando seu viço, Elias solta um gemido grave.

Além de nós, no fundo da floresta, algo se mexe. Ele inspira bruscamente e se afasta, levando a mão à cabeça.

Olho para a floresta. Mesmo no escuro, posso ver o topo das árvores farfalhando.

— Os espíritos — digo em voz baixa. — Eles não estão gostando disso?

— Nem um pouco. Com ciúme, provavelmente. — Elias tenta abrir um largo sorriso, mas apenas faz uma careta, com os olhos carregados de dor.

Suspiro e corro um dedo por sua boca, deixando que caia até seu peito e sua mão. Em seguida o puxo na direção da choupana.

— Não vamos incomodá-los.

Entramos na ponta dos pés e nos ajeitamos ao lado do fogo, de braços dados. Em um primeiro momento, estou certa de que ele vai partir, chamado de volta para sua tarefa. Mas Elias não parte, e logo relaxo recostada em seu corpo, minhas pálpebras cada vez mais pesadas à medida que o sono me chama. Fecho os olhos e acho que sonho com céus límpidos e ar puro, o sorriso de Izzi e o riso de Elias.

— Laia? — diz uma voz atrás de mim.

Meus olhos se abrem imediatamente. *É um sonho, Laia. Você está sonhando.* Deve ser. Pois faz meses que quero ouvir essa voz, desde o dia em que ele gritou para que eu corresse. Eu ouvi essa voz em minha cabeça, me encorajando em meus momentos de maior fraqueza e me dando força em meus momentos mais sombrios.

Elias se põe de pé, a alegria desenhada em seus traços. Minhas pernas não parecem funcionar, então ele pega minhas mãos para me levantar.

Eu me viro para mirar os olhos de meu irmão. Por um longo momento, tudo que conseguimos fazer é assimilar o rosto um do outro.

— Olhe para você, irmãzinha — Darin sussurra finalmente. Seu sorriso é o sol que nasce depois da noite mais longa e sombria. — Olhe só para você.

AGRADECIMENTOS

Aos meus leitores de toda parte: blogueiros literários que abrem mundos para outros leitores, artistas que passam horas debruçados em desenhos que trazem *Uma chama* para o mundo, fãs que riem, gritam e choram com Laia, Elias e Helene, e que passam a história deles aos outros — nada disso existiria sem vocês. Obrigada, obrigada, de todo o meu coração.

A Kashi — obrigada por seu amor incondicional, seus queijos quentes à meia-noite, suas corridas para buscar sorvete e seu encorajamento sem fim. Por me fazer rir todos os dias e por todas as vezes em que você calmamente assumiu o leme enquanto eu escrevia. Você é o melhor vigia de dragões que existe.

Aos meus amados garotos — obrigada pela paciência com a mamãe quando ela estava trabalhando. Vocês fazem de mim uma pessoa corajosa. Tudo isso é para vocês.

Um agradecimento imenso ao meu pai, cuja presença firme é um bálsamo quando tudo mais está confuso, e à minha mãe, que recentemente escalou sua própria montanha e ainda assim vibrou enquanto eu escalava a minha. Você é a pessoa mais corajosa que eu conheço.

Mer e Boon, obrigada pelas ligações, pelas conversas com sotaque britânico, pelos conselhos, pelas piadas fora de hora e por todo o apoio que vocês me dão sem nem se darem conta disso.

Ben Schrank, obrigada por vislumbrar desde o princípio o que eu esperava que este livro se tornasse, e por ter a sabedoria e a paciência de me ajudar a escrevê-lo do jeito certo. Sou extremamente sortuda por tê-lo como editor e amigo.

Alexandra Machinist — seus conselhos, seu humor delicado e sua honestidade me mantiveram sã e no caminho certo. Não sei o que eu faria sem você.

Cathy Yardley — você me tirou da escuridão, me escutou, riu comigo e disse as palavras que eu precisava ouvir: "Você consegue". Obrigada.

Minha imensa gratidão a Jen Loja, que nos lidera a todos com graça e cuja crença nesta série tem sido tamanha dádiva. Muito obrigada aos craques da Razorbill: Marissa Grossman, Anthony Elder, Theresa Evangelista, Casey McIntyre e Vivian Kirklin. Obrigada a Felicia Frazier e à incomparável equipe de vendas da Penguin; a Emily Romero, Erin Berger, Rachel Lodi, Rachel Cone-Gorham e à equipe de marketing; a Shanta Newlin, Lindsay Boggs e à equipe de publicidade; e a Carmela Iaria, Alexis Watts, Venessa Carson e à equipe de atendimento ao professor e à biblioteca. Não tenho palavras para descrever como vocês são fantásticos.

Renée Ahdieh, irmã de alma e, assim como eu, amante de 7s, Deus a abençoe pelas risadas, pelo amor, pelas choradeiras e pelas coisas que não tenho como nomear. Tudo isso faz de você você. Adam Silvera, as trincheiras pareceram menos solitárias porque estávamos nelas juntos — obrigada por tudo. Nicola Yoon, minha amiga atenciosa, sou tão grata por você. Lauren DeStefano, obrigada pelos papos a qualquer hora, pelas fotos de gatos, pelos conselhos e encorajamento.

Muito obrigada a Heelah S. pelo maravilhoso senso de humor, a Armo e Maani pela fofura e a tia e tio pelo apoio incansável e pela confiança em mim.

Obrigada a Abigail Wen (um dia, teremos nossos domingos), Kathleen Miller, Stacey Lee, Kelly Loy Gilbert, Tala Abbasi, Marie Lu (conseguimos!), Margaret Stohl, Angela Mann, Roxane Edouard, Stephanie Koven, Josie Freedman, Rich Green, Kate Frentzel, Phyllis DeBlanche, Shari Beck e Jonathan Roberts. Muito obrigada a todas as minhas editoras estrangeiras, artistas de capas, editores e tradutores, pelo trabalho incrível que vocês fazem.

A música é meu lar e isso ficou claro na escrita deste livro. Toda minha admiração a Lupe Fiasco, por "Prisoner 1 & 2"; Sia and The Weeknd, por "Elastic Heart"; Bring Me the Horizon, por "Sleepwalking"; George Ezra, por "Did You Hear the Rain?"; Julian Casablancas + the Voidz, por "Where No Eagles Fly"; Misterwives, por "Vagabond"; e M83, por "Wait" Este livro não seria o que é sem essas canções.

    Meu agradecimento final àquele que é o Primeiro e o Último. Eu me deixei levar dessa vez. Mas você conhece o meu coração e sabe que eu vou voltar.

Impresso no Brasil pelo Sistema Cameron da Divisão Gráfica da
DISTRIBUIDORA RECORD DE SERVIÇOS DE IMPRENSA S.A.